Wolfgang Hohlbein
Das Vermächtnis der Feuervögel

Zu diesem Buch

Mit 13 Millionen verkauften Exemplaren und 90 lieferbaren Titeln ist Wolfgang Hohlbein, der »deutsche Stephen King«, der hierzulande meistgelesene Autor phantastischer Spannungsromane. Jedes seiner Bücher wurde ein Bestseller. Auch die vorliegende Sammlung mit sieben Fantasy-Storys enthält jede Menge Spannung und Phantasie sowie eine Prise Horror. Hohlbeins Helden sind sympathische Durchschnittstypen, deren Leben in den Bann unheimlicher Mächte und übernatürlicher Ereignisse gerät. So ziehen sie unversehens die Rache eines verzauberten Vogelschwarms auf sich, sehen ihre Umwelt plötzlich durch die Augen eines anderen Wesens, begegnen Judas Ischariot und bekommen die einmalige Chance, den Lauf der Geschichte zu korrigieren. Oder sie sind auserkoren, die Menschheit vom Fluch des Alterns zu befreien … Immer ist es der überraschende Einbruch des Phantastischen in den Alltag, der den Leser in atemlose Spannung versetzt.

Wolfgang Hohlbein, geboren 1953, war Industriekaufmann, bevor er 1982 mit seinem phantastischen Roman »Märchenmond« einen Autorenwettbewerb gewann. Seitdem schreibt er einen Bestseller nach dem anderen und gilt als Kultautor der deutschen Phantastik. Mit seiner Frau, sechs Kindern, dreizehn Katzen und fünf Hunden lebt er in der Nähe von Düsseldorf. Weiteres zum Autor: www.hohlbein.de

Wolfgang Hohlbein

DAS VERMÄCHTNIS DER FEUERVÖGEL

Fantasy-Storys

Piper München Zürich

Originalausgabe
August 2003

Umschlagkonzept: Büro Hamburg
Umschlaggestaltung: Nele Schütz Design, München
Umschlagabbildung: Colin Langeveld/via Agentur Schlück GmbH
Gesamtherstellung: Clausen & Bosse, Leck
Printed in Germany ISBN 3-492-26508-1

www.piper.de

INHALT

Wolfgang Hohlbein

Das Vermächtnis der Feuervögel

Agenten sind ein seltsames Völkchen. Wohlgemerkt, ich spreche nicht von Geheimagenten à la James Bond, sondern von literarischen Agenten; der wirklich gefährlichen Spezies also. Obwohl der Unterschied gar nicht so groß ist, wie man glauben mag.

Mein Agent zum Beispiel: Er ist manchmal wochenlang spurlos verschwunden, redet oft in einer sonderbaren Sprache, die niemand so richtig versteht, und ich argwöhne schon seit einer geraumen Zeit, dass seine Arbeit so streng geheim ist, dass er manchmal selbst nicht so richtig weiß, was er eigentlich tut.

Warum ich das alles erzähle? Keine Ahnung. Mit irgendetwas muss ich ja schließlich die Seiten füllen.

Oder vielleicht weiß ich es doch: Manchmal verdienen sich Agenten ihr exorbitantes Honorar nämlich wirklich; auch wenn meiner ständig behauptet, er würde nur von mir bezahlt, um gemein zu meinen Verlegern zu sein. (Das ist nicht wahr. Dafür zahle ich keinen Pfennig, das macht er ganz umsonst …)

Die nachfolgende Geschichte jedenfalls hat mir mein Agent erzählt. Er hat sie nämlich selbst erlebt. Ich glaube ihm das, denn sie ist einfach zu bizarr, um sie sich auszudenken. Wenn Sie sie gelesen haben, werden Sie vielleicht besser verstehen, warum ich immer behaupte, dass die besten Horrorgeschichten die sind, die das Leben selbst schreibt.

Ich habe die Charaktere, die Personenkonstellation und (aus dramaturgischen Gründen) das Ende geändert, aber die Geschichte selbst hat sich vor einigen Jahren genau so zugetragen.

Behauptet jedenfalls mein Agent.

Und Agenten würden doch niemals lügen. Oder?

»Das ist es?!« Noras Unterkiefer klappte in einer ungläubigen Grimasse herab und ihre Augen quollen tatsächlich ein Stück weit aus den Höhlen. Sie sagte noch einmal: »Das ist es? Das ist es wirklich?«, und ihre Stimme wurde dabei zu einem fast komisch klingenden Piepsen; als hätte ihr der Anblick im wahrsten Sinne des Wortes den Atem verschlagen.

Nicolas zündete sich eine Zigarette an – die erste seit dem Frühstück. Die Flamme des Feuerzeuges warf tanzende rote Lichtreflexe auf Noras Gesicht, was die Grimasse ungläubigen Staunens noch bizarrer erscheinen ließ. Er sog den Rauch tief und fast gierig in seine Lungen und genoss das leichte Schwindelgefühl, das er hinter seiner Stirn auslöste. Für einen starken Raucher wie ihn waren die letzten acht Stunden die reinste Tortur gewesen, aber zusammen mit drei militanten Nichtrauchern im Wagen hatte er keine Chance gehabt.

Aber nun hatten sie es geschafft. Vor ihnen lag noch ein kurzer Fußmarsch, und dann ein Bad und zwölf Stunden Schlaf, und die Welt sah schon wieder ganz anders aus.

Nora konnte gar nicht aufhören, von dem Haus zu schwärmen. »Das ist ja phantastisch!«, murmelte sie immer wieder. »So etwas habe ich ja noch nie gesehen. Ich kann kaum fassen, dass du uns so etwas gemietet haben sollst!«

Das konnte Nick im Grunde auch nicht. Und Frank würde es erst recht nicht glauben, wenn er die Rechnung bekam. Aber er hatte ihm gesagt, er solle etwas Außergewöhnliches suchen, etwas Schnuckeliges mit Atmosphäre. Er hatte nichts von billig gesagt.

Er selbst fand das Haus eher unheimlich. Als sie über den Hügel gefahren waren, hatte es zu dämmern begonnen. Jetzt war die Sonne untergegangen, nur hinter dem Haus war noch ein schnell verblassender grauer Schimmer zu sehen, gegen den sich das Gebäude als scharf umrissener Schatten abhob. Mit seinen Erkern und Türmchen, ineinander geschachtelten Giebeln und hohen Kaminen wirkte der Umriss wie aus einem Walt-Disney-Film. Das Haus der bösen Hexe vielleicht, oder das Schloss des Magiers. Im Erdgeschoss brannte nur hinter einem einzigen Fenster Licht, was die Schwärze des umgebenden Schattens noch zu verstärken schien. Das Haus hatte Atmosphäre. Die Frage war nur, welcher Art.

Der nichts ahnende Finanzier dieser pittoresken Idylle sah die ganze Angelegenheit etwas nüchterner. »Das sind mindestens dreihundert Meter«, nörgelte er. »Konntest du kein Haus finden, an das man mit dem Wagen heranfahren kann?«

»Doch«, antwortete Nick. »Das *Holiday Inn* in Rostock. Oder das *Vier Jahreszeiten* in Berlin.« Er verdrehte die Augen. »Du hast nicht den geringsten Sinn für Romantik, weißt du das?«

»Und ob ich den habe«, knurrte Frank. »Sobald mich jemand dafür bezahlt.«

Cora kicherte albern und Nick verdrehte abermals die Augen, sparte sich aber jede Antwort. Frank hatte in einer Beziehung Recht: Es waren ziemlich genau dreihundert Meter bis zum Haus hinauf, noch dazu mit einer nicht zu unterschätzenden Steigung und auf einem uralten Schotterweg, auf dem bei Dunkelheit jeder Schritt zu einem nicht mehr kalkulierbaren Risiko wurde. Sie waren alle müde und geschafft von der langen Fahrt und sie hatten eine verdammte Menge Gepäck mitzuschleppen.

Während Frank und er die Koffer aus dem Wagen luden, kramte Nora ihren Fotoapparat hervor und begann Aufnahmen von dem Haus zu machen. Nick lachte in sich hinein. Sie würde sich wundern, wenn sie den Film entwickeln ließ und herrliche Bilder von einer schwarzen Fläche und einem winzigen leuchtenden Rechteck bekam.

Er schulterte Noras Reisetasche – die Tasche war so schwer, als hätte Nora bei ihrem letzten Ägyptenurlaub die Spitze der Cheopspyramide eingepackt –, griff sich seinen und Franks Koffer – nicht aus Höflichkeit, sondern einzig, weil es der erste war, der ihm entgegenfiel – und machte sich auf den Weg zum Haus. Frank folgte ihm in zehn Metern Abstand, während Nora noch fotografierte und Franks neue Bettgespielin (hieß sie überhaupt Cora? Frank wechselte seine Damenbekanntschaften im Moment so schnell, dass Nick sich kaum noch die Mühe machte, sich ihre Namen zu merken) wie üblich herumtrödelte; wahrscheinlich, bis jemand kam, um ihr auch noch das letzte Gepäckstück abzunehmen.

Der Weg zum Haus hinauf zog sich. Die Koffer schienen mit jedem Schritt ein wenig schwerer zu werden und der Riemen der Reisetasche schnitt schmerzhaft in seine Schulter. Außerdem glitt er tatsächlich auf dem lockeren Geröll aus und rettete sich nur durch einen hastigen Schritt davor, zur Erheiterung aller anderen auf der Nase zu landen.

Nick war vollkommen außer Atem, als sie das Haus erreichten. Außerdem war er zwar am ganzen Körper in Schweiß gebadet, fror aber trotzdem so sehr, dass seine Zähne klapperten. Die gut funktionierende Heizung des Volvo und der wolkenlose Himmel hatten sie alle vergessen lassen, dass Weihnachten noch keine zehn Wochen her war. Nick trug nur Jeans und eine dünne Strickjacke über seinem ärmellosen T-Shirt.

Je näher sie dem Haus kamen, desto mehr schien es an Atmosphäre zu gewinnen. Die Nacht war mittlerweile vollends hereingebrochen, aber der Himmel blieb sternenklar und es herrschte beinahe Vollmond, sodass es nicht ganz dunkel wurde. Das Haus kam ihm sehr viel größer vor als auf dem Foto. Und es war in eindeutig schlechterem Zustand. Etliche Fenster in den oberen Stockwerken waren zerbrochen und mit Brettern vernagelt, die Hälfte der Fensterläden fehlte. Sämtliche Scheiben starrten vor Schmutz und über den Zustand des Daches wagte Nick erst gar nicht nachzudenken.

Er steuerte die Tür neben dem einzigen erleuchteten Fenster an und biss die Zähne zusammen, um nicht auf den letzten Metern schlappzumachen. Plötzlich schoss etwas Kleines, Dunkles auf ihn zu, streifte um ein Haar sein Gesicht und verschwand schimpfend in der Dunkelheit. Nick duckte sich erschrocken und ließ nun tatsächlich einen der Koffer fallen – Franks, nicht seinen eigenen. Sein Herz begann heftig zu pochen.

Frank, der nur zwei Schritte hinter ihm ging, lachte leise. »Das war nur ein Sperling, du Held! Seit wann bist du so schreckhaft?«

Nick schaute dem davonflatternden Schatten nach, bis er in der Dunkelheit verschwunden war. »Nur ein Spatz?« Ihm war es größer vorgekommen, viel größer.

»Nur ein Spatz«, bestätigte Frank grinsend. »Was hast du geglaubt, was es ist? Der Hund von Baskerville?«

Nur ein Spatz, dachte Nick noch einmal. Frank hatte Recht. Es war nur ein Spatz gewesen. Das sollte ihn eigentlich beruhigen, tat es aber nicht. Er nahm den Koffer und ging schweigend weiter.

Das Haus schien irgendwie noch mehr an Unheimlichkeit zu gewinnen, je näher sie kamen. Nick war mittlerweile in einer Verfassung, in der es ihn kaum noch erstaunt hätte, wäre die Tür aufgegangen und Tim Curry in Strapsen herausgetreten, um sein unverwechselbares sardonisches Grinsen zu zeigen.

Tatsächlich ging die Tür auf, als sie noch zwei Schritte entfernt waren. Ein vielleicht vierzigjähriger, ungepflegt wirkender Bursche mit langem Haar und schmutzigen Händen starrte eine Sekunde lang finster zu ihnen heraus, fokussierte seinen Blick dann auf Nick und sagte: »Sie müssen dieser Schriftsteller sein.«

Nick setzte den Koffer zu Boden, schüttelte den Kopf und deutete mit dem Daumen über die Schulter zurück. »Das ist er. Aber wenn Sie Peter Vanlo sind, dann haben wir miteinander telefoniert. Mein Name ist Nicolas. Aber Sie können mich Nick nennen. Das tun alle.«

Er ignorierte Vanlos Aussehen, so gut er konnte, zwang sich zu einem offenen Lächeln und streckte die Hand aus. Kälte und Erschöpfung ließen seine Finger zittern.

»Ich bin Peter«, bestätigte der andere. Er ignorierte Nicks Hand ebenso wie Franks grüßendes Nicken, schob die Tür weiter auf und trat gleichzeitig vollends aus dem Haus. »Haben Sie noch Gepäck unten im Wagen? Ich hole es. Gehen Sie schon mal rein. Kaffee steht auf dem Herd. Ist aber schon eine Stunde alt. Sie kommen zu spät.«

»Wir hatten Mühe, die richtige Straße zu finden«, sagte Frank. »Ihr kleines Tal liegt ziemlich versteckt.«

Peter sah ihn eine Sekunde lang verständnislos an, dann zuckte er wortlos mit den Schultern, drehte sich um und schlurfte davon, um das restliche Gepäck zu holen.

Frank sah ihn verwirrt – und vielleicht ein ganz kleines bisschen vorwurfsvoll – an, aber Nick konnte nur mit den Schultern zucken. Nick hatte nur zweimal mit Vanlo telefoniert und da hatte er vollkommen ... anders geklungen. Aber irgendwie war hier eigentlich alles anders, als er es sich vorgestellt hatte.

Er nahm den Koffer wieder auf – nur seinen eigenen – rückte den Tragriemen der Tasche zurecht und legte rasch die letzten Schritte bis ins Haus zurück.

Dort erlebte er die nächste Überraschung und auch sie war nicht besonders angenehm. Nick hatte keine konkrete Vorstellung vom Inneren des Hauses gehabt – das aber hatte er jedenfalls nicht erwartet. Der Raum maß höchstens acht mal fünf Schritte und wirkte so heruntergekommen und ungepflegt wie sein Besitzer. Das spärliche Mobiliar musste hundert Jahre alt sein und gehörte nach Nicks Dafürhalten auf den Sperrmüll. Es gab eine Vitrine mit glasgefüllten Türen, die so schmutzig waren, dass man nicht mehr hindurchsehen konnte, einen zerschrammten Tisch mit drei wenig Vertrauen erweckend aussehenden Stühlen und einen gewaltigen Kanonenofen, der im Umkreis von drei Metern eine schier unerträgliche Hitze verbreitete, trotzdem aber nicht in der Lage war, das gesamte Zimmer zu heizen. Ein unangenehmer Geruch hing in der Luft – das typische Aroma eines Kohleofens, aber auch noch etwas, das Nick nicht einzuordnen vermochte, das aber sehr unangenehm war.

Nick stellte den Koffer zu Boden, ließ die schwere Reisetasche von der Schulter gleiten und massierte sein schmerzendes Schlüsselbein, während er sich zur Tür herumdrehte.

Frank kam herein und sah sich stirnrunzelnd um. Ohne seinen Koffer. »Hübsch«, sagte er. »Ein Ort, an dem man sozusagen den Atem der Geschichte spürt.« Er seufzte. »Sag mir nicht, dass du mein gutes Geld dafür ausgegeben hast.«

Nick rang sich die Andeutung eines Lächelns ab, und ein noch schwächeres Schulterzucken. Er war nicht unbedingt schockiert, aber nicht weit davon entfernt. »Warten wir ab, bis Peter wiederkommt. Wahrscheinlich ist das hier nur so etwas wie das ... Gesindezimmer.«

»Gesindel würde eher passen«, sagte Frank. »Ich hoffe, der Rest der Bude sieht nicht genauso aus. Aber was kann man schon von einem Kaff erwarten, das Crailsfelden heißt!«

Nick sagte vorsichtshalber nichts dazu. Frank war heute nicht besonders gut drauf – aber das war im Grunde schon seit Monaten so. Einer der Gründe, aus denen sie hierhergekommen waren. Vielleicht war es doch keine so gute Idee gewesen.

Schritte näherten sich, aber es war nicht Peter mit ihrem Gepäck, sondern Cora und Nora. Nicht zum ersten Mal musste Nick innerlich über diesen Gleichklang lachen. Die beiden Frauen waren sich so unähnlich, wie es nur ging. Nora war dunkelhaarig, nicht mehr ganz so schlank wie vor fünf Jahren, als sie sich kennen gelernt hatten, aber alles andere als dick, hatte dunkle Augen und ein einfach unwiderstehliches Lächeln. Sie war eine sehr kluge Person, hatte sich aber eine kindliche Begeisterungsfähigkeit erhalten und baute ihn nur zu oft wieder auf, wenn er down war. Ohne sie hätte er die letzten Jahre mit Frank wahrscheinlich nicht durchgestanden.

Cora hingegen war ... nun, eben Cora. Frank hatte vor zwei Wochen im Suff behauptet, dass er sie sich im Grunde nur geangelt (er hatte tatsächlich »geangelt« gesagt) hatte, weil er die Namensgleichheit zwischen ihr und Nora so komisch fand, und Nick glaubte ihm. Es lohnte sich nicht, sich den Kopf über sie zu zerbrechen. In wenigen Wochen würde sie sowieso der Vergangenheit angehören, wie alle anderen vor ihr.

Cora jedenfalls kam herein, riss die Augen auf und ließ eine Kaugummiblase vor dem Mund platzen, als sie ihr neues Domizil erblickte. Nora drehte sich rasch herum, sah in Nicks Richtung und zog eine so komische Grimasse, dass es Nick schwer fiel, nicht vor Lachen laut loszubrüllen.

»Gemütlich«, sagte sie. »Vielleicht hätte ich doch ein paar Fotos weniger machen sollen.«

»Aber wieso?«, fragte Frank. »So hast du wenigstens eine

Erinnerung an die schönsten dreißig Sekunden unseres Aufenthaltes.«

Nick seufzte. Er sagte nichts.

»Aber das ... ist nicht unser Zimmer, oder?«, piepste Cora. »Ich meine, es ist ein ... bisschen klein.«

Nick drehte sich hastig herum und biss sich so heftig auf die Zunge, dass es wehtat. Die Kleine musste wirklich vollkommen gut im Bett sein, wenn Frank alles andere ertrug. Ungeheuer gut sogar.

Nora ging zum Herd, hob mit spitzen Fingern den Deckel der Kaffeekanne an und schnüffelte daran. »Er scheint wirklich schon lange hier zu stehen«, sagte sie.

»Was hier so übel riecht, ist nicht der Kaffee«, sagte Frank. »Es ist das Haus.« Er durchbohrte Nick bei diesen Worten regelrecht mit Blicken, aber Nick zog es vor, auch darauf nicht zu reagieren. Er hatte keine Angst vor Frank – Gott bewahre, bestimmt nicht –, aber er hatte keine Lust, mit ihm zu streiten. Sich mit ihm herumzuschlagen war wie ein Kampf gegen Windmühlenflügel: Es war nicht besonders schwer, ungeschoren davonzukommen, aber man konnte auch nicht gewinnen.

Ihre Unterhaltung versiegte, bis Peter zurückkam, in jeder Hand einen Koffer und zwei weitere unter die Arme geklemmt. Der Bursche schien das Klischee vom dummen Muskelprotz wirklich zu erfüllen. Er schob die Tür mit dem Fuß hinter sich zu, ließ seinen Blick misstrauisch durch den Raum schweifen, als ob er sich davon überzeugen wollte, dass seine Besucher auch ja nichts verändert hatten, und deutete dann mit einer Kopfbewegung auf die Tür am anderen Ende des Zimmers.

»Kommen Sie mit«, brummte er. »Ich zeige Ihnen Ihre Zimmer.«

»Sie sind doch hoffentlich etwas besser eingerichtet als dieses hier?«, fragte Frank.

»Sie sind größer«, antwortete Peter. »Passt auf, wo ihr hintretet. Das Licht funktioniert nicht überall.«

Frank verdrehte die Augen, aber er sagte nichts, sondern hakte sich kopfschüttelnd bei Cora unter und folgte ihm. Als Nick dasselbe tun wollte, schüttelte er erneut den Kopf und sagte: »Ich glaube, mein Koffer steht noch draußen vor der Tür.«

Nick biss sich auf die Unterlippe und machte zugleich eine kaum sichtbare, besänftigende Geste in Noras Richtung. Er war ziemlich sicher, dass Frank sie trotzdem bemerkte, aber sein Grinsen wurde nur noch breiter.

»Warum zum Teufel lässt du dir das gefallen?«, fragte Nora, als er mit Franks Koffer in der Hand wieder ins Haus kam.

»Weil er mein Boss ist«, antwortete Nick.

»Er ist ein Arsch!«, ereiferte sich Nora. »Ein überheblicher, großkotziger Arsch, dem es Spaß macht, Menschen herumzuschubsen!«

»Das stimmt«, bestätigte Nick. Er setzte den Koffer ab und zündete sich eine neue Zigarette an. Die erste hatte er fallen gelassen, als er die Beinahekollision mit dem Sperling gehabt hatte. »Aber rein zufällig ist er auch einer der höchst bezahlten Drehbuchautoren des Landes. Und von jeder Mark, die er verdient, bekommen wir zehn Pfennig.«

»Das ist es nicht wert!«, behauptete Nora. »Kein Geld der Welt gibt ihm das Recht, sich so aufzuführen!«

Nick war ein bisschen verwirrt über die Heftigkeit ihres Ausbruchs. Objektiv betrachtet war es nur eine Kleinigkeit. Frank hatte ihn gebeten seinen Koffer hereinzuholen – na und? Schließlich wurde er dafür bezahlt. Sie ereiferte sich auch nicht wirklich darüber. Es war nur der berühmte Tropfen, der das Fass zum Überlaufen gebracht hatte. Frank benahm sich seit Monaten unerträglich. Gutmütige kleine Sticheleien hatten seit eh und je zu ihrem Verhältnis gehört. Das war in Ordnung, und Nick genoss diese Frotzeleien dann und wann sogar. Oder hatte sie einmal genossen. Aber seit einigen Monaten zog Frank die Schraube immer enger an. Aus dem Spiel begann allmählich Ernst zu werden.

»Vielleicht dauert es ja nicht mehr lange«, sagte er.

»Das höre ich jetzt schon seit Jahren«, antwortete Nora. Sie klang nicht mehr wirklich wütend, sondern eigentlich nur noch trotzig. Einer ihrer wenigen Fehler war es, eine schlechte Verliererin zu sein.

»Diesmal meine ich es aber so«, sagte Nick. »Warum glaubst du wohl, sind wir hier? Wenn er dieses verdammte Skript endlich fertig bekommt und ich den Vertrag unter Dach und Fach bringe, haben wir ausgesorgt.«

»Und dann suchst du dir einen vernünftigen Job?«

»Du meinst einen, bei dem ich von acht bis fünf im Büro sitze, nur noch ein Drittel verdiene und irgendwann aus purer Verzweiflung ein Verhältnis mit meiner Sekretärin beginne?«

»Ich bin deine Sekretärin«, erinnerte ihn Nora.

»Eben«, sagte Nick. »Ich sagte doch: aus reiner Verzweiflung.«

Nora boxte ihm spielerisch in die Rippen, lachte und deutete in die Richtung, in der Frank, Peter und Kaugummi-Cora verschwunden waren. »Komm. Sehen wir nach, ob die anderen Zimmer auch so mondän eingerichtet sind.«

Nora sagte nicht noch einmal: Das ist ja phantastisch, als sie das Zimmer betraten – obwohl sie diesmal allen Grund dafür gehabt hätte. Sie waren Peter quer durch das Haus gefolgt, das zwar – wie er gesagt hatte – kaum beleuchtet war, dafür aber umso größer, und Nick war der Verzweiflung nahe gewesen, noch bevor sie die Hälfte der Strecke hinter sich gebracht hatten. Was ihm der Makler als altes Herrenhaus angepriesen hatte, das entpuppte sich zumindest auf den ersten Blick als verfallene Bruchbude, in der bei jedem Schritt der Staub hochwirbelte, dass es zum Husten reizte, und in der anscheinend nichts mehr wirklich intakt war. Unter den meisten Türen fauchte ein eiskalter Luftzug hindurch, und zwei von drei Lampen brannten nicht mehr. Sie durchquerten eine große, vollkommen leere Halle und Nick konnte sogar in der spärlichen Beleuchtung erkennen, dass etliche Bodenfliesen gesprungen waren und dass von der Decke staubverkrustete Spinnweben wie schmutzige Bettlaken hingen, danach einen etwas kleineren Raum, in dem sämtliche Möbel mit weißen Tüchern verhängt waren. Schließlich ging es eine pompöse Treppe hinauf, die ganz bestimmt beeindruckend gewirkt hätte, hätten die Stufen nicht bei jedem Schritt so lautstark geknarrt, dass Nick es fast mit der Angst zu tun bekam. Überall im Haus hingen Bilder, aber sie waren zum größten Teil auch mit weißen Tüchern verhängt. Außerdem wäre es ohnehin zu dunkel gewesen, um zu erkennen, was sie darstellten. Nick war auch nicht nach Bilderbetrachten zumute. Frank würde ihn erschießen. Gleich morgen früh würde er ihn erschießen, falls er nicht schon heute Nacht in sein Zimmer geschlichen kam, um ihn mit einem Kissen zu ersticken.

Umso überraschter war er, als Peter sie in ihr Zimmer führte, das ganz am Ende des langen Korridors lag, zu dem die Treppe hinaufgeführt hatte. Es war riesig. Seine genaue Größe war aufgrund seiner verwinkelten Form schwer zu schätzen, aber Nick glaubte nicht, dass seine komplette Wohnung sehr viel größer war. Die Einrichtung hätte die jedes Ersteklassehotels in den Schatten gestellt: teure Seidentapeten an den Wänden, kostbare Teppiche und Läufer auf dem Boden und Stuckarbeiten an der Decke, die nicht die geringste Beschädigung zeigten. Das Mobiliar bestand aus relativ wenigen, aber erlesenen Stücken – ein geschnitzter Schrank, ein wertvoller Schreibtisch mit einem dazu passenden Stuhl und in dem abgewinkelten, kürzeren Teil des L-förmigen Raumes ein gewaltiges Himmelbett mit gedrechselten Beinen und kostbaren Schnitzereien an Kopf- und Fußteil waren im Grunde schon fast alles. Darüber hinaus gab es nur noch einen kleinen Tisch mit zwei Sesseln und einer zierlichen Couch, die sich vor einem gewaltigen Marmorkamin gruppierten. Im Inneren dieses Kamins brannte ein behagliches Feuer, dass den Raum nicht nur mit anheimelnder Wärme, sondern auch mit Licht und tanzenden Schatten erfüllte. Obwohl die Einrichtung ausnahmslos alt und vermutlich selbst die Tapeten antik waren, blitzte alles nur so vor Sauberkeit.

»Das ist … erstaunlich«, sagte Nick. »Ich bin wirklich überrascht.«

»Die Heizung funktioniert nicht richtig«, sagte Peter, während er ihre Koffer zum Bett trug und behutsam daneben absetzte. »Deshalb habe ich ein Feuer im Kamin angezündet. Holz liegt in der Kiste da hinten, wenn Ihnen nicht warm genug ist. Morgen früh kommt jemand, der nach der Anlage sieht.« Er ging zur Tür, streckte die Hand nach der Klinke aus und drehte sich noch einmal zu ihnen herum. »Wenn Sie noch Hunger haben, kann ich Ihnen etwas aus der Pizzeria im Dorf bringen lassen.«

Nick war überrascht, dass ein Ort wie Crailsfelden überhaupt eine Pizzeria hatte. Aber ihm war nicht nach Essen. Er fühlte sich hundemüde und wollte nur ins Bett.

»Nein, danke«, sagte er. »Ich möchte einfach nur schlafen.«

»Dann wünsche ich Ihnen eine gute Nacht«, sagte Peter. »Ich komme morgen um sechs wieder und bereite das Frühstück vor.«

»Lieber um acht«, sagte Nick hastig. »Oder besser noch um neun. Keiner von uns steht so früh auf«

Peter betrachtete ihn, als hätte er einen obszönen Vorschlag gemacht, zuckte aber dann nur mit den Schultern und ging ohne ein weiteres Wort.

Nora wartete, bis er die Tür hinter sich geschlossen hatte, dann sagte sie mit einem übertrieben geschauspielerten Schaudern: »Hoffentlich kommt er mit gewaschenen Händen. Sag mal – haben wir diesen Burschen eigentlich mitgemietet?«

»Ich habe keine Ahnung«, gestand Nick achselzuckend. »Würde es dich stören? Oder hast du vielleicht Lust, die nächsten drei oder vier Wochen für Frank und Kaugummi-Cora zu kochen und das Haus sauber zu halten?«

»Ganz bestimmt«, versicherte Nora mit todernstem Gesicht. »Ich kann mir gar nichts Schöneres vorstellen.« Sie begann mit langsamen Schritten im Zimmer auf und ab zu gehen, wobei sie der Einrichtung einer zweiten, sehr viel eingehenderen Prüfung unterzog. Sie sagte nichts, aber Nick erkannte allein an ihren Bewegungen, wie sehr sie das Zimmer beeindruckte.

Der Anblick versetzte ihm einen Stich. Nora liebte Luxus, ganz einfach, weil sie das Leben liebte. Sie stammte aus wohlhabenden, wenn auch nicht direkt reichen Verhältnissen, und war in einer Welt aufgewachsen, in der es weder finanzielle Sorgen noch die Notwendigkeit eines gut bezahlten Jobs gab. Nichts von alledem hatte er ihr in den letzten fünf Jahren bieten können. Ganz im Gegenteil. Sie hatte sich niemals beschwert. Sie hatte niemals auch nur eine entsprechende Andeutung gemacht. Aber er wusste, wie sehr sie unter den Bedingungen litt, unter denen sie leben mussten, und vor allem unter den Demütigungen, die sie sehr viel mehr trafen als ihn.

»Eines Tages …«, begann er.

»Eines Tages«, unterbrach ihn Nora mit leicht erhobener Stimme, »können wir uns so etwas ganz bestimmt nicht leisten. Und ich wollte es auch nicht haben. Ist dir aufgefallen, in welchem Zustand sich diese Bruchbude befindet?«

Sie drehte sich zu ihm herum und ein angedeutetes, sehr vertrautes Lächeln erschien in ihren Augen. »Andererseits … das Bett scheint mir ganz in Ordnung zu sein.«

»Das käme auf einen Versuch an«, antwortete Nick. Er erwiderte ihr Lächeln, trat auf sie zu und wollte sie in die Arme schließen, als irgendetwas mit einem dumpfen Knall gegen die Fensterscheibe schlug. Nora fuhr erschrocken zusammen und wirbelte herum. Mit zwei schnellen Schritten war Nick am Fenster und riss die Vorhänge zurück.

Im ersten Moment fiel ihm nichts Außergewöhnliches auf. Hatte er im ersten Augenblick angenommen, jemand habe einen Stein gegen das Fenster geworfen, revidierte er seine Meinung schon in der nächsten Sekunde. Das Glas war unbeschädigt und der Laut hatte auch viel zu weich geklungen.

Etwa so, als wäre der Spatz, der benommen auf der Fensterbank hockte und aus seinen stecknadelkopfgroßen Augen zu ihm hoch sah, gegen die Scheibe geflogen …

»Oh, der arme Kerl!« Nora war ihm gefolgt. Ohne zu zögern, schob sie ihn zur Seite, entriegelte das Fenster und zog den rechten Flügel auf. Nick war nicht begeistert, aber da er Noras Tierliebe nur zu gut kannte, erhob er auch keine Einwände, als sie sich vorbeugte und den Spatz behutsam aufhob.

»Hoffentlich hat er sich nichts gebrochen, der arme kleine Kerl.« Nora hielt den verletzten Vogel in der hohlen Hand und strich ihm mit zwei Fingern der anderen Hand über den Kopf. Nick beobachtete sie mit gemischten Gefühlen. Er war nicht so vernarrt in Tiere wie Nora, mochte sie jedoch, so wie beinahe jeder Tiere mochte. Aber er musste an den Zwischenfall von vorhin denken. Was stimmte mit diesen Vögeln hier nicht?

»Wenn ja, können wir uns den Anruf in der Pizzeria sparen«, witzelte er. Es war kein besonders guter Scherz und er kam auch nicht besonders gut an. In Noras Augen blitzte es wütend auf – zumindest für eine Sekunde war es echte Wut, die er in ihrem Blick las! – und selbst der Vogel hob mit einem Ruck den Kopf und schien ihn vorwurfsvoll anzustarren.

»Du bist geschmacklos, Nicolas, hat man dir das schon einmal gesagt?«, fragte sie.

»Mehrmals«, antwortete Nick. »Aber im Ernst: Was hast du vor? Den Sperling in ein Krankenhaus bringen?«

Der Spatz piepste – es klang eindeutig vorwurfsvoll, fand Nick – schlug zweimal mit den Flügeln und flatterte dann schnurstracks durch das offen stehende Fenster hinaus.

»Siehst du?«, fragte Nick. »Ich sollte Arzt werden. Ich würde jeden Patienten wieder auf die Füße bekommen. Oder auf die Flügel.«

»Idiot«, lachte Nora. Sie schloss das Fenster, drehte sich mit übertriebenem Schaudern herum und ging mit schnellen Schritten zum Kamin.

Nick zog die Vorhänge wieder zu, ehe er ihr folgte. In den wenigen Minuten, die das Fenster offen gestanden hatte, war es tatsächlich empfindlich kalt in dem großen Zimmer geworden. Nora war vor dem Kamin in die Hocke gesunken, hatte einen frischen Scheit ins Feuer geworfen und wartete darauf, dass der Funkenregen aufhörte, um ein zweites Stück Brennholz nachzulegen, das sie in der rechten Hand hielt.

Nick betrachtete sie nachdenklich. Die rote Glut des Kaminfeuers ließ ihre Silhouette leicht verschwimmen, und wäre es im Raum nur ein wenig dunkler gewesen, hätte es wahrscheinlich ausgesehen, als stünde ihr Haar in Flammen. Der kleine Zwischenfall mit dem Vogel hatte die beginnende erotische Spannung zwischen ihnen nur unterbrochen, nicht zerstört. Nick trat langsam näher, berührte sie aber nicht und machte sich auch sonst mit keinem Laut bemerkbar, sondern beschränkte sich darauf, auf sie hinabzusehen und sie zu bewundern. Nora war in den Jahren, die sie sich kannten, eindeutig schöner geworden. Vom jungen Mädchen zur Frau.

Sie warf den letzten Holzscheit ins Feuer, erhob sich mit einer ebenso komplizierten wie anmutigen Bewegung, drehte sich zugleich herum, schlang die Arme um seinen Nacken und küsste ihn.

Nick erwiderte ihren Kuss leidenschaftlich, zog sie noch enger an sich – und die Tür ging auf und Frank kam herein.

»Ups!«, sagte er. »Ich störe doch nicht etwa?«

Nick löste sich mit einer Sekunde Verzögerung von Nora, warf ihr einen fast beschwörenden Blick zu und drehte sich dann betont langsam herum. »Meine Mutter hat mir beigebracht anzuklopfen, bevor ich in ein fremdes Zimmer gehe«, sagte er kühl.

»Sie kannte diese Bruchbude aber nicht«, konterte Frank grinsend. »Wenn man hier irgendwo anklopft, muss man ja Angst haben, dass die ganze Tür umfällt.«

»Du meinst, du könntest mit der Tür ins Haus fallen?«, fragte Nora. Sie lächelte nicht.

»Noraliebling, ich bin hier der Schriftsteller«, antwortete Frank. »Für lahme Kalauer bin ich zuständig.«

»Was willst du?«, fragte Nick rasch, bevor das Geplänkel zu einem echten Streit ausufern konnte. »Es ist wirklich spät.«

Frank sah ihn vorwurfsvoll an. »Eigentlich nichts«, gestand er. »Ich wollte nur nachsehen, ob ihr auch so ein katastrophales Zimmer habt wie wir.« Er ließ seinen Blick demonstrativ durch das Zimmer schweifen. Auf dem breiten Bett verharrte er eindeutig länger als nötig, fand Nick.

»Wir sind zufrieden«, sagte er.

»Zufrieden?!« Frank ächzte. »Ich würde sagen, ihr habt das große Los gezogen! Ihr habt sogar einen Kamin. Wisst ihr, womit wir heizen? Mit einem mickrigen Elektro-Radiator! Wenn du genau davor stehst, wirst du geröstet, und im Rest des Zimmers frierst du dir den Arsch ab.«

»Dann solltest du es dir mit Cora unter der Bettdecke gemütlich machen«, sagte Nora. »Ich bin sicher, euch fällt schon etwas ein, um euch aufzuwärmen.«

Franks Grinsen verschwand für einen Moment. Natürlich wusste Nick, warum er wirklich gekommen war. Offensichtlich war er verwirrt. Er war Widerspruch nicht gewohnt und musste angenommen haben, dass Nick ihm ganz selbstverständlich anbot die Zimmer zu tauschen. Nick hätte es auch getan, aber dann hätte Nora ihn vermutlich umgebracht.

»Ja, da ... könntest du Recht haben«, sagte er zögernd und mit einem Blick in Nicks Richtung, der klarmachte, dass das Thema damit keineswegs erledigt war.

»Dann solltest du sie nicht warten lassen«, sagte Nora. Nick betete, dass sie aufhörte. Sie hatte ja Recht, hundertmal Recht, aber musste sie es denn unbedingt auf die Spitze treiben? Aber Nora nahm kein Blatt vor den Mund: »Ich meine, bevor ihr hübscher kleiner Hintern wirklich erfriert.«

»Oh, keine Sorge, den kriege ich schon wieder warm«, antwortete Frank mit einem anzüglichen Grinsen. Dann wandte er sich an Nick. »Und wir beide müssen morgen ein ernsthaftes Gespräch führen, mein Lieber. Über deine Fähigkeiten als Agent kann ich nicht klagen – jedenfalls nicht allzu oft – aber als Immobilienmakler bist du ein glatter Versager.«

»Das liegt vielleicht daran, dass ich nicht als Immobilienmakler von dir eingestellt wurde«, antwortete Nick. »Du wolltest doch etwas mit Atmosphäre, oder?«

»Anscheinend verwechselst du Atmosphäre mit Zugluft«, antwortete Frank. Jede Spur von Humor war aus seinem Grinsen verschwunden. Er wartete zwei oder drei Sekunden vergeblich auf eine Antwort, dann hob er die Schultern und fuhr fort: »Aber ich sehe schon, ich störe. Ihr wollt in die Heia, nicht wahr?«

Er drehte sich halb herum, hielt noch einmal inne und sagte: »Apropos. Habt ihr auch solchen Ärger mit Vögeln?«

»Vorgestern jedenfalls noch nicht, weder Nick noch ich«, antwortete Nora. Anzüglichkeiten wie diese waren überhaupt nicht ihre Art und allein diese Bemerkung machte Nick klar, dass er Frank schnellstens aus dem Zimmer bugsieren musste, ehe die Situation vollends eskalierte.

»Gerade ist einer gegen das Fenster geflogen«, sagte er rasch.

»Hoffentlich hat er sich den Hals gebrochen«, knurrte Frank. »Auf dem Dachboden über uns muss eine ganze Kompanie von den Mistviechern hausen. Ich werde diesem Peter morgen ein paar passende Worte dazu sagen. Ich wollte ein Zimmer, in dem man schlafen kann!«

»Mit einem Mädchen wie Cora neben mir würde mir etwas Besseres einfallen«, sagte Nick rasch, legte die flache Hand auf Franks Schulter und schob ihn mit schon etwas mehr als sanfter Gewalt aus der Tür. Sein eigener Mut überraschte ihn fast.

»Ich werde gleich morgen mit Peter reden«, sagte er, trat einen Schritt zurück und schloss die Tür, ehe der Ausdruck von Fassungslosigkeit auf Franks Gesicht endgültig zu Zorn werden konnte.

»Arschloch«, sagte Nora mit Nachdruck.

Trotz allem schlief Nick in dieser Nacht gut, wenn auch nicht sehr lange. Was dem Spatz, der gegen die Scheibe geprallt war, nicht gelungen war, das hatte Frank dafür umso gründlicher geschafft: Weder Nora noch ihm war nach seinem Besuch noch nach irgendetwas anderem zumute gewesen, als möglichst rasch ins Bett zu kommen und einzuschlafen.

Kurz nach Sonnenaufgang weckte ihn ein anhaltendes Poltern und Rumoren. Nick öffnete verschlafen die Augen, blinzelte auf die Uhr – es war halb sechs, verdammt nochmal! – unterdrückte ein Gähnen und setzte sich auf. Das Poltern und Rumoren hielt an. Im gleichen Maße, in dem seine Benommenheit verflog, wurde es zum Geräusch schwerer Schritte, die auf der Decke über ihm polterten. Wenn das die Vögel waren, von denen Frank gesprochen hatte, dann musste es sich wohl um Strauße handeln, dachte er.

»Das geht schon seit einer halben Stunde so. Mindestens. Jedenfalls bin ich vor einer halben Stunde davon wach geworden.«

Nora lag mit weit offenen Augen neben ihm im Bett und starrte die Decke an. »Was zum Teufel tut der Kerl da oben?«

»Keine Ahnung«, sagte Nick gähnend. »Aber ich sehe nach.« Er schlug die Decke zurück, schwang die Beine aus dem Bett und fuhr deutlich zusammen, als seine nackten Fußsohlen den Boden berührten. Er war eisig. Das Feuer im Kamin war über Nacht ausgegangen und es war so kalt, dass er seinen eigenen Atem als grauen Dampf vor dem Gesicht erkennen konnte.

»Das musst du nicht«, sagte Nora.

»Doch«, erwiderte Nick. »Weil du in der Zwischenzeit versuchen wirst, diesen verdammten Kamin wieder in Gang zu kriegen. Ich habe für so etwas kein Talent, das weißt du doch.«

Er stand auf, bückte sich umständlich nach seinen Kleidern und zog sich an. Er brauchte viel länger dazu als gewohnt. Er war müde, noch nicht ganz wach, und die Kälte biss wie mit dünnen gläsernen Zähnen in seine Glieder. Über ihm polterte und krachte es noch immer.

»Ich frage mich wirklich, was er da oben treibt«, murmelte er.

»Vielleicht sucht er nach einem genialen Einfall«, antwortete Nora schlecht gelaunt.

Nick grinste humorlos, schlüpfte in seine Schuhe und ging ohne ein weiteres Wort aus dem Zimmer. Der Lärm nahm ein wenig ab, aber nur, weil er sich von seiner Quelle entfernte, während er den langen Flur hinabging.

Es war hier draußen ebenso kalt wie in ihrem Zimmer, aber feuchter und nicht ganz so hell, was dem Haus nicht nur etwas eindeutig Ungemütliches, sondern eine fast gespenstische Atmosphäre verlieh. Gestern Abend war ihm dieses Gebäude romantisch vorgekommen. Pittoresk. Jetzt fielen ihm eine ganze Reihe sehr viel weniger schmeichelhafte Bezeichnungen ein.

Die Tür zu Franks und Coras Zimmer war nur angelehnt. Er klopfte, wartete fünf Sekunden lang vergeblich auf eine Antwort und schob die Tür dann mit der flachen Hand vollends auf.

Frank war nicht da, wie er erwartet hatte, aber Cora saß mit dem Rücken zur Tür am Schreibtisch und war ganz in ein Computerspiel vertieft, das auf Franks mitgebrachtem Laptop lief. Sie trug ein knappes Babydoll, das zwar seit mindestens fünfzehn Jahren aus der Mode gekommen war, dafür aber eine Menge von ihrer sonnenstudiogebräunten Haut zeigte. Nick sah sie ein paar Sekunden lang ungeniert an und kam zu dem gleichen Ergebnis, zu dem er auch schon beim Anblick der angezogenen Cora gekommen war. Sie war jünger und aufgedonnerter, hielt aber einem ehrlichen Vergleich mit Nora nicht stand. Nicht eine Sekunde lang.

»Guten Morgen«, sagte er.

Cora drehte sich am Schreibtisch herum und lächelte ihm zu. »Oh, Nick! Hast du gut geschlafen?«

»Soweit man mich gelassen hat«, antwortete Nick. »Wo ist Frank?« Er versuchte, Coras aufreizendes Dekolleté nicht zu offen anzustarren – aber es blieb bei dem Versuch.

Cora deutete mit einer Kopfbewegung nach oben. »Er versucht, diese blöden Vögel zu verjagen. Die Mistviecher haben uns die halbe Nacht wach gehalten.« Sie kicherte. »Nicht, dass uns langweilig gewesen wäre.«

Ganz bestimmt nicht, dachte Nick. Laut fragte er: »Er ist oben?«

»Auf dem Dachboden«, bestätigte Cora.

Nick verließ rasch das Zimmer, zog die Tür diesmal ganz hinter sich zu und sah sich suchend um. Die Treppe führte nicht weiter nach oben, aber nur ein paar Schritte entfernt gewahrte er eine weitere, sehr schmale Tür, die ebenso wie die erste nur angelehnt war. Er ging hin, schob sie auf und entdeckte eine schmale Treppe, deren ausgetretene Holzstufen steil in die Höhe führten und alles andere als Vertrauen erweckend aussahen. Der Lärm kam vom oberen Ende der Treppe.

»Frank?«, rief er.

Er bekam keine Antwort, und er sparte sich auch die Mühe, noch einmal zu rufen, sondern lief mit raschen Schritten die Treppe hinauf. Er gelangte auf einen Dachboden, wie erwartet, aber das allein war auch schon alles, was seinen Erwartungen entsprach.

Der Raum war riesig und erstreckte sich ohne Unterbrechung über das gesamte Gebäude. Ein halbes Dutzend aus rohem Backstein gemauerte Kamine erhob sich wie ein Wald bizarrer Stützpfeiler vom Boden bis zur Decke, und soweit er sehen konnte, war der gesamte Dachboden mit Müll und zerbrochenen und halb vermoderten Möbelstücken nur so vollgestopft. In der Luft lag ein derart durchdringender Ammoniakgestank, dass er kaum noch atmen konnte, und die Farbe Weiß überwog bei weitem: Buchstäblich jeder Quadratzentimeter war von einer dicken Guanoschicht bedeckt. Von den Verursachern dieser Verzierung war nichts zu sehen.

Dafür entdeckte er Frank, der lautlos vor sich hin fluchend durch das Durcheinander aus Brettern und zerbrochenen Möbeln stampfte und sein Möglichstes tat, um das Chaos noch zu verschlimmern.

Nick räusperte sich übertrieben, um Franks Aufmerksamkeit zu erlangen. Als es ihm nach dem fünften oder sechsten Versuch gelungen war, fragte er: »Ist das deine neue Art von Frühsport oder suchst du hier oben nach Inspirationen?«

Frank hielt in seinem sinnlosen Randalieren inne und wandte mit einem Ruck den Kopf. Um ein Haar hätte Nick laut aufgelacht, als er in sein Gesicht sah. Auch Frank war über und über verdreckt, voller Staub, Schmutz und Vogeldreck. Das Lachen blieb Nick allerdings im Halse stecken, als er in Franks Augen sah. Der Ausdruck darin war nur noch mit Mordlust zu beschreiben.

»Ich bringe diese verdammten Biester um!«, grollte Frank. »Eins nach dem anderen, das schwöre ich! Ich fange sie ein und drehe ihnen den Hals herum. Erst ihnen, dann diesem Peter und zum Schluss dir. Schau dir diesen Saustall nur an! Alles voller Vogelscheiße! Ich könnte Millionen verdienen, wenn ich Guano verkaufen würde!«

Nick sparte sich den Hinweis, dass sie nur die unteren Etagen gemietet hatten, und selbst die nur zum Teil. Er kannte Frank weiß Gott gut genug, um zu wissen, dass er sich im Grunde alles sparen konnte.

»Komm lieber da raus«, sagte er, so vorsichtig er konnte. »Du könntest dich verletzen.«

»Ich werde jemanden verletzen!«, versprach Frank aufgebracht. »Diese verdammten Mistviecher nämlich! Cora und ich haben die ganze Nacht kein Auge zugetan! Zum Teufel, es hat sich angehört, als ob Dschingis Khans Reiter für den Ernstfall proben!«

»Und du hast ihnen den Krieg erklärt«, vermutete Nick. »Du allein gegen die hunnischen Horden?«

Für einen ganz kurzen Moment flammte der Zorn in Franks Augen noch stärker auf, aber dann zog er eine Grimasse, schüttelte den Kopf – und begann leise zu lachen.

Nick atmete innerlich auf. »Komm da raus«, sagte er, »bevor du dich wirklich noch verletzt. Ich rede nachher mit Peter, damit er ein anderes Zimmer für euch herrichtet. Es sind ja schließlich genug da.«

»Das Zimmer ist schon in Ordnung«, sagte Frank verdrießlich. »Oder wäre es, wenn die Heizung funktionieren würde.«

»Und was wolltest du dann hier oben?«

»Diese verdammten Vögel verscheuchen, was sonst?« Frank begann sich vorsichtig in seine Richtung zu bewegen, wobei er ununterbrochen über irgendetwas stolperte und zweimal um ein Haar gefallen wäre. »Ich dachte, jemand hätte vielleicht ein Fenster offen gelassen oder so was. Aber dieses ganze so genannte Dach ist ein einziger Schweizer Käse.«

Wie fast alles, was Frank sagte oder tat, war das hoffnungslos übertrieben. Aber auch nicht ganz falsch. Der Dachstuhl wies tatsächlich zahlreiche Löcher und Ritzen auf. Die meisten davon waren nicht besonders groß, reichten einem Vogel aber allemal als Durchschlupf.

»Außerdem wollte ich nachsehen, warum dieser beschissene Kamin nicht zieht«, fuhr er fort, sah sich suchend um und deutete schließlich – wie es Nick vorkam, ziemlich wahllos – auf einen der wuchtigen Backsteinkamine. »Das müsste er sein.«

Und bevor Nick auch nur richtig klar wurde, was er vorhatte, ging er zu einem der zahlreichen schmalen Dachfenster, stieß es auf und begann hinauszuklettern.

»Was hast du vor?«, fragte Nick nervös. »Frank – lass den Quatsch!«

Aber Frank dachte gar nicht daran, den Quatsch zu lassen, sondern schob sich mit erstaunlichem Geschick durch die schmale Öffnung und war verschwunden, ehe Nick ihn erreichen konnte.

Nick fluchte, griff nach oben und zog sich mit einiger Mühe ebenfalls in die Höhe. Eiskalte Luft und ein Schwall unangenehmer Feuchtigkeit schlugen ihm ins Gesicht und sein Herz machte einen erschrockenen Satz, als er sah, wie tief der Boden unter ihm lag. Das Dach war nicht besonders steil geneigt, aber die Ziegel waren glitschig und schimmerten vor Nässe und die Beschädigungen sahen von hier oben betrachtet viel schlimmer aus als von unten.

Was Frank nicht daran hinderte, mit scheinbar traumwandlerischer Sicherheit über das Dach zu balancieren und sich schließlich sogar auf die Zehenspitzen zu stellen, um in den Kamin hineinzusehen.

»Das habe ich mir doch gedacht!«, rief er. »Diese verdammten Mistviecher!«

»Komm da runter«, sagte Nick. »Bitte!«

»Diese blöden Biester haben doch tatsächlich ein Nest in den Kamin gebaut!«, fuhr Frank kopfschüttelnd fort. »Unglaublich! Das musst du dir ansehen!« Er klammerte sich mit der linken Hand am Kaminrand fest, streckte den anderen Arm aus, griff, so tief er konnte, in den Kamin und hielt schließlich etwas in die Höhe, was Nick erst auf den zweiten oder dritten Blick als winzigen, noch fast nackten Jungvogel identifizierte. Wahrscheinlich war er gerade erst geschlüpft.

»Da drin sind Dutzende von diesen Biestern. Und noch mehr Eier!«

»Bitte komm wieder rein«, sagte Nick. Seine Stimme klang belegt und er zitterte immer stärker. Selbst wenn er es gewollt hätte, hätte er nicht zu Frank hinaus auf das Dach steigen können.

»Mistviecher«, sagte Frank noch einmal – und keuchte vor Schmerz, als sich der winzige Schnabel des jungen Sperlings tief in die Haut zwischen Daumen und Zeigefinger grub.

Wahrscheinlich wollte er es gar nicht, aber er drückte ganz instinktiv zu und tötete den Spatz damit auf der Stelle.

Was dann geschah, hätte geradewegs aus einem von Franks eigenen Drehbüchern stammen können. Aus dem Kamin stoben nacheinander fünf, sechs, acht, schließlich ein gutes Dutzend Spatzen, die sich ohne zu zögern auf ihn stürzten und mit Schnäbeln und Krallen nach seinem Gesicht schlugen.

Frank keuchte vor Überraschung, zog den Kopf zwischen die Schultern und schlug mit der freien Hand um sich. Er traf tatsächlich einen der winzigen Angreifer, der haltlos davonflatterte, aber die anderen setzten ihre Attacken nur umso wütender fort. Nick bemerkte mit einer Mischung aus Unglauben und Entsetzen, dass Franks Hände bereits mit winzigen Risswunden und Schnitten übersät waren.

»He!«, brüllte Frank. »Aufhören! Haut ab, ihr Mistviecher!« Er schlug immer wütender um sich, fegte einen zweiten Vogel aus der Luft und schrie plötzlich in echtem Schmerz auf. Einer der winzigen Angreifer hatte sein Gesicht attackiert und ihm eine kleine, aber heftig blutende Wunde im Augenwinkel beigebracht. Frank schlug instinktiv mit beiden Händen nach dem Spatz. Er verfehlte ihn, verlor auf den nassen Dachpfannen aber das Gleichgewicht und stürzte. Verzweifelt griff er nach oben, verfehlte den Kamin um Haaresbreite und schlug lang hin. Unverzüglich begann er auf dem abschüssigen Dach zu rutschen.

Nick erstarrte für eine einzige, aber endlos scheinende Sekunde. Alles schien in bizarrer Langsamkeit zu geschehen, als wäre die Zeit plötzlich um einen Faktor fünf oder noch mehr verlangsamt; aber unglücklicherweise erstreckte sich dieser sonderbare Zauber auch auf ihn. Nicks Gedanken rasten. Er weigerte sich zu glauben, was er sah. Dinge wie diese passierten in Franks Filmen, in Büchern von Dean Koontz und Stephen King, aber nicht in Wirklichkeit. Und trotzdem schlitterte Frank jetzt vor seinen Augen kreischend über das Dach. Seine Fingernägel scharrten mit einem Geräusch wie Kreide auf einer Schiefertafel über die Dachziegel, und in wenigen Augenblicken würde er über die Dachkante schlittern und zehn oder zwölf Meter in die Tiefe stürzen. Und es gab nichts, was er dagegen tun konnte. Er versuchte es, aber zu spät und zu langsam.

Frank stürzte nicht. Seine wild herumfuhrwerkenden Hände fanden an einer zerborstenen Dachpfanne Halt und seine Schlitterpartie endete mit einem solchen Ruck, dass Nick den grausamen Schmerz regelrecht zu fühlen glaubte, der durch Franks Hand- und Schultergelenk pulsieren musste.

Nick schüttelte die Lähmung ab, die von ihm Besitz ergriffen hatte, ignorierte die aufkeimende Höhenangst und zog sich mit einem entschlossenen Ruck so weit in die Höhe und aus der Dachluke heraus, wie er es gerade noch konnte, ohne selbst den

Halt zu verlieren. Während er sich mit der linken Hand festklammerte, beugte er sich vor, griff nach Frank und bekam irgendwie seinen Ärmel zu fassen. Frank packte seinerseits zu, suchte mit den Füßen irgendwo nach Halt und kroch mit zusammengebissenen Zähnen Zentimeter um Zentimeter wieder in die Höhe. Nick kam es vor wie eine Ewigkeit, aber vermutlich brauchte er nicht einmal eine Minute, um die Dachluke wieder zu erreichen.

Als er versuchte ihm hereinzuhelfen, verloren sie beide das Gleichgewicht und stürzten aneinander geklammert auf den Dachboden hinab. Franks Knie bohrten sich so unsanft in seine Rippen, dass ihm die Luft wegblieb, und seine Schläfe prallte wuchtig gegen etwas Hartes. Nick sah buchstäblich Sterne und für einen kurzen Moment wurde ihm übel.

Das Erste, was er wieder klar registrierte, war Franks aufgebrachte Stimme. »Verdammt nochmal, bist du wahnsinnig geworden?«, brüllte er. »Warum hast du mir nicht geholfen? Wolltest du zusehen, wie ich mir den Hals breche, verdammt?«

»Ich bin nicht schwindelfrei«, verteidigte sich Nick lahm.

»Verdammte Scheiße, hast du gesehen, was diese kleinen Mistviecher getan haben?«, ereiferte sich Frank. »Die hätten mich um ein Haar umgebracht!«

Nick richtete sich mühsam auf und betastete seinen Kopf und sein Gesicht, als müsse er sich selbst davon überzeugen, nicht verletzt zu sein. Erst dann blickte er Frank ins Gesicht.

Frank bot einen erschreckenden Anblick. Seine Wangen waren mit Rissen und Kratzern übersät, und die Wunde in seinem Augenwinkel blutete immer noch, wenn auch nicht mehr so heftig wie vorher. Frank betastete sie vorsichtig, zog eine Grimasse und blickte dann kopfschüttelnd auf seine zerschundenen Hände hinab. »Diese kleinen Ungeheuer haben mich doch tatsächlich angegriffen! Ich meine: Hast du gesehen, was sie getan haben?«

»Red keinen Unsinn«, murmelte Nick, während er sich umständlich erhob. »Alles, was ich gesehen habe, waren ein paar Tiere, die ihre Brut verteidigt haben.«

Die Erklärung überzeugte nicht einmal ihn selbst. Vögel täten so etwas nicht. Sie mochten durchaus in der Lage sein, ihre Jungen zu verteidigen, aber nicht so.

»Das war ein koordinierter Angriff!«, beharrte Frank. »Und er hätte um ein Haar Erfolg gehabt. Eine Sekunde später, und ich wäre vom Dach gesegelt.«

»Was ist denn da oben los?«, drang Noras Stimme die Treppe herauf. »Nicolas? Frank? Alles in Ordnung?«

»Es ist alles okay!«, antwortete Frank mit erhobener Stimme. Zugleich warf er ihm einen fast beschwörenden Blick zu, dann fuhr er mit erhobener Stimme fort: »Wir kommen runter!«

Sie verließen den Dachboden. Die beiden Frauen erwarteten sie am unteren Ende der Treppe. Nora hatte einen schlichten Morgenmantel übergeworfen und sah darin zwanzigmal besser aus als Cora in ihrem durchsichtigen Nichts. Als sie Frank erblickte, rutschte ihre linke Augenbraue fragend nach oben. Sie sagte nichts. Cora stieß jedoch ein erschrockenes Piepsen aus und schlug die Hände vor den Mund.

»Aber Liebling! Was ist denn passiert?«

»Nichts«, antwortete Frank. »Ich bin ausgerutscht und gefallen, das ist alles. Da oben ist alles voller Müll.«

»Was habt ihr eigentlich dort oben gesucht?«, fragte Nora.

»Nichts«, sagte Frank noch einmal. »Ich habe nur ein paar Vögel verjagt.«

Der Heizungsmonteur kam zwei Stunden später, zusammen mit Peter, der Franks viertelstündige Schimpfkanonade wortlos über sich ergehen ließ und ihn dann mit ungerührtem Gesicht fragte, ob er Rühr- oder Spiegeleier zum Frühstück wünsche.

Nachdem sie gefrühstückt hatten, holte Nick das restliche Gepäck aus dem Wagen und entschuldigte sich dann unter einem Vorwand, um zusammen mit Nora in die Stadt zu fahren.

Stadt war eine glatte Übertreibung. Crailsfelden war ein Kaff – und das war noch geschmeichelt. Der Ort bestand im Grunde nur aus einer einzigen Straße, einem hübschen, aber vor hundert Jahren veralteten Marktplatz und einer Hand voll Häuser, die an kleinen, ungeteerten Seitenstraßen vor sich hin moderten.

Auf einer kleinen Erhebung unweit des Stadtzentrums thronte eine niedergebrannte Ruine, von der Nick nicht mit Sicherheit sagen konnte, ob sie einmal ein Kloster, eine kleine Burg oder einfach nur ein zu groß geratenes Herrenhaus gewesen war. Und damit hörte der interessante Teil auch schon auf.

»Wunderbar«, kommentierte Nora ihre Sightseeingtour. »Ich hoffe, dein Schützling braucht nicht länger als ein paar Wochen, um sein neuestes Meisterwerk zu Papier zu bringen.«

»Wieso?«

»Das fragst du noch?« Sie befanden sich bereits wieder auf dem Rückweg. Nora drehte sich auf dem Beifahrersitz herum und machte eine Geste, die das ganze Tal einschloss, in dem Crailsfelden lag. »Vier Wochen in dieser Weltstadt, und ich bin reif für die Klapsmühle.«

»Sieh es einfach als bezahlten Urlaub an«, sagte Nick unbehaglich. Er war ziemlich sicher, dass Frank nicht in einer oder zwei Wochen mit seinem Drehbuch fertig werden würde. Sein wichtigster – und einziger – Klient hatte seit einem guten Jahr eine Schaffenskrise und er selbst war der Einzige, der das nicht zu wissen schien. Oder es wenigstens nicht wahrhaben wollte. Die selbst gewählte Klausur in diesem gottverlassenen Kaff war nichts anderes als ein letzter, verzweifelter Versuch, die alte Kreativität noch einmal zum Vorschein zu bringen.

Nick bezweifelte insgeheim, dass es ihm gelingen würde. Seiner Meinung nach war das Feuer in Frank erloschen. Da war keine Glut mehr, die man wieder entfachen konnte.

Es war auch nicht nötig. Nicht wirklich. Der Vertrag, den er für Frank ausgehandelt hatte, verlangte kein geniales Meisterwerk, sondern ein Mindestmaß an Handwerk und etwas Fleiß. Wenn er etwas ablieferte, aus dem die unterbezahlten Ghostwriter der Filmgesellschaft einen Film machen konnten, würde es Frank genug Geld einbringen, um seinen aufwändigen Lebensstil noch einige Jahre halten zu können. Und Nora und ihm genug, um einen neuen Start zu probieren. Er musste nur das Kunststück bewältigen, Frank für ein oder zwei Stunden täglich von Cora herunter und an den Computer zu schaffen.

Sie fuhren langsam den Hang hinauf und näherten sich dem Haus. Als Nick den Motor abstellte, beugte sich Nora vor und sah mit gerunzelter Stirn zum Dach empor. Ein ganzer Schwarm winziger Vögel hatte sich über dem Dach erhoben. Nick sah, dass viele von ihnen aus den Kaminen aufstiegen oder darin verschwanden.

»Sie nisten da oben«, sagte er. »In den Kaminen. Sonderbar, nicht?«

Nora nickte, dann fragte sie unvermittelt: »Was ist heute Morgen wirklich da oben passiert?«

Nick zögerte einen Moment, aber dann zuckte er mit den Schultern, zog die Hand wieder vom Türgriff zurück, nachdem er sie bereits ausgestreckt hatte, und erzählte ihr in aller Ausführlichkeit, was geschehen war.

»Unglaublich!«, murmelte Nora, als er fertig war.

»Ich habe auch noch nie gehört, dass Vögel sich so benehmen«, stimmte Nick ihr zu, aber Nora schüttelte heftig den Kopf.

»Das meine ich nicht«, sagte sie empört. »Du hast dem Kerl das Leben gerettet und er beschimpft dich dafür?«

»Habe ich nicht«, antwortete Nick. »Ich habe wie gelähmt dabeigestanden und zugesehen. Er wäre auch ohne mich wieder hereingekommen. Er hatte Recht, mich zu beschimpfen, weißt du?«

»Aber du bist nicht schwindelfrei!«, ereiferte sich Nora.

»Darum geht es nicht«, widersprach Nick. »Ich war feige, weißt du? Ich meine: Für ein oder zwei Sekunden war ich fest davon überzeugt, dass er vom Dach fallen würde. Ich war davon überzeugt, aber ich habe keinen Finger gerührt, ihm zu helfen.«

»Erwartest du jetzt, dass ich dir Vorwürfe mache, dass du nicht dein eigenes Leben riskiert hast, um das dieses Angebers zu retten?«, fragte Nora. »Wenn ja, kannst du lange warten. Du wärest vom Dach gefallen, weißt du das? Dir wird ja schon schlecht, wenn du auf einem Schemel stehst!«

Natürlich hatte sie damit Recht. Aber sie hatte anscheinend gar nicht verstanden, worüber er sprach. Es ging nicht darum, dass er Frank nicht hatte helfen können. Er war gar nicht auf die Idee gekommen, ihm zu helfen. Was, so fragte er sich, wenn eines Tages vielleicht Nora in Lebensgefahr geriet und er wieder nur einfach da stand, gelähmt vor Schrecken, und gar nicht auf die Idee kam, ihr zu helfen?

Er stieg aus, bevor sie eine weitere Frage stellen oder etwas sagen konnte, und ging mit schnellen Schritten zum Haus. Die Tür ging auf und Frank kam ihm entgegen. Nick war in diesem Moment beinahe froh, ihn zu sehen.

Allerdings nur so lange, bis Frank zu reden begann.

»Wo zum Teufel bist du gewesen?«, fauchte er. »Wieso bist du nie hier, wenn ich dich brauche?«

Nick überging die Frage und bemühte sich, so ruhig wie möglich zu bleiben. »Was ist jetzt schon wieder passiert?«, fragte er.

»Dieser bescheuerte Heizungsmonteur war hier!«, antwortete Frank. Er war äußerst aufgebracht und trat vor lauter Nervosität von einem Fuß auf den anderen. »Er hat eine Stunde an der Heizung herumgepusselt und dann erklärt, dass er irgend so ein beschissenes Ersatzteil braucht, das er frühestens in drei Tagen bekommen kann. Was denkt sich dieser Idiot? Wir werden uns hier den Arsch abfrieren!«

Nick seufzte. Frank hatte sich offensichtlich vorgenommen, an diesem Tag keinen einzigen Satz ohne ein Schimpfwort oder einen Fluch auszusprechen. »Das ist ärgerlich«, sagte er. »Aber wir finden schon eine Lösung. Das Haus ist groß genug. Vielleicht zieht ja einer der Kamine gut genug, damit wir ein Feuer machen können.«

»Eine phantastische Idee«, sagte Frank böse. »Mit Volldampf zurück in die Steinzeit, wie? Habe ich dir schon gesagt, was ich von deinen Fähigkeiten als Makler halte?«

»Mehrmals«, antwortete Nick kühl. »Aber ich bin es nun einmal nicht. Ich habe auch nie behauptet, so etwas zu können. Wenn dir nicht gefällt, was ich gefunden habe, suchen wir etwas anderes. Aber das machst du dann vielleicht besser selbst.«

Frank blinzelte. Er war Widerspruch von Nick nicht gewohnt, und in so aggressivem Ton schon gar nicht. Nick wunderte sich ein bisschen über sich selbst und plötzlich musste er sich beherrschen, um nicht noch einmal nachzulegen. Die Überraschung auf Franks Gesicht tat ungemein wohl. Aber jetzt war nicht der richtige Zeitpunkt. Abgesehen davon hatte Frank Recht. Sie bezahlten eine astronomische Summe, um in diesem Gebäude wohnen zu können. Das Mindeste, was sie erwarten konnten, war eine funktionierende Heizung.

»Ich rede gleich noch einmal mit Peter«, versprach er. »Auch über den Dachboden.«

»Tu das«, sagte Frank. Er klang immer noch verwirrt.

Nick ging an ihm vorbei, betrat das Haus und machte sich auf die Suche nach Peter.

Zum ersten Mal sah er das Gebäude im hellen Tageslicht. Es wirkte jetzt größer, nicht mehr ganz so düster und unheimlich, aber noch verfallener. Die Dunkelheit gestern hatte einen barmherzigen Schleier über alles gebreitet, aber das helle Sonnenlicht, das die Räume nun erfüllte, zeigte ihm dafür jedes winzige Detail mit umso deutlicherer Brutalität. Das Haus war wenig mehr als eine Ruine. Auch wenn Nick es nicht gerne zugab: Frank hatte Recht. Der Makler, der ihm dieses Haus vermittelt hatte, hatte sie betrogen. Oder war selbst betrogen worden, was aber im Endeffekt keinen Unterschied machte.

Er fand Peter da, wo sie ihn auch gestern Abend getroffen hatten: in einem winzigen Raum auf der anderen Seite des Hauses. Er saß am Tisch und aß mit einem rostigen Taschenmesser Ölsardinen aus einer Dose.

Nick kam ohne Umschweife zur Sache. »Das mit der Heizung geht so nicht«, sagte er.

»Der Monteur war gerade hier«, antwortete Peter, aber Nick schnitt ihm sofort und in scharfem Ton das Wort ab.

»Das weiß ich. Und ich weiß auch, dass er mindestens noch drei Tage braucht, um die Heizung wieder in Gang zu bringen. Aber das ist inakzeptabel.«

»Die Anlage ist schon seit Jahren nicht mehr benutzt worden«, antwortete Peter. »Da kann es schon einmal vorkommen, dass ein Teil ausfällt.«

»Das ist nicht mein Problem«, sagte Nick. Er machte eine zornige Geste, als Peter antworten wollte, und fuhr in hörbar schärferem Ton fort. »Wir zahlen eine Menge Geld für dieses Haus und

Sie hatten weiß Gott Zeit genug, sich um die Heizung zu kümmern. Immerhin habe ich den Mietvertrag vor drei Wochen unterzeichnet.«

»Ich habe es erst gestern erfahren.«

»Wie gesagt«, antwortete Nick, »das ist nun wirklich nicht mein Problem. Es wird hier abends ziemlich kalt und ich zahle kein Vermögen dafür zu frieren.«

Peter sah ihn vorwurfsvoll an. »Ich kann versuchen, noch ein paar Radiatoren aufzutreiben«, sagte er.

»Tun Sie das«, grollte Nick. »Oder, noch besser, jemanden, der die Heizung repariert.«

»Heute ist Samstag«, erinnerte Peter. »Ich müsste den Notdienst rufen. Aber der kommt aus der Stadt, und das wird teuer. Und ich weiß nicht, ob sie überhaupt kommen.«

»Warum versuchen Sie es nicht einfach?«, fragte Nick ärgerlich. »Es gibt da so eine neumodische Erfindung, die sich Telefon nennt, wissen Sie? Man tippt eine Nummer ein und schon kann man mit Menschen sprechen, die kilometerweit entfernt sind.«

Peter sah ihn vier oder fünf Sekunden lang schweigend an. Er sah verletzt aus, aber es hätte dieses Blickes nicht einmal bedurft, damit Nick sich mies fühlte. Schließlich stand Peter auf, klappte sein Taschenmesser zusammen und verließ, noch immer ohne ein Wort gesagt zu haben, das Zimmer.

Der Tag hatte schlecht angefangen und er ging nicht sehr viel besser weiter. Frank und Cora verschwanden für den Rest des Vormittages in ihrem Zimmer, um das zu tun, was sie immer taten, wenn Cora nicht Computer spielte oder Frank auf der Tastatur herumhämmerte, ohne irgendetwas wesentlich Sinnvolleres als die Highscores von Coras Spielen zustande zu bringen, und Nora ließ sich von Peter die Räume zeigen, die sie offiziell gemietet hatten. Wie sich herausstellte, handelte es sich um ein Viertel des weitläufigen Gebäudes, und noch dazu um einige kleinere, eher spärlich ausgestattete Räume.

Nick konnte sich Franks Kommentar dazu so lebhaft vorstellen, dass er es vorzog, ihn sich gar nicht erst anzuhören. Als er hörte, dass die Tür oben auf der Galerie geöffnet wurde, verließ er die Halle und machte sich daran, den Rest des Hauses einer neuerlichen, eingehenderen Inspektion zu unterziehen.

Das Ergebnis entsprach seinen Erwartungen, war aber trotzdem überraschend. Das Haus befand sich in einem erbärmlichen Zustand. Es war noch nicht wirklich eine Ruine, aber auch nicht mehr sehr weit davon entfernt. Der Verfall hatte es fest im Griff, Nicks Schätzung nach seit mindestens zehn Jahren, und er würde es in spätestens zehn Jahren vernichtet haben. Nick liebte alte Häuser und diese Passion brachte es mit sich, dass er auch die Spuren ihrer schlimmsten Feinde erkannte. Im Mauerwerk des Hauses hatte sich Schwamm ausgebreitet und viele – wenn auch noch nicht zu viele – der schweren Stützbalken waren vom Holzbock oder anderen Schädlingen befallen. Feuchtigkeit und Moder hatten ein Übriges getan. Das Haus war zweifellos zu retten, aber nicht mehr lange. Zumindest nicht zu einem akzeptablen Preis. Das war der Teil, den er erwartet hatte. Was ihn überraschte, war das, was er nicht erwartet hatte: Das Haus war eine Schatztruhe. Das Zimmer, das Nora und er bewohnten, war nicht die Ausnahme, sondern die Regel. Die vom Schwamm befallenen Wände verbargen sich zum Großteil hinter kostbaren Seidentapeten. Die mit fleckigen weißen Tüchern abgedeckten Möbel waren ausnahmslos antik und entsprechend wertvoll und allein die Kronleuchter aus geschliffenem Kristall waren wahrscheinlich mehr wert, als Frank mit seinen beiden letzten Drehbüchern verdient hatte. Mit jeder Minute, die Nick durch das Haus streifte, verstand er weniger, warum sein Besitzer es einfach dem Verfall anheim gegeben hatte. Es konnte unmöglich am Geld liegen. Es hätte genügt, einen kleinen Teil des Mobiliars zu verkaufen, um das nötige Geld für die Renovierungsarbeiten aufzutreiben.

Aber was ihn am meisten überraschte, waren die Bilder. Angesichts der späten Stunde und der nicht besonders glücklichen Umstände ihrer Ankunft hatte er ihnen zwar gestern Abend kaum Beachtung geschenkt, aber zumindest ihre große Anzahl war ihm bereits aufgefallen. Es mussten buchstäblich Hunderte sein. Nahezu jeder freie Quadratmeter der Wände wurde von Bildern in allen nur erdenklichen Größen und Ausführungen bedeckt: Es gab postkartengroße Farbfotografien in schmucklosen Glasrahmen, kunstvolle Ölgemälde und Drucke, Lithographien und Holzschnitte in Rahmen, die für sich allein genommen schon ein Vermögen wert sein mussten, und sie zeigten ausnahmslos die gleichen Motive: Vögel. Jede nur erdenkliche Art von Vögeln. Es gab Bilder einfacher Spatzen und gemeiner Schwalben, farbenprächtige Ölgemälde schreiend bunter Papageien und exotischer Singvögel, stilisierte Schwarzweißdarstellungen und fotorealistische Gemälde, selbst eine oder zwei Abbildungen längst ausgestorbener, prähistorischer Vögel.

Nick lief sicher eine halbe Stunde oder länger durch das Haus und betrachtete die Abbildungen von Vögeln, Arten, von denen er zum allergrößten Teil nicht einmal etwas gehört, geschweige denn sie gesehen hatte. Vor allem ein überlebensgroßes, in fotorealistischer Manier gemaltes Bild, das an der Wand über der Treppe aufgehängt war, schlug ihn in seinen Bann. Es zeigte einen graubraunen Greifvogel, den er auf den ersten Blick für einen Falken hielt. Allerdings erschien er ihm dafür zu klein, zumindest, wenn die Äste und Blätter im Hintergrund in realistischen Proportionen dargestellt waren. Und er kam ihm auch auf schwer in Worte zu fassende Weise … edler vor. Der Künstler hatte einen Ausdruck von Klugheit und Wissen in die Augen des Tieres gebannt, der fast unheimlich war.

»Es ist schön, nicht?«

Nick erkannte die Stimme als die Peters, drehte sich aber nicht zu ihm um, sondern nickte nur und sah weiter zu dem goldgerahmten Bild empor. »Was ist das?«, fragte er.

»Ein Merlin«, antwortete Peter. »Jedenfalls glaube ich es. Ganz sicher bin ich nicht. Es gibt so viele Bilder von Vögeln hier.«

Nick trat einen Schritt zurück, sah noch zwei oder drei Sekunden lang zu dem Bild hinauf und drehte sich dann doch zu Peter um. »Das ist mir auch aufgefallen«, sagte er. »Warum?«

Peter hob die Schultern, aber Nick hatte das sichere Gefühl, dass die Geste nicht echt war. »Der Besitzer des Hauses war vernarrt in Vögel«, sagte er. »Jedenfalls sagt man das.«

»Sagt man?«

Peter zuckte erneut mit den Schultern. »Ich habe ihn nicht gekannt«, erklärte er. »Die Leute behaupten, dass er ein bisschen verrückt gewesen ist. Er hat sein ganzes Leben den Vögeln gewidmet. Hat sie dauernd fotografiert, ihre Stimmen auf Band aufgenommen und so weiter.« Er lachte. »Er hat sogar sein Haus den Vögeln vermacht.«

»Was?«, fragte Nick.

Peter machte eine flatternde Geste, die das gesamte Haus einschloss und seiner Hand selbst etwas von einem Vogel verlieh. »Er hat eine ... wie nennt man das: Stiftung?« Nick nickte, und Peter fuhr fort. »Eine Stiftung gegründet. Eine ziemliche Stange Geld, sagt man jedenfalls. Einzige Bedingung ist, dass das Haus nicht verkauft oder vollständig vermietet werden darf. Es gehört den Vögeln. Sie nisten überall, wissen Sie? Selbst in den Kaminen.«

»Das haben wir gemerkt«, sagte Nick.

»Ich darf nur die Zimmer vermieten, in denen keine Vögel nisten«, fuhr Peter fort. Er seufzte. »Es werden immer weniger. In ein paar Jahren werden sie wohl das ganze Haus übernommen haben.«

»Und ein paar Jahre später ist nichts mehr davon übrig«, fügte Nick hinzu. »Das ist Ihnen doch klar, oder?«

»Was soll ich machen? Ich bin nur der Verwalter.«

»Trotzdem«, beharrte Nick. »Es ist schade. Es ist so ein wunderbares altes Haus. Ich finde nicht, dass man es einfach so verfallen lassen sollte.«

»Ich bin nur der Verwalter«, sagte Peter noch einmal. Dann wechselte er sowohl das Thema als auch die Tonlage. »Ich muss jetzt gehen. Ich habe noch zu tun.«

Er wollte gehen, aber Nick hielt ihn mit einer raschen Bewegung zurück. »Peter.«

»Ja?«

»Wegen heute Morgen«, begann Nick. Ihm war ein wenig unbehaglich zumute und in der ersten Sekunde wusste er nicht genau, was er sagen sollte. Er war nie besonders gut darin gewesen, sich zu entschuldigen. Aber er hätte sich noch unbehaglicher gefühlt, hätte er geschwiegen. »Ich war ein bisschen grob zu Ihnen, fürchte ich. Es tut mit Leid. Ich entschuldige mich dafür.«

»Das ist nicht nötig«, antwortete Peter. »Sie haben ja Recht.«

»Trotzdem«, beharrte Nick. »Ich war ein bisschen nervös.«

»Er ist Ihr Freund, nicht?«

Die Frage kam so plötzlich, dass Nick ganz automatisch nickte, und Peter fuhr fort: »Er ist kein guter Mensch.«

»Ich weiß«, antwortete Nick. »Unglücklicherweise ist er mein Boss.« Er blieb sehr ernst, als er diese Worte sagte, und er fragte sich gleichzeitig, warum er es überhaupt tat. Peters Worte enthielten eine Vertrautheit, die ihm nicht zustand.

Peter schien den Stimmungswechsel zu spüren, denn er sprach nicht weiter, sondern sah ihn nur noch eine oder zwei Sekunden fragend an und drehte sich dann endgültig herum, um zu gehen. Diesmal hielt Nick ihn nicht zurück.

Nora hatte ein mittelgroßes Wunder vollbracht. Obwohl selbst Peter behauptet hatte, dass es unmöglich sei, hatte sie die Küche aufgeräumt und zumindest einige Elektrogeräte wieder in Gang gebracht, sodass sie am späten Nachmittag zu einer einfachen, aber wohlschmeckenden Mahlzeit zusammenkommen konnten.

Überhaupt war der Rest des Tages weitaus angenehmer – und vor allem stressfreier – verlaufen, als Nick zu hoffen gewagt hatte. Cora und Frank hatten sich bis zum Abendessen praktisch nicht blicken lassen, aber offensichtlich hatten sie nicht nur im Bett gelegen, denn als sich Nick nach dem Essen – unter Noras missbilligenden Blicken, aber trotzdem mit großem Genuss – eine Zigarette anzündete, stellte Frank mit einem triumphierenden Lächeln seinen Laptop auf den Tisch, schaltete ihn ein und präsentierte ihm die ersten zehn Seiten seines neuen Skripts.

Und es war gut. Vielleicht war das die größte Überraschung überhaupt. Nick ließ die Zeilen mit wachsender Verblüffung über den kleinen Bildschirm des Computers rollen und wartete darauf, dass das Feuer, das er in den ersten Zeilen spürte, wieder erlosch, aber das geschah nicht. Im Gegenteil. Es wurde von Zeile zu Zeile besser.

»Nun?«, fragte Frank, als er zu Ende war und das Gerät ausschaltete. Er bemühte sich, ein möglichst gelangweiltes Gesicht zu machen, aber Nick spürte seine Nervosität deutlich. Frank war ein Mensch, der Lob brauchte. Sogar wenn er selbst wusste, dass es nicht berechtigt war. Aber in diesem Fall war es berechtigt.

»Das ist phantastisch«, sagte er.

»Du übertreibst.« Offensichtlich hatte Nick noch nicht genug gelobt.

»Nein«, sagte Nick. »Es ist wirklich gut. Das ist wieder der alte Frank, den ich kenne. Wenn du so weitermachst, wird es ein grandioses Skript.«

Er sah aus den Augenwinkeln, dass Cora einen Kaugummistreifen auswickelte und in den Mund schob, während Nora ihn mit einem fragenden Stirnrunzeln ansah, als überlege sie, ob diese Worte wirklich ernst gemeint waren.

»Und ob es so bleibt!«, behauptete Frank. »Ich platze vor Ideen! Ich habe fast das komplette Buch fertig im Kopf. Ich glaube, ich mache heute Abend noch weiter.« Er klappte den Laptop mit einem Knall zu und grinste über das ganze Gesicht. »Ich nehme alles zurück, was ich über dich gesagt habe – und sogar das meiste von dem, was ich gestern und heute über dich gedacht habe.«

Nick blickte fragend und Cora bemühte sich ohne großen Erfolg, eine Kaugummiblase zu produzieren.

»Dieses Haus ist zwar eine Ruine, aber es scheint mich zu inspirieren«, erklärte Frank.

Das hatte Nick bereits gespürt, als er Franks Text las. Die Geschichte begann auf einem Dachboden, der ziemlich viel mit dem gemein hatte, auf dem sie heute Morgen gewesen waren.

»Nur das Haus?«, fragte Cora.

»Natürlich nicht, Liebling«, antwortete Frank zynisch. »An dir gibt es auch zwei oder drei Dinge, die mich inspirieren. Wenn auch nicht unbedingt dazu, Geschichten zu schreiben.« Er machte eine fast herrische Geste und wechselte wieder das Thema. »Aber du hast vollkommen Recht, Nick: Der alte Frank ist wieder da und ich kann dir sagen, er ist besser in Form denn je. Was haltet ihr davon, wenn wir diese Wiedergeburt heute Abend ein bisschen feiern?«

»Feiern?« Die Aussicht, noch einmal nach Crailsfelden hineinfahren zu müssen, um etwas zum Feiern zu besorgen, stimmte ihn nicht gerade fröhlich. Außerdem war er nicht einmal sicher, ob um diese Uhrzeit in einem Kaff wie Crailsfelden noch ein Geschäft geöffnet hatte.

»Hältst du das für klug?«, fragte er vorsichtig. »Ich meine: Wenn man einmal eine Serie hat, sollte man sie nicht unterbrechen, sondern laufen lassen, oder?«

»Sei nicht langweilig«, antwortete Frank. »Außerdem habe ich nicht gesagt, dass ich mich sinnlos voll laufen lassen will. Ich sprach von feiern.«

Was auf dasselbe hinauslaufen würde, dachte Nick. Aber er sparte es sich zu widersprechen. In dieser Beziehung war Frank wie ein kleines Kind: Wenn er seinen Willen nicht bekam, schaltete er auf stur.

»Fahr in die Stadt und besorg ein paar Sixpacks«, sagte Frank. »Die beiden Frauen und ich sehen uns inzwischen nach einem Zimmer zum Feiern um. Es sind ja genug da.«

»Lasst euch von Peter die Räume zeigen, die ihr benutzen dürft«, sagte Nick, mehr an Nora als an Frank gewandt. Er hatte ihr erzählt, was er von Peter erfahren hatte. Sie antwortete mit einem Blick, der ein Stück Kohle zum Gefrieren gebracht hätte, und Nick entschuldigte sich in Gedanken bei ihr. Die Vorstellung, mit Frank und Cora allein hier bleiben zu müssen, stimmte sie offenbar nicht besonders fröhlich.

»Ich beeile mich«, versprach er.

Ganz wie er erwartet hatte, hatte an einem Samstagnachmittag in Crailsfelden kein Geschäft mehr geöffnet. Aber es gab eine kleine Tankstelle, nur einen viertel Kilometer außerhalb der Stadt, an der er ein paar Knabbereien, eine halbe Kiste Cola und genau das besorgte, was Frank ihm aufgetragen hatte: Zwei Sechserpacks Bier. Kleine Dosen. Genug, um fröhlich zu werden, aber nicht genug, um sich richtig zu betrinken. Auch, wenn Frank das anders sah, war er der Meinung, dass sie die Glückssträhne nicht unterbrechen sollten. Was Frank ihm vorhin gezeigt hatte, war gut. Vielleicht, wenn er ihn richtig motivierte, würde er in ein, zwei Wochen das Skript fertig haben, das sie beide so dringend brauchten, und dann …

Adieu, Crailsfelden, und vor allem: Adieu, Frank. Auf hoffentlich Nimmerwiedersehen.

In einer Beziehung hielt er nicht Wort: Er beeilte sich nicht, sondern ließ sich im Gegenteil eine Menge Zeit. In der Tankstelle investierte er eine gute Viertelstunde, um ein Schwätzchen mit dem Tankwart zu halten und auf diese Weise vielleicht ein wenig mehr über das Haus und vor allem seine Vorgeschichte herauszufinden. Allerdings ohne Erfolg. Der Mann konnte ihm kaum mehr sagen, als er bereits von Peter wusste. Der ehemalige Besitzer des Hauses war ein Sonderling gewesen, der die letzten zehn Jahre seines Lebens ausschließlich den Vögeln gewidmet und Menschen gemieden hatte, wo es nur ging.

Er fuhr nicht auf dem direkten Weg zurück, sondern machte eine zweite, gemächliche Runde durch den Ort, ohne dabei mehr zu entdecken als beim ersten Mal. Crailsfelden war ein Kaff, das von Gott und der Welt verlassen zu sein schien. Wären nicht die Fernsehantennen und Satellitenschüsseln gewesen, die Tankstelle und die sauber asphaltierte Straße, hätte der Ort genauso gut aus dem letzten oder vorletzten Jahrhundert stammen können. Oder auch aus dem vorvorletzten. Das einzig Interessante war die verbrannte Ruine in seiner Mitte. Nick spielte einige Minuten ernsthaft mit dem Gedanken hinaufzufahren und sie etwas genauer in Augenschein zu nehmen, verschob diese Idee aber auf später. Nur für den Fall, dass Frank eine weitere Inspiration brauchte. Schließlich konnte er nicht damit rechnen, dass er jeden Morgen fast vom Dach fiel.

Was er schon einmal erlebt hatte, wiederholte sich: Als er sich dem Haus näherte, wurde er immer langsamer, ohne es auch nur zu merken. Es begann zu dämmern. Im blasser werdenden roten Licht des Abends erschien das Haus wie ein schwarzer, tiefenloser Scherenschnitt, in dem die beiden einzigen erleuchteten Fenster wie herausgestanzte, gleißende Löcher wirkten. Zahllose winzige dunkle Punkte umtanzten das Dach. Vögel. Die Spatzen, die sie am Morgen gesehen hatten. Kein Wunder, dass Frank und Cora kein Auge zugetan hatten, dachte Nick. Es war unmöglich, die Zahl der Tiere auch nur zu schätzen, aber sie ging mit Sicherheit eher in die Tausende als in die Hunderte.

Benahmen sich Vögel so? Nick hatte keine Ahnung, bezweifelte es aber instinktiv. Vogelschwärme waren eine Sache, aber dass sich Tausende von Sperlingen zusammenfanden und wie ein Fledermausschwarm in einem alten Dachstuhl nisteten, hatte er noch nie gehört.

Andererseits, dachte er spöttisch, gehörte ihnen das Haus. Immerhin hatten sie es ganz offiziell geerbt.

Er parkte den Wagen ein gutes Stück weiter vom Haus entfernt als nötig, nahm die beiden Plastiktüten mit seinen Einkäufen vom Beifahrersitz und stieg aus. Als er die Tür abschloss, stellte er sich dabei so ungeschickt an, dass er den Schlüsselbund fallen ließ. Mit einem gemurmelten Fluch bückte er sich danach, tastete einen Moment blind im Gras herum und fand ihn.

Etwas berührte mit einem weichen, sonderbar gedämpften Laut den Wagen. Nick sah hoch und hätte um ein Haar aufgeschrien.

Unmittelbar vor seinem Gesicht hockte ein winziger Spatz. In der Dunkelheit war das Tier selbst kaum mehr als ein Schatten, der eigentlich nur zu erkennen war, weil er sich gegen den hellen Lack des Wagens abhob. Trotzdem konnte er seine Augen deutlich erkennen.

Etwas lag in diesem Blick, was nicht hineingehörte. Keine Intelligenz. Keine verschlagene Schläue oder irgendetwas Böses, Dämonisches. Nichts von alledem, was in einem von Franks Manuskripten gestanden hätte, hätte er diese Szene beschrieben. Und trotzdem … war da etwas.

Nick konnte es nicht in Worte fassen, aber es war da. Und es machte ihm Angst.

Er rief sich in Gedanken zur Ordnung. Es war nur ein Vogel, mehr nicht. Ein harmloses kleines Tier, das mit Sicherheit sehr viel mehr Angst vor seinem Gegenüber hatte als Nick umgekehrt. Er begann hysterisch zu werden. Ausgerechnet er! Er lachte nervös, richtete sich vollends auf und das Grinsen erstarrte auf seinen Lippen.

Der Vogel war nicht allein gekommen.

Auf den Kotflügeln, der Motorhaube, dem Dach und dem Kofferraum, überall auf dem Wagen, saßen winzige geflügelte Bälle, die ihn aus schimmernden Knopfaugen anstarrten. Und nicht nur sie. Plötzlich wurde ihm klar, dass auch die Wiese, auf der er den Volvo geparkt hatte, nicht mehr leer war. Überall rings um ihn herum hockten Vögel. Hunderte.

Keines der Tiere bewegte sich oder gab auch nur den mindesten Laut von sich. Sie hockten einfach da und starrten ihn an und es dauerte nur eine Sekunde, bis aus Nicks Unbehagen etwas wurde, was verdächtig an nackte Angst grenzte.

»He«, sagte Nick nervös. »Was ... was soll denn das? Ich meine: Habe ich was falsch gemacht? Stehe ich vielleicht auf eurem Parkplatz oder so was?«

Die Vögel reagierten weder auf seine Bewegung noch auf den Klang seiner Stimme, sondern starrten ihn weiter an. Es war unheimlich. Und es machte ihm mit jeder Sekunde mehr Angst. Sein Herz schlug so hart, dass er es bis in die Fingerspitzen fühlen konnte. Diese Vögel waren nicht zufällig hier. Er war nicht versehentlich in irgendein Familientreffen bei Spatzens hineingestolpert. Sie hatten eindeutig auf ihn gewartet. Und sie blickten auch nicht zufällig oder aus reiner Neugier in seine Richtung, sondern starrten ihn an.

Aber warum?

Natürlich war das Unsinn. Vögel taten so etwas nicht. Es musste irgendeine natürliche Erklärung für dieses seltsame Verhalten geben. Und trotzdem stand er da, spürte die Blicke der Tiere wie die Berührung unzähliger winziger kalter Hände auf sich und versuchte mit aller Kraft sich nicht vor Angst nass zu machen. Zu seiner eigenen Überraschung hörte er sich sagen: »Es ist alles in Ordnung, Leute. Versteht ihr? Ich meine: Wir wollen euch nicht stören. Wir bleiben nur ein paar Tage und wir respektieren euer Gebiet. Das Haus ist schließlich groß genug für uns alle. So etwas wie heute Morgen kommt nicht noch einmal vor. Versprochen.«

Die Vögel starrten ihn weiter an. Fünf Sekunden. Zehn. Eine gute halbe Minute verging weiter in absoluter, unheimlicher Stille, dann erhob sich der erste Vogel mit raschen Flügelschlägen in die Luft und alle anderen folgten ihm. Für einige Augenblicke schien das Universum nur noch aus schwirrenden Flügeln und flatternder hektischer Bewegung zu bestehen, dann war der Spuk vorbei.

Nick starrte dem Vogelschwarm fassungslos nach. Seine Finger zitterten plötzlich so stark, dass er Mühe hatte, die beiden Plastiktüten zu halten. Nachdem das Geräusch des Vogelschwarms verklungen war, war es beinahe noch stiller geworden und er hätte erleichtert sein müssen, aber das Gegenteil schien der Fall. Das unheimliche Erlebnis hatte ein Gefühl in ihm hinterlassen, mit dem er so schnell nicht fertig werden würde.

Unsicher drehte er sich noch einmal im Kreis, sah aber keine weiteren Vögel mehr und machte sich schließlich auf den Weg zum Haus. Das war lächerlich. Hatte er gerade wirklich mit Spatzen geredet?

Er schüttelte den Kopf und zwang ein Grinsen auf seine Lippen, das Äquivalent eines nervösen Pfeifens. Seine Schritte wurden schneller. Noch ein bisschen mehr und er wäre gerannt.

Das Haus kam ihm sonderbar leer vor, als er es betrat, und auf schwer fassbare Weise verändert. Düsterer?

Nick schüttelte ärgerlich den Kopf. Das Haus hatte sich in keiner Weise verändert. Er hatte etwas mit hereingebracht, aber es war nichts Unheimliches oder gar Mystisches, sondern nichts anderes als eine gehörige Portion Hysterie.

Er rief laut zuerst Noras, dann Franks Namen, bekam keine Antwort und ging mit schnellen Schritten zur Treppe. Kurz bevor er sie erreichte, gewahrte er einen Lichtschimmer, der unter einer der Türen hervordrang. Mit einem unguten Gefühl registrierte er, dass es sich um eines der Zimmer handelte, die sie nicht gemietet hatten. Vogelgebiet.

Nick verscheuchte den Gedanken. Er ärgerte ihn. Gut, sein Erlebnis war unheimlich gewesen, aber er würde eine Erklärung dafür finden. Und selbst wenn nicht, machte er es nicht besser, wenn er mehr hineingeheimniste, als darin war.

Er öffnete die Tür und blieb verblüfft stehen.

Es war eines der Zimmer, die er tagsüber inspiziert hatte, aber er erkannte es kaum wieder. Die weißen Tücher, mit denen die Möbel abgedeckt gewesen waren, waren verschwunden und Frank und die beiden Frauen hatten bereits den schlimmsten Staub entfernt und einen Teil des Mobiliars umgruppiert: Zwei kleine Couchs und ein Tisch waren vor den Kamin gerückt worden und Frank hatte sein Kofferradio aus dem Zimmer geholt und eingeschaltet. Die Musik war das übliche Techno-Gedudel, das Frank zwar ebenso wenig mochte wie er, aber trotzdem fast ununterbrochen hörte – wahrscheinlich, weil er glaubte, es verleihe ihm ein jugendliches Image. Was es nicht tat. Frank hatte die vierzig schon seit einer geraumen Weile hinter sich, und man sah es ihm an.

Nora kam auf ihn zu, blieb mitten in der Bewegung stehen und sah ihn fast erschrocken an. »Nick? Was ist los? Du … siehst aus, als hättest du ein Gespenst gesehen!«

Sah man es ihm so deutlich an? Nick zwang sich zu einem Lächeln und hob die Schultern. »Ein Kaninchen«, log er. »Ich hätte es fast überfahren. Aber keine Angst – es ist nichts passiert.«

Frank sah ihn stirnrunzelnd an und Nick fügte rasch hinzu: »Dem Wagen ist auch nichts passiert.« Er lud die beiden Plastiktüten auf dem Tisch ab und sah sich mit offenkundiger Missbilligung um. »Würdet ihr mir verraten, was ihr hier tut?«

»Wir räumen auf«, antwortete Frank.

»Das meine ich nicht«, sagte Nick. »Ich meine dieses Zimmer. Wir haben hier eigentlich nichts verloren.«

»Jetzt mach dich nicht nass«, sagte Frank spöttisch. »Peter der Große ist nicht da und diesen blöden Geiern wird es wohl nichts ausmachen, wenn wir uns eines ihrer Zimmer leihen. Außerdem machen wir nichts kaputt.«

»Ganz im Gegenteil«, fügte Cora hinzu. »Wir haben aufgeräumt!«

Nick sparte sich eine Antwort. Davon abgesehen, dass er keine

Lust hatte, sich mit Kaugummi-Cora zu streiten, hatte sie Recht. Das Zimmer hatte sich auf erstaunliche Weise verändert. Die wenigen Handgriffe, die die drei getan hatten, hatten aus einer Rumpelkammer ein fast behagliches Zimmer gemacht. Vor den hohen Fenstern hingen schwere, dunkelrote Samtvorhänge, die ihm zuvor nicht einmal aufgefallen waren. Der Kronleuchter unter der Decke funkelte, als wäre er frisch poliert.

Trotzdem hatte er kein gutes Gefühl. Es war albern. Durch und durch idiotisch. Und trotzdem war da das nagende Gefühl in ihm, dass er das Wort, das er den Vögeln gegeben hatte, nicht ungestraft brechen durfte.

»Ich … finde das nicht gut«, sagte er lahm. »Wir haben einen Mietvertrag, in dem eindeutig –«

»Jetzt reicht's«, unterbrach ihn Frank, nicht einmal lauter als bisher, aber mit einem scharfen Ton in der Stimme, den Nick nur zu gut kannte. »Über diesen so genannten Mietvertrag werden wir bei passender Gelegenheit noch reden. Wir zahlen einen Wucherpreis für zwei Zimmer, von denen eines nicht einmal richtig beheizt ist. Und wenn es Ärger gibt, dann bekomme ich ihn, nicht du.«

»Hört auf«, mischte sich Cora ein. »Müsst ihr unbedingt streiten?«

»Natürlich nicht«, sagte Frank. »Du hast Recht, Liebling. Kommt! Lasst uns einen draufmachen.« Er trat zum Tisch, blickte in Nicks Plastiktüte und machte ein enttäuschtes Gesicht. »Ist das alles?«

»Es wird schon reichen«, antwortete Nick. »Oder willst du bis zur Besinnungslosigkeit trinken? Falls du das gesagt haben solltest, muss es mir entgangen sein.«

Frank holte tief Luft, um entsprechend zu antworten, aber diesmal war es Nora, die schlichtend eingriff. »Jetzt streitet euch nicht«, sagte sie. »Ich habe noch eine Flasche Champagner im Koffer. Eigentlich für eine besondere Gelegenheit, aber ich spendiere sie gerne.«

»Es ist eine besondere Gelegenheit«, behauptete Frank, ohne diese Worte jedoch weiter zu erklären. Er griff in die Tüte, nahm eine der Bierdosen heraus und riss sie auf.

»Können wir den Kamin anmachen?«, fragte Cora. Mit einem albernen Kichern fügte sie hinzu: »Das wäre doch toll. Ein kuscheliger Abend vor dem Kamin.«

»Wenn du auf Hustenanfälle stehst«, sagte Nick.

»Husten?«

»Er zieht garantiert nicht«, antwortete Nick mit einer entsprechenden Geste auf den Kamin. »Wir waren heute Morgen oben auf dem Dach.« Frank warf ihm einen beschwörenden Blick zu, aber plötzlich bereitete es Nick eine fast gehässige Freude, fortzufahren und ihr kleines Geheimnis vom Morgen aufzudecken: »Die Kamine sind hoffnungslos verstopft: Die Vögel nisten darin.«

»Ihr wart ... auf dem Dach?«, fragte Cora stirnrunzelnd.

Frank ignorierte sie, gab sich aber alle Mühe, Nick mit Blicken regelrecht zu durchbohren. Statt der erwarteten scharfen Bemerkung jedoch sagte er plötzlich: »Warum zündest du dir nicht eine Zigarette an?«

Nick sah ihn überrascht an, aber Frank nickte nur. »Das Zimmer ist groß genug. Es stört hier niemanden, wenn du rauchst.«

Nick war nun vollends verwirrt. Frank war normalerweise ein beinahe militanter Nichtraucher, der keine Gelegenheit ausließ, ihn mit seinem Laster zu hänseln. Nach ein paar Sekunden zog er jedoch die Packung aus der Tasche, schnippte eine Zigarette heraus und zündete sie an. Frank wartete, bis er den ersten Zug genommen hatte, dann nahm er ihm die Zigarette aus der Hand, ging damit zum Kamin und hielt sie hinein. Der Rauch zog kerzengerade nach oben.

»Wie du siehst – er zieht einwandfrei«, sagte er.

»Und?« Nick nahm seine Zigarette wieder an sich, nahm einen tiefen Zug und blies den Rauch ganz zufällig in Franks Richtung.

»Dann können wir Feuer machen?«, fragte Cora hoffnungsvoll.

»Natürlich«, sagte Frank.

»Nein«, sagte Nick praktisch gleichzeitig.

»Und wieso nicht, wenn ich fragen darf?«, erkundigte sich Frank.

»Die Vögel.« Nick machte eine Geste zur Decke hinauf. »Sie

nisten in den Kaminen, schon vergessen? Die Nester sind voller Junge.«

»Ist das wahr?«, fragte Cora.

»Ja.« Frank zuckte gleichmütig die Achseln. »Aber das ist kein Problem.«

»Willst du sie verbrennen?« Noras Stimme klang regelrecht entsetzt, aber Frank machte erneut eine rasche, beruhigende Bewegung.

»Natürlich nicht«, sagte er betont. »Ich habe sie gesehen. Sie sind längst flügge. Sobald ihnen der Hintern warm wird, fliegen sie garantiert davon.«

»Und wenn nicht? Du bist doch verrückt!«

»Ich weiß, was ich tue, Liebling«, sagte Frank zynisch. »Wir machen erst ein ganz kleines Feuer. Nur ein bisschen Rauch, mehr nicht. Gerade genug, um sie zu verscheuchen. Wir warten mindestens eine halbe Stunde, bis wir ein richtiges Feuer machen.« Er trank einen Schluck Bier, stellte die Dose auf den Tisch und packte rasch die beiden Plastiktüten aus. Er knüllte sie zusammen, legte sie in den Kamin und stapelte sorgsam einige Holzscheite um sie herum.

»Was wird das?«, fragte Nick misstrauisch.

»Kaminanzünder«, erklärte Frank. »Ganz bestimmt nicht im Sinne von Greenpeace, ich weiß. Aber wirkungsvoll. Eure kleinen Lieblinge werden sich die Seele aus dem Leib husten und machen, dass sie davonkommen.« Er hob den Arm und streckte die Hand in Nicks Richtung aus. »Leihst du mir dein Feuerzeug?«

Nick zögerte. Franks Idee klang geradezu haarsträubend – aber er musste gleichzeitig zugeben, dass sie wahrscheinlich funktionieren würde. Nora verdrehte die Augen und warf ihm einen Blick zu, dem er lieber nicht länger als eine Sekunde standhalten wollte.

»Also?«, fragte Frank. »Ich meine … ich kann auch nach oben gehen und mein eigenes holen.«

Es hatte keinen Sinn, die Situation noch zu verschärfen. Nick hatte nicht mehr die geringste Lust zu feiern und er war auch ziemlich sicher, dass es den anderen – Frank eingeschlossen – ebenso erging. Aber es gab keinen Grund, den Abend mit einem

Streit enden zu lassen. Wichtig war im Moment nur, Frank bei Laune zu halten. Und sei es nur, um diesen Albtraum so schnell wie möglich hinter sich zu bringen. Er griff in die Jackentasche und reichte Frank sein Feuerzeug. Mit einem schlechten Gewissen, aber er gab es ihm. Noras fassungslose Blicke, die ihn dabei verfolgten, taten beinahe weh.

Frank ließ das Bic aufflammen, beugte sich weiter vor und hielt die Flamme an eine Ecke der zusammengerollten Plastiktüte. Das weiße Plastik schmolz, begann mit winzigen blauen Flämmchen zu brennen und tropfte brennend auf das ausgetrocknete Holz hinab.

»Wenn dabei auch nur ein einziger Vogel zu Schaden kommt, reise ich auf der Stelle ab«, sagte Nora. Ihre Stimme bebte, aber Nick spürte, dass der Zorn darin viel mehr ihm galt als Frank. Er wich ihrem Blick aus und sah erst auf, als sie sich herumdrehte und mit schnellen Schritten aus dem Raum ging.

»Mach dir keine Sorgen«, sagte Frank. Er griff mit der linken Hand nach dem Kaminsims und zog sich ächzend daran in die Höhe. »Sie beruhigt sich schon wieder.«

»Sie hat Recht, weißt du?«, grollte Nick.

Frank zog eine Grimasse und beschränkte seine Reaktion darauf, einen Moment lang angestrengt ins Feuer zu blicken. Die Plastiktüten zerschmolzen langsam zu einem brennenden See, aber die Flammen breiteten sich nun auch auf das aufgestapelte Holz aus.

»Ich gehe nach oben und hole noch ein bisschen Brennholz«, sagte er. »Inzwischen könnt ihr euch ja beruhigen.«

Er ging. Nick starrte ihm zornig nach und drehte sich dann mit einem Ruck herum, um seine kaum angerauchte Zigarette ins Feuer zu schnippen. Cora sah ihm schweigend dabei zu, legte die Stirn in Falten und versuchte wieder einmal erfolglos, eine Kaugummiblase zu produzieren.

»Muss das eigentlich sein?«, fragte Nick ärgerlich. Was er tat, war nicht unbedingt konstruktiv, aber er war nicht mehr in der Stimmung, sich zu beherrschen. »Es sieht widerlich aus.«

Cora zog die linke Augenbraue hoch. »Du kannst mich nicht leiden«, sagte sie.

Nick schluckte die Antwort herunter, die ihm auf der Zunge lag. Er wollte auf Cora herumhacken, aber sich nicht ernsthaft streiten.

Sie offensichtlich schon. »Ich frage mich nur, warum. Es ist wirklich nicht meine Schuld, wenn du mit Frank nicht klarkommst.«

»Wie kommst du auf die Idee?«, fragte er, ohne sich zu ihr herumzudrehen. Das Gespräch begann unangenehm zu werden, aber schließlich hatte er es selbst angefangen. »Frank und ich verstehen uns prächtig.«

»So?«, fragte Cora. »Da hat er mir etwas anderes erzählt.«

Nick drehte sich nun doch zu ihr herum. Er tat ihr nicht den Gefallen, sie zu fragen, was er ihr erzählt hatte, aber ihr Anblick überraschte ihn. Sie kaute noch immer ihren Kaugummi, hatte noch immer ihre alberne Frisur und blickte ihn noch immer mit ihrem aufgesetzten Schlafzimmerblick an, und doch schien er plötzlich einem vollkommen anderen Menschen gegenüberzustehen. Sie war nicht das blonde Dummchen, für das er sie gehalten hatte, und er begriff auch mit einem Mal, dass sie das niemals gewesen war. Sie spielte eine Rolle, und das perfekt, aber für einen ganz kurzen Moment hatte sie die Maske fallen gelassen. Nick war nicht einmal sicher, ob ihm das Gesicht dahinter wirklich besser gefiel.

»Wahrscheinlich ist es ein blöder Moment«, sagte sie, »aber ich schätze, es wird kein besserer kommen. Nimm dich vor Frank in Acht. Er hat vor, dich abzuschießen.«

»Das kann er nicht«, sagte Nick impulsiv, wusste aber zugleich, dass das nicht stimmte. Es hatte Frank nie interessiert, was er konnte. Er tat es einfach. Als sie nicht antwortete, fuhr er in verändertem Ton fort: »Warum sagst du mir das?«

»Weil ich dich für ein überhebliches, eingebildetes Arschloch halte«, sagte Cora ernst. »Aber du bist nicht halb so schlimm wie er.«

»Warum verkaufst du dich an ihn?«, fragte Nick.

»Aus dem gleichen Grund wie du«, antwortete Cora. »Geld. Ein angenehmes Leben. Spaß ...« Sie zuckte mit den Schultern.

»Das ist ja wohl ein Unterschied!«, protestierte Nick. »Ich lasse mich nicht von ihm bumsen.«

»Oh doch«, antwortete Cora. »Und ob du das tust. Und du weißt das auch ganz genau. Ist nicht meine Sache. Ich habe dich gewarnt. Mach daraus, was du willst.«

Nick war verwirrt, gelinde ausgedrückt. Ihm war klar, dass er Cora vollkommen falsch eingeschätzt hatte – aber er konnte beim besten Willen nicht sagen, in welcher Richtung. Er war fast erleichtert, als Frank und Nora nach einigen Minuten zurückkamen, praktisch gleichzeitig, aber ohne ein Wort miteinander zu sprechen. Franks Arme waren mit Holzscheiten voll beladen, unter deren enormem Gewicht er sichtbar wankte, während Nora einen undeutbaren, aber alles andere als erfreuten Gesichtsausdruck zur Schau trug.

»Nun?«, fragte Nick. Er rührte keinen Finger, um Frank zu helfen.

Nora hob die Schultern. »Es ist zu dunkel, um etwas zu erkennen«, sagte sie. »Aber ich hoffe für euch zwei, dass er Recht hat und die Jungen wirklich schon flügge sind.« Du elender Feigling, fügte ihr Blick hinzu.

Frank lud das Feuerholz mit gewaltigem Getöse neben dem Kamin ab und blickte voller Befriedigung ins Feuer. Mittlerweile entwickelte das Feuer einen gehörigen Qualm, der aber zuverlässig abzog. Vielleicht war ja auch die ganze Aufregung umsonst gewesen, überlegte Nick. Schließlich hatten sie nur einen Kamin untersucht und das Haus verfügte über ein gutes halbes Dutzend. Möglicherweise waren ja nicht alle von den Vögeln okkupiert. Vielleicht ja sogar nur dieser eine, in den Frank hineingesehen hatte.

»Na, das brennt ja schon wunderbar!«, freute sich Frank. Er ging in die Hocke, rieb übertrieben die Hände aneinander und warf einen weiteren Scheit ins Feuer, obwohl es im Moment wirklich nicht nötig war. »Es geht doch nichts über ein gemütliches Feuer.«

Etwas fiel aus dem Kamin herab, prallte gegen den Scheit, den Frank gerade hineingeworfen hatte, und rollte vor seine Füße.

Es war ein Vogel. Ein junger Spatz, noch nicht ausgewachsen, aber bereits flügge. Cora stieß einen piepsigen Schrei aus und prallte erschrocken einen halben Schritt zurück und Nora wurde kreidebleich. Nick wollte die Hand nach dem Vogel ausstrecken, aber Nora kam ihm zuvor.

»Oh mein Gott!«, murmelte sie. »Das arme Tier!«

»Ich denke, es kann nichts passieren?«, fragte Nick spitz.

»Wahrscheinlich war er einfach zu langsam«, murmelte Frank. »Oder krank.«

»Nicht halb so krank wie du!« Nora warf ihm einen zornsprühenden Blick zu und konzentrierte sich dann wieder ganz auf den Vogel. Sie schob seinen winzigen Kopf mit dem kleinen Finger hin und her, hob einen seiner Flügel an und sog plötzlich scharf die Luft ein.

»Er lebt noch!«

»Wie?« Nick war mit einem Schritt bei ihr und blickte auf den jungen Vogel in ihrer hohlen Hand hinab. Das Tier atmete tatsächlich noch.

»Sein Flügel ist gebrochen«, sagte Nora. Sie funkelte Frank an. »Du dämlicher Idiot!«

»Was kann ich dafür, wenn sich das dumme Vieh den Flügel bricht?«, verteidigte sich Frank. »Jetzt hör aber auf!«

»Was du dafür kannst?!« Nora deutete mit einer wütenden Kopfbewegung auf das prasselnde Feuer. »Du und deine genialen Ideen! Weißt du, was passiert ist? Es war der Rauch! Deine idiotischen Plastiktüten! Der Qualm hat den Vogel nicht verscheucht, sondern bewusstlos gemacht! Den Flügel hat er sich erst gebrochen, als er heruntergefallen ist!«

»Unsinn«, sagte Frank. Es klang nicht besonders überzeugt.

»Und wenn noch mehr Vögel oben im Nest sind?«, fragte Cora.

»Dann werden sie gebraten. Bei lebendigem Leibe.« Nora legte das verletzte Tierchen behutsam auf den Tisch und drehte sich dann zum Kamin. »Wir müssen das Feuer ausmachen. Sofort!«

Es war unmöglich, und das musste ihr auch vollkommen klar sein. Das zundertrockene Holz brannte, als wäre es mit Benzin getränkt. Selbst wenn sie einen Eimer Wasser in den Kamin geschüttet hätten, würden sie das Feuer damit vermutlich nicht löschen. Auf jeden Fall nicht schnell genug, um die Jungvögel oben im Nest zu retten, sollte es wirklich noch welche geben.

Es gab sie.

Ein zweiter bewusstloser Vogel stürzte aus dem Kamin herab und landete diesmal direkt in den Flammen. Sein Gefieder fing auf der Stelle Feuer. Nick konnte Nora gerade noch zurückreißen, bevor sie die Hand ausstrecken und direkt ins Feuer greifen konnte, um den Vogel zu retten.

»Bist du verrückt?«, schrie er. »Was hast du vor? Dich verkrüppeln, um einen Spatz zu retten?«

»Aber du ...«

Cora schrie gellend auf und auch Frank stieß einen erstickten Schrei aus und prallte einen Schritt zurück.

Der Vogel war nicht tot. Der giftige Rauch hatte ihn nur betäubt, wie das Tier, das Nora gerettet hatte, aber plötzlich sprang er mit einem qualvollen Piepsen auf, schlug mit den Flügeln – und flog brennend aus dem Kamin heraus!

Nora griff mit beiden Händen nach dem Tier, verfehlte es aber, weil sein Flug nichts anderes als ein unberechenbares Taumeln war. Der Vogel streifte Coras Schulter, überschüttete sie mit Funken und brennendem Gefieder und torkelte schließlich zu Boden. Nora setzte ihm nach, aber Nick war auch diesmal schneller: Er war mit zwei Schritten neben ihr, stieß sie fast grob zur Seite und tötete den Vogel mit einem gezielten, harten Fußtritt.

»Nick!«, keuchte Nora.

»Verdammt nochmal, was sollte ich tun? Zusehen, wie sich das arme Vieh weiter quält?« Er fuhr auf dem Absatz zu Frank herum. »Das Feuer aus! Sofort!«

Aber es war zu spät. Noch während sich der Ausdruck von Schrecken auf Franks Gesicht zu Ratlosigkeit wandelte, stürzte ein dritter Vogel in die Flammen, und dann ein vierter, fünfter ... Nick hörte auf, die Tiere zu zählen, die wie schwarze flaumige Hagelkörner herabprasselten und auf der Stelle Feuer fingen.

Nur die allerwenigsten blieben liegen.

Die Tiere stoben brennend, schreiend und wahnsinnig vor Schmerzen und Furcht aus dem Kamin heraus. Es musste ein

Dutzend sein, wenn nicht mehr, und sie verwandelten das Zimmer binnen einer einzigen Sekunde in einen Albtraum. Cora schrie auf, als ein brennender Vogel ihr Haar streifte und es prompt zu schwelen begann. Nora machte eine Bewegung, die nichts anderes als Hilflosigkeit und Entsetzen ausdruckte, während Frank zu Cora sprang und mit beiden Händen auf ihren Kopf einschlug, um die Flammen zu ersticken, die aus ihren Haaren züngelten, und Nick sah mit einer Mischung aus Fassungslosigkeit und Entsetzen zu, wie sich das Dutzend brennender Vögel mit fast unheimlicher Schnelligkeit im Zimmer verteilte. Die meisten stürzten nach wenigen Metern zu Boden, wo sie hilflos zappelnd verendeten, aber zwei oder drei hatten auch noch die Kraft weiterzufliegen. Eines der Tiere landete auf der Couch und setzte augenblicklich das Polster in Brand. Zwei weitere steuerten blind vor Schmerzen die vermeintlich rettenden Fenster an und verfingen sich in den Vorhängen. Der uralte Samt ging fast explosionsartig in Flammen auf.

»Frank!«, brüllte Nick. Er wartete Franks Reaktion nicht ab, sondern stürmte los. Zwei der vier Meter langen Vorhänge standen bereits lichterloh in Flammen und das Feuer fraß sich mit rasender Geschwindigkeit weiter in die Höhe.

Nick erreichte das Fenster, packte mit beiden Händen zu und riss den Vorhang mit einem solchen Schwung herunter, dass er sich in der nächsten Sekunde mit einem verzweifelten Sprung in Sicherheit bringen musste, um nicht unter brennendem Stoff begraben zu werden.

Beim zweiten Fenster hatte er weniger Glück. Er griff mit beiden Händen zu, ignorierte den tobenden Schmerz, als die Flammen über seine Hände strichen, und zerrte mit seiner ganzen Kraft. Brennende Stofffetzen und Putz regneten auf ihn herab, aber der Vorhang selbst hielt. Noch wenige Sekunden, und die Flammen würden sich bis zur Decke hinaufgefressen haben. Wenn sie die uralten Balken erreichten und in Brand setzten, war das ganze Haus verloren.

Frank stürzte herbei, warf sich mit ausgestreckten Armen in den Vorhang und riss ihn mit seinem puren Körpergewicht herunter. Er hatte weniger Glück als Nick vorhin und geriet unter den brennenden Stoff, der wie ein lodernder roter Wasserfall auf ihn herabstürzte, aber Nick war sofort bei ihm, fegte den Samtberg mit einem Fußtritt beiseite und schlug mit bloßen Händen die Flammen aus, die bereits aus Franks Jacke züngelten. Seine Hände schmerzten mittlerweile so grässlich, dass er kaum noch denken konnte.

Und es war noch nicht vorbei. Noch lange nicht. Immer mehr und mehr bewusstlose Vögel stürzten den Kamin herab und nur die wenigsten starben sofort in den Flammen. Der Raum war erfüllt von winzigen, lodernden Sternen, die torkelnde Flammenspuren durch die Luft zogen und alles in Brand setzten, was ihren Weg kreuzte. Nicht nur die Couch, sondern auch die beiden Sessel standen lichterloh in Flammen und selbst die Textiltapeten an den Wänden schwelten hier und da.

»Die Fenster!« Frank kam stöhnend auf die Füße und torkelte zu einem der beiden anderen Fenster. Die Vorhänge davor standen noch nicht in Flammen, aber es konnte nur noch Sekunden dauern, ehe die brennenden Vögel auch sie in Brand setzten.

Nick traute sich nicht zu, auch nur eine der Gardinen allein herunterzureißen, so schlimm, wie seine Hände zugerichtet waren, also folgte er Frank und half ihm, so gut er konnte. Sie brauchten nur wenige Augenblicke, auch die restlichen Gardinen herunterzureißen, und doch reichte dieser kurze Moment aus, auch noch den dritten Vorhang in Brand zu setzen. Während Frank mit hektischen Bewegungen die Flammen austrat, wagte es Nick zum ersten Mal, auf seine Hände herabzusehen. Er war überrascht. Die Verbrennungen waren nicht so schlimm, wie er angenommen hatte; und nicht annähernd so schlimm, wie der tobende Schmerz glauben machte.

Er biss die Zähne zusammen und lief zu den beiden Frauen hin. Die linke Seite von Coras Frisur hatte sich in hässliche schwarze Schlacke verwandelt, und ihre Wange war gerötet. Vermutlich sah es schlimmer aus, als es war. Und wenigstens Nora war nicht verletzt. Sie schien sogar als Einzige einen einigermaßen kühlen Kopf bewahrt zu haben, denn sie versuchte nicht, die Flammen mit bloßen Händen zu bekämpfen, wie es Nick und Frank in ihrer Panik getan hatten, sondern hatte einen der heruntergerissenen Samtvorhänge herbeigezerrt und erstickte die Flammen, die aus einem der Sessel schlugen, mit dem schweren Stoff.

Nick sah hastig zum Kamin. Noch immer hagelte etwas Dunkles, Formloses prasselnd in das Feuer herab. Aber es waren nun keine Vögel mehr. Nick benötigte eine oder zwei Sekunden, um zu begreifen, dass es Teile des Nestes waren, die offensichtlich unter der ungeheuren Hitze auseinander brachen und in den Kamin stürzten. Die meisten Vögel waren mittlerweile tot. Nur noch sehr wenige Tiere taumelten brennend durch die Luft. Die meisten lagen reglos oder verendend am Boden.

Trotzdem war die Gefahr keineswegs vorüber. Die Tapeten brannten an einem halben Dutzend Stellen und auch der Parkettboden vor dem Kamin hatte Feuer gefangen. Die Hitze war unerträglich und die Luft war so voller Qualm, dass sie ununterbrochen husten mussten.

»Nick!«, schrie Nora. »Verdammt nochmal, hilf ...« Sie sah auf seine Hände, riss erschrocken die Augen auf und sagte mit Nachdruck: »Ach du Scheiße!«

»Halb so schlimm«, log Nick. Er versuchte den Schmerz in einen abgelegenen Winkel seines Bewusstseins zu drängen (was ihm zu seiner Überraschung sogar einigermaßen gelang), lief zu ihr und half ihr dabei, einen zweiten Vorhang herbeizuschleppen, mit dem sie das brennende Sofa löschen konnten.

Währenddessen löschten Frank und Cora die Flammennester, die sich in den Tapeten festgesetzt hatten, und anschließend erstickten sie mit vereinten Kräften die Flammen, die aus dem Fußboden schlugen. Es dauerte gute zehn Minuten, aber sie schafften es, die Flammen nach und nach ganz zu ersticken. Das Haus wurde kein Raub der Flammen.

Als sie fertig waren, taumelte Cora hustend und qualvoll nach Luft ringend zum Fenster, um es aufzureißen. Frank stürzte ihr nach, hielt sie grob am Arm zurück und versetzte ihr einen Stoß, der sie beinahe zu Boden geschleudert hätte. »Bist du wahnsinnig?«, schnappte er.

»Ich bekomme keine Luft mehr!«, protestierte Cora. »Willst du, dass ich ersticke?«

»Er hat Recht«, sagte Nora. »Ein einziger Luftzug und alles könnte von vorne losgehen. Hast du schon einmal das Wort Schwelbrand gehört?« Sie hustete, öffnete die Tür und wandte sich dann an Nick. »Wir müssen die Feuerwehr rufen.«

»Kommt nicht infrage!«, sagte Frank scharf.

»Bist du verrückt?«, fragte Nora. »Das Feuer kann jederzeit wieder ausbrechen! Die Bude ist doch trocken wie ein Reisigbesen!«

»Dann überzeugen wir uns doch davon, dass nirgendwo mehr etwas glüht«, sagte Frank heftig. »Ich habe keine Lust, eine Million dummer Fragen zu beantworten.«

»Das müssen wir sowieso«, sagte Nick müde. Von draußen stürmte frische, sauerstoffreiche Luft herein, sodass er wieder ein wenig freier atmen konnte. Aber wirklich nur ein wenig. Er hustete und fuhr fort: »Oder glaubst du etwa, Peter merkt nicht, was hier passiert ist?«

»Lass das meine Sorge sein«, sagte Frank herrisch. »Mit diesem Dorftrottel werde ich schon fertig. Wir ruhen uns einen Moment aus und dann inspizieren wir diesen Raum gründlich. Basta!«

»Nein«, sagte Nora. Ihre Stimme klang müde, aber trotzdem sehr entschlossen.

Frank blinzelte. »Wie?«

»Nein«, wiederholte Nora. »Das mache ich nicht mit. Es reicht mir.«

»Was wird das?«, fragte Frank. »Ein Zwergenaufstand? Nick, bring deine Kleine zur Räson, bevor ich es tun muss.«

Nick kam nicht einmal dazu, zu antworten. »Es ist vorbei, Frank«, sagte Nora ruhig. Sie sah Nick nicht einmal an. »Ich weiß nicht, wie Nick es sieht, aber ich gehe. Ich werde jetzt ins Dorf hinunterfahren und die Feuerwehr alarmieren. Und von dort aus fahre ich nach Hause.«

»Und womit, wenn ich fragen darf?«, fragte Frank kalt. »Es ist mein Wagen.«

»Dann gehe ich eben zu Fuß. So weit ist der Weg ja nicht.«

Franks Gesicht verfinsterte sich unter der Maske aus Ruß und Schmutz noch weiter. »Wenn du das tust, schmeiße ich deinen Mann raus, Schätzchen.«

Nora lachte bitter. »Weißt du, Schätzchen, wenn Nick auch nur eine Sekunde länger für dich arbeitet, dann …«

»Hört auf«, sagte Cora und irgendetwas war in ihrer Stimme, das Frank und Nora tatsächlich verstummen und sich zu ihr herumdrehen ließ.

Cora war ans Fenster getreten, während sich die beiden gestritten hatten. Sie stand stocksteif da, in einer Haltung, die ihr Erschrecken hundertmal stärker ausdrückte, als alle Worte es gekonnt hätten. Nick, Nora und Frank traten rasch neben sie und blickten durch die rußigen Scheiben hinaus.

Nick konnte nicht einmal sagen, was er wirklich empfand. Wenn es Entsetzen war, dann von einer Art, die er bisher noch nicht kennen gelernt hatte und auch nicht wirklich in Worte fassen konnte.

Das Fenster ging auf den verwilderten Garten der Villa hinaus. Im blassen Licht des Mondes schienen die herbstlich blattlosen Büsche und Bäume zu bizarren Skulpturen geworden zu sein, die den fußballplatzgroßen Rasen wie unheimlich stumme Wächter umstanden.

Jedenfalls nahm Nick an, dass es Rasen war. Zu erkennen war es nicht, denn der Boden war schwarz von Vögeln.

»Großer Gott, was … was ist das?«, flüsterte Frank.

Niemand antwortete. Nick starrte fassungslos weiter in den Garten hinaus. Sein Herz schlug schwer und sehr langsam. Es waren Tausende. Tausende und Tausende und Tausende von Vögeln, die vollkommen reglos dasaßen und zu ihnen hereinstarrten, auf die gleiche, unheimliche Art, auf die ihn die Vögel vorhin draußen beim Wagen angestarrt hatten.

»Aber das … das ist doch nicht möglich!«, stammelte Cora. »So etwas gibt es doch gar nicht!«

»Still!«, zischte Frank. »Keinen Laut. Und bewegt euch ganz vorsichtig.«

Er hatte Recht, erkannte Nick. Wenn sie den Vogelschwarm –

und sei es nur durch eine unbedachte Bewegung – provozierten, war es aus. Das Fenster würde dem Ansturm dieser geflügelten Armee keinen Sekundenbruchteil standhalten.

»Wir gehen raus«, flüsterte Frank. »Rückwärts. Und ganz, ganz langsam. Vielleicht gibt es hier einen Keller oder irgendeinen anderen sicheren Raum. Los jetzt!«

Unendlich behutsam setzten sie sich in Bewegung. Nick versuchte erst gar nicht, eine rationale Erklärung für das zu finden, was sie erlebten. Es gab keine. Sie waren unversehens zu Darstellern in einem von Franks Filmen geworden.

Die Vögel rührten sich nicht, obwohl Nick sicher war, dass ihren aufmerksamen Blicken keine ihrer Bewegungen entging. Als sie den Raum bereits zur Hälfte durchquert hatten, blieb Cora jedoch wieder stehen und fragte: »Hört ihr das? Was ist das?«

Ein sonderbares, rasch lauter werdendes Rauschen war zu hören, ein Geräusch wie von einem gewaltigen Bienenschwarm, aber heller, seidiger.

»Es ... kommt aus dem Kamin«, sagte Frank verblüfft. »Was ...«

Es geschah viel zu schnell, als dass einer von ihnen auch nur einen klaren Gedanken fassen konnte, geschweige denn in diesem Moment begriff, was geschah. Das Geräusch schwoll zu einem dröhnenden Vibrieren an. Eine Wolke aus Ruß und Staub quoll aus dem Kamin – und dann fuhr eine kompakte Säule aus Dunkelheit den Kamin herab, stanzte wie der Stößel einer Hochdruckpresse in die heruntergebrannte Glut und explodierte zu einer brodelnden Wolke aus flatternder Schwärze, aus Krallen und Schnäbeln und Flügeln.

»Raus hier!«, kreischte Frank.

Sie waren vielleicht noch fünf Meter von der Tür entfernt, und trotzdem hätten sie es beinahe nicht mehr geschafft. Hunderte, Tausende, vielleicht Zehntausende von Vögeln quollen aus dem Kamin und gleichzeitig hörte Nick ein gewaltiges Klirren und Bersten, als sich eine zweite, nicht weniger gewaltige Vogelarmee gegen die Fenster warf und sie zerschmetterte. Nick zog den Kopf zwischen die Schultern, riss schützend den linken Arm vor das

Gesicht und wollte mit der anderen Hand nach Nora greifen, doch da hatte sie ihn bereits gepackt und auf die Tür zugerissen.

Sie brauchten nur zwei Sekunden, um die Tür zu erreichen und aus dem Zimmer zu stürmen, und trotzdem erschien es Nick hinterher wie ein Wunder, dass sie es überhaupt geschafft hatten. Die Luft war so voller flatternder Bewegung, Krallen und Schnäbeln und kleiner gefiederter Körper, dass sie sich fast wie durch eine kompakte, lebende Mauer kämpfen mussten. Winzige Schnäbel hackten auf Nicks Kopfhaut ein, bohrten sich in seine Hand und seine Stirn und noch winzigere Krallen zerrissen seine Haut, gruben sich in seine Haare und zerrten an seinen Kleidern. Eine Million mikroskopisch feiner Nadeln stachen auf seinen Rücken und seinen ungeschützten Nacken ein, jeder Schmerz für sich kaum der Rede wert, in der Gesamtheit aber war es unerträglich. Schnäbel hackten nach seinen Augen, bohrten sich tief in seine Ohrmuscheln und hieben nach dem empfindlichen Fleisch über seinen Fingernägeln. Der Aufprall der Vögel war wie ein Bombardement weicher, leichter Tennisbälle, kaum zu spüren, und trotzdem machtvoll genug, ihn taumeln zu lassen.

Nora ließ seine Hand los. Er strauchelte, fiel auf die Knie herab und schlug mit beiden Händen nach den Vögeln, die sich in seinen Haaren verkrallt hatten. Zwei, drei Tiere stürzten tot oder sterbend zu Boden, die anderen ließen endlich von ihm ab und flogen davon.

»Die Tür!«, schrie Nora.

Nick taumelte auf die Füße, aber was er sah, ließ ihn mitten in der Bewegung erstarrten.

Das Zimmer war verschwunden. Wo es sein sollte, tobte eine kompakte Masse aus lebender Schwärze, die sich in rasendem Tempo der Tür näherte. Er war einfach gelähmt vor Schrecken, unfähig, auch nur einen Finger zu rühren.

Gottlob reagierten Nora und Frank auch diesmal schneller als er. Mit vereinten Kräften packten sie die schwere Tür und schmetterten sie ins Schloss. Keine Sekunde zu früh, denn praktisch im selben Augenblick erbebte die massive Tür wie unter einem gewaltigen Schlag. Putz rieselte herab, und das Bombardement auf der anderen Seite hielt an. Es klang, als prassele weicher Hagel gegen das Holz.

Frank drehte den Schlüssel herum, trat zurück und wischte sich mit dem Unterarm das Blut aus dem Gesicht. Er bot einen grauenhaften Anblick. Jeder Quadratzentimeter seiner ungeschützten Haut war mit Rissen und Schrammen bedeckt. Sein Gesicht und seine Hände waren blutüberströmt, und seine Kleider hingen in Fetzen. Cora und Nora sahen kaum besser aus und Nick war sicher, dass auch er keinen angenehmeren Anblick bot. Und dabei waren sie dem Angriff des Vogelschwarms kaum länger als zwei oder drei Sekunden ausgesetzt gewesen.

Umso erstaunlicher war es, dass der Angriff ebenso jäh wieder aufgehört hatte. Trotz allem waren Hunderte von Vögeln mit ihnen durch die Tür herausgekommen, immer noch mehr als genug, um die Attacke fortzusetzen und sie wahrscheinlich zu töten. Die Tiere hatten sich jedoch einfach in der Halle verteilt und benahmen sich jetzt wieder ganz so, wie sich normale Spatzen benehmen sollten. Die meisten flatterten unter der Decke herum und suchten nach einem Ausweg, verschwanden am oberen Ende der Treppe oder hatten sich auf Türrahmen oder dem Treppengeländer niedergelassen.

»Unheimlich«, murmelte Nora. Sie kam zu ihm, streckte wortlos die Hand aus, um ihm auf die Füße zu helfen, und sah dann wieder zu den Vögeln hoch. »Ist alles in Ordnung?«

»Ich glaube schon«, murmelte Nick, er wankte. Es gab keinen Quadratzentimeter seines Körpers, der nicht wehtat. Seine Gedanken rasten so schnell, dass ihm fast körperlich schwindelte.

»Aber wie ... wie ist denn das möglich?«, fragte Frank mit so schriller Stimme, daß Nick entsetzt aufblickte.

Frank zitterte am ganzen Leib. Unter all dem Blut und Schmutz war er kreidebleich geworden und in seinen Augen flackerte etwas, das viel mehr als Hysterie war. »So etwas ist doch nicht möglich! So etwas ... tun Vögel nicht! Niemals! Das kann es doch gar nicht geben. Vögel tun so etwas nicht!«

»Es sei denn, man gibt ihnen sein Wort und hält es nicht«, murmelte Nick.

Er hatte sehr leise gesprochen. Niemand hatte die Worte hören sollen, aber zumindest Nora hatte sie gehört, denn sie legte den Kopf schräg und sah ihn stirnrunzelnd und auf sehr nachdenkliche Weise an. Zu seiner Erleichterung sagte sie jedoch nichts.

»Wir müssen hier raus!«, wimmerte Cora. »Bitte!«

»Beruhige dich«, sagte Nick. »Wir sind sicher. Wenigstens im Moment.«

»Und wenn sie durch die Tür kommen?«

Nick antwortete nicht sofort, sondern maß die Tür mit einem langen, prüfenden Blick. Es war eine sehr alte – und entsprechend massive – Tür. Wahrscheinlich würden die kleinen Monster hindurchkommen, aber sie würden eine ganze Weile dafür brauchen. Ganz gleich, wie viele sie waren – die Tür bot nur Platz für eine bestimmte Anzahl von Vögeln, die gleichzeitig mit ihren Schnäbeln auf das fünf Zentimeter dicke Holz einhacken konnten.

Irgendwo in der oberen Etage zerbrach ein Fenster. Eine Sekunde später antwortete das Klirren von Glas aus einem anderen Teil des Hauses und dann hörten sie wieder dieses unheimliche, seidige Rauschen. Keiner von ihnen musste fragen, was es bedeutete.

»Oh nein«, stöhnte Frank. »Nicht schon wieder. Raus. Raus hier! Raus hier!«

Die letzten beiden Worte hatte er geschrien, mit schriller, überschnappender Stimme. Bevor Nick oder einer der anderen ihn daran hindern konnten, fuhr er herum, stürzte durch die Halle und riss die Tür auf.

Womit Nick fest gerechnet hatte, geschah nicht. Der Bereich vor dem Haus war leer. Auf der schlammigen Wiese hockte kein einziger Vogel. Frank stürmte schreiend aus dem Haus, ohne angegriffen zu werden, und verschwand in der Dunkelheit.

Das seidige Rauschen war lauter geworden, und als Nick hochsah, erkannte er, dass das obere Ende der Treppe verschwunden war, genau wie die Decke der Halle. Über ihnen brodelte ein lebendiger Himmel aus Flügeln und winzigen gefiederten Leibern.

Cora schrie gellend auf und rannte hinter Frank her, und auch Nora fuhr herum und stürmte los. Der kochende Himmel aus Klauen und Schnäbeln begann sich auf sie herabzusenken.

»Nein!«, schrie Nick. »Nora, bleib hier!«

Er wusste nicht einmal, warum er das schrie. Er war halb wahnsinnig vor Angst, zu keinem klaren Gedanken mehr fähig. Aber er wusste einfach, dass sie das Haus nicht verlassen durften. Er konnte nicht sagen, was sie hier drinnen erwartete, aber draußen war es der sichere Tod. Er wusste es einfach.

Natürlich hörte Nora nicht auf ihn. Das Summen und Rauschen wurde lauter, verschluckte seine und Noras Schreie und der Raum schmolz buchstäblich zusammen, als sich der lebende Himmel auf sie herabsenkte. Nick legte einen verzweifelten Spurt ein, warf sich mit weit ausgestreckten Armen nach vorne und riss sie von den Füßen, und noch bevor sie richtig auf den Boden aufschlugen, rauschte eine schwarze brodelnde Masse über sie hinweg.

Nicht einer der Vögel verletzte sie. Was wie eine zerschmetternde Faust hätte wirken können, drückte sie nur kraftvoll, aber trotzdem schon fast sanft zu Boden. Nick presste sich schützend auf Nora, verbarg das Gesicht zwischen den Armen und wartete darauf, in Stücke gerissen zu werden.

Es geschah nicht. Der rasende, lebendige Strom über ihnen hielt an, sicher länger als eine Minute. Es mussten unvorstellbar viele Vögel sein. Aber keiner von ihnen fügte Nick oder Nora auch nur einen Kratzer zu.

Als es vorbei war, blieb Nick noch zehn oder fünfzehn Sekunden lang reglos liegen, ehe er sich von Nora herunterwälzte und die Arme vom Gesicht nahm. »Bist du okay?«, fragte er.

Sie schüttelte ein paar Mal den Kopf, ehe sie sich auf die Ellbogen aufrichtete. »Ja. Was ist passiert? Wieso …?«

»Sie tun uns nichts«, unterbrach Nick sie. »Sie wollen nur Frank.«

Er deutete auf die offene Haustür. Der Himmel über dem Haus hatte sich verdunkelt. Millionen, dachte er. Es mussten Millionen sein. Genug Tiere, um dieses Haus dem Erdboden gleichzumachen, in wenigen Augenblicken. Der Schwarm, der Frank und Cora aus dem Haus gejagt hatte, gesellte sich zu ihnen, war plötzlich nur noch ein winziger Teil einer viel, viel größeren Masse. Es sah aus, als wäre der Himmel zum Leben erwacht.

Frank hatte mittlerweile den Wagen erreicht, riss den Schlüssel aus der Tasche und nestelte ihn mit ungeschickten, hastigen Bewegungen ins Schloss. Kurz bevor Cora ihn einholte, riss er die Tür auf, warf sich in den Wagen und schlug die Tür hinter sich wieder zu. Trotz der Dunkelheit konnte Nick erkennen, wie er mit der linken Hand die Verriegelung herunterdrückte, während er mit der anderen den Zündschlüssel ins Schloss rammte.

»Frank!«, kreischte Cora. »Mach die Tür auf! Um Gottes willen, mach doch auf!«

Frank startete den Wagen, ließ den Motor aufheulen und fuhr mit durchdrehenden Rädern los; so schnell, dass er prompt den Motor abwürgte. Cora wurde zu Boden gerissen, rappelte sich aber sofort wieder auf und stürzte hinter dem Volvo her.

»Frank! Lass mich rein! Bitteeee!«

Der Anlasser des Volvo arbeitete wimmernd, und der Motor erwachte zum zweiten Mal röhrend zum Leben. Der Wagen machte einen regelrechten Satz nach hinten. Die Stoßstange traf Coras Schienbeine und Nick konnte hören, wie sie brachen. Die junge Frau wurde meterweit in die Höhe geschleudert, überschlug sich in der Luft und prallte mit fürchterlicher Wucht auf den Kofferraum des Volvo auf. Der Wagen kam mit einem Ruck zum Stehen. Unter den Hinterrädern spritzten Schlammfontänen hervor, als Frank mit brutaler Gewalt den Vorwärtsgang hereinhämmerte und Vollgas gab.

Diesmal würgte er den Motor nicht ab. Cora wurde vom Kofferraumdeckel herabgeschleudert, während der Volvo schlingernd an Tempo gewann.

Nick wusste, dass er es nicht schaffen würde. Er hatte keine Vorstellung, was geschehen würde, aber er war kein bisschen überrascht, als es geschah.

Der gigantische Vogelschwarm geriet in Bewegung. Es war ein schwerfälliges und trotzdem beinahe majestätisches Wogen, als bestünde es nicht aus unzähligen kleinen, sondern einem einzigen, gewaltigen Körper. Er stürzte sich nicht zur Gänze auf den Wagen, wie Nick halbwegs erwartet hatte. Stattdessen geschah etwas viel Unheimlicheres: Aus dem brodelnden Strom wuchs ein zitternder Tentakel hervor, der sich gleich einem riesigen, vielfach gebogenen Finger vom Himmel senkte und nach dem Wagen griff.

Glas splitterte. Durch die Nacht und das vibrierende Dröhnen des Vogelschwarms wehte ein gellender, unbeschreiblich qualvoller Schrei zu ihnen, dann wieder das Splittern und Bersten von Glas. Franks Schreie verstummten abrupt.

Nick konnte nicht erkennen, was im Wagen geschah. Der Volvo hatte keinen Innenraum mehr, nur eine zuckende, brodelnde schwarze Masse, die ihn zur Gänze ausfüllte. Trotzdem wurde er immer noch schneller und schoss, ziellos hin und her schlingernd, den Hügel hinab.

Als er den Weg zur Straße halb zurückgelegt hatte, explodierte er.

Es geschah nicht einfach so. Den Bruchteil einer Sekunde, bevor sich der Volvo in einen Feuerball verwandelte, konnte Nick sehen, wie hinter seinen eingeschlagenen Fenstern unzählige winzige Funken aufglommen. Er glaubte auch Frank zu erkennen, obwohl das natürlich vollkommen ausgeschlossen war: Eine brennende Gestalt, die in reiner Agonie mit den Armen um sich schlug und mit verzweifelten Bewegungen versuchte, aus ihrem rasenden Metallsarg zu entkommen.

Der Wagen explodierte. Der Lichtblitz war so grell, dass Nick vor Schmerz aufstöhnte, obwohl er die Augen zusammenpresste. Flammen breiteten sich lodernd über den Himmel aus, und nur einen Augenblick später regneten Millionen brennender Trümmerstücke auf den Rasen nieder. Wenigstens redete sich Nick ein, dass es brennende Trümmerstücke waren. Aber auch wenn er nicht hinsah, wusste er doch, dass sich viele von ihnen bewegten.

Wenigstens für eine Weile.

Sie fanden Cora gute fünfzig Meter von der Stelle entfernt, an der der Volvo explodiert war. Sie lag auf der Seite, hatte die verletzten Beine an den Körper gezogen und weinte vor Schmerz. Aber ihre Augen waren klar. Sie war bei Bewusstsein, und sie spürte in aller brutalen Deutlichkeit, was mit ihr geschah.

»Bleib ganz ruhig«, sagte Nora. »Hilfe ist schon unterwegs.

Keine Angst. Es kommt alles wieder in Ordnung.« Sie wandte sich an Nick. »Wir brauchen einen Krankenwagen.«

Nick starrte aus blicklosen Augen auf das brennende Autowrack. Das einzige Telefon weit und breit war das in Franks Volvo gewesen, und er hatte einfach nicht die Kraft, jetzt aufzustehen und ins Dorf hinunterzulaufen, um jemanden zu alarmieren. Er redete sich ein, dass er die beiden Frauen nicht allein lassen konnte, aber das war nicht der wirkliche Grund.

»Geh schon!«, sagte Nora. »Ich bleibe so lange bei ihr.«

»Nein.« Coras Stimme bebte vor Schmerz, aber sie war trotzdem so klar, wie er sie bisher selten gehört hatte. »Haut ab! Beide! Ihr könnt mir ... nicht helfen.«

»Unsinn!«, widersprach Nora, aber Cora schüttelte nur heftig den Kopf.

»Sie hat Recht«, sagte Nick leise. »Wir müssen hier verschwinden. Wir können gar nichts für sie tun. Und wir können das alles hier vor allem nicht erklären!«

»Feigling«, sagte Nora. Die Verachtung in ihrer Stimme war echt. Und sie tat weh.

»Aber Ihr Freund hat Recht«, sagte eine Stimme hinter ihnen. »Sie sollten ausnahmsweise einmal auf ihn hören.«

Peter Vanlo trat aus der Dunkelheit. Er trug seine gewohnten, zerschlissenen Kleider, sah übernächtigt und genauso ungepflegt wie immer aus, und trotzdem hatte er sich verändert. Nick konnte nicht einmal sagen, wie, aber die Veränderung war fast unheimlich und sie machte ihm Angst.

»Gehen Sie«, sagte er, »beide. Ich kümmere mich um Ihre Freundin.« Er ließ sich neben Cora in die Hocke sinken und ergriff ihre Hand. Zum ersten Mal, seit Nick ihn kennen gelernt hatte, sah er ein Lächeln auf seinem verwitterten Gesicht.

»Aber ...«

»Niemand wird Sie fragen, wo Sie gewesen sind, oder was passiert ist«, fuhr Peter fort. »Aber Sie sollten nicht bleiben. Jemand hat bestimmt das Feuer gesehen und Alarm geschlagen.«

»Geht schon«, stöhnte Cora. »Keine Angst. Ich schiebe alles auf Frank. Und jetzt haut endlich ab!«

Nick stand langsam auf, und nach einem sekundenlangen, quälenden Zögern erhob sich auch Nora. Sie gingen wortlos den Hügel hinab, wobei sie den brennenden Wagen in weit größerem Bogen umgingen, als nötig gewesen wäre. Keiner von ihnen sprach ein Wort.

Als sie die Hauptstraße erreichten, hörten sie das dünne, noch weit entfernte Wimmern einer Sirene.

Aber vielleicht war es auch nur ein Vogel, der in die Nacht schrie.

Wolfgang Hohlbein

Im Namen der Menschlichkeit

DAS LETZTE, woran er sich erinnerte, war ein gewaltiger grüner Blitz, der das Universum vor den runden Bullaugen von einem Ende bis zum anderen spaltete und die Kapsel in ein Chaos aus Feuer und Flammen und berstenden Schlägen stürzte. Dann nichts mehr.

»Zenturio?«

Die Stimme drang wie aus weiter Ferne an sein Bewusstsein, verzerrt und kaum verständlich unter dem Nachhall der Explosion, der noch immer in seinen gequälten Trommelfellen war. Er wollte die Augen öffnen, aber auf seinen Netzhäuten explodierte eine Kaskade greller, brennender Lichtpfeile, sodass er es bei einem flüchtigen Blinzeln beließ.

Jemand berührte ihn an der Schulter und schüttelte ihn. »Können Sie mich verstehen?«

Er nickte. Die Stimme hatte jetzt einen seltsamen Nachhall, wie man ihn manchmal in großen leeren Räumen hört, aber sie schien auch näher gekommen zu sein.

»Zenturio!«

Cyrene öffnete widerstrebend die Augen. Licht, grell weißes Licht von nie gekannter Intensität blendete ihn. Er stöhnte, beschattete die Augen mit der Hand und blinzelte zu der massigen schwarzen Gestalt über sich empor.

»Sie sind wach, gut.« Nogubes ebenholzschwarzes Gesicht verzog sich zu einem flüchtigen Lächeln. »Vielleicht ist es eine dumme Frage, Zenturio, aber wie fühlen Sie sich?«

Cyrene stemmte sich auf die Ellbogen hoch. Mit dem Erwachen kamen die Schmerzen. Sein linker Arm brannte, als hätte man ihm die Haut bei lebendigem Leib vom Fleisch gezogen, und in seinem Rücken saß ein dünner, stechender Schmerz, der jede Bewegung zur Qual werden ließ. Und da war die Erinnerung, die auf ihre Art schlimmer war als der körperliche Schmerz: grünes Feuer, das durch die runden Bullaugen des Zeittauchers hereinflutete und die Kabine in schattenlose, bizarre Helligkeit tauchte. Ein Schrei; gellend, spitz, hoch, unmenschlich hoch, der dann mit erschreckender Plötzlichkeit abbrach und trotzdem noch in seinen Ohren zu tönen schien.

Er atmete tief ein, schloss die Augen und versuchte die Bilder aus seinem Bewusstsein zu vertreiben.

»Es ... es geht«, antwortete er endlich. »Wie lange war ich bewusstlos?«

»Vierzehn Stunden.«

Cyrene erschrak. »So lange?«

»DeKoba hat Ihnen eine Spritze gegeben, damit Sie schlafen. Ihr linker Arm war gebrochen«, antwortete Nogube.

»Sonst nichts?«

Der Legionär schüttelte den Kopf und ließ sich neben Cyrene in die Hocke sinken. »Ein paar Kleinigkeiten. Jede Menge Hautabschürfungen und blaue Flecken, aber nichts Ernstes.«

Cyrene hob nachdenklich seinen linken Arm und begann den Ärmel des dunkelroten Uniformhemdes aufzukrempeln. Die Haut schimmerte wächsern und hatte einen sanften, grünlichen Schimmer, untrügliche Anzeichen eines Schnellplast-Verbandes, der angelegt und bereits wieder entfernt worden war. Vorsichtig ballte er die Finger zur Faust und bewegte die Hand im Gelenk.

»Und die anderen?«

Nogube antwortete nicht gleich. »Nichts ... Besonderes«, sagte er nach sekundenlangem Schweigen, aber der Ton seiner Stimme strafte die Worte Lügen. »Sie ... Sie hatte es am schlimmsten erwischt. Nach Covacz.«

Cyrene sah auf. »Was ist mit ihm?«

»Tot«, antwortete Nogube. Cyrene spürte deutlich, wie schwer es dem anderen fiel, das Wort auszusprechen. »Er stand direkt am Hauptkontrollpult, als es uns erwischt hat. Ich glaube nicht, dass er überhaupt gemerkt hat, was passiert ist. Er muss sofort tot gewesen sein. Wenigstens«, fügte er nach einer merklichen Pause hinzu, »hat er nichts mehr gespürt.«

Cyrene senkte betreten den Blick. Es war nicht seine Schuld, aber er wusste trotzdem, was der Nubier eigentlich hatte sagen wollen. Covacz hatte direkt vor ihm gestanden, als die Katastrophe geschah. Er hatte die Wucht der Explosion mit seinem Körper aufgefangen. Vielleicht hätte sonst keiner von ihnen überlebt.

Nogube gab einen seltsamen Laut von sich und starrte einen Herzschlag lang gedankenverloren zu Boden. »Können Sie aufstehen, Zenturio?«, fragte er dann.

»Versuchen wir es.«

Nogube streckte die Hand aus und half ihm beim Aufstehen. Cyrene schwankte und musste sich an der Schulter des schwarzen Riesen festhalten, um nicht erneut in die Knie zu gehen, aber er stand. Für Sekunden ergriff ein starkes Schwindelgefühl von ihm Besitz; er unterdrückte es und zwang sich aus eigener Kraft zu stehen. Eine Welle unangenehmer, trockener Wärme lief über seinen Rücken, als er aus dem Schatten des Felsens hinaustrat. Er blinzelte, legte den Kopf in den Nacken und starrte aus zusammengekniffenen Augen in den Himmel. Die Sonne stand als blendender, gelber Ball über ihnen: Ein kochender Glutofen, dessen Hitze von keiner Wolke gemildert wurde. Cyrene hatte noch nie einen Himmel von solch kräftiger blauer Farbe gesehen. »Was ist überhaupt passiert?«, fragte er.

Nogube zuckte mit den Achseln. Cyrene fiel erst jetzt auf, dass sein Gesicht vor Schweiß glänzte. Es war sehr warm. »Ich weiß es nicht«, gestand er. »DeKoba glaubt, dass es ein Torpedo war. Eines von diesen neuen Dingern mit intelligentem Suchkopf. Sie müssen ihn schon vor unserem Start abgefeuert haben.«

»Und er ist uns die ganze Zeitstraße gefolgt?«, fragte Cyrene zweifelnd.

»Wenn es ein Torpedo war, sicher. Wenn die Dinger einmal eine Spur aufgenommen haben, lassen sie sie nie wieder los.« Er zuckte erneut mit den Achseln und wandte sich halb um. Sein Blick glitt über die flache, erdbraune Ebene, die sich tief unter ihnen erstreckte, aber er schien etwas ganz anderes zu sehen. »Das ist nur eine Vermutung«, fuhr er nach einer Pause fort. »Vielleicht war es auch etwas ganz anderes. Ein Kurzschluss, ein Defekt im Computer, ein Materialfehler ... unmöglich, das jetzt noch zu sagen. Der Taucher hat nur noch Schrottwert.«

»So schlimm?«, fragte Cyrene erschrocken.

Nogube lächelte, aber es war ein Lächeln, dem jede Spur menschlicher Wärme fehlte. »Schlimmer«, sagte er. »Wir sind gestrandet. Aus. Endgültig.«

Gestrandet... Simon Cyrene ließ das Wort noch ein paar Mal in seinem Geist defilieren, aber erst beim dritten oder vierten Mal glaubte er eine schwache Ahnung von dem zu spüren, was es wirklich bedeutete. Der Gedanke erschreckte ihn so, dass er ihn hastig von sich schob.

»Keine Chance?«, fragte er nach einer Weile. Seine Stimme klang belegt.

Nogube schüttelte den Kopf, ohne Cyrene anzusehen. Er hatte vierzehn Stunden mehr gehabt, sich an den Gedanken zu gewöhnen, nie wieder in die Zeit zurückkehren zu können, in der er geboren war, aber auch er schien noch nicht damit fertig geworden zu sein.

Cyrene deutete mit einer Hand auf eine dunkle, schnurgerade Linie, die tief unter ihnen durch das monotone Safrangelb der Ebene schnitt. »Was ist das?«, fragte er. »Eine Straße?«

»Ich weiß nicht, Zenturio«, antwortete Nogube. »Wir haben unsere Umgebung noch nicht erforscht. Sie wissen doch«, fügte er mit einem leisen, bitteren Lachen hinzu, »Regel Nummer eins.«

Regel Nummer eins ..., dachte Cyrene. Rühr dich nicht von der Stelle, bevor du nicht ganz genau weißt, wo und wann du bist. Ob die Leute, die diese Regeln ersonnen hatten, jemals in der Situation gewesen waren, für die diese Regeln zutrafen?

Er verschränkte die Arme, blickte noch einmal zum Himmel hinauf und versuchte dann, mehr von seiner Umgebung zu erkennen. Der Zeittaucher war auf einem sanft geneigten, steinigen Hang aufgeschlagen, der tief unter ihnen in dieser gewellten braungelben Ebene endete und oben, vielleicht eine Meile oder mehr entfernt, von einer nahezu senkrecht emporstrebenden Wand aus grauem, zerfurchtem Fels abgeschlossen wurde. Die Kapsel musste mit ungeheurer Wucht heruntergekommen sein –

der Fels war da, wo sie aufgeschlagen war, zertrümmert und wie von einer gigantischen Faust zu einem Netzwerk von Sprüngen und Rissen zermalmt worden. Eine breite, fast hundert Meter lange Schleifspur führte hinauf zu der Stelle, an der das Gefährt zur Ruhe gekommen war. Sie hatten trotz allem Glück gehabt. Wären auch die Schockabsorber ausgefallen, wären sie zerquetscht worden. Das Fahrzeug selbst hatte kaum mehr Ähnlichkeit mit dem technischen Wunderwerk, das es einmal gewesen war. Der spindelförmige Rumpf war zusammengestaucht und geborsten; Luken und Bullaugen waren aus ihren Halterungen gerissen worden, die zollstarken Panzerplatten wie dünnes Pergament zerfetzt und zerknüllt. Aus dem hinteren Drittel ragten geborstene Rohre und unzählige bunte Kabel und Drähte wie herausgerissene Eingeweide eines phantastischen metallenen Tieres, und da, wo der buckelförmige Aufsatz des Chronoslippers gewesen war, befand sich nur noch ein rußiges Loch mit zerfetzten Rändern.

Cyrene riss sich gewaltsam von der morbiden Faszination des Anblicks los und konzentrierte sich wieder auf ihre unmittelbare Umgebung. Es war so ziemlich die eintönigste Landschaft, die er jemals zu Gesicht bekommen hatte. Die Ebene unter ihnen schien sich bis zum Ende der Welt zu erstrecken, und es gab nichts, woran das Auge Halt finden konnte. Irgendwo, dicht vor dem Horizont, waberte ein dunkler, amorpher Umriss in der hitzeflimmernden Luft. Eine Stadt, ein Berg, eine Luftspiegelung.

»Es ist eine Stadt«, sagte Nogube leise. Er schien Cyrenes Gedanken erraten zu haben, aber vermutlich war das in dieser Situation auch nicht besonders schwer. Der Nubier löste den Feldstecher von seinem Gürtel. Cyrene setzte das Glas an und drehte einen Moment lang an der Scharfeinstellung.

Die Stadt war nicht sehr groß. Sie schien aus dem gleichen dunkelgelben Material erbaut zu sein, aus dem die gesamte Ebene bestand, und war von einer vielleicht dreißig, fünfunddreißig Meter hohen, sanft nach innen geneigten Mauer umgeben. Wuchtige viereckige Türme markierten ihre Eckpunkte, und das bogenförmige Tor in der Cyrene zugewandten Seite der Stadtmauer blitzte unter den schräg einfallenden Strahlen der Sonne auf, als bestünde es aus geschmolzenem Gold. Bronze, vermutete er. Sie waren weiter in die Vergangenheit geschleudert worden, als er befürchtet hatte. Die Stadt ließ keinerlei Anzeichen einer irgendwie gearteten technischen Zivilisation erkennen. Winzige, ameisengroße Menschenfiguren krochen am Fuße der Mauer entlang und patrouillierten auf ihrer Krone, und noch während er hinsah, wurde die Hälfte des Torflügels geöffnet und ein Zug von vielleicht vierzig Berittenen verließ die Stadt. Cyrene versuchte vergeblich, irgendwelche Einzelheiten zu sehen. Trotz des starken Glases war die Entfernung zu groß, um mehr als dunkle Schatten auszumachen, in deren Reihen es ab und zu metallisch glitzerte. Krieger vermutlich.

Er ließ das Glas sinken und wischte sich mit dem Unterarm den Schweiß von der Stirn. »Zumindest sind wir nicht in die Zeit der Dinosaurier zurückversetzt worden«, sagte er in dem vergeblichen Bemühen, einen Scherz zu machen. »Aber das, was ich da sehe, gefällt mir trotzdem nicht. Sieht aus wie das achte oder neunte Jahrhundert nach Christus. Keinerlei Anzeichen von Elektrizität.«

»Das bedeutet noch nichts«, erwiderte Nogube. »In meiner Heimat gibt es heute noch Städte, die so ähnlich aussehen. Uns wird wohl keine Wahl bleiben, als hinunterzugehen und zu fragen, wo wir sind.«

»Haben wir uns ... auch im Raum bewegt?«, fragte Cyrene zögernd.

Nogube nickte. »Ja. Ziemlich weit, wie ich fürchte. Die Sternbilder am Himmel sind mir vollkommen fremd.«

Cyrene wollte einwenden, dass dies durchaus an der zeitlichen Distanz liegen konnte, die sie überwunden hatten, aber dann fiel ihm ein, dass diese Erklärung noch schrecklicher wäre, und er schwieg lieber. Sternbilder verändern sich in ein paar Jahrhunderten nicht so sehr, dass man sie nicht wiedererkennt.

Er gab Nogube das Glas zurück, fuhr sich noch einmal mit dem Handrücken über die Stirn und deutete mit einer Kopfbewegung auf das Wrack des Tauchers. »Gehen wir. Vielleicht können wir DeKoba helfen.«

Der nubische Legionär wollte noch etwas sagen, nickte dann aber nur und folgte ihm den sanft ansteigenden Hang zum Zeittaucher hinauf. Brandgeruch und der Gestank von verschmortem Gummi und heißem Öl schlugen ihnen entgegen, als sie sich dem Wrack näherten. Cyrenes Blick blieb an einem flachen, aus Sand und losen Steinen aufgetürmten Hügel direkt neben dem Wrack haften. Covacz' Grab. Er blieb stehen, legte die rechte Hand auf das Herz und betete still. Covacz war kein religiöser Mensch gewesen, aber vielleicht mochte sein Gebet helfen. Wenigstens konnte er sich einreden seine Christenpflicht getan zu haben.

»Du weißt, dass er nicht hier bleiben kann?«, fragte er mit einer Geste auf die Symbole Christi – Schwert und Lasergewehr –, die über dem Kopfende des Grabes abgelegt worden waren. »Wenn die Einheimischen das finden ...«

Nogube deutete auf den Taucher. »DeKoba bereitet schon alles für die Sprengung vor. Von diesem Hang wird nichts übrig bleiben.«

Die Worte des Nubiers gaben Cyrene einen spürbaren Stich. Ihm war noch immer nicht ganz klar geworden, in welcher Lage sie sich befanden. Sie waren Schiffbrüchige, die dazu gezwungen waren, alles, was sie aus ihrer Zeit herübergerettet hatten, zu vernichten.

»Und die ... die Bomben?«

Nogube lächelte. »Wir feuern sie ab«, sagte er. »Sie wissen, dass man sie nicht entschärfen kann.«

Natürlich wusste er es. Aber er hatte sich gewünscht, es wäre nicht so. »Und wohin?«

Nogube machte eine Handbewegung, die den Hang, den Berg, die ganze Ebene einschloss. »Irgendwohin. Wir haben die Batterien aus dem Computer ausgebaut und die Chronoslipper der beiden Bomben geladen. Vielleicht rutschen sie weit genug in die Vergangenheit, um keinen Schaden anzurichten. Wenn nicht, werden wir es merken.«

Cyrene fühlte Zorn in sich aufsteigen, als der Nubier so leichtfertig über die beiden Höllenmaschinen redete, aber im Grunde blieb ihnen gar keine Wahl. Die beiden Wasserstoff-Trinitium-

Bomben würden in genau achtundvierzig Stunden – die vierzehn Stunden, die seit ihrem Aufprall vergangen waren, schon abgerechnet – explodieren und alles Leben im Umkreis von zwanzig Meilen auslöschen. Aber mit etwas Glück würden sie nicht mehr als ein paar Dinosaurier erschrecken.

Er ging weiter, legte die Hand auf den verbogenen Türrahmen der Taucherkabine und sah hindurch. Seine Augen brauchten Sekunden, um sich nach der grellen Helligkeit hier draußen an das Dämmerlicht des Kabineninneren zu gewöhnen, aber auch dann sah er nichts außer Chaos und Trümmern und scharfkantigen Metallscherben. Selbst wenn sie ihren Chronoslipper noch gehabt hätten – sie hätten die Schäden niemals aus eigener Kraft beheben können.

DeKoba sah auf, als Cyrene die Kabine betrat. Er hatte konzentriert über einem kleinen schwarzen Kasten mit einem halben Dutzend blinkender Lämpchen auf der Oberseite gearbeitet und wirkte erschöpft und müde. Seine Augen waren rot gerändert und seine Finger zitterten; etwas, das Cyrene noch nie an ihm bemerkt hatte.

»Zenturio.«

Cyrene machte eine wegwerfende Handbewegung. »Vergiss das Zenturio, Juan. Mein Name ist Simon.«

Der dunkelhaarige Spanier nickte. Ein dünnes, müdes Lächeln huschte über sein Gesicht und verschwand wieder. »Gut, dass Sie so denken, Simon. Nogube und ich haben bereits darüber gesprochen – es ist besser, wir reden uns nur mit unseren Namen an, bis wir genau wissen, wo wir sind.« Er stöhnte, stand schwankend auf und reckte sich ausgiebig. »Ich bin so weit.«

»Die Sprengung?«

DeKoba verneinte. »Die Bomben. Sie sind programmiert und feuerbereit.«

»Dann schieß sie ab«, sagte Cyrene.

DeKoba nickte, ging erneut in die Hocke und drückte einen Knopf auf seinem Kästchen. Die Lampen begannen für einen Moment wie wild zu flackern und erloschen dann.

Seltsam, dachte Cyrene, wie undramatisch es war. Außer ein

paar bunten Lichtern hatte sich nichts gerührt, und doch waren die beiden Ständer in der versiegelten Kammer neben ihm jetzt leer, und irgendwann, vielleicht vor hundert, vielleicht vor zehntausend Jahren waren zwei Bomben explodiert und hatten ein Höllenfeuer vom Himmel regnen lassen, das der Mensch erst Generationen später entdecken sollte.

»Sie haben soeben das erste Zeitparadoxon miterlebt«, sagte DeKoba trocken. Plötzlich grinste er. »Aber wie es aussieht, leben wir noch, und draußen fliegen auch keine kleinen blauen Männer auf Drachen durch die Gegend. Ich bin froh, dass die Dinger weg sind«, fügte er ernst hinzu.

Cyrene nickte, lehnte sich gegen die metallene Wand und schloss die Augen. Sie hatten sie gewarnt, nichts zu verändern und den Taucher wenn möglich gar nicht zu verlassen, und schon nach wenigen Stunden hatten sie drastischer in die Geschichte eingegriffen, als sie es überhaupt tun zu können geglaubt hatten. Plötzlich hatte er das Gefühl, in der winzigen Kammer keine Luft mehr zu bekommen. Er stieß sich von der Wand ab, fuhr herum und stürmte ins Freie.

Die Hitze und die gleißende Helligkeit trafen ihn wie ein Hieb. Er taumelte, hob schützend die Hand vor die Augen und wartete geduldig, bis der Schwindelanfall vorüber war.

Er ging ein paar Schritte und hielt den Blick dabei gesenkt, aber allein die vom Boden reflektierende Helligkeit war so gewaltig, dass ihm nach wenigen Momenten die Augen tränten. Ein Gefühl trügerischer Wärme flutete über seinen Rücken, und die Haut in seinem Nacken fühlte sich rau und fiebrig an, als er die Hand hob und darüber tastete. Sonnenbrand, dachte er. Die Lichtintensität war in dieser Zeit um ein Vielfaches höher als bei ihnen zu Hause. Sie alle würden sich einen gewaltigen Sonnenbrand holen in den ersten Tagen.

Er blieb stehen und betrachtete Nogube eine Zeit lang, und wie stets, wenn er den riesigen Schwarzen sah, empfand er ein leichtes Gefühl von Neid. Nogubes mächtige Rückenmuskeln zeichneten sich deutlich unter dem hauteng anliegenden roten Uniformhemd ab, und die schräg einfallenden Sonnenstrahlen schienen sein schwarzes Kraushaar mit flüssigem Pech zu überschütten. Nogube war das Paradebeispiel für einen Bewohner der Kolonien, der in der Hierarchie der römischen Legionen Karriere gemacht hatte. Zwar war die Sklaverei im Römischen Reich schon vor achthundert Jahren abgeschafft worden, aber trotz allem hatten es Nichtrömer immer noch schwerer als Römer, Karriere zu machen. Nicht so Nogube. Er mochte verschlossen und etwas grobschlächtig wirken, aber hinter seinen dunklen Augen lauerte ein messerscharfer Geist, ein Verstand wie ein Computer, der schon so manchen verblüfft hatte. Er war seinem Rangabzeichen nach immer noch einfacher Legionär, doch er war es in einer Spezialeinheit, in die nur einer von hunderttausend Anwärtern aufgenommen wurde, und wenn es sein musste, verfügte Nogube über genug Macht, selbst einen General vor sich im Staub kriechen zu lassen.

»Die Elite«, murmelte Cyrene, aber er konnte nicht verhindern, dass sich ein deutlicher Unterton von Spott und Sarkasmus in die Worte mischte. Die Chronoforce. Dreißig Jahre Forschungsarbeit, dreihundert Millionen Sesterzen, eine zehnjährige Ausbildung – und all das war durch einen einzigen heimtückischen Torpedo zunichte gemacht worden. Sie hatten den Krieg beenden sollen – sie und die zwei Bomben, die nun vielleicht zwei kilometertiefe Trichter in irgendeinen vorsintflutlichen Wald gebrannt hatten. Es hatte alles so einfach geklungen: Drückt die richtigen Knöpfe und geht zurück ins zehnte Jahrhundert. Dann braucht ihr nur noch die beiden Bomben abzufeuern, den Rest übernimmt die Technik. Ein Sprung in die Vergangenheit, um einen Gegner zu töten, der in dieser Form zu dieser Zeit noch gar nicht existierte. Der Generator würde die tödlichen Geschosse in ein Statisfeld hüllen, in dem sie zeitlos und unsichtbar den gleichen Weg, den sie in die Vergangenheit genommen hatten, wieder in umgekehrter Folge zurücklegen würden. Nach ihrer Rückkehr würden die Statisfelder erlöschen, und Tula und Chichen Itza würden aufhören zu existieren. So einfach war das, zumindest in der Theorie. Der Kriegscomputer des Toltekenreiches und seine Hauptstadt in der gleichen Sekunde vernichtet, durch eine Waffe, die sich durch die Hintertür der Zeit unter die undurchdringlichen Energieschirme geschlichen hatte.

Nun, dachte er sarkastisch, wie es aussah, würde sich der Heilige Römische Rat etwas Neues einfallen lassen müssen.

»Jetzt!«, sagte DeKoba.

Cyrene schmiegte sich unwillkürlich dichter an den mächtigen Findling, hinter dem sie Schutz gesucht hatten. Für eine Sekunde geschah nichts. Dann zerriss ein gewaltiger blaugrüner Blitz das Grau der Dämmerung. Ein dumpfes, hallendes Dröhnen ließ den Boden erzittern, und über dem Felshang wölbte sich ein brodelnder Rauchpilz in die Luft.

Cyrene schloss die Augen und atmete tief und erzwungen ruhig ein. Der Donner der Explosion schien nicht aufzuhören. Der Boden unter ihren Füßen zitterte und bebte. Eine Druckwelle fegte heiß und wütend über ihre Deckung hinweg und überschüttete sie mit Glut und Sand. Cyrene blinzelte. Die Glut der Explosion war erloschen und der Rauchpilz begann bereits zu verwehen. Er sah zum Himmel hinauf, dann auf die Armbanduhr und noch einmal zur Explosionsstelle. Sie hatten absichtlich bis zum Einbruch der Dämmerung gewartet, ehe sie das Wrack des Tauchers sprengten – während der Nacht hätte man den grellen Explosionsblitz meilenweit gesehen, und am Tage würde sie der schwarze, brodelnde Rauchpilz verraten haben. Jetzt, während der Dämmerung, würden die Bewohner der Stadt weit hinter ihnen nicht mehr als ein Wetterleuchten und ein leises Grollen wahrnehmen.

Cyrene blickte noch lange zur Absturzstelle des Zeittauchers hinüber, auch als der Rauchpilz längst auseinander getrieben war. Jetzt, dachte er, waren sie wirklich gestrandet. Bisher hatten sie wenigstens noch das zertrümmerte Wrack ihres Flugzeugs gehabt, ein kleiner Teil jener Welt, aus der sie gekommen waren und die sie nie wieder sehen würden.

Aber sie hatten keine andere Wahl gehabt, als das Fahrzeug zu sprengen. Wenn irgendetwas von der technischen Ausrüstung des Gefährts den Menschen dieser Epoche in die Hände fiel, waren die Folgen nicht abzusehen. Auch die verschiedenen Ausrüstungsgegenstände, die sie noch bei sich trugen, würden zerstört werden müssen. Hätte er sich streng an die Regeln gehalten, hätten sie nichts, was auf ihre Herkunft hinwies, aus dem Wrack retten dürfen – nicht einmal ihre Kleider, ganz zu schweigen von der übrigen Ausrüstung, die DeKoba und Nogube nun in Rucksäcken auf dem Rücken trugen.

»Kommt«, sagte er. Seine Stimme klang rau, aber er redete sich ein, dass der Staub, den die Explosion in die Luft geschleudert hatte, daran schuld war. Er stand auf, nahm seinen eigenen Rucksack vom Boden hoch und befestigte die Tragriemen vor der Brust. Nogube und DeKoba warteten schweigend, bis er fertig war. Dann marschierten sie los. Die Ebene war nicht so flach, wie es von oben den Anschein gehabt hatte. Es war keine Wüste, aber der Boden war knöcheltief mit Sand und Staub bedeckt, und die wenigen Pflanzen, auf die sie stießen, wirkten vertrocknet und krank.

Sie marschierten in gleichmäßigem Tempo nach Westen, der Stadt entgegen, die sie am vergangenen Abend entdeckt hatten. Die Sonne kroch rasch höher, und mit der Helligkeit stieg auch die Hitze. Schon bald waren sie in Schweiß gebadet, doch der böige, trockene Wind, der ihnen in die Gesichter blies, dörrte ihre Kleider rasch aus. Cyrene ertappte sich einmal dabei, wie seine Hand nach der Wasserflasche an seinem Gürtel tastete. Aber er beherrschte sich. Die Stadt war mindestens dreißig Meilen entfernt, und wenn die Hitze noch mehr anstieg, würde es bald unmöglich sein weiterzugehen. Sie mussten sich ihren Wasservorrat gründlich einteilen.

Cyrene begann allmählich zu ahnen, wie groß die Probleme wirklich waren, die auf sie zukommen würden. Es war nicht einfach ein fremdes Land mit fremden Menschen und Gebräuchen, in das sie verschlagen worden waren, sondern eine vollkommen fremde Welt, die mit ihrer Heimat nichts gemein hatte. Alltäglichkeiten wie das Beschaffen von Wasser und Nahrung mochten zu unüberwindlichen Problemen werden, und sie hatten keine Ahnung, ob die Menschen in dieser Stadt dort vorn sie als Freunde willkommen heißen oder vorsichtshalber erst einmal umbringen würden, bevor sie sich den Kopf über die Herkunft der drei sonderbaren Fremden zerbrachen.

Sie waren etwa zwei Stunden gegangen, als Nogube plötzlich stehen blieb und den Feldstecher vom Gürtel löste. »Ich glaube, wir bekommen Besuch«, murmelte er. Er setzte das Glas an, drehte einen Moment lang an der Schärfeeinstellung und starrte dann konzentriert nach Westen.

Auch Cyrene blieb stehen und blinzelte aus zusammengekniffenen Augen über die Ebene. Er sah nicht mehr als ein paar verschwommene Punkte, die in der flimmernden Luft auf und ab zu tanzen schienen, aber vielleicht hatte Nogube bessere Augen als er.

Der Nubier stieß plötzlich ein erschrockenes Keuchen aus. »Aber das ...«, stammelte er. »Das ist doch ...« Er schluckte, atmete hörbar ein und reichte das Glas an Cyrene weiter. »Sehen Sie selbst, Zenturio«, sagte er verwirrt.

Cyrene griff nach dem Feldstecher und suchte den Horizont ab. Es dauerte eine Weile, bis er die Gestalten durch das eingeengte Sichtfeld des Glases wieder fand, aber dann stand er genau wie Nogube sekundenlang starr vor ungläubigem Erstaunen da und versuchte vergeblich einen klaren Gedanken zu fassen.

Es waren fünf Berittene, die sich ihnen in scharfem Tempo näherten: Männer auf braunen, struppigen Pferden mit rotgoldenen Röcken, bronzenen Brustpanzern und flachen schmucklosen Helmen.

»Römer!«, keuchte er. »Das sind römische Legionäre.«

Nogube nickte stumm. Auch er hatte die Uniformen erkannt, wenngleich sie nur vage an ihre eigenen, hauteng geschnittenen Kleider erinnerten. Die Männer dort vorn waren Römer – Mitglieder der gleichen Truppe, der auch sie angehörten. Aber die Uniformen, die sie trugen, waren schon vor anderthalb Jahrtausenden aus der Mode gekommen.

Cyrene benötigte endlose Sekunden, um die Bedeutung dessen, was er gesehen hatte, zu begreifen.

»Aber das ist unmöglich«, sagte er noch einmal. »So groß war die Reichweite des Generators ...« Er brach ab, warf Nogube einen Hilfe suchenden Blick zu und reichte das Glas an DeKoba weiter, der mit verwirrtem Gesichtsausdruck zwischen ihnen stand und offenbar vergeblich versuchte, ihren Gedankengängen zu folgen.

»Zweites Jahrhundert«, murmelte Nogube. »Allerhöchstens. Wir sind mindestens dreizehnhundert Jahre weit in der Vergangenheit.«

DeKoba ließ verblüfft das Fernglas sinken. »Die Explosion«, murmelte er. »Der Generator muss seine gesamte Energie schlagartig freigesetzt haben, als es uns erwischt hat. Deswegen ist von dem ganzen Kram auch nichts übrig geblieben.«

Cyrene starrte den Legionär fassungslos an. Er begriff nicht, wie DeKoba so ruhig über technische Details reden konnte, nicht in diesem Moment. Aber vielleicht war das seine Art, mit der Situation fertig zu werden.

»Dreizehnhundert Jahre ...«, murmelte er noch einmal, als würde das bloße Wiederholen der Zahl helfen, die unglaubliche Wahrheit zu akzeptieren. Im Sommer des Jahres 1504 nach Christus waren sie gestartet – und die Männer dort vorne trugen Uniformen, die gegen Ende des zweiten Jahrhunderts aus der Mode gekommen waren.

»Mindestens«, murmelte DeKoba. »Es können auch mehr sein. Drei- oder vierhundert Jahre. Aber ich glaube, das bleibt sich gleich.«

»Wir werden es herausfinden«, sagte Nogube. »Zerbrecht euch lieber den Kopf darüber, wie wir uns verhalten. Die da vorn suchen uns.«

Cyrene nickte widerstrebend. Nogube hatte Recht, natürlich. Die Männer mussten die Explosion bemerkt haben, und nun kamen sie her, um nachzuschauen, was passiert war.

»Seid vor allem vorsichtig«, sagte er. »Die Jungs waren damals schnell mit dem Schwert bei der Hand. Überlasst das Reden mir.« Er löste seinen Rucksack, stellte ihn neben sich in den Sand und blickte den näher kommenden Reitern gespannt entgegen. Er erkannte sie jetzt deutlicher. Es waren fünf Legionäre, die von einem Zenturio angeführt wurden.

Sie sprengten in scharfem Tempo heran und zügelten ihre Tiere erst im letzten Augenblick. DeKoba zuckte zusammen und griff an den Gürtel. Cyrene legte ihm rasch die Hand auf den Arm und schüttelte den Kopf. »Nicht«, flüsterte er. »Mach keine Dummheiten.«

DeKoba entspannte sich, aber Cyrene konnte direkt fühlen, wie nervös sein Gefährte war. Er empfand die gleiche Furcht und Unruhe. Das Römische Imperium war auf Terror und Gewalt gegründet worden. In der Zeit, in die es sie verschlagen hatte, zählte ein Menschenleben nicht viel.

Die Reiter hielten ihre Tiere wenige Schritte vor ihnen an und bildeten einen weit auseinander gezogenen Kordon. Es waren kräftige, braun gebrannte Männer in zerschlissenen Uniformen, und der Ausdruck auf ihren Gesichtern verhieß nichts Gutes.

Ihr Anführer schwang sich mit einer entschlossenen Bewegung aus dem Sattel, trat auf Cyrene zu und sagte ein paar Worte in einem holperigen, rau klingenden Dialekt, der vage an das Italienisch erinnerte, das zu Cyrenes Zeit gesprochen wurde.

»Den Übersetzer«, flüsterte Cyrene.

Nogube nickte, hob langsam die Hand an den Gürtel und drückte einen Knopf auf dem kleinen, rechteckigen Gerät an seiner Seite. Ein leises, metallisches Knacken ertönte. Der Zenturio fuhr herum, musterte Nogube misstrauisch und wandte sich dann wieder an Cyrene.

»Wer seid ihr?«, fragte er rüde. Diesmal verstanden sie seine Worte ohne Schwierigkeiten. »Wo kommt ihr her?«

»Mein Name«, antwortete Cyrene, »ist Cyrene. Simon Cyrene. Dies«, er deutete mit der Hand nacheinander auf seine Gefährten, »sind meine Kameraden, Nogube und DeKoba. Wir … wir haben uns verirrt und wissen nicht, wo wir sind. Wie heißt die Stadt dort vorn, Zenturio?«

Der Römer trat zurück, stemmte die Fäuste in die Hüften und betrachtete sie der Reihe nach, ohne auf Cyrenes Frage zu antworten. »Ihr tragt seltsame Kleider, Simon Cyrene«, sagte er. »Kleider, wie ich sie noch nie gesehen habe. Woher kommt Ihr, habt Ihr gesagt?«

Cyrene lächelte. »Ich sagte es noch gar nicht, Zenturio. Meine Freunde und ich haben eine Reise ins Land der Nabatäer unternommen, doch verloren wir auf dem Rückweg unsere Pferde und den Großteil unserer Ausrüstung und …«

»Schweigt«, unterbrach ihn der Römer.

Cyrene brach verwirrt ab. Plötzlich hatte er das Gefühl, einen schrecklichen Fehler begangen zu haben.

»Simon Cyrene«, fuhr der Zenturio fort, nachdem er ihn eine Zeit lang ernst und durchdringend angesehen hatte. »Ihr seid ein Lügner. Ich will Euch sagen, wofür ich Euch halte, Euch und Eure beiden seltsamen Begleiter. Ich glaube, Ihr seid Spione, Spitzel, die unsere Stellungen und die Zahl unserer Truppen auskundschaften sollen und glauben, uns mit ein paar bunten Kleidern und ein wenig Zauberwerk täuschen zu können.« Er lachte leise und humorlos, ging zu seinem Pferd zurück und legte die Hand auf den Sattelknauf. »Betrachtet euch als Gefangene, bis wir die Stadt erreichen. Präfekt Pilatus wird über Euer weiteres Schicksal entscheiden.« Er schwang sich in den Sattel und griff nach den Zügeln. »Könnt Ihr gehen oder wollt Ihr euch ein Pferd teilen?«, fragte er.

Cyrene überging die Frage. »Wie …«, fragte er stockend, »war der Name des Präfekten eurer Stadt? Pilatus? Pontius … Pilatus?«

Auf den Zügen des Zenturio erschien ein misstrauischer Ausdruck. »Ihr kennt ihn?«, fragte er.

»Ich …« Cyrene stockte, suchte einen Moment krampfhaft nach Worten und nickte dann hastig. »Ich kenne ihn«, sagte er, »aber er kennt mich nicht.«

»So geht es vielen«, erwiderte der Zenturio grob. »Und nun kommt. Wir haben noch einen weiten Weg vor uns.« Er gab einem seiner Legionäre einen Wink. Der Mann stieg aus dem Sattel und kletterte hinter einem seiner Kameraden auf den Pferderücken.

»Ihr und Euer Freund«, fuhr der Zenturio sanfter gestimmt fort, »könnt reiten. Der Sklave mag zu Fuß gehen.« Nogubes Augen blitzten zornig auf. »Ich bin kein Sklave, Römer«, sagte er gepresst. »Merkt Euch das.«

Cyrene warf ihm einen raschen, warnenden Blick zu. »Das … das stimmt, Zenturio«, sagte er hastig. »Nogube ist unser Freund.«

»Freund?« Der Zenturio lachte leise und wurde übergangslos

wieder ernst. »Er ist ein Nubier, oder? Und alle Nubier sind Sklaven.«

»Nogube nicht. Er ... er hat sich im Kampf bewährt und vielen braven Männern das Leben gerettet, sodass ihm die Freiheit geschenkt wurde.«

Die Hand des römischen Soldaten glitt zum Sattel und löste die zusammengerollte Peitsche vom Knauf. »Euer Freund?«, sagte er spöttisch. »Für mich ist er ein Sklave. Ein aufsässiger Sklave. Und aufsässigen Sklaven muss man Betragen beibringen.« Er zwang sein Pferd mit hartem Schenkeldruck herum, schwang seine Peitsche und drang mit einem gellenden Schrei auf Nogube ein.

Cyrene sah, was weiter geschah, aber sein Versuch, das Schlimmste zu verhindern, kam zu spät. Nogube duckte sich unter der niedersausenden Peitsche weg, fiel auf ein Knie herunter und zerrte die Laserwaffe aus dem Gürtel.

»Nein!«, brüllte Cyrene. »Nicht! Tu es nicht!«

Doch wenn Nogube seine Worte überhaupt hörte, so reagierte er nicht darauf. Der nadeldünne Lichtblitz durchschlug den bronzenen Brustschild des Römers und explodierte in seinem Körper, ehe er überhaupt begriff, was mit ihm geschah. Er schrie nicht einmal, sondern kippte nur stumm aus dem Sattel und schlug mit dumpfem Geräusch auf dem harten Boden auf.

Für eine endlose bange Sekunde waren die Legionäre starr vor Schreck. In der hitzeflirrenden Luft war der Laserblitz so gut wie unsichtbar. Für sie musste es ausgesehen haben, als habe der hünenhafte Nubier ihren Kommandanten durch eine Handbewegung getötet.

Aber die Schrecksekunde hielt nicht lange an. Die Männer waren harte, kampferprobte Soldaten, und nach dem ersten Moment ungläubigen Erschreckens gewann ihre anerzogene Disziplin die Oberhand. Ein gellender, vielstimmiger Schrei zerriss die Stille, als die vier überlebenden Legionäre gleichzeitig angriffen.

Cyrene ließ sich verzweifelt zur Seite fallen, als einer der Männer direkt auf ihn zugaloppiert kam, das messerscharf geschliffene Breitschwert zum tödlichen Schlag erhoben. Der Hieb verfehlte ihn nur um Zentimeter; dicht genug, dass er das hässliche Zischen hören konnte, mit dem die Klinge durch die Luft schnitt. Er fiel, rollte sich ab und riss noch im Aufspringen seine Waffe aus dem Gürtel.

»Zenturio! Hinter Ihnen!«

Cyrene wirbelte herum, als er den Warnschrei hörte, aber seine instinktive Abwehrbewegung kam zu spät. Ein verzerrter schwarzer Schatten wuchs über ihm empor, dann biss ein grausamer Schmerz in seine Schulter und ließ ihn schreiend zusammenbrechen. Er schoss, rollte zur Seite und feuerte noch einmal. Der Legionär erstarrte. Seine Waffe polterte zu Boden. Blut, dunkelrotes, schaumiges Blut schoss ihm aus Mund, Nase, Ohren und Augen, als sein Körper von der ungeheuren Gewalt des Laserblitzes zerkocht wurde.

Cyrene wälzte sich auf den Bauch, verbarg das Gesicht zwischen den Händen und erbrach sich würgend. Der Schmerz in seiner Schulter steigerte sich ins Unerträgliche und in seinen Ohren war plötzlich ein dumpfes, rauschendes Pochen, das alle anderen Laute verschlang.

Sekundenlang blieb er reglos liegen und kämpfte gegen die Schmerzen und die in Schüben heranwogende Übelkeit an. Eine warme, klebrige Flüssigkeit lief an seinem Arm herunter. Er versuchte die linke Hand zu bewegen, aber es ging nicht. Stöhnend wälzte er sich auf die unverletzte rechte Seite, öffnete die Augen und versuchte aufzustehen.

Die Legionäre waren tot. Cyrene starrte schaudernd auf die verkrümmten, schwelenden Leichname der fünf Männer. Seine Glieder begannen haltlos zu zittern. Vor weniger als einer Minute hatten diese fünf Menschen noch gelebt; fünf verschiedene Schicksale, fünf Leben waren ausgelöscht.

Es war das erste Mal, dass er dem Tod so unmittelbar gegenüberstand. Er war Soldat und dazu ausgebildet zu töten, aber trotzdem hatte er bisher nicht gewusst, was das wirklich war – einen Menschen zu ermorden.

Nogube kniete neben ihm nieder, betrachtete seinen verletzten Arm und verzog das Gesicht. »Das sieht übel aus«, murmelte er. Er überlegte einen Moment, bückte sich nach Cyrenes Rucksack und kramte den Modepack hervor. »Halten Sie den Arm ruhig, Zenturio«, sagte er. »Ich mache Ihnen eine Injektion. Die Schmerzen lassen gleich nach.« Er nahm eine Wegwerfspritze zur Hand, schob den blutdurchtränkten Ärmel von Cyrenes Uniformhemd so behutsam wie möglich hoch und setzte die Nadel auf die Vene. Es zischte leise und ein Gefühl intensiver Hitze durchströmte Cyrenes Arm. Die Schmerzen verschwanden sofort.

Nogube warf die Spritze achtlos neben sich in den Sand, zog sein Messer und begann den Ärmel der Länge nach aufzutrennen.

»Sieht aus, als hätten Sie noch einmal Glück gehabt, Zenturio«, sagte er. »Der Knochen ist nicht verletzt.«

»Warum ... hast du das getan, Nogube?«, fragte Cyrene mühsam. »Warum?«

»Weil es sein musste«, erwiderte Nogube, ohne ihn anzusehen. Er tastete mit spitzen Fingern über die Wunde, öffnete den Modepack und nahm eine kleine, rot beschriftete Sprühflasche hervor. »Halten Sie den Arm still.«

»Warum?«, sagte Cyrene noch einmal. »Sie ... sie haben uns nichts getan.«

Nogube lachte hart und sprühte einen Schnellverband über den Schnitt. Ein scharfer, aseptischer Geruch stieg in Cyrenes Nase. »Nichts getan?«, fragte er spöttisch. »Sie haben uns gefangen genommen, Zenturio.«

»Aber das ... das ist kein Grund gewesen sie umzubringen, Nogube«, sagte Cyrene hilflos. »Es waren Menschen!« Nogube seufzte. Er legte die Sprühflasche zurück, bog Cyrenes Arm zur Seite und begann mit geschickten Fingern einen Schnellplast-Verband anzulegen.

»Nogube, du ...«

»Lassen Sie ihn, Simon«, sagte DeKoba sanft. »Er hat Recht. Wir mussten sie töten.«

Cyrene sah auf. Seine Augen brannten und DeKobas Gesicht schien plötzlich vor ihm zu verschwimmen. »Du ... du auch?«, flüsterte er. »Begreifst du denn nicht, was wir getan haben?«

DeKoba nickte ernst. »Doch, Simon. Aber wir sind Soldaten, vergessen Sie das nicht. Wir befinden uns im Krieg.«

»Aber das stimmt nicht!«, schrie Cyrene plötzlich. »Diese Männer ...«

»Waren römische Legionäre«, fiel ihm Nogube hart ins Wort. »Und sie wollten uns gefangen nehmen. Was glauben Sie, wie lange wir noch leben würden, wenn wir als Gefangene vor dem Präfekten erscheinen würden? Sie scheinen zu vergessen, in welcher Zeit wir uns befinden, Zenturio. Wir sind Fremde! Männer, die aus dem Nirgendwo kommen, seltsame Kleider tragen und ihre Sprache nicht beherrschen. Wir würden alle drei in der Arena enden, wenn man uns mit dieser Geschichte vor den Präfekten führen würde.«

»Und deswegen musstest du sie ermorden?«

Nogube seufzte. »Uns blieb keine Wahl, Zenturio«, sagte er noch einmal. »Betrachten Sie diese Männer als Gefallene im Krieg. Es war kein ... Mord.« Er lächelte, stand auf und half Cyrene ebenfalls auf die Füße. »Wenn Sie den Arm nicht zu heftig bewegen, ist die Wunde in zehn Stunden verheilt«, sagte er.

»Und ... die Regel?«, fragte Cyrene schwach. »Wir dürfen uns nicht einmischen.«

Nogube machte eine wegwerfende Handbewegung. »Unsinn«, sagte er überzeugt. »Ich habe lange darüber nachgedacht, Zenturio, seit dem Moment, in dem wir gestrandet sind. Ich glaube nicht, dass es so etwas wie ein Zeitparadoxon überhaupt geben kann. Ich weiß, was sie uns erzählt haben, aber das ist doch alles nichts als Theorie, die bisher nicht bewiesen wurde und auch niemals bewiesen wird. Sie haben uns immer wieder eingehämmert, dass wir unter keinen Umständen einen Menschen töten dürfen, ganz egal, was geschieht. Ich halte das für ausgemachten Unsinn. Meiner Meinung nach könnten wir den Verlauf der Geschichte gar nicht ändern, selbst wenn wir es wollten.«

Cyrene wollte widersprechen, aber ein Blick in DeKobas Gesicht ließ ihn verstummen. »Er hat Recht, Simon«, sagte er ruhig. »Wir haben heute Nacht darüber gesprochen.«

»Ihr scheint oft miteinander zu reden, während ich schlafe«, sagte Cyrene spitz. DeKoba überging den Einwurf. »Die Bomben«, sagte er. »Sie vergessen die Bomben.«

»Ich ... verstehe nicht.«

DeKoba lächelte milde. »Es ist auch schwer zu verstehen, aber wir glauben, dass alles, was wir tun, genau so getan werden muss. Wir haben mit unseren beiden Bomben die Weltgeschichte nicht verändert, sondern erst geschaffen.«

»Du bist verrückt! Vielleicht hättest du auch die Güte, mir zu erklären, wann es in vorgeschichtlicher Zeit zu einer Nuklearexplosion gekommen ist.«

»Sodom«, sagte DeKoba ruhig. »Sodom und Gomorrha.«

Cyrene schwieg verwirrt.

»Und diese fünf Legionäre«, fuhr DeKoba ruhig fort, »mussten sterben. Sie brachen zu einer Patrouille auf und kehrten niemals zurück. So etwas kam damals oft vor. Ich glaube nicht, dass wir die Geschichte verändert und vielleicht den Ururgroßvater von Leonardo da Vinci erschossen haben.«

»Wie bequem«, antwortete Cyrene bitter. »Dann könnt ihr ja getrost weiter herumlaufen und Leute über den Haufen schießen. Es muss jawohl alles so sein, oder?«

DeKoba schüttelte sanft den Kopf. »Bitte, Simon«, sagte er ruhig. »Ich verstehe Ihre Gefühle, aber Sie quälen sich nur selbst. Wir müssen jetzt einen klaren Kopf behalten, das ist die Hauptsache.«

»Vor allem«, fiel Nogube ein, »müssen wir den genauen Zeitpunkt bestimmen. Zumindest wissen wir es jetzt etwas genauer. Wenn der Mann, der über diesen Landstrich herrscht, wirklich Pontius Pilatus ist, dann ist das da vorn« – er deutete mit einer Kopfbewegung auf den verschwommenen sandbraunen Fleck am Horizont – »Jerusalem. Das Jerusalem vor der Revolution, Zenturio.« Er stockte, schwieg und fuhr in verändertem Tonfall fort. »Vielleicht«, sagte er, »war unser Absturz keine Katastrophe, sondern ein Geschenk, Zenturio. Uns wird etwas zuteil werden, von dem Millionen Menschen nur träumen konnten. Wir werden den Herrn sehen.«

Aus der Ferne hatte die Stadt kleiner ausgesehen, doch jetzt, von den Hügeln wenige hundert Meter vor dem Stadttor aus betrachtet, wirkte sie gewaltig. Ein dumpfes Summen und Raunen wehte über die Mauerkrone zu ihnen herüber und durch die weit geöffneten Tore konnten sie einen Blick in die engen, verwinkelten Gassen tun.

»Also gut«, murmelte Cyrene. »Gehen wir.« Er kroch rückwärts den grasbewachsenen Hang hinunter, richtete sich auf und warf einen letzten bedauernden Blick auf die Pferde. Sie hatten Sattelzeug und Geschirr bei den Toten gelassen, aber sie konnten es trotzdem nicht riskieren, auf den Tieren in die Stadt einzureiten. Die Gefahr, dass irgendein Römer die Pferde seiner vermissten Kameraden wieder erkannte, war zu groß. Sicher würde man die Tiere schon bald hier in den Hügeln finden, aber bei dem ständigen Strom von Menschen, der durch das Stadttor herein- und herausflutete, war es unwahrscheinlich, dass man den Fund mit den drei Fremdlingen in Zusammenhang brachte.

Cyrene dachte mit einem fast wehmütigen Gefühl an ihre Rucksäcke mit dem Großteil ihrer Ausrüstung, die sie unweit von hier im lockeren Boden vergraben hatten. Die Dinge, die sie aus dem Taucher gerettet hatten, hätten ihnen von großem Nutzen sein können, aber ihre Erscheinung war auch so schon auffällig genug, ohne dass sie eine große Zahl fremdartiger Dinge und Zaubergeräte mit sich herumschleppten. Er griff unter sein Hemd und befühlte die wenigen Gegenstände, die er an seinem Körper verborgen hatte – den Übersetzer, den winzigen Materietransformer, den Laser ... zu wenig, um in einer vollkommen fremden, feindlichen Welt überleben zu können. Und trotzdem vielleicht schon zu viel. Sie würden sich auch von diesen Geräten trennen müssen, sobald sie die Sprache gelernt und einen Platz in der Gesellschaft gefunden hatten.

»Sind Sie sicher, dass es klug ist, dort hineinzugehen, Zenturio?«, fragte Nogube.

Cyrene seufzte. »Wenn du eine bessere Idee hast, lass sie mich hören. Und hör endlich damit auf, mich Zenturio zu nennen«, fügte er etwas schärfer hinzu. »So, wie wir aussehen, nimmt uns nicht einmal ein Blinder die Rolle römischer Legionäre ab. Mein Name ist Simon und du bist mein Leibsklave; jedenfalls für die Zeit, die wir in der Stadt sind.«

Nogube grinste. »Jawohl, Herr. Bitte nicht schlagen, Herr. Armer dummer schwarzer Mann hat vergessen.«

Cyrene grinste zurück und ging langsam in Richtung des Stadttores los. Eines der Pferde schnaubte kläglich und versuchte ihnen zu folgen. Nogube scheuchte es zurück.

Sie würden sich Pferde besorgen müssen, dachte Cyrene, oder Kamele. Benutzten Reisende zu dieser Zeit eher Pferde oder Kamele? Verdammt – sie befanden sich unmittelbar an der Wiege des Christlich-Römischen Imperiums und sie hatten nicht die geringste Ahnung, auf welche Art sich einfache Reisende fortbewegten. Es gab noch viel zu lernen.

Sie näherten sich dem Stadttor und reihten sich in den Menschenstrom ein, der sich auf dem schmalen, ausgetretenen Pfad am Fuß der Mauer vorwärts schob. Die große Anzahl der Menschen irritierte Cyrene. Sicher – Jerusalem war eine wichtige und große Stadt gewesen für seine Zeit, aber die Masse der herbeiströmenden Menschen war trotzdem gewaltig. Vielleicht stand ein Fest bevor oder ein Markttag.

Der Menschenstrom kam nur langsam voran, und sie brauchten fast eine halbe. Stunde, um das gewaltige steinerne Tor zu erreichen. Posten in den roten Halbröcken römischer Legionäre standen beiderseits der titanischen Stützpfeiler und schienen jeden einzelnen Neuankömmling genauestens zu überprüfen. Cyrene verspürte plötzlich ein starkes Gefühl der Beunruhigung, aber es war bereits zu spät, um umzukehren. Wären sie aus der Reihe ausgeschert und davongegangen, hätten sie sich nur verdächtig gemacht.

Er warf Nogube und DeKoba einen warnenden Blick zu und versuchte, möglichst gelassen dreinzuschauen, als die Reihe an sie kam.

»Wer seid ihr, Fremde?«, fragte der Posten. Seine Stimme klang monoton und auf seinem Gesicht lag ein gelangweilter Ausdruck. Wahrscheinlich hatte er den Spruch heute schon ein paar hundert Mal heruntergeleiert.

»Mein Name ist Simon Cyrene«, erwiderte Cyrene. »Und dies ist mein Freund DeKoba. Der Nubier ist unser Sklave.«

Der Legionär verriet ein gewisses Interesse, als sein Blick über die hünenhafte Statur des Schwarzen glitt.

»Simon Cyrene«, murmelte er. »Und was wollt Ihr?«

»Wir sind Reisende aus dem Land der Nabatäer«, erwiderte Cyrene. »Und wir sind müde und suchen ein Quartier für eine Nacht.«

Der Posten runzelte die Stirn. »Nabatäer?«, murmelte er. »Wo soll dieses Land liegen? Ich habe nie davon gehört.«

Cyrene machte eine vage Geste in östliche Richtung. »Es ist weit, Soldat. Wir waren lange unterwegs, zu lange, fürchte ich. Mein Freund und ich sind müde.«

Der Legionär musterte Cyrene und seine beiden Begleiter scharf, schien sich dann aber mit der Erklärung zufrieden zu geben. »Wenn Ihr ein Quartier sucht«, murmelte er, »seid Ihr zur falschen Zeit nach Jerusalem gekommen. Alle Gasthäuser sind belegt. Das heißt ...« Er überlegte einen Moment und taxierte Cyrene abschätzend, »ein Vetter von mir betreibt ein Gasthaus im Norden der Stadt. Wenn Ihr ihm ausrichtet, dass Marcus Victimus Euch schickt, wird er sicher noch eine Kammer für Euch und Euren Sklaven finden.«

Cyrene unterdrückte ein Lächeln. »Ich danke Euch, Legionär. Wenn ihr mir nur sagt, wo wir dieses Gasthaus finden ...«

Der Legionär grinste und verschränkte die Arme vor der Brust. »Jerusalem ist groß, Simon aus dem Nabatäerland«, sagte er. »Ich glaube nicht, dass Ihr das Haus findet.«

Cyrene seufzte. Er überlegte einen Moment, griff dann unter sein Hemd und kramte einen Dime aus der Tasche. Natürlich war die Münze zu dieser Zeit vollkommen wertlos.

Aber sie war schwer, sah aus wie Gold und wirkte fremdartig genug, um den Mann zu täuschen.

»Leider«, sagte er, »sind wir nicht mit Geld Eurer Währung ausgestattet, sodass ich Euch Eure Zuvorkommenheit danken könnte. Doch vielleicht können wir ein Tauschgeschäft machen.«

Der Legionär griff nach der Münze, drehte sie ratlos in den Händen und betrachtete die fremdartigen Schriftzeichen auf Vorder- und Rückseite.

»Es ist Gold«, sagte Cyrene.

»Gold?« Der Mann überlegte einen Moment und schloss dann die Hand um die Münze. »Ich gebe Euch einen Silberling dafür«, sagte er mit einem listigen Grinsen.

»Sie ist das Zehnfache wert«, widersprach Cyrene.

»Das mag sein – für Euch. Für mich ist sie wertlos. Ich kann nichts dafür kaufen, und ich werde wohl nie in Eure Heimat kommen, um sie eintauschen zu können. Aber sie gefällt mir. Ich kann ein Schmuckstück für meine Frau daraus machen. Ich gebe Euch einen Silberling. Ihr macht ein gutes Geschäft.«

»Geben Sie sie ihm, Simon«, seufzte DeKoba, »bevor die Preise noch weiter fallen.«

Cyrene machte ein Gesicht, als hätte er soeben das schlechteste Geschäft seines Lebens abgeschlossen, und griff mit einem entsagungsvollen Seufzer nach dem Silberling, den ihm der Legionär hinhielt.

»Fragt nach Thassos dem Griechen«, sagte der Mann. »Und vergesst nicht zu sagen, dass ich Euch geschickt habe. Vielleicht lässt er Euch ein wenig im Preis nach.«

Cyrene nickte und ging rasch an dem Mann vorbei. »Wenn er das mit jedem so macht«, knurrte er, als sie außer Hörweite waren, »müsste er eigentlich in ein paar Wochen Millionär sein.«

»Wieso?«, gab DeKoba gleichmütig zurück. »Die Münze, die Sie ihm gegeben haben, war doch vollkommen wertlos.«

»Das weiß er doch nicht, oder? Wo, hat er gesagt, lebt dieser Thassos? Im Norden der Stadt?«

DeKoba nickte. »Ja. Aber ich bin dafür, dass wir uns erst einmal umsehen. Außerdem brauchen wir ein verschwiegenes Plätzchen, um uns Geld zu beschaffen.« Er deutete mit einer Kopfbewegung auf eine schmale, schattige Seitenstraße, die vom Hauptweg abzweigte. »Was halten Sie davon?«

»Warum nicht?« Cyrene wich mit ein paar schnellen Schritten in die Gasse zurück, sah sich hastig um und zog den kleinen Materialtransformer unter dem Hemd hervor. »Gebt mir Deckung«, murmelte er.

Es war Abend, als sie das Gasthaus des Griechen erreichten. Wer die drei Männer bei Betreten der Stadt gesehen hatte, hätte sie nun kaum wiedererkannt. Cyrene hatte mit Hilfe des Materiewandlers Geld hergestellt, und sie hatten sich in einem der unzähligen kleinen Läden, die die Straßen des Händlerviertels säumten, Kleider verschafft, in denen sie nicht auf den ersten Blick als Fremde erkennbar waren: knöchellange, hellbraune Burnusse aus grobem Stoff, dazu Sandalen, die eigentlich nur aus einer Sohle und langen ledernen Riemen bestanden, und sackähnliche, bestickte Umhängetaschen, in denen sie ihre wenigen Habseligkeiten transportierten. Nogube hätte gern noch ein paar Waffen erworben, aber Cyrene war dagegen. Jerusalem stand unter dem Regime der römischen Besatzungstruppen. Niemand, mit Ausnahme der Legionäre, trug in der Öffentlichkeit Waffen, und wenn sie auch nach außen hin als Reisende aus einem fernen Land auftraten und der römischen Gerichtsbarkeit nicht unterstanden, so wollte er doch alles vermeiden, was die Aufmerksamkeit der Herren Jerusalems auf sie lenken würde. Und zur Not hatten sie immer noch ihre Laser; Waffen, die durchaus in der Lage waren die gesamte Besatzungsmacht in Schach zu halten.

Thassos nahm sie freundlich auf, als sie den Namen des Legionärs nannten und ein paar Münzen auf den Tisch des Hauses legten. Sein Lokal war alles andere als komfortabel – ein finsteres, fensterloses Loch mit ein paar roh zusammengezimmerten Tischen und Stühlen und ein paar Säcken voll Stroh, die den Gästen als Schlafplätze dienten. Ein unbeschreiblicher Gestank hing in der Luft, eine Mischung aus Alkoholdunst, Schweiß, kaltem Rauch und Essensgeruch. Aber sie hatten wenigstens ein Dach über dem Kopf, und für eine weitere Münze bereitete Thassos ihnen ein sättigendes Mahl.

Sie aßen schweigend. Nogube hockte, wie es seiner Rolle als Sklave zukam, in einer Ecke und löffelte mit finsterem Gesicht den geschmacklosen Brei in sich hinein, den Thassos ihm gegeben hatte. Cyrene konnte sich lebhaft vorstellen, was hinter der Stirn des Schwarzen vorging. Aber er würde die Rolle des Sklaven nicht lange spielen müssen. Cyrene hatte nicht vor länger als ein paar

Tage in der Stadt zu bleiben; gerade lange genug, um ein paar Informationen zu bekommen, die sie dringend benötigten. Die Zeit – die genaue Zeit –, die Machtverhältnisse im Lande, ein paar Daten über politische Entwicklungen … Spätestens in drei, vier Tagen würden sie Jerusalem wieder verlassen und sich irgendwo in einer abgelegenen Gegend niederlassen. Der Materiewandler würde sie mit genug Geld versorgen, um in Ruhe leben zu können, und ihr Wissen über die geschichtliche Entwicklung würde sie vor Kriegen und Naturkatastrophen schützen.

Cyrene schrak aus seinen Gedanken hoch, als Thassos mit einem hölzernen Tablett vor ihrem Tisch erschien und einen Krug mit Wein und zwei leere Becher vor ihnen absetzte. »Wohl bekomm's, die Herren«, sagte er.

Cyrene griff nach dem Krug, schenkte sich ein und bedeutete Thassos, noch zu bleiben. »Sagt, Wirt«, begann er, »wir sind fremd in diesem Teil des Landes, aber gestattet trotzdem die Frage … Ist diese Stadt immer so überfüllt?«

Thassos schüttelte den Kopf, stellte das Tablett ab und rieb sich die Hände an seiner ledernen Schürze. »Nein«, antwortete er. »Und das ist auch gut so. Die Fremden sind zwar gut fürs Geschäft, aber man bekommt als ehrlicher Mann kein Auge mehr zu. Überall Lärm und Aufregung, und die Straßen wimmeln von Bettlern und Dieben und allem möglichen Gesindel. Ich bin froh, wenn es vorbei ist.«

»Wenn was vorbei ist?«, fragte DeKoba, ohne von seinem Essen aufzusehen.

»Der Markttag«, antwortete Thassos. »Die Leute strömen von überallher. Und viele kommen natürlich, um diesen verrückten Propheten zu sehen.«

DeKoba sah auf. Sein Gesicht zuckte und der hölzerne Löffel in seiner Hand begann plötzlich zu zittern. »Welcher … Prophet?«, fragte er mit mühsam beherrschter Stimme.

»Dieser verrückte Nazarener«, antwortete Thassos mit einem leisen, gekünstelten Lachen. »Dieser Jesus.«

»Jesus?«, wiederholte Cyrene. »Jesus von Nazareth? Er ist hier? Hier in der Stadt?«

Thassos nickte. »Seit ein paar Tagen. Ihr kennt ihn?«

»Wir … haben von ihm gehört«, antwortete DeKoba hastig. »Wir dachten nur, ihn nicht ausgerechnet hier anzutreffen.«

Thassos machte eine wegwerfende Handbewegung und verzog das Gesicht. »Haltet Euch fern von ihm, wenn Ihr einen guten Rat annehmen wollt«, sagte er. »Die Leute strömen zwar von weit her, um ihn zu sehen, aber es wäre trotzdem besser, ihn zu meiden. Ich glaube nicht, dass die römischen Herren sein Tun noch lange dulden werden. Was er treibt, ist Aufruhr.« Der Grieche lachte, kratzte sich nervös am Kinn und stützte sich mit den Händen an der Tischkante auf. »Gestern war er im Tempel und hat die Händler und Geldwechsler hinausgeworfen, sagt man. Ich war nicht dabei, aber nach allem, was ich gehört habe, muss er sich wie ein Wilder aufgeführt haben. Er soll geschrien haben: ›Mein Haus soll Haus des Gebetes heißen, aber ihr macht eine Räuberhöhle daraus!‹«

»Das … das finde ich eigentlich nur natürlich«, sagte DeKoba unsicher. »Dort, wo wir herkommen, ist ein Tempel ein Tempel und ein Marktplatz ein Marktplatz.«

»Möglich. Doch wir sind hier in Jerusalem. Das Sagen haben die Herren aus Rom, auch wenn das vielen von uns nicht behagt. Und die Hohen Priester stellen sich gut mit den Rotröcken. Man erzählt sich, dieser Nazarener hätte auch sie beschimpft. Wenn das stimmt, werden sie diese Beleidigung nicht auf sich sitzen lassen. Ich kenne die Menschen hier und ich kenne die Römer. Wenn dieser Jesus so weitermacht, wird er noch vor dem Osterfest am Kreuz hängen.« Er nickte, wandte sich um und ging mit kleinen, trippelnden Schritten davon.

DeKoba unterdrückte ein Grinsen. »Er würde sich wundern, wenn er wüsste, wer noch vor dem Osterfest am Kreuz hängt«, murmelte er.

Cyrene warf ihm einen warnenden Blick zu. »Still!«, zischte er. »Es sind zu viele Ohren hier, die mithören.«

DeKoba zuckte mit den Achseln, griff unter seinen Burnus und schaltete den Übersetzer aus. Das Stimmengewirr im Raum verwandelte sich übergangslos in ein Konglomerat unverständlicher

Laute. »Wir müssen verschwinden«, fuhr er fort, »das ist Ihnen doch klar, oder?«

Cyrene antwortete nicht gleich. Thassos' Worte hatten ihn stärker berührt, als er zugeben wollte. Er schob seine Schale von sich, trank einen Schluck Wein und winkte Nogube an den Tisch. Der Nubier erhob sich umständlich und kam in unterwürfiger Haltung näher. »Was befehlt Ihr, Herr?«

»Hör mit dem Quatsch auf.« Cyrene schürzte verärgert die Lippen und deutete auf einen freien Stuhl. »Du hast gehört, was dieser Grieche erzählt hat?«

»Selbstverständlich.«

»Dann weißt du ja auch, was es bedeutet«, fuhr DeKoba an Cyrenes Stelle fort. »Wir müssen weg. So schnell wie möglich.«

»Das stimmt«, sagte Cyrene. »Am besten noch heute.«

»Und warum?«, fragte Nogube.

»Warum?«, ächzte DeKoba. »Das fragst du doch wohl nicht im Ernst, oder? In wenigen Tagen wird hier die Hölle los sein. Ich habe keine Lust, in eine Revolution hineingezogen zu werden. Unser kleines Abenteuer heute Morgen hat mir gereicht, wenn ich ehrlich sein soll. Du weißt doch, was hier passieren wird.«

»Natürlich weiß ich es«, antwortete Nogube ruhig. »Pilatus wird versuchen, Jesus und seine Jünger zu verhaften, und das Volk wird ihn lynchen. Und? Glaubst du, wir könnten etwas daran ändern, wenn wir abhauen?«

»Du verstehst mich anscheinend nicht«, antwortete DeKoba wütend. »Vielleicht macht es dir Spaß, den wilden Mann zu spielen, aber mir nicht. Ich weiß nicht, wie gut du im Geschichtsunterricht aufgepasst hast, aber es wird ein paar tausend Tote geben. Und nicht nur aufseiten der Römer.«

Nogube verschränkte die Hände auf der Tischplatte und seufzte gelangweilt. »Du vergisst, dass wir zufällig wissen, wer der Sieger sein wird. Und damit ...« Er klopfte bezeichnend auf die Stelle, an der sich die Laserwaffe unter seinem Burnus befand. »... dürfte es uns nicht allzu schwer fallen zu überleben.«

»Ich kann mich nicht an Berichte erinnern, nach denen die Aufständischen mit Blitzen geschleudert hätten«, konterte DeKoba.

Nogube zuckte mit den Achseln. »Vielleicht nicht. Aber wenn du schon so versessen darauf bist zu fliehen, dann erzähl mir doch bitte auch, wohin.«

DeKoba schwieg betroffen und Cyrene dachte nach. Es gab keinen Ort, an den sie fliehen konnten. Sie alle kannten die Geschichte zu genau, um nicht zu wissen, dass sich die Revolution binnen weniger Monate über das halbe Römische Imperium ausdehnen würde. Was sie erlebten, war der Beginn eines Weltenbrandes – eine Revolution, auf die ein halbes Jahrhundert eines zermürbenden, gnadenlosen Krieges folgen würde, der das Römische Imperium verschlingen, seine Grenzen überfluten und erst an den Küsten des eurasisch-afrikanischen Doppelkontinents Halt machen würde. Die Gewaltigkeit der Ereignisse ließ ihn schaudern. War es wirklich Zufall, dass sie ausgerechnet in diesem Moment der menschlichen Geschichte gestrandet waren? In diesem Moment und an diesem Ort? Die Chancen dafür standen eins zu unendlich, und doch waren sie gerade im rechten Moment gekommen, um die Geburtsstunde des Christlich-Römischen Reiches mitzuerleben, dem Moment, in dem aus einem bis dahin kaum beachteten jungen Mann, der durch die Lande zog und Liebe predigte, ein Revolutionär wurde, ein Mann, der die Geschichte der Welt verändern sollte wie kein anderer vor ihm.

War es wirklich Zufall?, dachte Cyrene weiter. Oder hatte das Schicksal sie hierher geführt?

Vor seinem inneren Auge rollte die weitere Entwicklung wie ein phantastisch schnell laufender Film ab. Die Revolution, die endgültige Christianisierung des Römischen Reiches, die Eroberung Afrikas, Europas, der Krieg gegen die mongolischen Horden, der mit der Errichtung der Symbole Christi über den sibirischen Steppenfestungen endete. Thor Heyerdals historische Überfahrt, die erste Begegnung mit den Otomi-Rittern Amerikas ... der Krieg.

Cyrene riss sich mühsam los, aber die Bilder behielten weiter Gewalt über ihn. Plötzlich sah er Visionen des Krieges, Bilder von brennenden Städten, von einem Himmel, der in Flammen stand, von Häusern und Straßenzügen, die von Lavasalven getroffen zu brauner Schlacke verbrannt wurden. Das Doppelreich der Tolteken war dem Christlich-Römischen Imperium vom ersten Tag an ebenbürtig gewesen; ein Gegner, der zahlenmäßig unterlegen, aber von einem unbezwingbaren Fanatismus erfüllt war, Krieger, die sich unter dem Banner Quetzalcoatls immer und immer wieder in den Kampf warfen, Städte bombardierten, Schiffe versenkten ... Wie viele Menschen waren in diesem Krieg bereits gestorben? Zwei Millionen? Drei? Es gab Schätzungen, aber keine von ihnen war genau. Der Krieg hatte langsam begonnen, wie eine heimtückische, schleichende Krankheit. Ein Überfall hier, ein Bombenangriff da – die Herren Thulas hatten genau gewusst, dass sie eine offene Konfrontation mit dem Christlich-Römischen Reich verlieren würden, als die beiden Völker aufeinander trafen. Zweihundert Jahre lang hatten sie stillgehalten, hatten sich auf einen zermürbenden Guerillakrieg eingelassen, bis die technische Entwicklung ihre zahlenmäßige Überlegenheit wettmachte. Allein in diesen ersten zweihundert Jahren mochten Hunderttausende, vielleicht Millionen Menschen getötet worden sein, sicherlich ebenso viele wie in den folgenden achtzig Jahren des offenen Krieges.

Plötzlich schlich sich ein ketzerischer Gedanke in sein Bewusstsein: Was wäre gewesen, wenn das Römische Reich ein Jahrhundert früher auf die Tolteken getroffen wäre? Wenn sie keinem technisch ebenbürtigen Gegner, sondern einem Barbarenstamm begegnet wären? Wenn das Römische Reich nicht durch die Revolution um mehr als ein Jahrhundert zurückgeworfen worden wäre, sondern sich kontinuierlich weiterentwickelt hätte?

Jemand berührte ihn an der Schulter. Er schrak zusammen und zwang sich zu einem verlegenen Lächeln, als er DeKobas vorwurfsvollen Blick bemerkte.

»Was ist mit Ihnen?«, fragte DeKoba. »Träumen Sie?«

Cyrene schüttelte den Kopf. »Nein«, antwortete er verwirrt. »Ich musste nur an etwas denken.«

»Ich kann mir schon denken, woran«, knurrte Nogube. »Ich glaube, es wird allmählich Zeit, dass wir uns einmal offen unterhalten.«

»Und worüber?«

»Worüber?« Nogube lachte hart. »Das wissen Sie genau. Wir hätten es schon gestern besprechen sollen, aber vielleicht ist dieser Moment besser.«

Cyrene blickte dem Schwarzen fest in die Augen. »Also gut«, sagte er. »Fang an. Und keine Scheu vor meinem Rang.«

»Du kannst dir deinen Rang sonst wo hinschieben«, sagte Nogube ruhig. »Wir sind keine römischen Offiziere mehr, sondern Schiffbrüchige, Cyrene. Heimatlose Schiffbrüchige. Du willst also, dass wir von hier weggehen?«

Cyrene nickte ruhig. Nogubes Stimme war gereizt und voller Aggressivität, aber er konnte den Nubier verstehen. Sie waren in einer Welt gestrandet, in der seine Hautfarbe allein ein Fluch war. Selbst mit seinem überlegenen Wissen und den fast unbeschränkten Geldmitteln, die ihm zur Verfügung standen, würde er immer ein Mensch zweiter Klasse bleiben.

»Worauf willst du hinaus?«, fragte er ruhig.

Nogube schwieg einen Moment. »Wir sollten uns trennen«, sagte er dann.

Cyrene war nicht einmal überrascht. Er hatte erwartet, dass einer der anderen früher oder später diesen Vorschlag machen würde. Nur dass es so rasch geschah, hatte er nicht erwartet. »Und?«, fragte er. »Weiter?«

»Nichts weiter«, entgegnete Nogube. »Du willst weggehen, also geh. Ich ziehe es vor, hier zu bleiben.«

»Du willst dich den Aufständischen anschließen.«

Nogube nickte. »Ja. Ich denke, ich habe eine gute Chance. Lieber Kohortenführer bei den Revolutionären als ein rechtloser Sklave in irgendeinem langweiligen Land.«

»Du wärst kein Sklave«, widersprach Cyrene. »Wir suchen uns ein ruhiges Fleckchen Erde und kaufen ein Stück Land …«

»… und stricken bis ans Ende unserer Tage Socken für fußkranke Legionäre, wie?«, fiel ihm der Nubier ins Wort. »Nein, danke. So ein Leben wäre nichts für mich. Wir können nie wieder nach Hause – aber wenn wir schon darauf angewiesen sind, in dieser Welt zu leben, dann möchte ich wenigstens auf der Seite der Sieger stehen.«

Cyrene tauschte einen langen Blick mit DeKoba. »Und du?«, fragte er nach einer Ewigkeit. »Denkst du auch so?«

DeKoba verzog gequält das Gesicht. »Ich … ich weiß überhaupt nicht, was ich denken soll«, gestand er. »Ich weiß nur, dass ich keine Lust habe umgebracht zu werden. Für mich ist der Krieg aus, und ich denke nicht daran, mich in Dinge zu mischen, die längst entschieden sind. Ich möchte nur weg hier. Wenn du willst, bleiben wir zusammen, wenigstens für eine Weile noch.«

»Und du?«, fragte Nogube nach einer Weile. »Was wirst du tun?«

Cyrene zögerte. Er wusste es nicht. Er fühlte, dass er mehr als ein zufällig anwesender Beobachter war. Er, Nogube und DeKoba waren die einzigen Menschen, die die Zukunft kannten. Diese Stadt, die jetzt noch voller pulsierendem Leben war, würde in wenigen Tagen geschleift werden. Die meisten Menschen, die sie auf ihrem Weg hierher getroffen hatten, würden sterben, aber sie waren nur die ersten Opfer eines Krieges, der weitergehen würde, weiter und immer weiter. Und sie, die Einzigen, die hätten warnen können, waren machtlos. Es gab nichts, was sie hätten tun können. Die Geschichte war bereits geschehen, alles war festgelegt und vorausbestimmt.

Er stand auf, schob seinen Stuhl zurück und ging langsam um den Tisch herum.

»Wo willst du hin?«, fragte DeKoba.

Cyrene zuckte mit den Achseln. »Ich weiß es nicht. Ein wenig frische Luft schnappen. Allein sein und nachdenken. Wartet ihr auf mich?«

»Selbstverständlich«, nickte Nogube. »Auf eine Nacht kommt es nicht mehr an, oder?«

Es war nicht schwer, das Haus zu finden, in dem Jesus wohnte. Aber es war unmöglich hineinzugelangen. Die Straßen waren schon einen Block vorher fast unpassierbar von Menschen, und als es Cyrene endlich gelungen war, sich zu der niedrigen, schäbigen Hütte am Ende der Straße durchzukämpfen, fand er den Eingang von einer dichten Menschentraube umlagert. Der Eingang war offen, aber davor standen zwei muskulöse, finster dreinblickende

Burschen, die jeden, der auch nur den Versuch machte das Haus zu betreten, grob zurückstießen. Zumindest in diesem Punkt irrte die Geschichtsschreibung, dachte Cyrene. Jesus war kein kleiner Prophet mehr, dessen Worte allenfalls bei seinen Jüngern und ein paar Bauern Gehör fanden, als er in Jerusalem einzog.

Er schob sich weiter durch die Menge, ohne auf die zornigen Blicke und die Flüche und Beschimpfungen zu achten, die ihm nachgeschickt wurden. Jemand stieß ihm mit dem Ellbogen in die Rippen und packte seinen Arm. Cyrene stieß den Mann beiseite und ging weiter. Jemand trat ihm in die Kniekehlen. Er stolperte, klammerte sich an einer Schulter fest und wankte weiter.

Was mache ich hier überhaupt?, dachte er entsetzt. Die werden mich lynchen. Aber er ging, fast gegen seinen Willen, als wäre er plötzlich nicht mehr ein unbeteiligter Beobachter, der nur rein zufällig in diesem Körper wohnte, Schritt für Schritt weiter, ohne auf die schmerzhaften Tritte und Knüffe zu achten, die ihn trafen. Er blieb erst stehen, als er die Tür erreicht hatte und einer der beiden Männer unter der Tür die Hand hob.

»Wo willst du hin?«

Cyrene versuchte sich zwischen den beiden Männer hindurchzudrängeln und taumelte unter einem schmerzhaften Rippenstoß zurück. »Ich ... ich muss den Herrn sprechen.«

»Den Herrn?«

»Jesus«, keuchte Cyrene. »Jesus von Nazareth.«

Einer der beiden packte ihn grob am Arm und drückte zu. Cyrene stöhnte vor Schmerz auf.

»Das wollen viele«, erklärte er. »Aber der Herr darf nicht gestört werden. Warte bis morgen, dann kannst du ihn sehen.«

»Aber so lange kann ich nicht warten!«, begehrte Cyrene auf. Er versuchte seinen Arm loszureißen, aber die riesigen Pranken des Mannes drückten mit gnadenloser Kraft zu.

»Bitte!«, keuchte Cyrene. »Ich muss ihn sehen. Ich habe eine weite Reise unternommen, um mit ihm zu reden und ...«

Der Mann schüttelte stur den Kopf. »Siehst du die da?«, fragte er mit einer Kopfbewegung auf die Menge vor der Tür. »Die meisten von ihnen sind von weit her gekommen, um den Herrn zu sehen. Und sie müssen auch warten. Wenn du etwas vorzubringen hast, dann sage es uns. Vielleicht empfängt er dich, aber du wirst dich gedulden müssen wie die anderen auch.«

Hinter Cyrenes Rücken brandete schadenfrohes Gelächter auf. Jemand warf mit faulem Obst nach ihm, ein anderer zerrte an seinem Burnus, und eine schmale braune Hand glitt in seinen Beutel und zog sich hastig zurück, als er danach schlug.

Cyrene riss sich mit verzweifelter Anstrengung los und warf sich nach vorn aber genauso gut hätte er versuchen können mit bloßen Händen die Stadtmauer einzureißen. Die beiden Männer packten gleichzeitig zu, verdrehten ihm die Arme und zwangen ihn mit brutaler Kraft in die Knie.

»Mach keinen Ärger, Freundchen!«, keuchte der Größere der beiden. »Stell dich hinten an, wie die anderen und ...«

»Simon!«

Der Mann erstarrte. Sein Griff lockerte sich und auf seinen Zügen erschien ein erschrockener, schuldbewusster Ausdruck. Er ließ Cyrenes Arm los, richtete sich auf und drehte sich nervös um.

Auch Cyrene stand schwankend auf, umklammerte seine schmerzenden Handgelenke und drehte sich in die Richtung, aus der die Stimme gekommen war.

Hinter den beiden Wächtern war ein junger, in ein einfaches weißes Gewand gekleideter Mann aufgetaucht. Das Innere des Hauses war zu dunkel, als dass er sein Gesicht hätte erkennen können, aber er hatte das sichere Gefühl, dass die beiden Männer gehörigen Respekt vor ihm hatten.

»Nichts, Herr«, sagte der mit Simon Angesprochene hastig. »Der da«, er deutete mit einer nervösen Geste auf Cyrene, »wollte Ärger machen. Aber wir werden mit ihm fertig, keine Sorge.«

Der Mann schwieg einen Moment und kam dann mit zwei, drei raschen Schritten näher.

»Nun, Fremder«, fragte er sanft, »was gibt es so Dringendes?«

Cyrene warf den beiden Wächtern einen ängstlichen Blick zu. »Ich ... ich muss mit dem Mann sprechen, der hier wohnt«, sagte er stockend. »Mit Jesus, dem Nazarener.«

»Das wollen viele, Freund«, antwortete der junge Mann ruhig.

Ein mildes, beinahe gütiges Lächeln erschien auf seinem asketischen Gesicht. »Und viele kommen von weit her, um ihn zu sehen. Glaubst du nicht, dass er wie jeder von euch manchmal ein wenig Ruhe und Schlaf nötig hat? Auch er ist nur ein Mensch.«

»Ich weiß«, sagte Cyrene gequält. »Aber ... ich bin nicht wie die anderen. Ich muss ihn sehen. Ihn sprechen. Es ... es ist wichtig. Nicht nur für mich.«

Der Mann überlegte einen Moment. »Nun gut, Freund«, sagte er dann. »So tritt ein und rede.«

Cyrene machte einen Schritt zwischen den beiden Wächtern hindurch und blieb verwirrt stehen. »Aber ich ... ich kann nur mit ihm selbst sprechen«, sagte er. »Was ich zu sagen habe, ist nicht für fremde Ohren bestimmt.«

»Narr!«, zischte Simons Stimme dicht an seinem Ohr. »Du schlägst die halbe Straße zusammen, und dann erkennst du den Herrn nicht einmal, wenn du vor ihm stehst. Das ist Jesus von Nazareth!«

Cyrene erstarrte. Sein Blick richtete sich ungläubig auf das schmale, von einem dünnen schwarzen Bart eingerahmte Gesicht des Jünglings vor ihm. Plötzlich hatte er vergessen, weshalb er hergekommen war. Sein Gehirn war leer und er brachte nicht mehr als ein klägliches Stöhnen hervor.

»Vergib meinem Jünger Simon Petrus, Freund«, sagte Jesus sanft. »Er ist manchmal ein wenig grob, doch er meint es nicht so. Nun komm.« Er wandte sich um und wartete, dass Cyrene ihm folgte, aber der Zenturio rührte sich nicht, sondern starrte den grauhaarigen grobschlächtigen Mann neben sich nur sprachlos an.

»Das ... das ist Simon Petrus?«, fragte er fassungslos.

Jesus lächelte. »Ja. Du siehst aus, als hättest du einen anderen Mann erwartet.«

»Und der andere?«

»Das ist Andreas, sein Bruder. Sie gehören zu meinen treuesten Jüngern.«

»Ich weiß«, keuchte Cyrene mühsam. »Ich hatte sie mir nur anders vorgestellt.«

Zwischen Simon Petrus' buschigen Augenbrauen entstand eine

steile Falte, aber er ging nicht auf seine Worte ein. Cyrene riss sich mühsam vom Anblick der beiden zukünftigen Apostel los und folgte dem Nazarener den kurzen Gang entlang. Sie betraten einen niedrigen, spärlich möblierten Raum, in dem vier weitere Männer beisammensaßen und miteinander redeten. Bei ihrem Eintreten sahen sie auf und sprangen erschrocken von ihren Stühlen. Cyrene wurde plötzlich klar, dass diese vier nichts anderes als weitere Apostel waren; einfache Männer, die in wenigen Jahren schon zu Königen und Kaisern werden würden. Auf den Schultern dieser einfachen Bauern und Fischer vor ihm würde ein gigantisches Weltreich entstehen.

»Herr!«, sagte einer von ihnen erschrocken. »Ihr seid wach? Ihr ...«

»Es besteht kein Grund zur Aufregung, Bartholomäus. Dieser Fremde wollte mich sprechen, und ich glaube, ich sollte ihm diesen Wunsch erfüllen.«

Obwohl er sanft gesprochen hatte, wirkten seine Worte wie ein Befehl. Die Männer verließen hintereinander das Zimmer und ließen ihn und Cyrene allein.

»Nun?«, fuhr er fort, als Bartholomäus die Tür hinter sich ins Schloss gezogen hatte und sie allein waren. »Wir sind allein. Bringe dein Anliegen vor. Doch erst verrate mir deinen Namen.«

»Cyrene«, antwortete Cyrene hastig. »Ich ... ich heiße Cyrene. Simon Cyrene.«

Jesus nickte. »Simon Cyrene«, wiederholte er lächelnd. »Einer meiner Jünger trägt den gleichen Namen wie du. Simon. Du hast ihn kennen gelernt.«

»Ich weiß«, antwortete Cyrene. »Mein Vater benannte mich nach ihm.« Die Worte taten ihm im selben Augenblick schon Leid, aber es war zu spät.

Zu seiner Erleichterung reagierte Jesus nicht auf die Worte. Nur in seinen Augen glomm ein seltsamer Funke auf. »Und woher«, fragte er, »kommst du, Simon Cyrene? Du sagst, du hast eine weite Reise hinter dir.«

»Das ... das stimmt, Herr«, erwiderte Cyrene. Verdammt – warum fiel es ihm plötzlich so schwer zu reden und auch nur einen vernünftigen Gedanken zu fassen? Was war an diesem einfachen, stillen jungen Mann, der ihn so lähmte, ihn so vollkommen verwirrte wie nie etwas zuvor in seinem Leben?

»Ich komme von weit her«, wiederholte er mühsam. »Und ich weiß nicht, ob es überhaupt richtig war, zu Euch zu kommen. Ich komme aus einem Land, das ... anders ist, als Ihr Euch vorstellen könnt. Ich kam, um Euch eine Frage zu stellen, aber ich weiß nicht ...«

»Rede«, antwortete Jesus sanft. »Wenn ich sie dir beantworten kann, so werde ich es tun. Wenn nicht, werden wir gemeinsam nach der Antwort suchen.«

Cyrene schwieg. Vergeblich versuchte er dem Blick der sanften braunen Augen seines Gegenübers standzuhalten. Er war schon vielen starken Männern in seinem Leben begegnet, Männern, die die Verantwortung für ganze Völker auf ihren Schultern trugen, und er hatte geglaubt, in Jesus von Nazareth einen ähnlichen Menschen anzutreffen.

Er hatte sich geirrt.

In den Augen des jungen Nazareners war keine Kraft. Nicht der ungebrochene Wille zur Macht, nicht der Wunsch zu herrschen, sondern nur Güte. Güte und Liebe von solcher Reinheit, dass Cyrene schauderte. Herrgott im Himmel, dachte er, wie hat es dieser Heilige geschafft, ein Imperium zu stürzen und ein neues, zehnmal mächtigeres an seiner Stelle zu errichten!

Er versuchte vergeblich, sich diesen Mann auf dem Thron des Imperators in Rom vorzustellen. Der Gedanke erschien ihm absurd, völlig aberwitzig. Und doch würde es so sein. In weniger als fünf Jahrzehnten würde er diesen Thron besteigen, der erste Herrscher der Weltgeschichte, der nicht Tod, sondern Liebe auf seine Fahne geschrieben hatte. Er stand dem Begründer eines Imperiums gegenüber, das anderthalb Jahrtausende lang die Welt beherrschen sollte, aber was er sah, war kein Feldherr, sondern ein Heiliger.

»Ich möchte Euch eine Geschichte erzählen«, begann er unsicher. »Eine Geschichte, die sich vor langer, langer Zeit in meiner Heimat abgespielt hat. Es ist die Geschichte eines Königs. Er ...

er begann wie Ihr, Herr. Er wurde von einfachen Leuten geboren und aufgezogen, aber in einem unterschied er sich von seinen Mitmenschen. Anders als die anderen predigte er Güte und Sanftmut statt Gewalt und Unterdrückung. Zu Anfang verspotteten ihn alle, aber nach und nach fanden immer mehr Menschen zu ihm, so viele, dass die Könige, die damals in meinem Lande herrschten, Angst vor ihm bekamen und beschlossen, ihn zu töten. Doch dieses Unternehmen schlug fehl und die Anhänger jenes jungen Königs töteten die Schergen der Unterdrücker und schleiften ihre Burgen. Das Volk stand nach Jahrhunderten der Unterdrückung auf und befreite sich von seinen Beherrschern. Es war ein langer und blutiger Krieg, in dem viele Menschen starben oder zu Schaden kamen, doch an seinem Ende stieg der junge König auf den Thron, der Jahrhunderte lang von blutigen Tyrannen besetzt gewesen war. Das Reich wuchs und wuchs, und weil er die Liebe auf seine Fahne geschrieben hatte statt der Tyrannei, konnte ihm kein Feind Widerstand leisten, bis das Reich den Kontinent von einer Küste zur anderen beherrschte. Der König alterte und starb, und die Menschen sprachen ihn heilig und lebten in seinem Sinne weiter. So lange, bis sie eines Tages auf ein anderes Volk trafen, ein Volk, das jenseits eines großen Ozeans lebte und beinahe ebenso mächtig war wie sie selbst. Sie fuhren mit großen Schiffen über das Meer und versuchten den Heiden ihren eigenen Glauben zu bringen, doch diese wollten die fremden Götter nicht und wehrten sich, und so kam es wieder zu einem Krieg, einem Krieg, der blutiger und grausamer als alle anderen zuvor war und fast hundert Jahre tobte. Da sagten die einen im Lande: Genug des Kriegs! Wir wollen nicht mehr töten! Lasst ihnen ihren Glauben! Aber die anderen sagten: Nein! Wir wirken im Sinne des jungen Königs. Darauf die anderen wieder: Ihr tötet! Und warum ihr tötet, bleibt sich gleich! Es ist Sünde, so oder so! Darauf wieder die anderen: Er war der Sohn Gottes. Gott der Herr selbst sandte ihn, dieses Reich zu errichten, und wir sind nicht mehr als Diener, die seinem Befehl folgen. Und so hielt der Streit an, und der Krieg dauerte fort, und die Menschen wurden getötet und Städte zerstört im Namen eines Herrschers, der Liebe gepredigt hatte und seinen Mitmenschen sagte: Ihr sollt nicht töten.«

Cyrene brach erschöpft ab. Seine Kehle fühlte sich trocken an, und selbst wenn er gewollt hätte, hätte er kein Wort mehr hervorgebracht.

Aber das war auch nicht nötig.

»Ich verstehe dich, mein Sohn«, sagte Jesus sanft. »Und ich weiß auch, welche Frage du mir stellen wolltest. Doch auch ich kann dir nicht sagen, ob es die Schuld des jungen Königs war, dass es so weit kam. Hätte er gewusst, welche Wirkung sein Tun hat – sicher. Doch welcher Mensch kennt die Zukunft?«

Ich, dachte Cyrene verzweifelt. Verdammt, warum kann ich es nur nicht sagen? Warum bin ich nur unfähig, dir die Wahrheit ins Gesicht zu schreien. WARUM BIST DU SO VERDAMMT GUT?

Aber er sagte nichts.

Er konnte nichts sagen.

»Aber du brauchst die Antwort auch nicht von mir zu hören«, fuhr der Nazarener fort, »du kennst sie. Frage dein Gewissen und du wirst sie erkennen.«

Cyrene starrte den jungen Mann fassungslos an. Wusste er, was er sagte? Gott, dachte er, weiß er es?

Jesus Christus lächelte ein sanftes, weiches, fast ein bisschen wehmütiges Lächeln, das Cyrene erschaudern ließ.

»Nun, Simon Cyrene«, sagte Jesus sanft. »Ich muss meine Jünger zum Abendmahl versammeln, und du brauchst Zeit, um die Antwort auf deine Frage zu finden. Doch überlege gut, bevor du dich entscheidest. Wäge nicht Gründe der Vernunft gegen die der Logik ab, sondern gehorche nur einer Stimme: deinem Gewissen.«

Cyrene nickte, wandte sich um und ging mit schleppenden Schritten zur Tür.

»Simon«, sagte Jesus, als er die Hand nach dem Riegel ausstreckte. Cyrene drehte sich noch einmal um. »Ja?«

Jesus zögerte. »Ich ... ich danke dir, dass du gekommen bist«, sagte er schließlich. »Vielleicht habe ich nichts für dich tun können, doch du hast mehr für mich getan, als du jetzt schon weißt. Lebe wohl. Wir werden uns wiedersehen.«

»Das … glaube ich nicht«, entgegnete Cyrene stockend. »Ich verlasse die Stadt noch heute.«

»Wir sehen uns wieder, Simon«, widersprach Jesus. »Schon bald. Eher, als du glaubst. Vielleicht wirst du mir dann helfen, meine Last zu tragen.«

Cyrene verstand den Sinn der Worte nicht.

In ihm war nichts als Leere, als er das Haus verließ.

Obwohl Mitternacht bereits vorüber war, als Cyrene zurück zur Taverne des Griechen kam, schien in Jerusalem noch niemand zu schlafen. Die Stadt brodelte. Tausende von Menschen bevölkerten die winkeligen Straßen und Gassen, und das Gebrüll der Marktschreier schien kaum weniger laut und nervtötend als am Tage. Die drei Attraktionen, die Jerusalem zu bieten hatte – der Markttag, das bevorstehende Osterfest der Juden und die Anwesenheit des Propheten aus Nazareth –, hatten mehr Menschen angelockt, als die Stadt zu fassen vermochte. Die Gasthäuser und Tavernen waren hoffnungslos überfüllt und nicht wenige Menschen übernachteten auf den Straßen oder schliefen gleich gar nicht.

Trotz der großen Zahl fremder Besucher sah Cyrene überraschend wenige Soldaten. Einmal begegnete ihm ein Trupp von fünf Legionären, die von einem Zenturio angeführt wurden. Der Anblick erinnerte ihn schmerzhaft an die Szene vom Morgen und er ertappte sich dabei, wie er stehen blieb und den Männern nachstarrte, bis sie im dichten Menschengewühl auf der Straße verschwunden waren.

Auch in Thassos' Lokal herrschte noch reges Leben, als er endlich zurückkam. Dutzende von Männern umlagerten die grobe Holztheke oder drängten sich an den wenigen Tischen, und nicht wenige hatten es sich auf den Strohsäcken oder dem nackten Lehmboden bequem gemacht, lärmten und schrien um die Wette und schütteten Unmengen von Wein in sich hinein. Er entdeckte DeKoba und Nogube an einem Tisch in der hintersten Ecke des Raumes und drängte sich mühsam zu ihnen durch. Die Luft roch jetzt noch unerträglicher als zuvor; dicke, blaugraue Rauchschwaden zogen aus dem Verschlag, den Thassos Küche zu nennen sich erdreistete, zum Ausgang, und eine Anzahl kleiner, stinkender Öllampen verpestete das wenige, was an Sauerstoff blieb, vollends. Er hustete, schob einen Mann, der an einem Weinbecher nippte und ihm aus glasigen Augen entgegenstarrte, beiseite und ließ sich neben DeKoba am Tisch nieder.

»Wir haben schon kaum noch geglaubt, dass du überhaupt wiederkommst«, sagte Nogube halb im Spaß. »Wo warst du?«

Cyrene zuckte mit den Achseln. »Überall und nirgends«, erwiderte er ausweichend. »Ich wollte ein wenig allein sein und nachdenken.«

»Allein? Dort draußen?«

Cyrene nickte. »Du würdest dich wundern, wie einsam man zwischen all den Menschen sein kann.«

»Schreib das auf«, meinte DeKoba lächelnd. »Vielleicht wird man dich als großen Philosophen im Gedächtnis behalten. Ist dir mittlerweile klar geworden, was wir tun sollen?«, fügte er ernst hinzu.

Cyrene griff nach Nogubes Becher, drehte ihn einen Moment nachdenklich in den Händen und leerte ihn dann mit einem Zug. Der Wein schmeckte schal, zu bitter und zu schwer. Wahrscheinlich würde er Kopfschmerzen davon bekommen, wenn er mehr als einen Becher trank.

»Nogube hat Recht«, sagte er, ohne den Schwarzen anzusehen. »Wir sollten uns trennen. Es ist besser. Zusammen erregen wir zu viel Aufsehen. Wenn wir uns trennen, hat vielleicht einer von uns eine Chance. Ich denke, ich werde nach Osten gehen. Persien – vielleicht in die Türkei. Dort ist für die nächsten sechzig, siebzig Jahre Ruhe. Und ich denke«, setzte er nach kurzem Überlegen hinzu, »dass es das Beste sein wird, wenn ich noch heute Abend die Stadt verlasse. In ein paar Tagen steht das ganze Land hier in Flammen. Mir wäre wohler, wenn ich bis dahin möglichst weit weg bin. Kommst du mit?«

Die Frage war an DeKoba gerichtet, der während seiner kurzen Ausführung stumm dagesessen und in seinen Becher gestarrt hatte. »Ich glaube nicht«, erwiderte er nach einer Weile. »Ich möchte in die andere Richtung. Weißt du«, sagte DeKoba mit einem knappen, nervösen Lachen, »ich möchte in meine Heimat. Wenn ich schon nicht mehr in meine Zeit zurückkann, dann möchte ich wenigstens unter der Sonne Kataloniens sterben.«

Cyrene nickte. »Ich verstehe dich, Juan. Aber der Weg, den du zurücklegen musst, ist gefährlich. Ägypten, Marokko, die Säulen des Herkules ...«

»Ich weiß«, seufzte DeKoba. »Aber ich werde es schon schaffen. Irgendwie. Zur Not habe ich immer noch ein paar Überraschungen bei mir, um mich meiner Haut zu wehren.«

»Sei vorsichtig«, mahnte Cyrene. »Du weißt, dass wir die Waffen und die übrige Ausrüstung gar nicht mehr haben dürften.«

DeKoba lachte leise. »Wenn es irgendjemandem nicht passen sollte«, meinte er leichthin, »können sie ja eine Strafexpedition aussenden und mich verhaften und ins Gefängnis werfen. Vielleicht komme ich auf diese Weise doch noch zurück.«

»Ich meine es ernst«, widersprach Cyrene, ohne auf DeKobas scherzenden Ton einzugehen. »Misch dich nicht in Dinge, die den Lauf der Geschichte verändern könnten. Du ...«

»Hört auf euch zu streiten und seht zur Tür«, unterbrach ihn Nogube leise. »Ich glaube, wir bekommen Ärger.«

Cyrene runzelte die Stirn und drehte sich bewusst langsam um.

Unter dem Eingang waren fünf römische Legionäre erschienen. Die Gespräche im Raum erloschen nach und nach; fast als gehe von den rot gekleideten Gestalten eine Welle des Schweigens aus, die nach und nach jeden Anwesenden erfasste. Die Männer blieben einen Moment reglos stehen und setzten sich dann auf einen Wink ihres Anführers hin in Bewegung. Cyrene fuhr unmerklich zusammen, als er den Mann an ihrer Spitze erkannte. Für einen Moment klammerte er sich an den Gedanken, dass die Soldaten vielleicht nur hierher gekommen waren, um nach getanem Dienst einen Becher Wein zu trinken und zu feiern, aber diese Hoffnung erlosch fast so schnell, wie sie aufgeflammt war. Die Legionäre drängten sich rücksichtslos durch und nahmen in einem lockeren Halbkreis um den Tisch herum Aufstellung.

»Marcus Victimus«, nickte Cyrene, als der hoch gewachsene Römer näher trat und sich neben ihm aufbaute.

»Ihr erinnert euch an meinen Namen, Simon«, knurrte der Legionär. »Das ist gut.«

Cyrenes Gedanken überschlugen sich. Aus den Augenwinkeln sah er, wie DeKobas Hand unter den Burnus glitt. Nein, dachte er verzweifelt. Nicht schon wieder!

»Warum sollte ich Euren Namen vergessen, Marcus«, sagte er mit erzwungener Ruhe. »Schließlich wart Ihr es, der uns dieses Lokal empfohlen hat.«

Der Römer nickte. »Dumm genug von Euch, wirklich hierher zu gehen«, sagte er drohend. »Für einen so geschickten Betrüger, wie Ihr es seid, ein grober Fehler.«

»Betrüger?«, wiederholte Cyrene verblüfft. »Ich verstehe nicht, was Ihr meint.«

Marcus Victimus beugte sich vor, stützte sich mit den Fäusten auf der Tischplatte ab und brachte sein Gesicht ganz nahe an Cyrenes. »Ihr versteht mich nicht?«, wiederholte er lauernd. »Die Münze, die Ihr mir gabt – sie ist wertlos.«

»Wertlos? Aber ...«

»Ihr sagtet, sie sei aus Gold«, fuhr der Legionär wütend fort. »Das war gelogen. Ich war bei einem Goldschmied, um sie einzutauschen. Der Mann sagte, er hätte nie ein solches Metall gesehen. Gold ist es jedenfalls nicht.«

»Aber ... aber sagtet Ihr nicht selbst, dass sie wertlos für Euch ist?«, murmelte Cyrene, verzweifelt darum bemüht, Zeit zu gewinnen.

Der Römer blinzelte verwirrt. Dann verzerrte Wut seine Züge. »Ihr ...«

»Erregt Euch nicht, Marcus«, fiel ihm DeKoba hastig ins Wort. »Es war nicht unsere Absicht, Euch zu betrügen. Simon wird Euch den Silberling, den Ihr ihm gabt, zurückgeben.«

Cyrene griff hastig unter seinen Gürtel und nahm eine Hand voll Münzen hervor. »Natürlich«, sagte er. »Ihr bekommt ihn zurück – und zwei andere dazu. Wir wollen keinen Streit mit Euch. Hier, nehmt.« Er drückte dem verblüfften Legionär drei der kleinen silbernen Münzen in die Hand und winkte nach Thassos, dem Wirt. »Bring den Herren zu essen und zu trinken, so viel sie wollen, Thassos«, sagte er. »Und schreibt es auf meine Rechnung. Diese Herren sind meine Gäste. Bringt ihnen nur vom Besten.«

Marcus Victimus schien verwirrt. Für einen Augenblick schwankte er sichtlich zwischen dem Verlangen, sich für die vermeintliche Schmach zu rächen und seiner Geldgier. Die Geldgier siegte. Er grinste, richtete sich auf und ballte die Faust um die Münzen.

»Ihr gefallt mir, Simon aus dem Land der Nabatäer«, sagte er. »Ihr wisst, wann es besser ist, sich geschlagen zu geben.« Er lachte, gab seinen Kameraden einen Wink und scheuchte einen Mann von einem Stuhl, um sich selbst darauf niederzulassen. »Ich hoffe, Ihr habt nichts dagegen, wenn meine Kameraden und ich an Eurem Tisch Platz nehmen, wenn Ihr uns schon zum Trinken einladet«, sagte er. »Hoffentlich bereut Ihr diesen großzügigen Entschluss nicht. Die fünf, die ich mitgebracht habe, sind die größten Saufbolde der gesamten römischen Legionen.« Er lachte erneut, warf einen Blick auf die Münzen in seiner Hand und erstarrte plötzlich. Das Grinsen auf seinen Zügen gefror. »Das ist seltsam«, murmelte er.

Cyrene spürte plötzlich einen harten, bitteren Kloß in seiner Kehle. »Was ... ist seltsam?«, fragte er stockend.

Victimus sah auf. »Diese Münzen«, antwortete er. »Wisst Ihr, ich habe die Angewohnheit, alle meine Münzen zu kennzeichnen. Mit einer kleinen Kerbe an der Seite. Seht Ihr? Hier?« Er hielt Cyrene den Silberling hin und deutete auf die kaum sichtbare Einkerbung am Rand.

Cyrene schluckte mühsam. »Ich ... sehe es«, murmelte er. »Und hier«, fuhr der Legionär fort, eine zweite, absolut identische Münze emporhaltend.

Der Transformator, dachte Cyrene entsetzt. Das Gerät konnte Kopien nur nach Vorlage herstellen. Absolut identische Kopien. Jede Münze, die er, DeKoba oder Nogube besaßen, hatte diese Einkerbung.

»Und auch bei dieser dritten«, sagte Victimus lauernd. »Sagt,

Simon, wie kommt es, dass ich Euch eine Münze gab, und Ihr gebt sie mir gleich dreimal zurück? Seid Ihr ein Zauberer?«

Cyrene spürte, wie sich die Körper der Legionäre spannten. Eine Hand glitt zum Schwert und verhielt dort, eine zweite folgte.

»Ich kann das erklären«, sagte er nervös. »Ihr müsst wissen, dass …«

»Nichts muss ich wissen«, fiel ihm Victimus grob ins Wort. »Und Eure Erklärungen könnt Ihr dem Präfekten unterbreiten.« Er sprang auf, verstaute die Münzen im Gürtel und zog mit einer fließenden Bewegung sein Schwert. »Ich hatte gleich ein sonderbares Gefühl, als ich Euch sah mit Euren seltsamen Kleidern und Eurer Geschichte von einem Land, von dem noch nie ein Mensch gehört hat. Wir haben hier unsere eigenen Methoden, mit Zauberern fertig zu werden, das werdet ihr merken.«

Er hob sein Schwert und trat drohend näher.

DeKoba erschoss ihn. Der Laserblitz brannte ein millimetergroßes Loch zwischen seine Augen und verdampfte sein Gehirn. Sein Hinterkopf explodierte und überschüttete die beiden hinter ihm stehenden Legionäre mit einem Hagel von Knochensplittern und kochendem Blut.

Cyrene ließ sich vom Stuhl fallen, rollte herum und trat einem Legionär die Beine unter dem Körper weg. Der Mann schrie auf, stemmte sich mit überraschender Behändigkeit wieder hoch und fiel gleich darauf ein zweites Mal auf den Rücken. In seiner Brust war ein winziges, schwarz gerändertes Loch.

Und dann brach die Hölle los. Männer schrien in Panik durcheinander. Möbel polterten. Ein Schwert zischte durch die Luft und bohrte sich splitternd in die Tischplatte. Ein Laserstrahl schnitt durch die Luft, durchbohrte einen weiteren Legionär und tötete noch einen Mann hinter ihm. Cyrene schrie, rollte sich unter den Tisch und versuchte verzweifelt an seine Waffe zu kommen, aber seine Hand verfing sich im dicken Gewebe seines Burnusses. Die Männer im Raum gerieten in Panik und versuchten alle gleichzeitig die Taverne zu verlassen. An der Tür entstand ein heftiges, kurzes Handgemenge. Cyrene kam endlich an seine Waffe, zerrte sie unter dem Kleidungsstück hervor und stemmte sich hoch.

Aber es gab nichts mehr, auf das er hätte schießen können. Die Legionäre waren tot, ebenso drei der anderen Gäste – zwei durch Laserstrahlen, der dritte durch einen fehlgeleiteten Schwertstreich getötet. DeKoba lag halb auf dem Tisch. Seine Augen waren weit geöffnet, und aus einer hässlichen Schnittwunde an seinem Hals sickerte Blut in einem dunklen, pulsierenden Strom.

Cyrene wollte sich über ihn beugen, aber Nogube hielt ihn mit einem raschen Griff zurück. »Nicht«, sagte er. »Es ist sinnlos. Er ist tot.«

»Nein«, keuchte Cyrene. »Nicht er. Nicht Juan. Er ...«

»Simon!« Nogube riss ihn grob an der Schulter zurück und schlug ihm mit der flachen Hand ins Gesicht. Der Hieb schleuderte seinen Kopf in den Nacken, aber der brennende Schmerz riss ihn auch in die Wirklichkeit zurück.

Er stöhnte, betastete seine brennende Wange und senkte den Blick. »Danke«, murmelte er.

»Bedank dich später«, knurrte Nogube. »Wir müssen hier raus. Und zwar schnell. In ein paar Minuten ist die Hölle los!« Er packte Cyrenes Oberarm und zerrte ihn zur Tür.

»Der Laser!«, keuchte Cyrene. »Juans Laser! Sie dürfen ihn nicht finden!«

Nogube fluchte, ließ Cyrenes Arm los und eilte zu DeKoba zurück, um die Waffe und die übrigen Ausrüstungsgegenstände an sich zu nehmen. Dann lief er, eine Laserpistole in der Hand, zur Tür. »Komm!«, stieß er hervor.

Die Straße war voller Menschen, aber die Menge wich mit einem ängstlichen Aufschrei vor ihnen zurück, als sie aus der Taverne stürmten. Nogube feuerte einen Warnschuss dicht über die Köpfe der Fliehenden ab und deutete auf eine schmale Seitenstraße. »Dort hinein!«, keuchte er. »Schnell!«

Sie rannten los, Cyrene mehr von dem Schwarzen mitgeschleift als aus eigener Kraft. Nogube stieß ihn in die Seitenstraße, warf einen sichernden Blick nach hinten und forderte ihn dann mit einer Handbewegung auf weiterzulaufen. »Schnell!«, drängte er. »In ein paar Augenblicken wimmelt es hier von Soldaten!«

»Wir haben alles falsch gemacht«, sagte Cyrene, ohne Nogubes

Worte überhaupt zu beachten. »Alles, was wir anfangen, endet in einer Katastrophe.«

»Erzähl mir das später!«, drängte Nogube. »Wenn wir noch lange hier rumstehen und reden, können wir es bald gar nicht mehr. Komm!« Er wollte wieder nach Cyrenes Arm greifen und ihn mitzerren, aber diesmal riss sich Cyrene los und schüttelte den Kopf.

»Nein«, sagte er entschlossen.

Nogube starrte ihn an, als zweifelte er an seinem Verstand. »Was soll das heißen?«

»Ich komme nicht mit«, entgegnete Cyrene mit einer Ruhe, die ihn beinahe selbst überraschte. »Ich will nicht mehr. Wir haben schon zu viel Schaden angerichtet.«

»Sie werden dich umbringen, wenn sie dich hier erwischen!«

»Vielleicht. Aber ich laufe nicht mehr davon. Diese Welt ist nicht unsere Welt. Wir sind Eindringlinge hier, Fremdkörper, die nicht überleben können. Ich will niemanden mehr töten müssen.« Er griff unter seinen Burnus, löste den Materietransformer und die anderen Geräte vom Gürtel, warf alles in seine Tasche und legte den Laser obenauf. »Nimm. Du wirst es brauchen.«

Nogube griff verblüfft nach dem Beutel, warf einen nervösen Blick über die Schulter zurück und bewegte sich unruhig. »Behalte wenigstens die Waffe«, sagte er.

Cyrene schüttelte den Kopf. »DeKoba hat sie auch nichts genützt«, sagte er. »Geh. Versuche dein Glück. Vielleicht … vielleicht kannst du dich verborgen halten, bis die Revolution ausbricht.«

Nogube starrte ihn einen Herzschlag lang stumm an, dann wandte er sich mit einem Ruck ab und verschwand mit schnellen Schritten in der Dunkelheit.

Alles, was Cyrene fühlte, war eine tiefe, beinahe schmerzhafte Müdigkeit. Irgendwie war es ihm gelungen, aus dem Stadtviertel zu entkommen, bevor die Soldaten eintrafen. Er wusste nicht, wie. Und irgendwie hatten ihn seine Schritte hierher getragen, obwohl er den Weg selbst am hellen Tage kaum wieder gefunden hätte, hätte er danach gesucht.

Seine Blicke saugten sich im Dunkel der Gasse vor ihm fest, aber seine Augen sahen Bilder, die nicht da waren. Bilder einer Welt, die er niemals wieder sehen würde. Weder er noch Covacz oder DeKoba oder Nogube. Sie waren mehr als Schiffbrüchige. Sie waren Verdammte.

Sie? Nein, dachte er, nur ich. Nicht die anderen. Er wusste nicht, wie lange er schon hier stand. Stunden, Minuten, Jahre. Es war gleich. Er würde diesen Ort nie wieder verlassen. Lange, endlos lange hatte er nachgedacht, immer und immer wieder derselbe quälende Gedanke, der gleiche Schluss, der ihn umso mehr schreckte, als er wusste, dass ihm keine Wahl blieb. Es musste sein.

Er dachte an die Kriege, die im Namen dieses gütigen, sanften Mannes ausgetragen worden waren. Wie viele waren es gewesen? Zehn? Fünfzig? Wie viele Menschen waren in seinem Namen hingemordet worden, gestorben im Namen eines Mannes, der viel zu gut für diese Welt gewesen war, der eher sein eigenes Leben gegeben als zugelassen hätte, dass in seinem Namen auch nur das geringste Leid gestiftet worden wäre.

Habe ich Recht?, dachte er verzweifelt. Herrgott im Himmel, wenn es dich gibt, wenn dieser Mann dein Sohn oder auch nur dein Prophet ist, dann sag mir, ob ich richtig handle!

Aber der Himmel schwieg.

Er wartete, bis er die Schritte hörte und der Mann vor ihm in der Dunkelheit auftauchte. Dann trat er mit einer raschen Bewegung aus dem Schatten heraus und hob die Hand. Ich muss es tun, dachte er gequält. Im Namen der zehn Millionen, die in anderthalb Jahrtausenden des Krieges in seinem Namen gestorben sind. Ich muss! Im Namen der Menschlichkeit!

Seine Linke glitt in die Tasche und schloss sich um die Münzen, die noch darin waren. Er hatte sie gezählt. Es waren dreißig.

»Warte einen Moment«, sagte er zu dem Mann, der aus dem Hinterausgang des einfachen Hauses gekommen war. »Du bist Judas Ischariot, nicht? Ich habe mit dir zu reden.«

Wolfgang Hohlbein

Das zweite Gesicht

HEUTE WAR EIN GRAUER TAG, was bedeutete, dass er fast nichts sehen konnte, aber eben nur *fast.* Die ewige Dunkelheit, in der er lebte, war nicht wirklich dunkel, wenigstens nicht immer, sondern eher wie die trübe Morgendämmerung auf einem Nebelplaneten, auf dem die Dinge zusätzlich ein beunruhigendes Eigenleben entwickelt hatten, sodass er nie wirklich sagen konnte, was real und was eingebildet, was wirklich da oder vielleicht auch unsichtbar war – was manchmal die größte Gefahr darstellte. Als er nach dem Glas zu greifen versuchte, verfehlte er es – selbstverständlich gerade knapp genug, um es mit den Fingerspitzen doch noch zu berühren und umzuwerfen. Er hörte den hellen Klang, mit dem es aufschlug, das plätschernde Geräusch, mit dem sich das Wasser über die Schreibtischplatte und alles, was darauf lag, verteilte, und Denkrads hastiges Lufteinsaugen, gefolgt von einer Reihe rascher, hektischer Bewegungen, mit denen er versuchte, die kostbaren Papiere auf seinem Schreibtisch zu retten. Wenigstens vermutete Martin, dass es sich um irgendetwas Wertvolles handeln musste, Denkrads plötzlicher Hektik nach zu urteilen. Sicher war er nicht. Er war schon ein Dutzend Mal hier gewesen, aber noch nie an einem wirklich *hellen* Tag.

»Entschuldigung«, murmelte er. »Das … wollte ich nicht.«

Professor Denkrad wischte noch eine Weile hektisch herum, ohne etwas zu sagen, dann konnte Martin hören, wie er das Glas aufstellte und sich wieder in seinen Sessel sinken ließ – ein schwerer, aus teurem Leder gefertigter Chefsessel, dem Geräusch und dem Geruch nach zu urteilen. Er zögerte gerade lange genug, um seiner Antwort die letzte Spur von Glaubwürdigkeit zu nehmen.

»Das macht nichts«, behauptete er. »Ich müsste mich entschuldigen. Ich hätte das Glas nicht einfach vor Sie hinstellen sollen, ohne etwas zu sagen.«

Hätte, dachte Martin, und *müsste*. Ob Denkrad wohl wusste, wie viel die Stimme und unbewusste Wortwahl eines Menschen über das verrieten, was er *wirklich* meinte? Vermutlich nicht.

Er hörte, wie eine Flasche aufgeschraubt wurde und zischend Kohlensäure entwich. Dann das Geräusch des Einschüttens. Als Denkrad sich über den Tisch beugte und das Glas vor ihm platzierte, schloss er die Augen und konzentrierte sich, um den Laut möglichst genau zu orten. Es gelang ihm. Er streckte den Arm aus und ergriff es dieses Mal mit solcher Zielsicherheit, dass Denkrad einen Moment reglos verharrte, vermutlich, um ihn überrascht anzusehen.

»Erstaunlich«, sagte er. »Vor einem Jahr hätten Sie nicht einmal den Stuhl gefunden, ohne sich ein Dutzend blaue Flecke zu holen. Sie machen Fortschritte.«

»Ich habe nicht mehr sehr viel Zeit zum Üben«, antwortete Martin. »Der Krebs macht auch Fortschritte, wissen Sie? Ich schätze, ich habe noch ein halbes Jahr, bevor die Lichter ganz ausgehen.« Er trank einen winzigen Schluck und bedauerte es zutiefst, die Reaktion auf Denkrads Gesicht nicht sehen zu können.

»Wenn ich eine Prognose abgeben sollte, würde ich eher sagen: vier Monate«, sagte Denkrad nach einer Weile. Martin konnte hören, wie er mit den Achseln zuckte. »Es tut mir Leid. Sie haben mich damals ausdrücklich gebeten, Ihnen immer und brutal die Wahrheit zu sagen.«

»Habe ich mich beschwert?«, fragte Martin.

»Nein.« Wieder schwieg er einige Sekunden, in denen Martin regelrecht hören konnte, wie er ihn anstarrte. Dann hörte er das Geräusch, mit dem ein Knopf auf irgendeiner Tastatur gedrückt wurde, und der Arzt fuhr mit veränderter Stimme und nicht in seine Richtung gewandt fort: »Bettina, ich möchte in den nächsten fünfzehn Minuten nicht gestört werden. Unter gar keinen Umständen.«

Das war beunruhigend, fand Martin. Denkrad hatte ihn vollkommen korrekt zitiert – er *hatte* darum gebeten, dass der Arzt kein Blatt vor den Mund nehmen sollte, wenn es um seinen Zustand und seine Aussichten ging, aber Denkrad war auch sonst nicht unbedingt das, was man zartbesaitet nannte. Martin hatte sein Gesicht niemals gesehen. Als sie sich vor zwei Jahren das erste Mal begegnet waren, war seine Welt schon zu einer grauen Einöde aus Schemen und größtenteils eingebildeter Bewegung geworden, in der er allenfalls noch Silhouetten auseinander halten konnte, aber nicht mehr Gesichter. Trotzdem glaubte er eine ganz gute Vorstellung von seinem Aussehen zu haben. Denkrad war ein harter Mann, ein Zyniker an der Grenze zur Brutalität, der den Großteil seiner Gefühle schon vor vielen Jahren seiner Karriere geopfert hatte. Möglicherweise eine Koryphäe auf seinem Gebiet, aber trotzdem wohl eher ein Schlachter als ein Chirurg. Dennoch bemühte er sich normalerweise um ein Mindestmaß an – wahrscheinlich geheucheltem – Mitgefühl. Heute war davon in seiner Stimme allerdings nichts zu hören, dafür aber eine gehörige Portion Nervosität.

Er wartete eine ganze Weile vergeblich darauf, dass der Arzt weitersprach. Schließlich trank er einen Schluck von seinem Wasser, stellte das Glas auf den Millimeter genau auf die Stelle zurück, von der er es genommen hatte, und sagte: »Also gut. Raus mit der Sprache.«

»Was meinen Sie?«

Martin zog eine Grimasse. »Sie haben mich doch nicht hierher bestellt, um mich zu meinen Fortschritten im Erlernen der Blindenschrift zu beglückwünschen – oder nur, um mir mitzuteilen, dass ich nur noch vier Monate habe statt sechs.«

»Nein«, antwortete Denkrad. »Natürlich nicht.« Mehr nicht. Anscheinend wollte er Spielchen spielen. Oder er war noch nervöser, als Martin angenommen hatte.

»Weshalb dann?«

Statt zu antworten, zog Denkrad eine Schublade an seinem Schreibtisch auf. Etwas klickte, dann erfüllte der durchdringende Geruch nach brennendem Zigarettentabak die Luft. Seltsam – er konnte sich nicht erinnern, dass Denkrad jemals in seiner Gegenwart geraucht hatte.

»Auch eine?«

»Danke.« Martin schüttelte den Kopf. »Rauchen ist ungesund, wissen Sie? Man kann Krebs davon bekommen.«

»Zweifellos.« Denkrad nahm einen tiefen Zug und blies den Rauch – ganz gewiss *nicht* zufällig – genau in seine Richtung. Dann sagte er: »Sie haben gewaltige Angst davor, blind zu werden, nicht wahr?«

»Ich bin es bereits«, antwortete Martin. *Verdammt, was sollte das?* »Nur, falls Sie es vergessen haben, Herr Professor – ich bin seit zwei Jahren bei Ihnen in Behandlung, *weil* ich blind bin.«

»Nein«, antwortete Denkrad. »Das sind Sie nicht. Sie haben noch einen Rest von Sehvermögen. Nicht viel. Ein, zwei Prozent, denke ich. Das ist wenig, aber immer noch hundert Prozent mehr, als Sie in vier Monaten haben werden. Sie können noch hell und dunkel unterscheiden, nicht wahr? An guten Tagen sehen Sie sogar noch Silhouetten.«

»An sehr guten«, antwortete Martin. »Was soll das?«

»Sie sind nicht mein einziger Patient mit diesem Krankheitsbild«, fuhr Denkrad fort, ohne seine Frage auch nur im Ansatz beantworten zu wollen. »Aber Sie sind einer von sehr wenigen. Wirklich sehr wenigen. Und Sie sind der mit der größten Angst.«

»Was … soll das?«, fragte Martin. Er wurde allmählich wütend.

»Ich kenne Sie seit zwei Jahren, Martin«, fuhr Denkrad vollkommen unbeeindruckt fort. Seine Stimme war so ruhig, dass Martin plötzlich klar wurde, dass er sich jedes Wort sorgsam zurechtgelegt und möglicherweise sogar geübt hatte. »Sie haben panische Angst davor, Ihr Augenlicht zu verlieren. Sie sind fast blind, aber eben nur fast, und Sie sind ein genügsamer Mensch. Sie könnten schlimmstenfalls mit dem leben, was Sie noch haben – hell und dunkel zu unterscheiden, ein Fenster zu finden, wenn es draußen Tag ist, die Silhouette zu sehen, die zu der Stimme gehört, die zu Ihnen spricht … aber Sie würden es nicht ertragen, in *vollkommener* Dunkelheit zu leben. Wie oft haben Sie an Selbstmord gedacht, in den letzten zwei Jahren?«

»Was soll das?«, fragte Martin noch einmal. »Ist das Ihre Art von Humor?«

»Unzählige Male«, behauptete Denkrad. *Nein, er behauptet es nicht*, dachte Martin, *er hat Recht.* »Sie sind fest entschlossen, Ihrem Leben ein Ende zu setzen, sobald Ihr Augenlicht vollkommen erloschen ist. Sie wissen sogar schon, wie. Sie verweigern einfach die Operation.«

»Das ist es also«, sagte Martin. Er war fast erleichtert. »Geben Sie sich keine Mühe. Ich lasse mich nicht operieren.«

»Denken Sie wenigstens an Ihre Frau.«

»Das ist eher ein zusätzlicher Grund, es nicht zu tun«, sagte Martin böse. »Ich habe sie seit einem Jahr nicht mehr gesehen. Und das wird wohl auch so bleiben.« Er hasste Denkrad dafür, dass er Andrea ins Spiel brachte. Sie waren zehn Jahre zusammen und das letzte dieser zehn Jahre war die reine Hölle gewesen – und trotzdem war sie ihm nicht egal.

»Das ist nicht wahr«, sagte Denkrad. »Sie sind es ihr schuldig, weiterzuleben.«

»Das geht Sie nichts an«, sagte Martin. »Ich sage Nein.«

»Weil Sie es für den bequemsten Ausweg halten«, sagte Denkrad. »Aber Sie täuschen sich, wenn Sie glauben, dass es leicht sein wird. Der Krebs wird nicht aufhören zu wachsen. Er wächst sehr, sehr langsam, aber er wächst. Im Moment zerfrisst er nur Ihr Sehzentrum, aber er wird sich weiter ausbreiten. Sie werden sterben.«

»Das ist mein Problem, oder?«, fragte Martin feindselig.

»Wirklicher Selbstmord kommt für Sie nicht infrage«, fuhr Denkrad fort. Er *hatte* diesen Monolog auswendig gelernt, und offensichtlich konnte ihn nichts davon abbringen, ihn zu Ende vorzutragen. »Das könnten Sie Ihrer Familie nicht antun oder vielleicht auch nicht mir Ihrem Verständnis von Religion und Ethik vereinbaren. Vielleicht sind Sie auch nur zu feige dazu. Sie glauben, es wäre der einfachste Weg – den Krebs die Arbeit für Sie erledigen lassen. Aber Sie täuschen sich.«

»Wieso?«, fragte Martin feindselig. Er fühlte sich ertappt und irgendwie in die Ecke gedrängt. »Wollen Sie mir damit sagen, dass ich nicht daran sterben werde?«

Denkrad stand auf und begann langsam im Zimmer auf und ab zu gehen. »Doch, das werden Sie«, antwortete er. »In zehn Jahren. Oder in fünfzehn.«

»Wie … bitte?«, murmelte Martin.

»Wie gesagt: Ihr Krebs wächst *sehr* langsam. Ich vermute, dass Sie ihn schon seit mindestens zehn Jahren haben, wenn nicht länger. Sie *werden* sterben, aber es wird weder schnell gehen, noch wird es schmerzlos sein. Der Krebs wird sich weiter in Ihr Gehirn fressen und er wird andere, vielleicht wichtigere Teile als nur Ihr Sehzentrum zerstören. Wenn Sie Glück haben, werden Sie vergessen, was Ihnen passiert und wer Sie sind, aber wahrscheinlicher ist, dass Sie früher oder später im Rollstuhl landen, einige Ihrer Körperfunktionen nicht mehr beherrschen, nicht mehr sprechen können … und die Schmerzen natürlich nicht zu vergessen. Irgendwann werden Sie sterben, aber es wird lange dauern und es wird die Hölle sein. Wissen Sie, dass die meisten Schmerzmittel ihre Wirkung verlieren, wenn man sie über längere Zeit einnimmt?«

»Was … was soll das?«, fragte Martin erneut. »Warum zum Teufel erzählen Sie mir das?«

Denkrad blieb stehen. Martin konnte spüren, wie er ihn anstarrte. »Sie wollten es so«, sagte er. »Sie haben mich ausdrücklich gebeten, Ihnen nichts vorzumachen. Schon vergessen?«

»Nein«, sagte Martin nervös. Sein Herz klopfte. »Aber warum *jetzt*? Verdammt, ich weiß das alles selbst. Haben Sie mich extra kommen lassen, um …«

»… Ihnen einen Vorschlag zu unterbreiten«, fiel ihm Denkrad ins Wort. Man musste nicht über das extrem scharfe Gehör eines Blinden verfügen, um zu hören, wie schwer ihm diese Worte fielen.

»Welchen Vorschlag?«, fragte Martin misstrauisch.

»Ich möchte Sie operieren«, sagte Denkrad. »Ich werde den Krebs entfernen …«

»Ich habe doch wohl deutlich genug gesagt, dass ich …«

»… und ich werde Ihnen dabei Ihr Sehvermögen zurückgeben«, schloss Denkrad.

Der Schmerz, mit dem die Injektionsnadel in seine Vene eindrang, nahm ihm fast den Atem; das nachfolgende sachte Brennen verwandelte sich binnen einer halben Sekunde in das Gefühl, dass rot glühende Lava in seinen Kreislauf gepumpt wurde. Sein Herz hämmerte, als wollte es zerspringen.

»Sie sind ganz sicher, dass Sie es wollen?«, fragte Denkrad.

Martin schüttelte den Kopf und biss die Zähne zusammen.

»Selbstverständlich will ich es nicht«, antwortete er. »Machen Sie weiter, verdammt nochmal. Wir haben nicht viel Zeit.«

Er konnte spüren, wie Denkrad den Kolben der Spritze schneller hinunterdrückte. Die Lava in seinen Adern loderte jetzt *weiß*. Es war verrückt – Martin wusste ganz genau, dass dieser Schmerz nicht wirklich existierte. Er bekam eine Spritze, das war alles. Abgesehen von dem kleinen Piekser und dem sanften Brennen in seiner Armbeuge war alles andere psychosomatisch. Er spürte diesen grässlichen Schmerz, weil er wusste, dass er kommen würde. Jedes einzelne Molekül in seinem Körper erinnerte sich noch zu gut an die letzten drei- oder viermal, als er diese Prozedur auf sich genommen hatte. Und die vermeintlichen Höllenqualen, die er litt, waren nichts anderes als die Erwartung der *wirklichen* Torturen, die kommen würden – vielleicht in zwanzig Minuten, wenn er Glück hatte. Wenn nicht schon in zehn. Unglückseligerweise nutzte ihm dieses Wissen rein gar nichts. Psychosomatisch oder nicht, der Schmerz trieb ihm die Tränen in die Augen und ließ seine Stimme beben.

»Wir haben genug Zeit«, sagte Denkrad, während er die Nadel aus seiner Vene zog und mit einer routinierten Bewegung ein kaum briefmarkengroßes Heftpflaster in seine Armbeuge klebte. »Es ist alles vorbereitet. Bleiben Sie eine Minute liegen. Sobald der Schwindel vorbei ist, gehen wir.«

Martin hatte keine Minute zu verschenken. Er setzte sich auf, kippte prompt in einer unfreiwilligen Fortsetzung der Bewegung nach vorne und wäre Denkrad vermutlich vor die Füße gefallen, hätte der Arzt die Katastrophe nicht kommen sehen und ihn aufgefangen. Hinter seiner Stirn drehte sich alles und ihm war für einen Moment nicht nur schwindelig, sondern entsetzlich übel.

Denkrad runzelte missbilligend die Stirn, beließ es aber bei diesem Kommentar und wartete geduldig, bis Martin sich aus eigener

Kraft von ihm löste und vorsichtig aufstand. Er fühlte sich noch immer ein wenig unsicher auf den Beinen, aber er konnte stehen.

»Kommen Sie«, sagte Denkrad. »Es ist gleich nebenan.«

Erst als er zurücktrat und eine zusätzliche einladende Handbewegung machte, wurde sich Martin des Umstandes bewusst, dass er sowohl sein Stirnrunzeln als auch den missbilligenden Ausdruck auf Denkrads Gesicht *gesehen* hatte. Nicht besonders scharf und in Farben, die diesen Ausdruck nicht verdienten, aber er hatte es *gesehen.* Unglaublich: Es war so ein kostbares Gut und nun hatte er es zurück – wenn auch nur für wenige Minuten – und er hatte es im ersten Moment nicht einmal *gemerkt.*

Irgendetwas zwischen fünf und zehn Prozent seiner geliehenen Sehzeit war vorüber, als er Denkrad aus dem Raum und über den schmalen Krankenhausflur in das Laboratorium folgte. Alles hier war steril – weißes Plastik, Glas und Chrom – und es gab eine doppelte Sicherheitsschleuse, die sie passieren mussten, bevor sie das eigentliche Labor betraten. Denkrad beeilte sich, die Prozedur so schnell wie möglich zu absolvieren, und verstieß dabei vermutlich gegen mindestens ein Dutzend Sicherheitsvorschriften, die er selbst erlassen hatte. Trotzdem vergingen zwei weitere Minuten, bevor sie das eigentliche Labor betraten. Martin sah sich nervös um. Alles war so steril und kalt und trotzdem unendlich kostbar, einfach, weil er es *sehen* konnte, aber er erwartete auch, dass die Schatten allmählich wieder tiefer werden und die Farben zu einem grauen Brei verblassen würden – wie jedes Mal, bevor seine Sehkraft wieder erlosch und die Schmerzen kamen. Das Medikament, das ihm Denkrad gespritzt hatte, war kein zugelassenes Medikament, sondern ein selbst gemixter Cocktail, über dessen Zusammensetzung sich der Arzt ausschwieg und dessen bloße Existenz ihm vermutlich seine Approbation gekostet hätte – im Grunde eine Mischung aus verschiedenen Nervengiften, die das Krebsgeschwulst in seinem Großhirn für einige kurze Minuten paralysierte und den Druck auf sein Sehzentrum so weit milderte, dass er für einige kostbare Momente wieder sehen konnte. Aber die Nebenwirkungen waren grässlich: Für mindestens zwei oder drei Tage erwarteten ihn nicht nur vollkommene Blindheit, sondern auch rasende Kopfschmerzen, Übelkeit und ein paar andere Dinge, auf die er liebend gerne verzichtet hätte. Außerdem bestand eine Zehn-Prozent-Chance, dass ihn das Zeug umbrachte oder sein Gehirn zu Mus zerkochte.

Aber er musste es tun.

Er musste *sehen*, was geschah.

»Ist alles vorbereitet?«

Denkrads Frage galt einem der drei in grüne OP-Kittel gehüllten Männern, die sie erwarteten. Martin empfand sie als höchst überflüssig. Wer mit Professor Denkrad arbeitete, der *hatte* alles vorbereitet, wenn der Arzt erschien, oder er arbeitete nicht mehr mit ihm. Es war auch keine wirkliche Frage gewesen, sondern wohl eher eine verkappte Drohung. Trotzdem nickte einer der drei Männer, während sich die beiden anderen hastig umwandten und sich an irgendwelchen Apparaturen zu schaffen machten. Martin konnte nicht erkennen, an welchen oder weshalb. Die entsprechenden Teile in seinem Gehirn waren schon zu sehr zerstört, als dass er mehr als ein chaotisches Durcheinander aus Monitoren, Knöpfen und zuckenden Lichtern wahrnehmen konnte. Ein leises, elektronisches Wispern lag in der Luft und ein rhythmisches Zischen wie von einer altertümlichen eisernen Lunge.

»Kommen Sie, Martin«, sagte Denkrad. »Es ist so weit. Wecken Sie sie auf.«

Der letzte Satz galt dem Mann auf der anderen Seite des futuristisch anmutenden Glasbehälters, der in der Mitte des Raumes stand. In Größe und Form ähnelte er einem Brutkasten, wie man sie auf einer modernen Säuglingsstation sah (Martin vermutete, dass er irgendwann einmal genau das gewesen war), besaß aber zahllose zusätzliche Anschlüsse, Stecker, Kabelverbindungen und Sensoren. Gleich vier winzige Videokameras überwachten jeden Quadratmillimeter des Behältnisses, und das vermutlich auch auf Frequenzen, die nicht nur Martins Augen nicht wahrnahmen.

»Kommen Sie, kommen Sie«, sagte Denkrad noch einmal. Er wedelte aufgeregt mit der Hand, und Martin machte mit klopfendem Herzen einen weiteren Schritt und blieb neben ihm stehen.

Denkrad hatte ihm erklärt, was er sehen würde; immer wieder

und in allen Einzelheiten. Trotzdem erschrak er im ersten Moment bis ins Innerste. Und das Absurdeste war: Sein schlechtes Gewissen meldete sich. Der Tierschutzverein würde diese Versuchsanordnung nicht gutheißen, dachte er hysterisch. Ganz und gar nicht.

Auf dem mit einer weichen Plastikmatte ausgelegten Boden des Kastens lag eine kleine, schwarzweiß getigerte Katze. Vielleicht auch ein Katzen-Cyborg, so genau war das nicht zu sagen. Das Tier war an zahllosen Stellen verdrahtet und verkabelt und zusätzlich mit so etwas wie miniaturisierten Fußschellen festgekettet, sodass es allenfalls aufstehen, sich aber kaum bewegen konnte. Ein dünner Plastikschlauch führte in sein Maul und jemand hatte eine Kanüle, die im Verhältnis zu dem winzigen Katzenkörper geradezu monströs aussah, scheinbar direkt in sein Herz gestoßen. Von den Augenbrauen beginnend bis in den Nacken war der Kopf des Tieres kahl geschoren und man konnte die dünne, rote Linie sehen, wo Denkrad seine Schädeldecke abgenommen und anschließend wieder eingesetzt hatte. Martin war kein Chirurg, aber er hatte nicht den Eindruck, dass er dabei sehr behutsam zu Werke gegangen war. Das Tier war ohne Bewusstsein, aber es atmete sehr schnell. Deutlich konnte Martin sehen, wie sein Herz klopfte. Es war verrückt, wenn er bedachte, was für ihn auf dem Spiel stand – aber im allerersten Moment war alles, was er empfand, ein tiefes Mitleid für diese winzige, gequälte Kreatur. Und ein an Hass grenzender Zorn auf den Mann, der ihr das angetan hatte. Er liebte Katzen.

»Sie wacht in einer Minute auf«, sagte Denkrad, »spätestens.«

Es gelang ihm nicht mehr ganz, seine Nervosität zu verbergen – was nicht unbedingt dazu beitrug, *Martins* Nervosität zu dämpfen.

Und wenn nicht?

Er hatte die Frage nicht laut ausgesprochen, aber Denkrad musste sie wohl auf seinem Gesicht gelesen haben, denn er beantwortete sie. »Machen Sie sich keine Sorgen. Der Eingriff ist hervorragend verlaufen. Sie …«

Der Körper der Katze zuckte. Sie blinzelte, versuchte sich zu bewegen und fiel kraftlos wieder zurück. Aber sie war wach. Nach ein paar Sekunden öffnete sie die Augen und stieß ein klägliches Miauen aus. Martins Herz begann zu rasen.

Denkrad atmete hörbar auf. »Sehen Sie? Sie hat alles gut überstanden.«

Martin trat noch näher an den Glaswürfel heran und beugte sich vor, so weit es die durchsichtigen Wände zuließen. Das Tier war eindeutig am Leben und es war eindeutig *wach.* Aber konnte es *sehen?*

Ohne ein weiteres Wort trat Denkrad neben ihn, öffnete die Verschlüsse des Brutkastens und klappte die gesamte Vorderfront herunter. Die Ohren der Katze zuckten, aber Martin war nicht sicher, ob das Tier die Bewegung wirklich gesehen hatte oder ob es vielleicht nicht nur eine Reaktion auf das Geräusch war. Die Augen des Tierchens standen einen Spaltbreit offen, aber seine Pupillen bewegten sich nicht. Selbst, als sich Denkrad vorbeugte und nicht besonders sanft zuerst die Kanüle aus seiner Flanke und dann den Plastikschlauch aus seinem Maul zog, reagierte es nur mit einem schwächlichen Maunzen und vielleicht der Andeutung einer Bewegung, aber sein Blick blieb starr. Denkrad schubste es leicht mit dem Zeigefinger an, richtete sich auf und sah einen Moment lang ratlos aus. Erschrocken? Nein – wenn überhaupt, dann eher *wütend.*

»Sie reagiert nicht«, sagte Martin.

»Das kann an der Narkose liegen«, sagte einer der anderen Ärzte. »Sie ist benommen. Leichte Sehstörungen sind nichts Besonderes, wenn man aus einer Narkose erwacht. In einer halben Stunde ist sie wieder auf den Beinen und schnorrt Sie um eine Schale Milch an.«

»Wir *haben* aber keine halbe Stunde«, sagte Denkrad gepresst. »Sie haben das Mittel zu hoch dosiert, Sie Idiot.«

Der Mann war klug genug, nicht darauf zu antworten. Denkrad starrte einen Moment lang wütend ins Leere, dann beugte er sich vor und versetzte der Katze einen zweiten, deutlich derberen Stoß. Diesmal klang ihr Miauen kräftiger und sie hob sogar den Kopf. Aber als Denkrad die Hand vor ihren Augen auf und ab bewegte, erfolgte keine Reaktion.

»Sind Sie sicher, dass Sie alles richtig gemacht haben?«, fragte Martin.

Er hatte mit einer wütenden Antwort gerechnet, aber Denkrad nickte nur. »Wir haben ihr Sehzentrum komplett entfernt«, sagte er. »Zusammen mit den Sehnerven, den Augäpfeln und den dazugehörigen Muskelsträngen. Danach haben wir die entfernten Teile durch die einer anderen Katze ersetzt. Die Operation ist ohne Komplikationen verlaufen.« Er zuckte mit den Schultern. »Es müsste alles funktionieren.«

Seine Worte machten Martin wütend. Er sollte enttäuscht sein, aber er empfand nur Wut auf Denkrad, der über das Tier sprach wie über ein beschädigtes Automobil, das er repariert hatte. Er beugte sich vor, hielt die Hand vor das Gesicht der Katze und bewegte die Finger hin und her.

Ihre Ohren zuckten. Für einen ganz kurzen Moment folgten die Pupillen der Bewegung seiner Finger, ehe sie wieder starr wurden.

»Da!« Denkrad zog triumphierend die Luft ein. »Haben Sie gesehen? Sie hat reagiert.«

Er war nicht sicher, ob er es wirklich gesehen hatte. Vielleicht hatte er es gesehen, vielleicht hatte er aber auch nur *geglaubt*, es zu sehen, weil er es *erwartete*. Er streckte die Hand noch einmal aus und ein weiß glühender Pfeil aus reinem Schmerz schoss mit solcher Gewalt durch sein Gehirn, dass er nach vorne taumelte und gestürzt wäre, hätte er sich nicht im letzten Moment am Rand des Glasbehälters festgeklammert.

»Was ist?«, fragte Denkrad erschrocken.

»Es ... geht los«, murmelte Martin mit zusammengepressten Zähnen. Der Schmerz ebbte allmählich ab, aber er wusste, dass er wiederkommen würde, sehr bald und sehr viel schlimmer. Die wenigen Farben, die er ohnehin nur sah, begannen bereits zu verblassen und die Schatten waren tiefer geworden.

»Jetzt schon? Das Mittel müsste noch ...«

Martin winkte ab. Ihm blieb so entsetzlich wenig Zeit. Ohne auf Denkrads und die besorgten Blicke der anderen zu achten, streckte er wieder die Hand aus, nahm den Katzenkopf zwischen

Daumen und Zeigefinger und zwang das Tierchen, direkt in seine Richtung zu blicken. Er bewegte die andere Hand vor seinen Augen, aber seine Sehkraft hatte schon zu sehr nachgelassen. Er konnte nicht *sehen*, ob sich die Pupillen der Katze bewegten.

»Sie reagiert«, sagte Denkrad. »Sie versucht, der Bewegung zu folgen.«

»Ich muss sicher sein«, sagte Martin gepresst. »Vielleicht reagiert sie nur auf den Luftzug. Oder sie spürt die Bewegung.«

Der Schmerz kam wieder, nicht in einer grellen Explosion wie gerade eben, sondern langsam, aber nun auf eine unaufhaltsame Art anschwellend; ein brennender Tsunami, vor dem es kein Entrinnen gab.

»Verdammt nochmal, was erwarten Sie?«, fragte Denkrad gereizt. »Es hat funktioniert, das allein zählt. Sie kann sehen. Und das wollen Sie doch auch, oder?«

Martin schüttelte stur den Kopf. Er schätzte, dass ihm noch eine Minute blieb, wenn nicht weniger. »Ich ... werde keiner Operation zustimmen, wenn ich keinen Beweis habe, dass sie auch Aussicht auf Erfolg hat«, sagte er. Er musste seine ganze Kraft und Konzentration aufwenden, um überhaupt noch reden zu können. Ausfallerscheinungen. In wenigen Augenblicken würde er zusammenbrechen und wimmernd um eine Betäubungsspritze betteln. Er sah jetzt gar keine Farben mehr und in seinem Mund war der Geschmack von Blut. Er hatte sich auf die Zunge gebissen, ohne es auch nur zu merken.

»Verdammt, Sie ...« Denkrad brach ab und schüttelte den Kopf. »Also gut. Wir brauchen einen stärkeren Reiz. Laufen Sie ins Labor und holen Sie eine Maus. Schnell!«

Während einer der Männer davonhastete, um das Gewünschte zu holen, nahm Denkrad Martin beim Arm und führte ihn zu einem Stuhl. Es war erniedrigend, Martin fühlte sich elend und bloßgestellt wie ein Erstklässler, den man gezwungen hatte, vor allen Mädchen der Schule die Hosen herunterzulassen. Aber er hatte keine Kraft mehr zu gehen. Die Schmerzen waren noch nicht da, aber er konnte bereits das Brüllen des Tsunamis hören. Er sah nur noch Schatten. Er wollte sterben. Jetzt.

»Das tut mir Leid«, sagte Denkrad. Vielleicht zum ersten Mal, solange Martin ihn kannte, hatte er das Gefühl, dass die Worte ehrlich gemeint waren. »Ich hatte gehofft, dass Sie noch ein paar Minuten mehr haben.«

»Geben Sie mir ... noch eine von Ihren ... verdammten Spritzen«, stöhnte Martin.

»Das kann ich nicht tun«, antwortete Denkrad.

»Sie müssen. Ich bestehe darauf!«

»Diese Verantwortung kann ich nicht übernehmen«, sagte Denkrad. »Es könnte Sie umbringen. Und ich kann Ihnen nicht einmal garantieren, dass sie wirkt.«

»Das ist mein Problem!«, murmelte Martin. Er war nicht ganz sicher, ob er die Worte tatsächlich noch ausgesprochen hatte. Er war jetzt völlig blind. Alles rings um ihn herum war schwarz. Ein Schwarz von einer Tiefe, wie er es nie zuvor erlebt hatte.

»Ich fürchte, das ist es nicht«, sagte Denkrad. »Als Ihr Arzt ...«

»... versuchen Sie alles, um mich zu dieser Scheiß-Operation zu überreden«, fiel ihm Martin ins Wort. »Sie brauchen einen Freiwilligen, an dem Sie Ihre Theorie ausprobieren können, nicht wahr? Und ich bin der Einzige, der verrückt genug wäre, es zu tun, habe ich Recht? Aber solange Sie mir nicht beweisen, dass es funktioniert, sage ich Nein. *Also entweder geben Sie mir diese verdammte Spritze oder Sie können den Nobelpreis vergessen*!«

Schmerz und Übelkeit schlugen wie eine Woge über ihm zusammen. Sein Körper war von der Hüfte abwärts gelähmt, aber sein Geruchssinn verriet ihm, dass er nun auch die Kontrolle über seine Körperfunktionen verloren hatte. Warum war das Schicksal nicht gnädig mit ihm und ließ auch sein Herz vergessen, wie man schlug?

Er wartete darauf, das Bewusstsein zu verlieren, aber das geschah nicht. Nach einigen Augenblicken spürte er, wie sich jemand an seinem Arm zu schaffen machte, dann wurde eine glühende Nadel in seine Vene gestoßen und lodernde Lava brannte sich den Weg durch seine Adern. Seine Sehkraft kam so abrupt zurück, als hätte jemand in seinem Kopf einen Schalter umgelegt.

Das Erste, was er sah, war Denkrads Gesicht. Der Arzt blickte ihn fragend und durchdringend an, ohne eine Spur von Mitleid in den Augen, aber dafür so voller Zorn, dass Martin zurückgeprallt wäre, hätte er die Kraft dazu gehabt.

»Alles okay?«

Er wollte antworten, aber er konnte es nicht. Sein Körper gehorchte ihm nicht mehr. Aber er konnte sehen und zumindest die Andeutung eines Nickens zustande bringen.

Denkrad und einer der anderen Ärzte trugen ihn kurzerhand mit dem Stuhl zurück zum Brutkasten. Die Katze lag noch immer auf der Seite und atmete schnell, machte aber ansonsten keinen Versuch, sich zu bewegen. Ihre Augen waren offen und starr.

Er musste wohl doch länger weggetreten sein, als ihm bis zu diesem Moment bewusst gewesen war, denn der Mann, den Denkrad weggeschickt hatte, war zurück und stand auf der anderen Seite des Brutkastens. Er hielt ein kleines Plexiglas-Terrarium in den Händen, in dem zwei weiße Labormäuse aufgeregt hin und her rannten.

»Sie hätten mir glauben sollen«, sagte Denkrad wütend. »Sie sind ein Dummkopf, Martin, wissen Sie das? Sie setzen alles aufs Spiel, nur weil Sie einen *Beweis* haben wollen. Also gut. Sie kann sehen. Ich beweise es Ihnen!«

Er machte eine entsprechende Bewegung. Der Mann auf der anderen Seite des Kastens öffnete den Deckel des Terrariums und ergriff eine der Mäuse mit geübter Bewegung am Schwanz, um sie herauszunehmen, aber Denkrad schüttelte ärgerlich den Kopf.

»Lassen Sie das, Sie Blödmann!«, sagte er. »Wollen Sie, dass sie sie riecht? Stellen Sie das ganze verdammte Ding da rein. So, dass sie sie sehen kann.«

Der Mann sah für einen Moment regelrecht schuldbewusst aus und beeilte sich, die Maus zurückzusetzen und das Terrarium wieder zu schließen. Mit einer übertrieben umständlichen Bewegung beugte er sich vor und stellte den kleinen Plexiglasbehälter so in den Brutkasten, dass Denkrad und Martin ihn und die Katze gleichzeitig im Auge behalten konnten.

Im allerersten Moment erfolgte auch jetzt keine Reaktion, dann aber zuckten die Ohren der kleinen Katze, bewegten sich wie winzige Radarantennen in Richtung des Terrariums und eine Sekunde später drehte sie den Kopf in die gleiche Richtung. Ihre Pupillen wurden groß. Sie *sah* die Mäuse.

»Es ... es hat funktioniert«, murmelte Denkrad. »Martin, sehen Sie doch. Sie sieht sie. *Sie kann sehen*!« Obwohl sie noch immer sehr schwach war, versuchte sich die Katze aufzurichten. Sie fiel zweimal auf die Seite, stand aber schließlich auf und machte einen Schritt auf den kleinen Glaskasten zu, bis die winzigen Fußfesseln der Bewegung ein Ende setzten. Ein leises, tiefes Knurren drang aus ihrer Brust; ein Laut, den Martin viel mehr von einem Hund als einer Katze erwartet hätte.

»Sie sieht sie!«, sagte Denkrad triumphierend. »Es hat funktioniert! Martin, sehen Sie doch!«

Er klang mehr erleichtert, als er hätte sein dürfen, dachte Martin, wo er doch angeblich so hundertprozentig sicher gewesen war. Aber er hatte Recht: Die Katze zerrte weiter an ihren Fesseln und versuchte sich dem Terrarium zu nähern. Der Blick ihrer großen, fast unnatürlich weit aufgerissenen Augen folgte aufmerksam den Bewegungen der beiden Mäuse. Sie *konnte* sehen.

Trotzdem sagte er: »Vielleicht hört sie nur ihre Schritte. Katzen haben ein gutes Gehör.«

Denkrad schüttelte den Kopf, aber er war jetzt nicht mehr ärgerlich, sondern strahlte über das ganze Gesicht. »Man sollte die Bibel umschreiben«, sagte er, »und aus dem ungläubigen Thomas einen ungläubigen Martin machen. Sie wollen einen Beweis?« Er hob die Schultern. »Warum nicht? Außerdem hat sich unser kleiner Tiger hier sowieso eine Belohnung verdient, finde ich.«

Er beugte sich vor, öffnete den Deckel des Terrariums und musste drei- oder viermal zugreifen, ehe es ihm gelang, eines der Tiere am Schwanz zu erwischen. Grinsend hob er die Maus heraus und schwenkte sie in Richtung der Katze. »Hier, Tiger«, sagte er. »Deine Belohnung. Guten Appetit.«

Die Maus begann vor Panik zu piepsen und mit den Beinen zu strampeln – und die Katze stieß ein so schrilles Kreischen aus, dass es fast in den Ohren schmerzte, und warf sich voller Entsetzen zurück, bis ihre Fesseln der Bewegung ein brutales Ende setzten. Sie stürzte auf die Seite, sprang sofort wieder hoch und fiel erneut. Ihr Kreischen wurde immer schriller.

»Was ...?«, murmelte Denkrad. Verwirrt blickte er die Maus in seiner Hand an, dann wieder die Katze und schließlich noch einmal die winzige weiße Maus. Dann zuckte er mit den Schultern und trat einen halben Schritt zur Seite, um das Tierchen direkt vor dem Gesicht der Katze hin und her zu schwenken.

»Was ist denn los mir dir?«, fragte er. »Ein Mausburger, ganz allein für dich. Hier, friss!«

Die Katze kreischte. Martin hätte es bis zu diesem Moment nicht einmal für möglich gehalten, aber der Ausdruck, den er in den Augen des Tieres sah, ließ sich mit keinem anderen Wort als *nacktes Entsetzen* beschreiben. Wie von Sinnen riss und zerrte die Katze an ihren Fesseln. Ein furchtbarer, knackender Laut erscholl, als einer ihrer Läufe brach. Sie fiel auf die Seite, sprang sofort wieder hoch und warf sich mit verzweifelter Kraft zurück.

»Hören Sie auf«, murmelte Martin. »Denkrad, verdammt, *hören Sie auf*!« Denkrad reagierte nicht und es hätte vermutlich auch nichts geändert. Es dauerte nur noch ein paar Sekunden, aber es war durch und durch entsetzlich. Das Toben der Katze steigerte sich zu purer Raserei. Sie warf sich mit solcher Gewalt hin und her, dass der gesamte Tisch zu zittern begann. Fellfetzen und Blut spritzten in alle Richtungen, als das Tier mit immer verzweifelterer Kraft versuchte, sich aus seinen Fesseln zu befreien.

»Nehmen Sie das verdammte Vieh weg!«, brüllte Martin.

Und endlich reagierte Denkrad. Er prallte mit einer selbst fast entsetzt wirkenden Bewegung zurück, klappte den Deckel des Terrariums auf und ließ die Maus achtlos hineinfallen. Aber es war zu spät. Die Katze starrte den durchsichtigen Plastikbehälter an, zerrte noch einmal mit aller Gewalt an ihren Fesseln – und fiel plötzlich wie vom Blitz getroffen auf die Seite.

»Großer Gott«, murmelte Denkrad. »Aber ... aber was ...«

Martin ignorierte ihn. Mühsam und unter Aufbietung aller Kräfte beugte er sich vor, streckte die Hände nach der Katze aus und berührte sie. Ihr Körper war warm und sie blutete nicht nur aus den zahlreichen Wunden, die sie sich in ihrer Raserei selbst zugefügt hatte, sondern auch aus Maul, Nase und Ohren. Ihr Herz schlug nicht mehr.

»Sie ist tot«, sagte er.

»Aber ... aber wieso denn?«, flüsterte Denkrad. »Was ... was ist denn nur passiert?«

Martin antwortete nicht. Fast behutsam ließ er den winzigen Körper wieder zurücksinken und drehte den Kopf der toten Katze herum. Er hatte bis zu diesem Moment nicht gewusst, dass es überhaupt möglich war, aber auf dem Gesicht der Katze lag ein für alle Zeiten erstarrter Ausdruck von Panik. Von grenzenloser, nackter Furcht. Das Tier war nicht an den Verletzungen gestorben, die es sich selbst zugefügt hatte, und auch nicht an irgendeiner nachträglichen Komplikation des Eingriffes.

Es war buchstäblich vor Angst gestorben.

Der Zusammenbruch kam und er war nicht so schlimm, wie Denkrad prophezeit, aber doch viel schlimmer, als Martin befürchtet hatte. Er brachte ihn nicht um und er bescherte ihm nicht einmal einen bleibenden körperlichen Schaden, aber er verschaffte ihm vier Tage und Nächte, in denen er sich in jeder Sekunde fast wünschte, er *wäre* gestorben.

Und er verschaffte ihm noch etwas: Zeit, um nachzudenken. Nachdem die schlimmsten körperlichen Nachwirkungen der chemischen Keule vorüber waren, mit denen Denkrad seinen Krebs kurzzeitig ausgeknockt hatte, fiel er in eine tiefe Depression. Denkrad hatte ihm ein Zimmer auf der Privatstation der Klinik zugewiesen und zum ersten Mal, seit Martins jahrelange Krankenhauskarriere begonnen hatte, hatte er das Angebot angenommen und ein Einzelzimmer bezogen. Er wollte niemanden sehen, mit niemandem reden, niemandem *zuhören* müssen. Auf einer der zahlreichen Ebenen seines Bewusstseins, auf denen seine Denkprozesse mittlerweile parallel verliefen, war ihm völlig klar, dass er sein Bestes gab, um die Weltmeisterschaften im Selbstmitleid zu gewinnen, und auf einer anderen begriff er auch, dass er rein körperlich kaum in der Verfassung war, auch nur *irgendetwas* objektiv beurteilen zu können. Aber es war wie mit dem Schmerz, den er gespürt hatte, bevor er wirklich da war: Dieses Wissen nutzte nichts. Er kam zu einem Entschluss: Er würde die Operation verweigern und er würde sterben. Er war ziemlich sicher, dass es nicht annähernd so lange dauerte, wie Denkrad ihm weismachen wollte. Denkrad mochte ein guter Arzt sein – ein guter *Techniker* –, aber er war auch ein arrogantes, zynisches Arschloch, das vor nichts zurückschreckte, um seine Ziele zu verwirklichen. Er hatte ihm Angst machen wollen, und das war ihm gelungen. Aber Angst war ein Gefühl, das kurzzeitig zu erstaunlicher Kraft anwachsen konnte (tödlicher, wie er selbst gesehen hatte), sich aber auf die Dauer schnell abnutzte.

Vielleicht eine Woche nach dem Zwischenfall mit der Katze – Martins Zeitgefühl war vollkommen in Ordnung und er war durchaus noch in der Lage, Tag und Nacht zu unterscheiden, aber das Verstreichen der Zeit *interessierte* ihn nicht mehr – kam Denkrad das erste Mal wieder zu ihm. Unangemeldet und ohne anzuklopfen, wie es seine Art war. Martin erkannte ihn am Rhythmus seiner Schritte, noch während er sich dem Bett näherte, und drehte sich demonstrativ in die andere Richtung, um die Wand hinter sich anzustarren; auch wenn er sie ebenso wenig sehen konnte wie Denkrad.

»Ich bin es«, begann Denkrad, nachdem er einige Sekunden lang vergeblich darauf gewartet hatte, dass Martin von seiner Anwesenheit Notiz nahm.

»Ich weiß«, antwortete Martin. »Verschwinden Sie.«

»Haben Sie meine Schritte erkannt?«, fragte Denkrad.

»Ich habe Sie *gerochen*«, antwortete Martin böse. Er wusste, dass es ein Fehler war, überhaupt mit Denkrad zu reden. Er hätte einfach schweigen sollen. Im gleichen Moment, in dem er das erste Wort gesagt hatte, hatte er den Kampf praktisch schon verloren.

»Sehr freundlich.« Martin konnte hören, wie Denkrad sich einen Stuhl heranzog und sich setzte. »Ich habe gute Nachrichten für Sie«, sagte er. »Nur, falls es Sie interessiert.«

»Tut es nicht.« Verdammt nochmal, warum redete er überhaupt mit dem Kerl? Und warum zum Teufel drehte er sich nun doch herum und blickte in die Richtung, aus der Denkrads Stimme kam?

»Sie sind ein schlechter Lügner«, sagte Denkrad ruhig. »Und dazu noch unhöflich. Sei's drum – ich habe herausgefunden, was schief gegangen ist. Interessiert es Sie?«

»Nein«, antwortete Martin feindselig. »Außerdem würde ich es wahrscheinlich nicht verstehen ... wenigstens würden Sie das behaupten.«

»Das stimmt«, sagte Denkrad ungerührt, wobei er offen ließ, welche von beiden Behauptungen er damit meinte. »Wichtig ist allein, dass es kein Fehler war. Nichts, vor dem Sie Angst haben müssten, meine ich. Was der Katze passiert ist, kann Ihnen nicht zustoßen.«

Martin schwieg. Er starrte aus geweiteten Augen auf den verschwommenen Schatten, der Denkrad darstellte; ein grauer Schemen in einer grauen Einöde, in der sich ... *Dinge* bewegten. Ganz am Anfang, als er die Hiobsbotschaft erhalten und damit begonnen hatte, sich damit abzufinden, dass er sein Augenlicht verlieren würde, hatte er sich vorgestellt, dass rings um ihn herum einfach Schwärze herrschen würde, aber mittlerweile war er nicht mehr sicher. Vielleicht war dieses graue Wogen das, was ihn erwartete. Und vielleicht war es schlimmer als völlige Dunkelheit.

»Aber deshalb bin ich nicht hier«, sagte Denkrad nach einer Weile. »Ich habe eine *wirklich* gute Nachricht. Wir haben einen Spender gefunden.«

»Einen Spender?«

Denkrad seufzte. In seiner Stimme war jetzt wieder die gewohnte Mischung aus Ungeduld und Überheblichkeit. »Wie oft haben wir darüber gesprochen? Aber bitte: Ich kann nicht irgendein Gehirn ausschlachten und das Sehzentrum herausnehmen. Ihr Körper würde das fremde Organ als Eindringling klassifizieren und abstoßen. Wir brauchen jemanden, dessen DNS der Ihren möglichst gleicht. Um es kurz zu machen: Wir haben ihn. Eine junge Frau. Wer sie ist und was mit ihr geschehen ist, braucht Sie nicht zu interessieren. Sie liegt praktisch im Sterben. Sie hat vielleicht noch zwei oder drei Stunden. Wir können die Operation heute noch durchführen. Alles, was wir dafür brauchen, ist Ihr Einverständnis.«

»Um Sie selbst zu zitieren, Herr Doktor«, sagte Martin. »Wie oft haben wir darüber gesprochen? Nein.« Seiner Stimme fehlte die nötige Überzeugung. Dieses *Nein* war das, von dem er sich *einredete,* es zu wollen. Aber war es auch wirklich das, was er *wollte*?

»Es ist eine einmalige Chance«, sagte Denkrad so ungerührt, als hätte er seine Worte gar nicht gehört.

»Für wen?«, fragte Martin. »Für Sie, berühmt und reich zu werden?«

»Auch das«, gab Denkrad unumwunden zu. »Obwohl ... reich möglicherweise. Berühmt wohl kaum.«

»Wieso?«

»Weil es niemand erfahren wird«, antwortete Denkrad. »Jedenfalls vorerst nicht. Ich habe bisher noch nicht mit Ihnen darüber gesprochen, aber da ist etwas, worum ich Sie bitten muss: Dass unser kleines Geheimnis vorerst genau das bleibt. Sollte die Operation erfolgreich verlaufen, dann darf es niemand erfahren. Wenigstens vorerst nicht.«

»Wieso?«, fragte Martin misstrauisch.

»Wieso?« Denkrad lachte leise, aber ohne echten Humor. »Großer Gott, Martin, in welcher Welt leben Sie? Hören Sie keine Nachrichten? Die Zeiten, in denen ärztlicher Fortschritt honoriert wurde, sind schon lange vorbei. Es gibt Ethik-Kommissionen, religiöse Fanatiker, Meinungsmacher, neidische Kollegen, alternative Spinner ...« Er schüttelte so heftig den Kopf, dass Martin es hören konnte. »Mittlerweile werden Sie doch schon schief angesehen, wenn Sie eine Spenderniere brauchen.«

»Das ist übertrieben.«

»Stimmt«, sagte Denkrad. »Aber nicht annähernd so sehr, wie Sie vielleicht glauben. Wissen Sie, dass es Leute gibt, die allen Ernstes versuchen die gentechnische Herstellung von Insulin zu verbieten? Sie müssen in der Öffentlichkeit das Wort *Gentechnik* nur fallen lassen und schon denken die Leute an mutierte Killertomaten mit Zähnen und Antennen auf dem Kopf. Das ist nicht lustig, glauben Sie mir.«

»Sie meinen tatsächlich, es gibt Menschen, die nicht bereit sind, jeden Preis für den Fortschritt zu zahlen?«, fragte Martin.

Denkrad ignorierte den beißenden Spott in seiner Stimme ebenso beharrlich, wie er es immer getan hatte. »Wir wären schon vor zehn Jahren so weit gewesen, Teile des menschlichen Gehirnes zu transplantieren«, sagte er. »Wahrscheinlich sogar das ganze Gehirn. Wir wagen es nur nicht, weil man uns dafür auf den Scheiterhaufen stellen würde. Und die Leute, die die Fackeln halten, sind dieselben, die am lautesten schreien, wenn sie selbst eine neue Niere brauchen oder ein Herz.«

»Und warum erzählen Sie mir das alles?«, fragte Martin. »Sie kennen doch meine Antwort.«

»Weil ich Sie bitten möchte, über unser Vorhaben zu schweigen«, sagte Denkrad. »Erzählen Sie ruhig, dass ich Ihnen helfen kann, aber nicht wie.«

»Erzählen? Wem?«

Denkrad stand auf. »Draußen ist Besuch für Sie«, sagte er.

»Ich habe niemanden eingeladen«, antwortete Martin. »Und ich will auch niemanden sehen. Verstehen Sie?«

»Wir sind uns also einig.« Denkrad schob den Stuhl zur Seite und ging ungerührt in Richtung Tür. »Bitte verraten Sie nichts. Wenigstens jetzt noch nicht.«

»Ich sagte, ich will niemanden sehen, verdammt nochmal!«, protestierte Martin. Er schrie fast. »Sind Sie schwerhörig? Ich will niemanden sehen!«

»Ich könnte jetzt sagen, das tust du doch sowieso nicht. Aber ich bin nicht sicher, ob dein Sinn für Humor noch immer derselbe ist wie früher.«

Das war nicht Denkrads Stimme. Der Zynismus darin war nur eine dünne Kruste, unter der die nackte Panik brodelte; eine Angst, die den Raum füllte wie ein Geruch.

»Andrea?«

Martin setzte sich auf und versuchte verzweifelt, in den treibenden grauen Schatten vor sich denjenigen auszumachen, der mit ihm gesprochen hatte. Natürlich war es Andrea. Er erkannte ihre Stimme, ob sie nun vor Angst zitterte oder nicht, den Klang ihrer

Schritte. Gerade bei Denkrad hatte er es nur behauptet, um ihn zu ärgern, aber nun war es die Wahrheit: Er erkannte tatsächlich ihren *Geruch*.

»Wie kommst du hierher?«, fragte er. Sie kam mit langsamen, zögernden Schritten näher; zögernd auf eine ganz bestimmte Art: Die Art eines Menschen, der Angst hatte.

»Professor Denkrad hat mich angerufen«, sagte sie.

Martin schnaubte. Warum hatte er eigentlich gefragt? Denkrad würde vor nichts zurückschrecken, um sein Ziel zu erreichen.

»Prima«, sagte er. »Dann kannst du auch gleich wieder gehen. Ich will niemanden sehen.«

Er konnte spüren, wie sehr sie seine Worte verletzten, und genau das war seine Absicht gewesen. Er wollte nicht mit ihr reden. Er wollte nicht, dass sie da war. Es hatte ihn so unendlich viel Überwindung und Kraft gekostet, ihr das Gehen einmal zu ermöglichen, und er wusste nicht, ob er es noch einmal schaffen würde.

Nein, falsch. Er *wusste*, dass er es nicht noch einmal schaffen würde.

»Verschwinde«, sagte er grob.

Stattdessen kam sie näher. Ihr Kleid raschelte auf eine ganz bestimmte Art, die ihm einen eisigen Schauer über den Rücken jagte. Obwohl er schon lange nicht mehr in der Lage war, Farben zu unterscheiden, wusste er, dass es das rote Samtkleid war, das er ihr im vergangenen Jahr geschenkt hatte. Wenige Wochen, bevor sie sich trennten.

Sie sagte nichts, sondern setzte sich auf den gleichen Stuhl, auf dem Denkrad gerade gesessen hatte, und er konnte spüren, dass sie ihn anstarrte. Er roch ihr Parfüm, nur einen Hauch, der sich mit ihrem eigenen Körpergeruch zu jenem Duft verband, der ihn fast um den Verstand brachte.

»Bitte … geh«, sagte er mühsam.

Statt aufzustehen, antwortete sie leise: »Ich weiß, dass du das nicht willst.«

Martin ballte hilflos die Fäuste, allerdings unter der Bettdecke, damit sie es nicht sah. Er hatte verloren. Vor einem Jahr, bei dem großen Streit, den er wegen einer Nichtigkeit provoziert hatte, hatte er noch die Stärke besessen, ihr etwas vorzuspielen, was nicht da war, aber die Krankheit hatte nicht nur seine körperliche Kraft aufgezehrt. Er sagte nichts.

»Ich habe lange mit deinem Arzt gesprochen«, sagte Andrea nach einer geraumen Weile. »Und auch mit anderen. Ich ... weiß jetzt, warum du dich damals von mir getrennt hast.«

»So?«, fragte Martin unfreundlich. Er drehte den Kopf, um (wie er wenigstens hoffte) an ihr vorbeizustarren.

»Du wolltest es mir leichter machen«, sagte Andrea. »Du wolltest, dass *ich* dich verlasse. Damit es leichter für mich ist. Du wolltest, dass ich im Zorn gehe, damit ich dir nicht nachtrauere.«

»Blödsinn«, sagte Martin.

»Warum?«, fragte Andrea leise. »Du wolltest ganz allein sterben, nicht wahr? Dich wie ein verletztes Tier in deine Höhle zurückziehen und auf den Tod warten.«

»Unsinn«, sagte Martin noch einmal. »Und selbst wenn – das ist doch wohl meine Sache, oder?«

»Nein, ist es nicht«, antwortete Andrea nun in hartem, herausforderndem Ton. »Hast du schon vergessen, was wir beide vor zehn Jahren geschworen haben? In guten wie in schlechten Zeiten.«

»Du hast ja keine Ahnung, wovon du redest«, sagte Martin. »Was stellst du dir vor? Dass ich den Anstand habe nach zwei Wochen im Krankenbett abzutreten? Du hast mit Denkrad gesprochen, oder? Es wird Jahre dauern. Ich werde jahrelang dahinsiechen. Es wird nicht so bleiben wie jetzt. In ein paar Monaten bin ich blind. Noch ein paar Monate später bin ich vielleicht gelähmt. In zwei Jahren bin ich ein blinder, verbitterter alter Mann, der sich voll scheißt und den du füttern musst wie ein Baby, und du wirst mich dafür hassen.«

»Nein, das werde ich nicht.«

»Du wirst es«, beharrte Martin. »Und ich werde mich selbst hassen, weil ich dir das antue. Und wahrscheinlich werde ich dich hassen, weil du mich gezwungen hast, dich in diese Situation zu bringen. Das will ich nicht. Geh. Lass mich allein.«

»Du versuchst es schon wieder«, sagte Andrea ruhig. Er hatte das Gefühl, dass sie lächelte. »Du bist geschickt. Es ist dir einmal gelungen, aber ... die Dinge haben sich geändert.« Sie beugte sich vor. »Versteh mich nicht falsch, Martin. Ich bitte dich nicht, bei dir bleiben zu dürfen. Ich *verlange* es. Du bist es mir schuldig.«

Er lachte hart. »Schuldig? Ich bin niemandem etwas schuldig.«

»Oh doch«, beharrte Andrea. Ihre Stimme klang plötzlich hart, schneidend. Fordernd. »Du bist mir dasselbe schuldig wie ich dir. Wir haben immer gedacht, dass ich zuerst sterbe. Verdammt, als wir geheiratet haben, da hast du *gewusst*, dass ich bestenfalls noch sieben oder acht Jahre zu leben habe.«

»Dein Herz, ich weiß.« Martin bemühte sich, seine Stimme höhnisch klingen zu lassen, aber es blieb bei dem Versuch. »Pech für dich, dass die Medizin Fortschritte macht, wie? Soll ich dich jetzt bedauern? Weil du noch lebst?«

Sein Hohn prallte von ihr ab wie von einer Wand. »Ich verlange dasselbe von dir, was du von mir verlangt hättest«, sagte sie. »Dass du kämpfst. Dass du am Leben bleibst. Und dass du mir die Chance gibst, bei dir zu bleiben, wenn es nicht klappt.«

»Wer sagt dir denn, dass ich es getan hätte?«, fragte er böse. »Vielleicht hätte ich dich ja verlassen. Wer will schon eine kranke Frau.«

»Jetzt bist du es, der Unsinn redet«, sagte Andrea. Sie stand auf. »Professor Denkrad hat mir gesagt, dass du eine gute Chance hast, die Operation zu überstehen. Deutlich mehr als fünfzig Prozent. Ich bitte dich nicht. Ich verlange von dir, dass du sie ergreifst. Das bist du uns schuldig.«

»Ich bin dir gar nichts ...«, begann Martin. Er stockte. »Uns?«

Statt zu antworten, drehte sich Andrea herum und ging zur Tür. Sie verließ den Raum, aber nur, um schon nach wenigen Sekunden zurückzukommen. Ihre Schritte klangen anders. Da war plötzlich ein neuer, ganz sachter, aber spürbarer Geruch. Und dann *hörte* er.

»Aber ... aber das kann doch nicht ...«

»Er heißt Martin«, sagte Andrea. Sie trat an sein Bett, zögerte einen Moment und drückte ihm dann behutsam ein weiches, warmes, *lebendes* Bündel in die Arme. Nachdem sie sich davon überzeugt hatte, dass er es sicher hielt, trat sie zurück und fuhr leise fort: »Wie du.«

Martin war vollkommen schockiert. Das Kind in seinen Armen bewegte sich unruhig und gab seltsame, meckernde Töne von sich; fremd, aber nicht unangenehm.

»Aber wie ... ich meine, wieso ...«

»Er ist sieben Monate alt«, sagte Andrea.

»Wie ... wie kann das sein?«, stammelte Martin.

»Soll ich dir den technischen Ablauf erklären?«, fragte Andrea. »Also, fangen wir mit den Bienchen und Blumen an ...«

»Wieso hast du es mir nicht gesagt?«, unterbrach sie Martin. Das Kind in seinem Arm verstummte für einen Moment, vielleicht erschrocken über seinen plötzlichen, harschen Ton, und begann dann leise zu weinen.

»Weil du verdammter Dummkopf ziemlich erfolgreich warst«, antwortete Andrea. »Du wolltest, dass ich dich hasse. Und für eine Weile ist dir das sogar gelungen. Ich wollte nicht, dass du etwas von ihm weißt. Ich dachte, dass es so für mich leichter wäre. Aber das stimmt nicht. Er braucht dich, Martin. Ich brauche dich, aber vor allem *er*. Ich möchte nicht, dass dein Sohn ohne Vater aufwächst. Kein Kind hat das verdient.«

Martin schwieg. Er spürte, wie sich seine Augen mit brennender Hitze füllten, aber irgendwie gelang es ihm, die Tränen zurückzuhalten – obwohl er nicht einmal sagen konnte, warum. Er hatte jedes Recht der Welt, um seinen Sohn zu weinen.

»Ich ... kann es nicht«, sagte er. »Versteh doch, ich ... ich würde ihn niemals sehen. Selbst wenn ich die OP überlebe, ich wäre blind. Nur eine Last für euch. Ihr würdet mich hassen. *Er* würde mich hassen. Er ...«

Er sprach nicht weiter. Und wenn es doch gut ging? Er dachte an eine kleine Katze, die sich vor seinen Augen mit solcher Verzweiflung gegen ihre Fesseln gewehrt hatte, dass sie sich selbst die Knochen brach, und deren Herz schließlich versagt hatte, weil sie irgendetwas unvorstellbar Grauenhaftes gesehen hatte. Aber er *war* keine Katze. Vielleicht war das Tier einfach nur verängstigt gewesen. Es hatte nicht gewusst, was mit ihm geschah, es hatte sich hilflos gefühlt, Schmerzen und Angst gehabt – alles Gefühle, die er zur Genüge kannte. Aber anders als das bedauernswerte Tier besaß *er* einen Verstand, den er zu seiner Verteidigung einsetzen konnte. Vielleicht hatte Denkrad ja Recht. Vielleicht war es ein Fehler gewesen, der ihn nicht betraf, den er nicht fürchten musste.

Und er *hatte* eine Chance, sein Kind aufwachsen zu sehen; wortwörtlich. Auch wenn sie noch so gering war.

Er setzte sich behutsam auf, fuhr mit den Fingerspitzen über das Gesicht seines Kindes, das er noch nie zuvor gesehen hatte und vielleicht auch niemals sehen würde, und gab Andrea schließlich mit Gesten zu verstehen, dass sie es wieder nehmen sollte. Seine Arme waren plötzlich so leer.

»Und?«, fragte Andrea. In ihrer Stimme war ein Zittern und ein Unterton von Endgültigkeit. »Ich ... ich habe nicht viel Zeit.«

»Denkrad steht draußen und wartet auf eine Antwort«, vermutete Martin.

Sie nickte. Erst nach einigen Sekunden antwortete sie laut: »Ja.«

»Dann geh hinaus und sag ihm, dass ich einverstanden bin.«

Er hatte keine Erinnerung an die Operation – natürlich nicht –, aber auch nicht an die Zeit unmittelbar davor. Was ihn in die lange Zeit zwischen Schlaf und medikamentös herbeigeführter Bewusstlosigkeit begleitete, war die Erinnerung an Andreas Stimme, das Gewicht des Kindes in seinen Armen und sein Geruch und (natürlich) zerrissene Impressionen eines kalten, weiß verchromten Raumes, in dem eine winzige Katze sich zu Tode schrie. Zwei- oder dreimal erwachte er schweißgebadet und keuchend und mit hämmerndem Herzen und spürte, dass jemand an seinem Bett stand und sich um ihn kümmerte, und einmal erinnerte er sich an einen besonders grässlichen Albtraum, in dem sich das Kind in seinen Armen plötzlich in eine Katze verwandelt hatte, den Albtraum einer Cybertech-Katze, die sich in seinen Händen in ihre Bestandteile auflöste und ihn mit Blut und Eingeweiden und schleimverschmierten elektronischen Bauteilen besudelte. Die meiste Zeit aber schlief er tief und fast traumlos.

Und als er erwachte, konnte er immer noch nicht sehen.

Der graue Nebelplanet war der völligen Schwärze eines sternenlosen Weltalls gewichen. Ein sanfter, aber permanenter Druck auf seine Augenpartie verriet ihm, dass er dort wohl einen Verband trug, und das Allererste, was er bewusst tat, war, in sich hineinzulauschen, ob er dort irgendetwas Fremdes, vielleicht Gefährliches spürte.

Das Gegenteil war der Fall.

Da *war* etwas, aber es war nichts Vorhandenes, sondern das genaue Gegenteil: Etwas war nicht mehr da. Etwas, von dem er erst jetzt, nachdem es verschwunden war, überhaupt begriff, dass er es jemals gespürt hatte. Nicht nur Denkrad, sondern alle Ärzte, mit denen er gesprochen hatte, hatten ihm versichert, dass das Gehirn völlig schmerzunempfindlich wäre, aber so ganz konnte das nicht stimmen. Er war nicht mehr da, aber mit einem Mal begriff Martin, dass er den Krebs die ganze Zeit bei seinem Fressen und Wühlen gespürt hatte.

»Hören Sie auf, Dornröschen zu spielen«, sagte eine Stimme irgendwo links neben ihm. »Ich weiß, dass Sie wach sind, Martin. Meine Apparate verraten es mir.«

»Denkrad?«

»Doktor Denkrad«, sagte Denkrad belustigt. »So viel Zeit muss sein.«

»Was …« Martin versuchte sich aufzusetzen, führte die Bewegung aber nicht zu Ende. Ein dumpfer Schmerz tobte in seinem Kopf, aber er war völlig anders als alles, was er bisher gespürt hatte. Falls es so etwas gab, war es ein *guter* Schmerz. Heilender Schmerz, mit dem sich die Wunde in seinem Schädel meldete.

»Ist alles gut gegangen?«

»Soweit ich das bis jetzt beurteilen kann, ja«, antwortete Denkrad. Seine Stimme klang äußerst zufrieden, dachte Martin. Was bei Denkrad gleich bedeutend mit *selbstzufrieden* war. Und Denkrad wäre natürlich nicht Denkrad gewesen, hätte er sich verkniffen hinzuzufügen: »Ganz sicher kann ich natürlich erst sein, nachdem ich Ihnen eine Maus gezeigt habe.«

Martin setzte sich nun doch auf. Das Ergebnis war ein noch heftigeres Pochen in seinem Hinterkopf und ein schmerzhafter Stich in seinem rechten Handrücken, in dem eine Kanüle steckte.

»Wie lange ...«

»Immer der Reihe nach«, unterbrach ihn Denkrad. Martin hörte, wie er sich bewegte. Etwas klirrte. »Um mit den Fragen anzufangen, die Ihnen am meisten auf der Seele brennen dürften: Es hat alles hervorragend funktioniert. Wir konnten den Krebs hundertprozentig entfernen. Ganz sicher können wir natürlich erst nach ein paar Monaten sein, wenn wir ein paar Nachuntersuchungen gemacht haben, aber es sieht sehr gut aus. Ich würde sagen, was den Krebs angeht, haben wir gewonnen.«

»Und ...« Sein Herz schlug etwas schneller. »Meine Augen.«

Denkrad lachte. »Ich habe schon eine Schwester geschickt, um eine Maus zu holen.«

»Finden Sie das komisch?«

»Nein«, antwortete Denkrad. Martin konnte ihn regelrecht grinsen hören. »Also gut. Soweit ich es bis jetzt sagen kann, ist alles hervorragend verheilt. Die Transplantation hat ohne Probleme geklappt und Ihr Körper scheint das fremde Gewebe akzeptiert zu haben.«

»Und wieso kann ich dann nichts sehen?«

»Nun, zum Beispiel, weil Sie einen Verband über den Augen tragen«, antwortete Denkrad spöttisch.

»Und *warum* habe ich einen Verband über den Augen?« *Verdammt, musste er diesem Kerl denn jedes Wort aus der Nase ziehen?!*

»Es gab ein paar Komplikationen«, sagte Denkrad. »Keine Sorge – nichts, womit wir nicht fertig geworden wären, wie Sie gleich im wahrsten Sinne des Wortes sehen werden.«

»Was für Komplikationen?«, fragte Martin beunruhigt.

»Ihre Augen«, erwiderte Denkrad. »Sowohl Ihr rechter Sehnerv als auch das rechte Auge waren bereits von Metastasen befallen. Wir haben die Augen und die Sehnerven mit transplantiert. Es war eine ziemlich komplizierte Operation, aber wir haben es geschafft. Mein Team und ich sind wirklich ein bisschen stolz auf uns. Deshalb die Verbände. Aber alles ist gut verheilt, keine Angst.«

»Verheilt?« Martin legte den Kopf auf die Seite – sehr vorsichtig, um dem hämmernden Schmerz nicht noch mehr Munition zu liefern. »Wie lange war ich denn …?«

»Zwei Wochen«, antwortete Denkrad in fast fröhlichem Ton.

»Zwei Wochen?«, ächzte Martin. Warum eigentlich? Er hatte gespürt, dass viel Zeit vergangen sein musste.

»Zwei Wochen«, bestätigte Denkrad. »Ich hielt es für besser. Wir hätten Sie eher wach werden lassen können, aber ich wollte Ihnen unnötige Schmerzen ersparen. Und mir selbst einen nörgelnden Patienten, der die Zeit nicht abwarten kann, bis der Verband herunterkommt.«

»Den haben Sie jetzt«, sagte Martin. »Nehmen Sie sich eine Schere.«

»Nichts da«, antwortete Denkrad. »Einen solchen Moment müssen wir doch gebührend begehen. Was ist das Erste, was Sie sehen möchten, wenn die Verbände herunterkommen? Mein hässliches Gesicht oder das Ihres Sohnes?«

»Er ist hier?«

»Hier in der Klinik, ja«, bestätigte Denkrad. »Ich habe ihn kommen lassen. Ich dachte mir, dass Sie ihn gerne sehen würden.«

Martin konnte hören, wie er ein paar Schritte ging und dann die Tasten eines Telefons betätigte. Sein Gehör war noch so scharf wie eh und je. Er fragte sich, ob ihm dieses verbesserte Hörvermögen erhalten bleiben würde, dachte aber nicht weiter darüber nach. Als ob das eine Rolle spielte!

»Schwester Monika? Sie können ihn jetzt hereinbringen.«

Es verging noch eine geraume Weile – vermutlich waren es nur wenige Minuten, die Martin aber wie Stunden vorkamen –, in der sich der Raum mit Bewegung und Geräuschen füllte, die ihn einfach nur verwirrten. Menschen kamen und gingen, etwas Schweres, Großes wurde hereingerollt und er hörte ein elektrisches Summen. Endlich bat ihn Denkrad sich aufzusetzen und still zu halten.

»Ich entferne jetzt die Verbände«, sagte er. »Erschrecken Sie nicht, wenn Sie trotzdem im ersten Moment nichts sehen. Ihre Augen sind im Moment wahrscheinlich extrem lichtempfindlich und Sie wollen sie sich doch nicht gleich verblitzen, oder?« Die Schere schnitt durch den Gazestoff vor seinen Augen, und der Druck wich. Denkrad ergriff seine Hand und drückte sie sacht gegen den Verband.

»Ich gehe jetzt hinaus und lösche das Licht«, sagte er. »Nehmen Sie den Verband erst herunter, wenn Sie die Tür gehört haben. Rechts neben Ihnen liegt eine Fernbedienung, mit der Sie das Licht hochdimmen können. Lassen Sie sich so viel Zeit, wie Sie wollen. Und seien Sie sehr vorsichtig. Sie haben noch mindestens vierzig Jahre vor sich, in denen Sie sehen können. Verderben Sie sie sich nicht, weil Sie wenige Minuten nicht abwarten können. Haben Sie das verstanden?«

»Ja«, antwortete Martin.

»Gut.« Denkrad stand auf. »Der Wagen mit Ihrem Sohn steht einen halben Meter vor Ihnen. Und wie gesagt – lassen Sie sich Zeit. Ich warte draußen.«

Er ging. Martin hörte ein Klicken, dann das Geräusch, mit dem die schwere Tür geschlossen wurde. Er ließ die Hand sinken. Der Verband löste sich von seiner Haut – es war nicht ganz schmerzlos, aber es war der süßeste Schmerz, den er jemals gespürt hatte – und Martin öffnete unendlich behutsam die Augen.

Dunkelheit umgab ihn. Vollkommene Schwärze, so undurchdringlich wie ein Kohleflöz tausend Meter unter der Erde. Mit zitternden Fingern tastete er nach dem Schalter, von dem Denkrad gesprochen hatte, und fand eine kleine, glatte Fernbedienung mit nur einem einzigen Schalter. Als er ihn drückte, glomm unter der Decke ein dunkelgelbes Licht auf.

Gelb.

Es war das erste Mal seit zwei Jahren, dass er wieder Farben sah.

Martin saß länger als fünf Minuten da, starrte dieses gelbe Licht an, folgte fassungslos dem Gefühl in sich, das dieser banale Anblick auslöste. Es war so … unbeschreiblich. So unbeschreiblich *schön.* Er konnte wieder sehen. Etwas so Simples wie eine Farbe hatte seine Bedeutung zurückgewonnen und plötzlich wurde ihm klar, dass er niemals zuvor im Leben ein so unvorstellbares, leuchtendes *Gelb* gesehen hatte, wie kostbar Farben waren. *Dinge.*

Unendlich behutsam drehte er die Lampe weiter hoch, bis sie eine Intensität erreicht hatte, die vermutlich der einer Fünf-Watt-Birne gleichkam, in seinen empfindlichen Augen aber bereits schmerzte. Das Gelb hatte sich abermals verändert. Es war unglaublich, aber er schien in den wenigen Monaten tatsächlich vergessen zu haben, welche Farben es gab. Vielleicht war es aber auch eine Spezialbirne, die Denkrad eigens für Momente wie diese hatte installieren lassen.

So schwach das Licht war, reichte es doch aus, ihn zumindest Umrisse und Konturen erkennen zu lassen. Er befand sich nicht in seinem Zimmer, sondern in etwas wie einem zu klein geratenen Operationssaal; wahrscheinlich einem Zimmer auf der Intensivstation. Es gab ein Fenster, aber die Jalousien waren heruntergelassen. Das seltsam falschfarbene Licht brach sich auf Metall und Glas und gab den Dingen einen surrealistischen Anstrich, den er interessant fand, aber auch irgendwie beunruhigend. Direkt vor ihm befand sich ein fahrbares Bettchen mit einem transparenten Kunststoffaufbau; eine Konstruktion, die ihn im allerersten Moment erschreckte, weil sie ihn an den Brutkasten mit der Katze erinnerte. Aber es war natürlich nur das Bett, in dem sein Sohn lag.

Martins allererster Impuls war selbstverständlich aufzustehen und sich darüber zu beugen, aber er widerstand ihm. Er wollte sein Kind sehen, mehr als irgendetwas anderes auf der Welt, aber nicht sofort. Nicht so. Er wollte ihn *wirklich se*hen, vielleicht in einigen Minuten, wenn sich seine Augen *(seine Augen?)* weit genug an die Helligkeit gewöhnt hatten, dass er wirklich Licht einschalten konnte. Denkrad hatte Recht. Dieser Augenblick – ein Wort, dessen wahre Bedeutung ihm vielleicht noch nie so klar gewesen war wie jetzt – war zu kostbar, um ihn zu verschwenden. Er würde niemals wiederkommen.

Er drehte das Licht noch etwas weiter auf. Es tat nicht mehr weh in seinen Augen, aber die Farbe blieb so falsch, wie sie gewesen war. Unwillig stand er auf, machte einen Schritt in Richtung Tür, um zum Lichtschalter zu gelangen, überlegte es sich dann anders und ging zum Fenster. Mit zitternden Händen schob er die Papierjalousien zur Seite und sah hinaus.

Er hatte nicht nur vergessen, wie Farben aussahen.

Er hatte *alles* vergessen.

Das Fenster führte auf den kleinen Park hinaus, der sich hinter der Privatklinik erstreckte. Es war Nacht – am Himmel stand nur eine schmale Mondsichel, die kaum Licht spendete –, aber zwischen den sorgsam beschnittenen Bäumen waren kleine Laternen angebracht, die den Park unaufdringlich, aber auch gründlich genug ausleuchteten, um keine wirklich dunklen Ecken zuzulassen. Er konnte alles sehen.

Und alles war anders.

Es war ihm unmöglich, den Unterschied in Worte zu fassen. Bäume waren Bäume, aber auch etwas ... *anderes.* Gras war Gras, aber zugleich auch nicht, die Blumen hatten Farben, die zwar von der Nacht gedämpft, trotzdem aber vollkommen *fremd* waren, und selbst die Umrisse der kleinen Bänke, auf denen die Patienten und das Krankenhauspersonal tagsüber manchmal saßen, waren ... *falsch*.

Erfüllt von einer Beunruhigung, die an Panik grenzte (und der Erinnerung an eine kleine Katze, die in Todesangst kreischte), drehte sich Martin herum.

Fast hätte er aufgeschrien.

Was für den Park galt, galt für das Zimmer erst recht.

Nichts war wirklich *anders,* aber nichts war so, wie es sein sollte.

Martin starrte das unglaubliche Bild endlose Sekunden lang fassungslos an, dann ging er mit schnellen Schritten zur Tür, fand den Lichtschalter und drückte ihn.

Eine weiß lodernde Flut aus Helligkeit brach über ihn zusammen und brannte sich wie Säure in seine Augen.

Er keuchte vor Schmerz, schlug beide Hände vor die Augen und taumelte, als hätte man ihn geschlagen. Tränen liefen über seine Wangen und als er die Hände langsam herunternahm und die Lider hob, war es im ersten Moment so schlimm, dass er vor Schmerzen wimmerte. Trotzdem zwang er sich die Augen weiter geöffnet zu halten. Es tat entsetzlich weh, aber das spielte keine Rolle. Alles, was zählte, war das, was er *sah*.

Alles war falsch.

Er lebte seit zwei Jahren in einer Welt, die nur aus grauem Nebel und Erinnerungen bestand, sodass er sich selbst einräumte, das eine oder andere nicht mehr wirklich richtig zu rekapitulieren, aber so falsch konnten seine Erinnerungen nicht sein.

Alle Farben, die er gekannt hatte, waren verschwunden. Es gab noch eine Erinnerung an etwas, das vielleicht einmal Rot gewesen war, Gelb, das kein Gelb war, Blau und Grün, die sich vergeblich bemühten, zu dem zu werden, was sie sein sollten, aber dafür eine Unzahl anderer Töne und Schattierungen, für die er nicht einmal eine Bezeichnung wusste. Vollkommen neue, *fremde* und zum größten Teil beunruhigende Farben, wie er sie niemals zuvor im Leben gesehen hatte.

Und was für die Farben galt, galt auch für die Gegenstände.

Er erkannte alles wieder. Es war nicht so, dass sie anders aussahen, ihre Form oder Größe geändert hatten – nur sahen sie auch nicht mehr so aus, wie sie sollten. Sein Bett war ein Bett, aber zugleich ein monströses, hässliches *Ding*, das ihm fast absurd vorkam, die zahlreichen technischen Gerätschaften, die den Raum beherrschten, wirkten wie kauernde, feindselige Ungeheuer, sterile mechanische Dinge, von denen trotzdem etwas Bedrohliches ausging, die Formen wirkten kantig, aggressiv – es tat beinahe weh, sie anzusehen. Das Kinderbett hatte sich in einen Folterkäfig verwandelt, dessen bloßer Anblick Unbehagen verursachte.

Martin machte einen Schritt darauf zu und blieb wieder stehen. Sein Herz hämmerte. Er hatte Angst, in dieses entsetzliche Ding hineinzusehen. Er hatte sich in eine kleine Katze verwandelt, die beim Anblick einer Maus vor Schrecken starb.

Statt weiterzugehen, drehte er sich nach links. An der Wand direkt neben der Tür war ein Waschbecken aus Metall angebracht und direkt darüber ein kleiner Spiegel. Sein Herz hämmerte, als wollte es aus seiner Brust springen, als er hineinsah.

Er wusste selbst nicht, was er erwartet hatte. Was ihm entgegensah, das war eindeutig er selbst – zwei Jahre älter als das letzte Mal, dass er sich gesehen hatte, aber er selbst – aber er hatte sich noch nie *so* gesehen.

Es dauerte eine Weile, bis er so weit war, es zuzugeben, aber es war so: Er war *schön*. Nichts an seinen Zügen hatte sich wirklich verändert, aber er wirkte attraktiv und männlich. Aus seinen Zügen sprachen eine Güte und Wärme, von denen er selbst am besten wusste, dass sie nicht da waren, und jede Spur von Schwäche oder Hartherzigkeit – von denen er sich selbst eine Menge zubilligte – war verschwunden. Hätte er das Idealbild eines Mannes entwerfen sollen, es hätte ungefähr so ausgesehen wie das, was ihm nun aus dem Spiegel entgegenblickte. Aber warum? Er war niemals ein Narziss gewesen. Im Gegenteil. Er verachtete Männer, die sich selbst für tolle Kerle hielten. Und seine eigene Meinung von sich selbst war niemals sehr hoch gewesen. Wieso also sah er sich plötzlich *so*?

Vielleicht, weil er alles anders sah.

Weil alles anders *war*.

Da war ein Gedanke in seinem Kopf, etwas, dem er nicht – noch nicht – gestattete Gestalt anzunehmen, aber er war da und er begann zu bohren, so boshaft und unaufhaltsam wie der Krebs, den sie besiegt hatten, und womöglich gefährlicher. Vielleicht nur, um ihm zu entgehen, fuhr er mit einem Ruck herum und trat an das Kinderbett. Sein Herz schlug so hart, dass es *wehtat*, als er hineinsah.

Und das Kind war ...

Die Tür wurde geöffnet und eine wohl bekannte Stimme sagte: »Das war ziemlich leichtsinnig von Ihnen. Aber um ehrlich zu sein, habe ich nichts anderes erwartet.«

Martin hörte nicht hin. Er starrte das Kind an.

»Es ist ein nettes Kind, nicht wahr?«, fragte Denkrad, während sich seine Schritte allmählich näherten. »Ich meine: Ich bin ehrlich. Ich habe es nicht so mit Kindern. Aber Ihr Sohn ist ein hübscher Bursche.«

Nett?, dachte Martin. *Hübsch?*

Er hätte Denkrad für diese Worte töten können.

Das Kind war nicht *hübsch*.

Das Kind war ein Gott.

Es war wunderschön. Es gab keine Worte, um es zu beschreiben. Es war alles, was zählte. Der Sinn des Lebens. Der Grund, aus dem das Universum erschaffen worden war. Das Wichtigste überhaupt. Es gab nur dieses Kind. Nichts anderes zählte, weder das Leben noch die Zukunft oder die Vergangenheit, kein Warum und Wieso. Dieses Kind war der Grund, aus dem Gott das Universum erschaffen hatte, nein, der *Grund, aus dem Gott erschaffen worden war.* Wenn er jemals die Bedeutung des Wortes *Liebe* begriffen hatte, dann jetzt, als er das Kind ansah.

Er streckte die Hände aus, wollte es berühren, aber er wagte es nicht. Stattdessen richtete er sich wieder auf und drehte sich zu Denkrad herum.

Auch der Arzt hatte sich verändert. Er war immer noch er selbst – wenigstens vermutete Martin das, denn eigentlich hatte er ihn noch nie wirklich gesehen –, aber er wirkte sehr viel attraktiver, als er angenommen hatte. Immer noch ein harter Mann, vielleicht nicht einmal wirklich sympathisch – aber er hatte etwas. Hätte Martin etwas für Männer übrig gehabt, Denkrad hätte durchaus eine gewisse Wirkung auf ihn erzielt.

Er machte einen Schritt zur Seite, setzte zu einer Antwort an, sah die Krankenschwester, die hinter Denkrad hereingekommen war – und sog erschrocken die Luft ein. Sie sah nicht unbedingt aus wie ein Monster, aber sehr viel trennte sie nicht davon. Ihr Gesicht war kantig und hatte einen bösartigen Zug und in den tief liegenden Augen lauerte eine Gier, die ihn schaudern ließ. Ihre Haut hatte eine fast abstoßende Farbe und ihre Bewegungen wirkten auf eine aggressiv-obszöne Art lasziv. Jeder Millimeter an ihr strahlte das Wort *Feind* aus.

»Was haben Sie?«, fragte Denkrad. »Stimmt etwas nicht? Haben Sie Schmerzen?«

Martin antwortete nicht. Er starrte die Schwester an. Das Problem war nicht ihr Aussehen. Das Problem war, dass er die junge Frau *kannte.* Er hatte sie schon gekannt, als er noch sehen konnte, und er *wusste* einfach, dass sie nicht so aussah, wie sie aussah.

»Was ist los?«, fragte Denkrad noch einmal. Er klang alarmiert, bis an die Grenze zur Panik. »Reden Sie!«

Martin sah wieder ihn an, dann die Krankenschwester, dann

wieder ihn. Die junge Schwester erwiderte seinen Blickt irritiert, wirkte aber zugleich irgendwie ... sprungbereit, ein Raubtier, das auf Beute aus war. Und Denkrad ... zum ersten Mal, seit er ihn kannte, hegte er zwar immer noch keine freundschaftlichen Gefühle für ihn, aber was er sah ... Er konnte sich nicht dagegen wehren. Er war attraktiv. Etwas an Denkrad sprach ihn an, auf eine Art, die er voller Panik von sich wies, die aber trotzdem da war.

»Was ist los, verdammt nochmal!« Denkrad schrie jetzt wirklich. »Stimmt etwas nicht?«

»Ich ... ich weiß nicht«, stammelte Martin. Alles drehte sich. »Alles ist so ...«

»So ...?«

»Ich ... ich kann sehen.«

Denkrad riss die Augen auf, starrte ihn eine Sekunde lang an – und wirkte dann unglaublich erleichtert. »Ich wusste es«, hauchte er. Er wirkte – vielleicht gerade *wegen* der Schwäche, die er in diesem Moment offenbarte – unglaublich *männlich.* An diesem Gefühl war absolut nichts Erotisches oder gar Sexuelles – und doch war da eine Attraktivität, die er so noch nie an einem Mann bemerkt hatte. Abgesehen vielleicht von seinem eigenen Spiegelbild gerade ...

»Sie können sehen«, murmelte Denkrad. »Es ist gelungen. Die Operation war erfolgreich.«

»Aber alles ist anders«, flüsterte Martin.

»Natürlich ist alles anders«, sagte Denkrad noch immer im gleichen, unendlich erleichterten Tonfall. »Sie waren zwei Jahre lang fast blind. Was erwarten Sie?«

Denkrad verstand ihn nicht. Natürlich verstand er ihn nicht. Wie hätte er auch?

Und welche Rolle spielte es letztendlich? Er konnte sehen, das allein zählte. Spielte es eine Rolle, *was* er sah?

Oh ja, flüsterte eine Stimme, irgendwo, tief in seinem Inneren. *Weil du siehst,* was *du siehst.*

Er wusste es. Er gestattete seinem Bewusstsein nur noch nicht, diesem Wissen die Tür zu öffnen.

»Alles ist ... so anders«, sagte er noch einmal.

»Natürlich ist es das.« Denkrad lachte. »Wir werden noch tausend Dinge finden, über die wir uns gemeinsam den Kopf zerbrechen können, und vermutlich sogar vergebens. Wir stehen ganz am Anfang, Martin. Aber das zählt nicht. Alles, was jetzt wichtig ist, ist, *dass* Sie sehen können. Sie und ich, wir werden Geschichte schreiben, ist Ihnen das klar? Ich … ich bin so glücklich. Kann ich noch irgendetwas für Sie tun? Sagen Sie es, egal was!«

Martin drehte sich zu ihm herum, sah ihm in die Augen. Schöne, ungemein *männliche* Augen.

»Andrea«, sagte er.

Das Lächeln in Denkrads Augen erlosch schlagartig und ein schwer zu deutender, aber nicht gerade angenehmer Ausdruck löschte das breite Grinsen auf seinen Zügen aus. »Andrea?«

»Meine Frau«, sagte Martin. »Ist sie hier? Sie hat doch bestimmt das Kind gebracht. Bitte holen Sie sie.«

»Ihre … Frau?« Eine neue, sehr tiefe Dunkelheit erschien in Denkrads Blick. »Aber … aber hat Sie es Ihnen …« Er schluckte. Man sah ihm an, wie schwer es ihm fiel weiterzusprechen. Panik flackerte in seinen Augen. »Sie wissen es nicht?«

»Was?«

»Aber … aber ich dachte, Sie … Sie hätte es Ihnen gesagt«, stammelte Denkrad. »Sie war doch extra bei Ihnen, vor der Operation.«

»Gesagt? *Was*?!«

Denkrad schwieg. Er hatte plötzlich nicht mehr die Kraft, Martins Blick standzuhalten. Fast eine Minute verging. Schließlich flüsterte er: »Großer Gott, sie … sie hat es Ihnen … Sie wissen es nicht.«

»Was weiß ich nicht?« *Was wusste er nicht?!*

»Es tut mir so unendlich Leid«, sagte Denkrad. »Bitte glauben Sie mir, dass ich es nicht wusste.« Er atmete hörbar ein, dann stieß er fast hervor: »Ihre Frau ist tot.«

Martin war nicht einmal erschrocken. Nicht wirklich. Er hatte es gewusst. Er hatte es gefühlt und er konnte es noch fühlen. Er konnte *sie* fühlen, irgendwo, tief in sich.

»Ihr Herz«, sagte Denkrad leise. »Sie war … praktisch schon

tot, als sie zu uns kam. Ich konnte nichts mehr für sie tun – außer ihr noch einmal die Kraft zu geben, zu Ihnen zu gehen und mit Ihnen zu sprechen. Ich ... ich dachte, sie wollte Ihnen alles sagen. Das müssen Sie mir glauben. Ich dachte bis vor einer Minute, Sie wüssten es!«

Martin sagte nichts mehr. Er stellte auch keine Fragen mehr, sondern drehte sich herum und trat noch einmal an das Waschbecken neben der Tür, um einen Blick in den Spiegel darüber zu werfen. Diesmal sah er nicht sein Gesicht, sondern die Augen, die ihm daraus entgegenblickten, und er verstand nicht mehr, wieso er es nicht sofort gesehen hatte.

»Der Spender?«, fragte er.

Denkrad nickte nur. Er hatte wohl nicht mehr die Kraft zu antworten. Es war auch nicht nötig.

Vielleicht hatte er diese Augen nicht erkannt, weil sie ihm einfach zu vertraut waren. Er hatte so oft in sie hineingesehen, viel, viel, *viel* öfter als in seine eigenen. Dunkelgrüne, grundlose Augen, die seinen Blick voll unendlicher Liebe erwiderten.

Er lauschte in sich hinein und sie war da.

Sie würde immer da sein, solange er sie mit ihren Augen ansah.

Wolfgang Hohlbein und andere

Im Schatten der Sonne

Eine Geschichte – viele Autoren. An dieser Internet-Fortsetzungsgeschichte wirkten mit: Gero Altmann, Timo Bader, Sven Brand, Kathrin Elfman, Britta Elling, Silke Hammer, Heike Hilger, Yvonne Hoffmann, Manuela Hoflehner, Katharina Holz, Susanna Mühle, Nicole Riemann, Caroline Sobotta und Anina Stecay.

In vier oder fünf Minuten würde es hell werden. Wenn seine Uhr richtig ging, dachte Dimitri, würde dort draußen in wenigen Minuten der obere Rand der Sonne sichtbar werden, die ihren ewigen Auf- und Abstieg begann; so gleichgültig und präzise, wie sie es seit unzähligen Millionen Jahren tat und wie sie es noch unzählige weitere Millionen Jahre tun würde.

Für ihn und die drei anderen würde es möglicherweise das letzte Mal sein, dass sie diesen Anblick sahen.

»Wie lange noch?«, fragte Jennifer.

Dimitri antwortete nicht gleich. Die dunkelhaarige Amerikanerin – mit achtunddreißig war sie fast auf den Tag genau so alt wie er, hatte eine sportliche, durchtrainierte und äußerst wohlproportionierte Gestalt und ein Gesicht, in das er sich unter anderen Umständen möglicherweise auf der Stelle verliebt hätte – trug einen eineiigen Zwilling seiner eigenen, funkgesteuerten Quarzuhr am Handgelenk, auf die sie im Lauf der vergangenen beiden Stunden ebenso oft gestarrt hatte wie er, wenn nicht öfter. Die Frage war nur Ausdruck ihrer Nervosität. Vielleicht ihrer Angst.

»Drei Minuten«, sagte er, ohne auf die Uhr zu sehen. »Macht euch fertig.«

Sie waren fertig. Sowohl Jennifer als auch er hatten schon vor zehn Minuten die klobigen Rucksäcke mit ihrer Ausrüstung geschultert, und auch Marc und Elisabeth hatten sich ihre leichteren – aber ebenso wichtigen – Gepäckstücke gegriffen und saßen sprungbereit da. Auf dem faltigen Gesicht des alten Mannes war keinerlei Regung zu erkennen. Elisabeth hingegen rutschte unruhig auf ihrem Platz hin und her, und auf ihren Zügen lag eine Mischung aus Neugier, Nervosität und Furcht, in die sich aber auch eine gehörige Portion Abenteuerlust gemischt hatte. Dimitri fand dieses Gefühl ein wenig unangebracht, aber schließlich war Elisabeth ein Kind.

Er fuhr noch einmal mit den Fingerspitzen über den Patentverschluss des Rucksackes auf seiner Brust, stand auf und machte einen Schritt in Richtung Tür. Jennifer folgte ihm – zögernd –, während Marc sich gar nicht rührte und Elisabeth regelrecht hochflog und vermutlich als Erste und ohne auch nur einen Sekundenbruchteil zu zögern aus dem Haus gestürmt wäre, hätte er sie nicht mit einer befehlenden Geste zurückgerufen. Er sah nun doch auf die Uhr. Es war wichtig, dass sie das Haus auf die Sekunde pünktlich verließen.

Zwei Minuten. Eine Ewigkeit. Vielleicht der Rest ihres Lebens.

Dimitri ließ seinen Blick noch einmal über die Runde streifen und spürte selbst, wie sich ein fast melancholisches Lächeln auf seinem Gesicht ausbreitete. Ein Mann, eine Frau, ein Kind und ein Alter. Ein erbärmliches, letztes Aufgebot.

Aber es musste genügen. Es würde genügen.

Er verfolgte das lautlose Wandern des Sekundenzeigers auf seiner Uhr, dann streckte er die Hand aus und drückte die Türklinke herunter.

»Es ist so weit.«

Hintereinander gingen sie durch die Tür.

Aus einem geheimnisvollen Dokument in altrussischer Schrift, die Dimitri mit viel Mühe und Kombinationsgabe entziffert hatte, wusste er, dass genau hier und jetzt der zeitweilige Übertritt in die »körperlose Welt« möglich sein sollte. Das zweiseitige handgeschriebene Skript war dem angehenden Arzt aus einem Buch über mittelalterliche Heilkünste in den Schoß gefallen, das er sich in der Moskauer Universitätsbibliothek entliehen hatte. Als er das Dokument entziffert hatte, wusste er, dass er endlich den Schlüssel in der Hand hielt, um Elisabeth und Marc zu retten, und letztendlich auch sich selbst. Sie alterten unaufhaltsam. Alles, was in seiner Macht stand, hatte er gegen diese unheimliche Krankheit unternommen, doch keine Medizin half, keine Therapie wirkte gegen die plötzlichen Anfälle, die die beiden wie Krämpfe schüttelten, als habe ein schreckliches Wesen von ihrem Körper Besitz ergriffen und sauge es langsam von innen auf. Wenn sie zur Ruhe kamen, war es, als wachten sie aus einer tiefen Bewusstlosigkeit auf. Und jedes Mal hatten sie ein neues graues Haar oder eine weitere Falte. Und sie erzählten von Furcht erregenden Albträumen, in denen sie von Schattenwesen gejagt wurden, die ihnen Stück für Stück den Willen raubten. Marc war vor einem Jahr erkrankt. Damals noch ein ganz normaler zehnjähriger Junge, der für sein Alter etwas zu groß geraten war, sah er heute aus wie sein eigener Großvater. Elizabeth dagegen spürte noch wenig von ihrem Schicksal. Zwar war ihr Haar inzwischen schlohweiß, doch ihr Gesicht war noch das eines Mädchens, und während sich Marc gemächlich wie ein Achtzigjähriger bewegte, sprang sie voller Energie herum. Doch sobald die Anfälle kamen, hatten beide genau die gleichen Symptome und beschrieben die Dinge, die sie sahen, mit genau den gleichen Worten. Es waren Worte, die Dimitri aus der Handschrift entziffert hatte:

»Dynis ruft uns. Es ist nicht mehr viel Zeit. Persephone tötet die drei Kinder der Sonne. Ein Sterblicher für jeden Unsterblichen. Wir sind die Letzten. Die Uhr schlägt viermal. Die Tür ist im Gelb.« Nun würde sich zeigen, was diese Worte bedeuteten.

Was wäre geschehen, wenn er nicht in die Bibliothek gegangen wäre, nicht ausgerechnet dieses alte Buch aus dem Regal gezogen und niemals durch diesen Zufall das Dokument entdeckt hätte? Was, so fragte er sich, wäre geschehen, wenn sie das einsame, wohl seit Jahrzehnten unbewohnte Haus auf der Anhöhe nicht gefunden hätten? Wenn er den unförmigen Kleiderschrank, das einzige größere Möbelstück in diesem halb zerfallenen Haus, nicht zur Seite gerückt und dahinter den merkwürdig gezackten gelben Riss an der Wand entdeckt hätte? Der Riss war von drei Seiten bis zum Fußboden aufgeplatzt, als er die Hand darauf gelegt hatte, und plötzlich war in der Wand eine Tür gewesen. Jedenfalls sah der gelbliche Umriss, aus dem dünne gleißende Lichtstrahlen fielen, aus wie eine Tür. Nein, es war keine Einbildung: Es war eine Tür. Und sie sah genauso aus, wie in dem Dokument beschrieben. Mit einer Gewissheit, wie er sie nie zuvor in seinem Leben gespürt hatte, wusste Dimitri, dass hinter dieser Tür die Lösung lag, nach der er so lange gesucht hatte. Nach der alle gesucht hatten, vor allem Jennifer. Er musste durch diese Tür gehen, sie alle mussten es. Nur dann bestand für Marc und Jennifers kleine Tochter Aussicht auf Heilung ihrer Krankheit. Und so hatten sie sich auf den gefährlichen Weg gemacht, denn ein Aufenthalt in dieser »Parallelwelt« schien die einzige Chance zu sein. Das Wagnis dieser Reise lag vor allem darin, dass sie nicht wussten, ob und wann eine Rückkehr von dort je möglich sein würde.

Dimitri sah auf die Uhr und stellte fest, dass sie um Punkt vier Uhr stehen geblieben war. Sie hatten das Haus also im richtigen Moment durch die geheime Tür verlassen, aber auf den ersten Blick schien sich überhaupt nichts verändert zu haben. Er blickte an sich herunter und war erleichtert. Er hatte sich offenbar genauso wenig verändert wie die anderen drei. Bis auf einen starken Luftzug und das gleißende Licht konnte er sich allerdings überhaupt nicht mehr an den Gang über die Türschwelle erinnern.

»Sind wir da?«, fragte Elisabeth aufgeregt.

»Ich weiß nicht …«, begann Dimitri zögernd. Zwar war das Haus verschwunden, jedoch schienen sie sich noch immer auf der mit einigen niedrigen Kiefern bewachsenen, ansonsten kahlen Anhöhe zu befinden, auf der das Haus gestanden hatte. Die Berge dahinter waren dagegen noch da, aber sie sahen fremd aus, wie gemalt, als würden sie lediglich aus unzähligen blinkenden Sternen bestehen, die in allen Farben schimmerten. Darüber war ein Himmel, über den bläuliche und grüne Schleier zu tanzen schienen. Alles wirkte irgendwie transparent. »Körperlos«, dachte Dimitri plötzlich. Darum also nannte man diese Welt so. Oder war das alles nur Einbildung?

»Aber sicher sind wir da, meine Kleine«, versuchte Jennifer das Mädchen mit nicht gerade fester Stimme zu beruhigen, »oder kannst du die Seilbahn irgendwo entdecken?« Elisabeth sah sich einen Moment schweigend um und schüttelte anschließend den Kopf. Dimitri seufzte erleichtert. Trotz all der Ungewissheit, was sie erwarten würde, und des traurigen Anlasses ihrer Reise konnte er die aufsteigende Abenteuerlust nicht leugnen. Wenn dies kein Traum ist, dachte er, sind wir ohne Zweifel in einer anderen Welt.

»Wohin sollen wir gehen?«, fragte Jennifer und sah erwartungsvoll zu Dimitri. Am liebsten hätte er mit den Schultern gezuckt, aber der Fund des Skripts hatte ihn mehr oder minder unfreiwillig zum Anführer dieser kleinen Gruppe gemacht.

»Im Skript wurde ein heiliger Ort in der Nähe eines Dorfes erwähnt. Ich schlage deshalb vor, dass wir hinunter ins Tal gehen. Wenn es hier ein Dorf gibt, dann wird es sich dort befinden.« Jennifer nickte zustimmend, und sie setzten sich in Bewegung.

Je näher sie dem Tal kamen, umso aufgeregter schien Elisabeth zu werden. Sie plapperte pausenlos auf Jennifer ein. Dimitri bewunderte die Amerikanerin insgeheim um ihre Engelsgeduld mit dem Kind. Wäre er an ihrer Stelle gewesen, so hätte er der Kleinen längst unmissverständlich klargemacht, dass sie besser still sein sollte. Marc hatte seit ihrem Eintritt in die »körperlose Welt« kein einziges Wort mehr von sich gegeben, und erst jetzt fiel Dimitri auf, dass er auch schon davor im Haus ungewöhnlich einsilbig gewesen war. Er drehte sich zu Marc um, der bisher das Schlusslicht ihrer kleinen Gruppe gebildet hatte, konnte ihn aber nirgends sehen. Der Arzt ließ seinen Blick suchend über die in bunte Nebel getauchte Landschaft gleiten, bis er ihn schließlich entdeckte. Marc war ein ganzes Stück zurückgefallen und sogar stehen geblieben, was Dimitri sich zunächst nicht erklären konnte.

Dann sah er die Schatten.

Es waren fünf, und ihre Umrisse deuteten sich fast nur wie sanfte Linien an, aber sie hatten eindeutig menschliche Proportionen. Auf einmal begannen sie den Alten in einem unheimlichen Reigen zu umtanzen. Dabei streckten sie die schemenhaften Hände, die in dolchartigen Krallen endeten, in Marcs Richtung.

Die Melodie, die sie vor sich hin summten, begann schneller und hektischer zu werden und steigerte sich auch in Lautstärke und Tonhöhe. Synchron dazu zog sich der undurchdringbare Kreis, den sie um den Alten herum gebildet hatten, langsam, aber stetig zu.

»Was ist das«, schrie Jennifer, griff nach Elizabeth und hielt sie fest.

»Ich weiß es nicht«, entgegnete Dimitri, obwohl er insgeheim ahnte, dass sie gerade jenen Schatten begegneten, vor denen der anonyme Verfasser des Geheimdokumentes gewarnt hatte.

Plötzlich hoben die seltsamen Gestalten zu einem ohrenbetäubenden Kreischen an. Dimitri hatte das Gefühl, als platze sein Trommelfell jeden Moment. Er krümmte sich vor Schmerz und presste die Hände auf die Ohren. Wie von Ferne hörte er Jennifer und Elisabeth voller Qual aufschreien. Dann war es mit einem Schlag still.

Langsam hob er den Kopf und versuchte durch den farbigen Nebel hindurch etwas zu erkennen. Marc war nun in gleißendes Licht getaucht und bewegte seine Glieder wie in Trance im Gleichklang mit den Schattenwesen. Dimitri wischte sich über die Augen und blinzelte gegen das grelle, heiße Licht an, das sich wie ein Feuer direkt in seinen Kopf brannte. Marc und die Schattenwesen waren in diesem Licht nicht mehr zu erkennen. Ganz langsam hob sich das Licht vom Boden, schwebte einen Augenblick wie ein Nordlicht am Himmel und löste sich schließlich in Luft auf, verschwand einfach. Und mit ihm verschwanden die sechs Gestalten. Von einer Sekunde auf die andere waren sie nichts als ein Wirbel aus Farben und Licht. Dimitri wollte Marc rufen, zu der Stelle laufen, wo er ihn gesehen hatte, doch seine Beine fühlten sich an wie festgenagelt, und etwas hämmerte von innen gegen seine Stirn. Er fiel zu Boden und ihm schwanden die Sinne.

Als er wieder zu sich kam, glaubte er im ersten Moment, stundenlang ohnmächtig gewesen zu sein, so schwer waren seine Glieder. Reflexartig tastete er nach seiner Uhr, doch sie war nicht mehr am Handgelenk. Auch der Rucksack war weg. Mühsam richtete sich Dimitri auf und spähte den Pfad hinauf. Marc war verschwunden, daran bestand kein Zweifel. Jennifer und Elizabeth kamen ebenfalls benommen wieder auf die Beine. Elizabeth klammerte sich stumm und mit angstvoll geweiteten Augen an ihre Mutter. Jennifer druckte sie an sich und warf Dimitri einen Blick zu, in dem er die gleichen Gefühle zu lesen glaubte, die ihn selbst bewegten, die gleiche Angst und zugleich etwas anderes, für das er keine Worte fand. Vielleicht war es Entschlossenheit, ein Glaube, der unerschütterlich war. Ich werde alles tun, um mein Kind zu retten, schien dieser Blick zu sagen.

»Wir müssen Marc wieder finden«, sagte Jennifer und strich sich eine Strähne ihres langen Ponys aus der Stirn. »Dimitri, hörst du?«

Aber Marc ist verloren, wollte er erwidern, doch dann entglitt ihm dieser Gedanke und wurde durch etwas anderes ersetzt, das er genauso wenig fassen konnte. War es der unheimliche Schrei der dunklen Gestalten, der Besitz von ihm ergriffen hatte? Er schüttelte mehrmals den Kopf, um den unangenehmen Klang zu vertreiben, doch ohne Erfolg. Erst nach einer Weile wurde ihm bewusst, dass dieser Klageschrei nicht in seinem Kopf war, sondern von jemandem stammte, der sich ganz in der Nähe befinden musste. Dimitri versuchte, durch die bunten Farben, die ihm vor Augen tanzten, etwas zu erkennen.

Zuerst nahm er es nur als winzigen Nebelhauch wahr, doch allmählich kristallisierte sich eine winzige Gestalt heraus, nicht größer als vierzig Zentimeter, und aus ihrem Mund kam der Schrei, der schließlich in einem Schwall von Fragen erstarb: »Bitte nicht, es muss doch irgendwann ein Ende haben, was habe ich nur getan? Wie konnte das geschehen?«

Dimitri stand schwankend auf und näherte sich der Gestalt. »Was ...«, fragte er zögernd und hob die Arme trotz ihrer Schwere zur Verteidigung. »Wer bist du?«

Das Wesen schien völlig alters- und geschlechtslos. Die Augen in seinem unförmigen Gesicht waren nur zwei dunkle Höhlen. Trotzdem spürte Dimitri ihren stechenden Blick, der ihn erschauern ließ. Unwillkürlich wich er einen Schritt zurück, obwohl er spürte, dass ihm von dem Geschöpf keine Gefahr drohte.

Das kleine Wesen antwortete mit einer glockenhellen Stimme: »Mein Name ist Dynis. Und ihr seid die, auf die man wartet.«

Das seltsame Geschöpf verfiel in einen klagenden Ton. »Ich war erwählt, euch zu geleiten, euch mit meiner Macht zu schützen! Und nun«, sagte es verzweifelt und verbarg das kleine Gesicht in den weißen Nebelschwaden seiner Hände, »nun habe ich wieder jemanden an sie verloren. Und ausgerechnet einen von den Erwarteten. Sie werden mir diesen Fehler niemals vergeben!«

Dimitri hatte kaum zugehört. In seinem Kopf hallte der Name: *Dynis.* Dimitri kannte diesen Namen aus der Schrift über die körperlose Welt und wusste, dass Dynis zu den drei Kindern der Sonne gehörte, geboren aus jenem Nebel, der entstanden war, als die drei ersten Sonnenstrahlen vor Urzeiten auf das erste Meer gefallen waren. Wenn dieses Etwas wirklich die Wahrheit sagte, wenn es wirklich Dynis war, so stand hier eines der ältesten Wesen der körperlosen Welt vor ihnen, das sich nur zeigte, wenn ewige Dunkelheit das Licht des Lebens, die Sonne bedrohte.

Jennifers Stimme riss ihn aus seinen Gedanken, als sie misstrauisch fragte: »Was um Gottes willen ist mit Marc geschehen? Und was meinst du mit ›die, auf die man wartet‹?«

»Ihr seid diejenigen, die die Welt wieder zusammenführen werden.« Bei diesen Worten wurde Dynis' Stimme ehrfürchtig. Er schwebte in die Höhe, bis er sich fast einen Meter über den Köpfen der drei Reisenden befand, breitete die Arme aus und leuchtete nun wie eine blaue Sonne, während sein Körper fast auf die doppelte Größe anwuchs.

»Ihr seid die drei Sterblichen«, fuhr er fort, »die gesandt sind, um die drei Kinder der Sonne wieder zu vereinen. Ein Sterblicher für jeden Unsterblichen. Ein Paar für jede Welt. Eins für die Welt der Körperlosen, eins für die Welt der Sterblichen und eins für die Welt der Seelenlosen. Nur gemeinsam können diese drei Welten existieren. Deshalb müssen sie wieder zusammengeführt werden, bevor das Universum aufhört zu existieren.«

Bevor das Universum aufhört zu existieren ... Die Worte hatten ihre Wirkung nicht verfehlt. Dimitri, Jennifer und Elisabeth starrten sprachlos zu dem leuchtenden Wesen empor.

Mit der unglaublichen Nüchternheit, wie es nur einem Kind in einer solch ungewöhnlichen Situation gelang, war Elizabeth die Erste, die etwas erwidern konnte: »Aber wir waren doch vier. Wenn wir die Erwarteten sind, warum sind wir denn dann nicht zu dritt gekommen?«

»Aber, ihr müsst doch vier sein.« Dynis schwebte langsam wieder auf ihre Augenhöhe herunter. »Denn der Vierte wird versuchen, die Vereinigung zu verhindern. Aber das werdet ihr später noch alles erfahren. Wir müssen gehen, bevor die Seelenlosen wieder kommen. Sie kommen immer wieder.«

»Aber wo sollen wir denn hin?«, fragte Dimitri.

»An den einzigen Ort, der sicher ist«, antwortete Dynis. »Der einzige Ort, den sie nicht erreichen können. Das ewige Dorf. Ich bringe euch dorthin.«

Mit diesen Worten ließ er sich auf sie hinabgleiten und umhüllte sie mit seinem Nebelkörper. Wie in einen durchsichtigen blauen Vorhang gewickelt, wurden die drei Menschen davongetragen und ein Rauschen erfüllte ihre Ohren.

Wie in einer Unterwasser-Traumwelt ist das, dachte Dimitri noch, da verstummte das Rauschen so plötzlich, wie es gekommen war. Der blaue Nebel lichtete sich, und zu ihrer Überraschung befanden sie sich nun auf einer Art Markplatz, der von winzigen, igluförmigen Gebäuden aus braunem Sandstein umgeben war. Aus allen Richtungen schwebten nebelhafte Gestalten auf sie zu und umringten sie. Sie hatten Ähnlichkeit mit Dynis, waren jedoch kleiner und wirkten etwas blasser. Mit ihren hellen Stimmchen redeten sie alle durcheinander, bis Dynis seine eigene Glockenstimme erhob: »Willkommen in der Welt der Körperlosen. Ja, Freunde, wie ihr seht, habe ich nur drei Gäste mitgebracht. Der erste Teil der Prophezeiung hat sich damit bereits erfüllt. Ich konnte es nicht mehr verhindern. Wir werden den drei Sterblichen alle Unterstützung geben, damit sie die Macht meines seelenlosen Bruders brechen und die drei Welten wieder zusammenführen können. Aber bevor ich euch von den schicksalhaften Ereignissen berichte, lasst uns einen für eure Bedürfnisse angenehmeren Ort aufsuchen.« Er führte sie, gefolgt von den leise wispernden Dorfbewohnern, zu einem der Gebäude. Von außen wirkte der rundliche Bau so klein wie ein Puppenhaus, in dem wohl noch nicht einmal Elizabeth Platz finden würde. Doch sobald sie davor standen, dehnte es sich plötzlich aus.

»Das glaub ich nicht«, flüsterte Jennifer und fasste nach Dimitris Hand. Die Berührung brachte ihn in die Realität zurück, vielmehr bewies Jennifers Hand in seiner, dass er nicht träumte.

»Das Haus wächst«, rief Elizabeth in diesem Moment und streckte aufgeregt den Arm aus. Und tatsächlich: Das Haus wuchs vor ihren Augen. Daran bestand absolut kein Zweifel. Schließlich war es höher als ihre Köpfe und sie traten mit zögernden Schritte über die Schwelle. Innen bot sich ihnen ein erstaunlicher Anblick: Ein Saal mit marmorähnlicher Verkleidung und einem blauen Fußbodenbelag, der wie ein lebendiger Teppich wirkte. Mit einem erleichterten Seufzer ließ Elisabeth sich darauf nieder, und die beiden Erwachsenen folgten ihrem Beispiel.

Dynis schwebte vor ihnen hin und her und begann nun mit leiser Stimme zu berichten: »Einst waren wir drei Kinder der Sonne und unzertrennlich. Doch dann begann das Böse sein Werk, in dessen Verlauf mein Bruder Tibor seine Seele verlor. Zu Beginn der Zeit, als die Erde noch jung war, wurden wir, Tibor, meine Schwester Sadra und ich, von der Sonne auserwählt, über ihr Reich zu herrschen. Dieses Reich bestand aus drei Welten: Der Welt der Sterblichen, die meiner Schwester unterstellt war, die Welt der Körperlosen, über die ich herrschte, und die Welt der Unsterblichen, die Tibor regierte. Tibor war somit höher gestellt als wir alle … Doch das reichte ihm nicht! Sein Machthunger wurde immer größer, bis ein Wesen namens Persephone in unsere Welt kam. Es sprach von einer uralten Prophezeiung, von den Schatten, die die Sonne eines Tages für immer auslöschen würden. Mein Bruder geriet in Persephones Bann, alles, was er sich wünschte, wurde von diesem …Wesen im Nu erfüllt. Niemand weiß, was es ist, oder woher es kommt! Irgendwann forderte es Lohn für seine Mühen: das Reich meines Bruders, Nahrung, Seelen! Jeder Sterbliche, den Persephone berührt, wird zu einem Schatten. Zuerst verfällt der Körper, er altert, aber stirbt nicht.

Dagegen löst sich die Erinnerung auf, die Gefühle schwinden, alles verlöscht wie eine Kerze ...«

»Wie eine Kerze«, wiederholte Jennifer stockend und streichelte Elizabeths weißes Haar.

Dimitri hatte atemlos zugehört und rückte nun näher an Jennifer heran. War das die Erklärung für die seltsame Krankheit, die schon zahllose Opfer auf der Erde gefordert hatte? Doch bevor er Dynis fragen konnte, näherten sich Schritte. Dimitri und Jennifer fuhren gleichzeitig herum, als der Vorhang am Eingang zur Seite geschoben wurde und eine hoch gewachsene Frau den Raum betrat.

Dynis lächelte (jedenfalls glaubte Dimitri, dass es ein Lächeln gewesen war) und erhob seine Glockenstimme. »Darf ich vorstellen«, sagte das Nebelwesen mit einer Handbewegung zur Tür, »meine Schwester Sadra!«

Dimitri war überrascht und verwirrt zugleich vom Anblick der Herrscherin über die Welt der Sterblichen. Sadra sah zweifellos aus wie ein Mensch, doch war sie einer wie sie? Eine Aura des Lichts schien ihren Körper wie einen warmen Schein zu umgeben. Sie war schlank und trug ein prächtiges Kleid. Der dunkelblaue Stoff schmiegte sich wie eine zweite Haut um ihren Körper. Glitzernde Schmucksteine zierten das Kleidungsstück. Sadra trat mit den Bewegungen einer Königin in den Raum ein. Sie ging nicht, sie schritt, kraftvoll und gleichzeitig mit einer Grazie, die Dimitri den Atem raubte. Ihr junges Gesicht war makellos wie das einer Porzellanpuppe und eingerahmt von schulterlangem, schneeweißem Haar. Ihre dichten Wimpern schimmerten wie Seide und ihre Züge waren von einer solchen Vollkommenheit, dass es ihn fast erschreckte. Sie trug eine dicke Kette, an deren Ende ein handtellergroßer Anhänger in Form einer Sonne hing. Einen Moment starrte Dimitri fassungslos auf diese Sonne mit den gezackten Strahlen. Irgendein Zauber schien auf dem Anhänger zu liegen, das spürte er.

Dimitri blickte in Sadras schwarze Augen und hatte das Gefühl, als könne sie in seinen Gedanken und Gefühlen lesen wie in einem Buch. War sie die Retterin, von der in der Handschrift die Rede gewesen war? Wusste sie, wie Elizabeth und Marc geheilt werden konnten?

Da deuteten Sadras Lippen ein beinahe amüsiertes Lächeln an. Als hätte sie tatsächlich soeben Dimitris Gedanken gelesen, was sie mit großer Wahrscheinlichkeit immer noch tat. Er spürte, wie ihm die Schamröte ins Gesicht stieg. Sie wandte sich zu Dynis um, und das Lächeln auf ihren Lippen gefror.

»Es gibt schlechte Nachrichten«, brach Sadra das Schweigen.

Dynis sprang auf und eilte zu seiner Schwester. »Dann hat es also angefangen?«

»Ja. Persephone schart ihr Schattenheer um sich. Mit Tibor an der Spitze wollen sie in das Reich der Sterblichen eindringen und du, Dynis, gabst ihnen den Schlüssel dazu!«

Sadras schwarze Augen sprühten bei diesen Worten Funken, und Dynis wand sich wie unter Peitschenhieben.

»Ich bin doch nicht schuld«, jammerte er. »Es ging alles so schnell ...«

»Du hast versagt!«, donnerte Sadra. »Du hattest die Aufsicht über die vier Menschen. Aber du hast dich von Tibors Gesellen überlisten lassen.«

Dimitri wurde hellhörig. »Redet ihr von Marc?«, fragte er aufgeregt. »Wo ist er? Was ist mit ihm passiert?«

Sadra wandte sich von ihrem Bruder ab und blickte Dimitri in die Augen. Ihr eben noch zorniges Gesicht entspannte sich und wieder lag dieses mysteriöse Lächeln auf ihren Lippen. Ihre Augen hatten jedoch einen traurigen Schimmer, als sie ihn ansprach: »Ja, Dimitri, ich rede von Marc. Durch seine Entführung sind wir alle in große Gefahr geraten.«

Jennifer richtete sich auf und griff nach einem bereitstehenden Becher, um zu trinken. Ihre Kehle war wie zugeschnürt. Da sah sie, dass Dimitri und Sadra sich noch immer in die Augen blickten. Sie schienen auf eine seltsame Art miteinander verbunden zu sein. Jennifer spürte einen Anflug von Eifersucht und stellte abrupt den Becher ab.

»Von welcher Gefahr ist hier die Rede?«, fragte sie ungeduldig. »Was geht hier eigentlich vor, und wo ist Marc? Ich will endlich die ganze Wahrheit wissen!«

Der Zauber zwischen Dimitri und Sadra zerbrach. Die Königin

drehte sich zu Jennifer um: »Durch Marc haben die Schatten den Schlüssel zu eurer Welt in die Hand bekommen, der Welt der Sterblichen. Sie dringen in euch Menschen ein und ...« Sadra zeigte mit einer unmissverständlichen Geste auf Elizabeth, die mit offenem Mund und erhitzten Wangen neben Jennifer saß. »Wenn es ihnen gelingt, die Schwelle der Welt der Sterblichen zu überschreiten, gibt es keine Möglichkeit mehr, die drei Welten wieder zu vereinigen.«

»Ich weiß nicht, was du von uns willst und wovon du sprichst«, ereiferte sich Jennifer. »Wir sind hier, weil dieses Mädchen krank ist. Genauso krank wie Marc. Wir haben uns Hilfe erhofft und jetzt wollt ihr, dass wir euch helfen. Mit welchem Recht?«

»Ich bin Sadra, die Wächterin der Sonne, ohne die ihr nicht leben könnt«, entgegnete die Königin. »Doch meine Macht ist gering, ich bin ganz allein, und nur mein Amulett schützt mich.«

Sadra griff nach dem Anhänger, von dem ein goldenes Glitzern ausging. Dann hockte sie sich vor Elizabeth und sprach weiter, so als erzählte sie dem Kind ein Märchen:

»Vor langer Zeit wurde ich ausgewählt, um das Sonnenamulett zu tragen. Indem ich es trage, schütze ich euch Menschen. Heute ist der Tag gekommen, an dem ich es meiner Nachfolgerin übergeben werde.«

Sadra streckte ihre wie Porzellan schimmernde Hand aus und berührte Elizabeths weißes Haar. Elizabeth lächelte, ja sie strahlte über das ganze Gesicht, bis Jennifer sie mit einer brüsken Bewegung an sich riss.

»Mama, sie ist die Fee aus meinem Traum. Sie sieht genauso aus«, protestierte Elizabeth, doch dann schwieg sie, als sie den scharfen Blick ihrer Mutter sah.

»Wo ist Marc?«, fragte Dimitri.

»Persephone hat Marc ausgewählt, um euch hierher zu führen. Durch ihn hatte Persephone Zugang zu eurer Welt und hat sich geholt, was er brauchte: Seelen. Und durch ihn haben sie nun den Schlüssel in der Hand, um die Tür zu eurer Welt zu öffnen und ungehindert hindurchzugelangen. Ihr wart die Einzigen, die das Geheimnis kannten.«

Jennifer nickte und räusperte sich. »Und was können wir dagegen tun? Worin besteht unsere Aufgabe?«

Sadra lächelte sie an. »Wir müssen ihnen zuvorkommen, um sie an dem Übertritt zu hindern. Doch dazu müssen wir so schnell wie möglich an den ›Ort, der nicht sein wird‹ gelangen.«

»Was ist das für ein Ort?«, fragte Dimitri beunruhigt. Der Name löste in ihm so etwas wie eine düstere Erinnerung aus, als ob er ihn von irgendwoher kannte.

Dynis' blaue Nebelgestalt schwebte langsam höher. »Das ist ein Ort, der sich genau an der Verbindung zwischen den drei Welten befindet. Die Seelenlosen müssen ihn passieren, um in eure Welt zu kommen.«

Dimitri sah von Dynis zu seiner Schwester und fragte mit zusammengezogenen Brauen: »Aber wäre es dann nicht das Beste, wenn wir gleich losgingen?«

»Doch«, antwortete Sadra, und aus ihren Augen sprach Sorge. »Aber die schnellste Art, wie wir zu diesem Ort kommen können, führt mittendurch die Welt der Seelenlosen. Es ist nur ein kurzes Stück von hier, aber die Körperlosen alleine können ihn nicht gehen, denn sie sind den Schatten in deren Reich unterlegen. Mit eurer Hilfe haben wir zumindest eine kleine Chance.«

Dimitri und Jennifer sahen einander an, und Jennifer hatte das Gefühl, als sei die Temperatur in dem kleinen Raum plötzlich um mehrere Grade gefallen. Selbst Elizabeth, die dem Gespräch der Erwachsenen bisher mit großen, neugierigen Augen gelauscht hatte, schien zu frösteln.

Jennifer ging zu Elizabeth und nahm sie in den Arm. Ob sie Elizabeth vor ihrem Schicksal zu retten vermochte oder auch nur schützen? Es war nur eine schwache Geste, aber Elizabeth schien sich geborgen zu fühlen und vielleicht sogar ihrem Schicksal, das mit dem Tod enden könnte, gelassen entgegenzusehen. Dynis schreckte alle aus ihrer Erstarrung auf und sagte: »Wir haben nur einen einzigen Versuch! Wenn der misslingt, sind wir alle verloren.« Schweigend gingen sie hintereinander zu einem Tor. »Ihr befindet euch am richtigen Ort. Jetzt seid ihr auf euch allein gestellt«, bemerkte Sadra. »Viel Glück«, sagte Dimitri, und plötzlich war alles um ihn herum verschwunden. Das ist also der Ort, der nicht sein wird, dachte Dimitri. Was er dann sah, verschlug ihm beinahe die Sprache.

Dimitri wusste zwar nicht, was ihn erwarten würde, aber damit hatte er bestimmt nicht gerechnet. Bevor er das Bild vor sich klar erfassen konnte, gingen ihm unzählige Versionen des ›Ortes, der nicht sein wird‹ durch den Kopf: Ein Paradies im ewigen Frühling, ein Frieden, den es nie geben wird, ein Ende, das nie kommen wird …

Aber es war anders: eine grüne Ebene, voller Leben und Licht. Ein leichter Wind streichelte sanft das Gras. Normalerweise wäre dies ein beschaulicher Anblick gewesen, aber über dieser scheinbar friedlichen Ebene lag eine seltsame Spannung. Wie ein unhörbares Grollen. Als ob diese Welt auf etwas zu warten schien. Das glaubte zumindest Dimitri. Er wusste, dass hier etwas geschehen würde, und zwar bald. Als er sich zu Sadra umdrehte, die ihn unverwandt ansah, erfasste ihn eine leise Vorahnung. Die eigenartige Verbindung zwischen ihm und der Königin war wieder da, nur diesmal viel stärker als vorhin. Und mit jeder Sekunde, die dieser Zustand andauerte, veränderte sich die Atmosphäre mehr und mehr. Das Gefühl sanfter Vertrautheit, das Sadras Blick ausgelöst hatte, wurde von stärkeren Schwingungen durchbrochen. Auch die anderen schienen die Veränderung zu bemerken. Instinktiv griff Jennifer nach Dimitris Hand. Gleichzeitig schob Elizabeth ihre kleinen Finger in seine andere Hand. Dann begriff Dimitri, was geschehen würde.

Bevor er es zu Ende denken konnte, begann es. Es tut weh!, staunte er noch, dann wurden seine Gedanken von etwas ergriffen, das nicht seiner Kontrolle unterlag. Er legte den Kopf nach hinten und wollte schreien. Doch seine Stimme funktionierte nicht mehr. Sein Körper schien in Flammen zu stehen, seine Augen nahmen nichts mehr wahr.

Die unfassbare Bösartigkeit von Persephone wütete in seinem Bewusstsein, genau wie Dynis' kindliche Freundlichkeit und Elizabeths sprudelnde Neugier als angenehmes Kribbeln zu spüren waren. Jennifers Entschlossenheit bildete eine weitere Facette.

Aber von wem stammte dieser ängstliche, trotzige Impuls? »Der Vierte wird versuchen, die Vereinigung zu verhindern«, hatte Dynis gesagt.

Da begann Jennifer zu lachen, so unbeschwert, wie Dimitri es noch nie gehört hatte. Ohne ein Wort der Erklärung wusste er, warum. Sie hatte Marc wieder gefunden. Oder hatte Marc sie gefunden? Sie erspürte das Kind, genau wie Dimitri Sadras Klugheit spüren konnte. Als Teil seiner eigenen Gedanken, sehr vertraut und doch so neu wie das, was sich da aus ihren Seelen zu formen begann. Innerhalb dieses Augenblicks, der eine Ewigkeit dauerte und alles veränderte.

Wie sinnlos, sie bekämpfen zu wollen, dachte Dimitri verzweifelt. Wie hatten sie nur glauben können, ohne die anderen existieren zu können? Jeder Sterbliche, den Persephone berührt, wird zu einem Schatten. Ein Sterblicher für jeden Unsterblichen. Plötzlich verstand Dimitri. Wie konnten sie gegen die Schattenwesen in eine Schlacht ziehen wollen, die doch gleichzeitig einen Kampf gegen sie selbst bedeuten würde?

Hätte Dimitri gesehen, was vor seinen Augen geschah, er hätte sich zu Tode gefürchtet. Denn jeder seiner Gedanken war begleitet von einem aberwitzigen Naturschauspiel. So aber nahm er nur wahr, was in seinem Inneren vor sich ging. Dann war es vorbei.

Überrascht stellte Dimitri fest, wie still es war. Der unhörbare Klang, der über allem geschwebt hatte, war verschwunden. Genau wie die fremden Impulse aus seinem Bewusstsein verschwunden waren. Keine Sadra, kein Dynis mehr, kein Persephone.

Er atmete tief ein und öffnete die Augen. Unwillkürlich lächelte er, als er erkannte, wo er sich befand. Das Haus stand noch immer auf der von Kiefern bewachsenen Anhöhe. Unbewohnt, verlassen. Und der unförmige Kleiderschrank stand am falschen Platz, wie gehabt. Aber der Riss in der Wand war verschwunden. Als hätte er nie existiert.

Reflexartig sah Dimitri auf seine Uhr, die wieder dort war, wo sie hingehörte: an seinem Handgelenk. In vier oder fünf Minuten würde es hell werden. Und die Sonne würde tun, was sie seit Millionen von Jahren tat und es noch viele Millionen Jahre tun würde.

Und doch war etwas anders. Die Welt wirkte lebendiger, kraftvoller. Eine Welt, in der die schreckliche Krankheit der Schattenwesen keine Bedeutung mehr hatte. Oder war sie gar nicht so neu? War es nicht vielmehr die Welt, wie sie früher einmal existiert hatte? Vor ihrer Teilung?

»Seid ihr da?«, flüsterte Dimitri. Nein, eigentlich war es kein Flüstern. Er dachte es nur. Aber sofort bekam er die Antwort. Jennifer, Elizabeth und Marc. Sie waren da. Und in Elizabeths Augen strahlte unübersehbar das Licht von Sadras Sonnenamulett. Dimitri wusste, dass es richtig gewesen war. Die Welt war geheilt. Sie alle würden leben. Vielleicht auf eine andere Art als bisher. Aber sie *lebten.* Zum ersten Mal wusste er, was das bedeutete.

Wolfgang Hohlbein

Das Relief

Mogens VanAndt war bis auf eine Woche genau achtundzwanzig Jahre alt, hatte seine Promotion seit ebenfalls einer Woche hinter sich und strolchte ebenso trunken vor Liebe wie von teurem Portwein über den kleinen Friedhof, der nur einen knappen Steinwurf vom Campus entfernt lag und nicht nur von trauernden Hinterbliebenen frequentiert wurde, sondern in noch weit größerem Maße von Studentenpärchen, vorzugsweise beiderlei Geschlechts, die den jahrhundertealten Gottesacker als verschwiegenen Treffpunkt zu schätzen wussten, seit es diese Universität gab.

Mogens war gebürtiger Holländer – genauer gesagt: Wallone, wie schon sein Name verriet – von Erziehung und Lebensart her aber durch und durch Amerikaner, und so war es nicht weiter überraschend, dass er alles, was er anfing, mit scheinbarer Leichtigkeit betrieb, dass er aber eine Aufgabe, die er einmal übernommen hatte, mit großer Akribie, ja, fast mit Besessenheit erledigte.

Was er heute zu erledigen hatte, bereitete ihm noch dazu diebisches Vergnügen.

Er hatte wieder fast zu Janice aufgeschlossen und ging bewusst langsamer, um ihr nicht zu nahe zu kommen. Irgendwo vor sich hörte er ihr helles Lachen, ihre leichten, huschenden Schritte und ihre übertrieben geschauspielerten, kleinen Schreckensschreie, die sie immer dann ausstieß, wenn er ihrer Meinung nach Gefahr lief, sie in der Dunkelheit des mitternächtlichen Friedhofes zu verlieren.

Sie waren nicht allein auf dem Friedhof. Die Feier hatte bis weit in den späten Abend gedauert, und mit jeder Stunde, die verging, jedem Glas Punsch, das sie getrunken hatten, war die Stimmung ausgelassener geworden, und die Scherze klangen immer kindischer. Es war noch nicht Mitternacht gewesen, aber auch nicht mehr lange bis dahin, als das alte Faktotum des Studentenwohnheims erschien, nur mit einem zerschlissenen Morgenmantel und Filzpantoffeln bekleidet, mit verstrubbeltem Haar und einem Gesicht, das von langen Stunden gezeichnet war, in denen er vergeblich versucht hatte, den Lärm aus der oberen Etage zu überhören, und die Feier griesgrämig für beendet erklärte. Er war nicht ernsthaft zornig gewesen, denn zu viele Jahre mit zu vielen Abschlussfeiern hatten ihn gelehrt, wie sinnlos Aufregung über ein gewisses Maß hinaus war – vor allem Studenten gegenüber, die das letzte Semester und alle Prüfungen erfolgreich hinter sich gebracht und somit auch nichts mehr zu verlieren hatten. Nicht einmal mit einem Hausverweis konnte er ihnen noch drohen, denn die meisten Studenten hatten den Campus bereits verlassen, und die, die es noch nicht getan hatten, waren im Begriff auszuziehen. Auch in Mogens' Brieftasche befand sich bereits eine Fahrkarte nach New Orleans, wo er – zugegeben durch die Fürsprache seines Doktorvaters und ohne selbst ganz genau zu wissen, was ihn erwartete – eine Anstellung an einem kleinen, aber äußerst renommierten Forschungsinstitut in Aussicht hatte; nichts Besonderes, wie sein Professor gesagt hatte, und schon gar keine *gut bezahlte* Stellung, die aber zwei unbestreitbare Vorzüge hatte: Sie war ein ausgezeichnetes Sprungbrett für eine (nicht viel) spätere Karriere, und dazu gehörte eine kleine, aber separate Wohnung, die auch für zwei durchaus ausreichend war, wenn man ein wenig zusammenrückte. Janice hatte noch ein Jahr vor sich, aber ein Jahr – so endlos es auch scheinen mochte, wenn es noch vor einem lag – war dennoch eine überschaubare Zeit, die irgendwann zu Ende ging. Janice' Leistungen und Noten waren nicht ganz so überragend wie die von Mogens, trotzdem aber gut genug, keinen Zweifel daran aufkommen zu lassen, dass sie in spätestens einem Jahr nachkommen würde. Janice' Eltern waren ebenso wenig wie Mogens' Eltern in der Lage, ihre Tochter über das absolut Notwendige hinaus zu unterstützen. Doch wenn Mogens' neue Stellung auch schlecht bezahlt wurde, sie *wurde* bezahlt, und wenn er sich ein wenig einschränkte und besonnen wirtschaftete, dann würde das ersparte Geld ausreichen, Janice in den Semesterferien und zu den Feiertagen eine Fahrkarte nach New Orleans zu schicken. Das mit dem

Zusammenrücken ergibt sich dann schon, dachte Mogens, während er wieder einmal stehen blieb und auf die leichten Schritte lauschte, die irgendwo rechts vor ihm in der Dunkelheit zu hören waren.

Nicht, dass er vorhatte, noch so lange zu warten. Janice und er hatten sich an dem Tag kennen gelernt, als sie nach Harvard gekommen war, und seit mittlerweile guten drei Jahren waren sie zusammen. Sie waren noch nicht bis zum Äußersten gegangen, aber Mogens war ein gesunder junger Mann mit normalen Bedürfnissen und Janice eine moderne, aufgeschlossene junge Frau, die die Grenzen einer gewissen Sittsamkeit zwar niemals überschritten hätte, trotzdem aber manchmal Dinge tat und vor allem *sagte*, die Mogens' strenggläubiger Mutter die Schamesröte ins Gesicht getrieben hätten. Sie hatten nicht darüber *gesprochen*, das verbot ihnen allein der Anstand, aber gewisse Bemerkungen und vor allem *Blicke* hatten Mogens doch verraten, dass sie ihm das allerletzte Geschenk noch vor seiner Abreise machen würde, um das Treueversprechen auf das kommende Jahr zu besiegeln. Was nichts anderes bedeutete als heute oder spätestens morgen, denn schon am Tag darauf würde er seine wenigen, schon seit Tagen fertig gepackten Habseligkeiten nehmen und Harvard verlassen.

Wieder erklangen Schritte vor ihm, die ihn aus seinen Gedanken freudiger Erwartung rissen. Mogens hatte sich hinter einen der fast mannshohen, uralten Grabsteine geduckt, die diesen Teil des Friedhofs beherrschten, um seinerseits nicht gesehen zu werden, aber das schien gar nicht nötig zu sein. Die Dunkelheit war fast vollkommen. Neumond war erst vor zwei oder drei Nächten gewesen, und der Himmel war bedeckt. Früher am Abend hatte es nach einem Unwetter ausgesehen. Der Regen war ausgeblieben, aber die Wolken hielten sich trotz des frischen Windzugs hartnäckig, und es war so dunkel, dass Mogens Mühe hatte, die Hand vor den Augen zu sehen. Seinem neckischen Versteckspiel mit Janice war diese stygische Finsternis nicht unbedingt zuträglich, den Plan, den Harrison und er sich ausgedacht hatten, kam sie jedoch nur entgegen.

Während er konzentriert auf die leichtfüßigen Schritte lauschte und versuchte, ihre genaue Entfernung und Richtung einzuschätzen, kamen ihm zum letzten Mal Zweifel. Nicht, dass er Skrupel gehabt hätte. Marc und vor allem diese schreckliche Ellen – eine unmögliche Person, mit der er jetzt seit einem guten Jahr zusammen war, was absolut niemand verstehen konnte (böse Zungen behaupteten, nicht einmal er selbst) – verdienten längst einen Denkzettel. Alle Vorbereitungen waren getroffen, Harrison, Beth und vor allem Janice wussten Bescheid, und sie hatten ihren Plan so lange und ausgiebig besprochen, dass eigentlich nichts mehr misslingen konnte.

Dabei hatte es ganz harmlos angefangen; ein bloßes Ärgernis, das nur deshalb zu einem solchen hatte werden können, weil Mogens selbst es ihm gestattete. Und schuld an dem ganzen Ärgernis war eine Frau – zumindest hatte Johns es so ausgedrückt, als sie vor Monatsfrist das erste Mal beisammensaßen und die Idee zu dieser spektakulären Aktion geboren wurde. Selbstredend hatte sich Mogens sofort und lautstark gegen diese chauvinistische Sichtweise verwahrt – zumal auch Janice bei dem denkwürdigen Gespräch anwesend gewesen war –, aber im Stillen hatte er Harrison Recht geben müssen; zumindest in diesem einen Fall. Harrison Johns, Marc Devlin und er selbst teilten sich seit guten sechs Jahren dasselbe Zimmer im Wohnheim der Studentenvereinigung, und so hatte es gar nicht ausbleiben können, dass jeder nahezu alles über die anderen wusste. Mogens hatte dies nie sonderlich viel ausgemacht. Er führte ein gewöhnliches Studentenleben und hatte – wenn überhaupt – die gleichen Geheimnisse, die alle Studenten seines Alters hatten. Harrison, Marc und er waren keine echten Freunde und empfanden auch nicht genug Sympathie füreinander, um es jemals zu werden, aber sie waren Zimmergenossen und Kommilitonen, und das bedeutete, dass man einander respektierte und auch über gewisse Schwächen und Mängel des anderen hinwegsah. Die ersten fünf dieser sechs Jahre war diese unausgesprochene Vereinbarung eingehalten worden, die so alt war wie das Studentenleben. Dann hatte Marc Ellen kennen gelernt, und alles hatte sich verändert.

Ellen war eine sonderbare Person, und nicht nur Mogens fragte sich vergebens, was Marc an ihr fand. Sie war weder sonderlich attraktiv, noch glänzte sie durch außergewöhnliche Klugheit oder Eloquenz. Aber sie übte einen unbestreitbar schlechten Einfluss auf Marc aus. Er veränderte sich, wurde egoistisch und unduldsam und in der Folge immer überheblicher. Nichts, woran er nicht etwas auszusetzen gehabt hätte, kein Verhalten seiner Zimmerkameraden, über das er sich nicht beschwert, keine kleine Schwäche, auf die er nicht gnadenlos hingewiesen und sich ausgiebig darüber lustig gemacht hätte, und das oft genug auf boshafte, bewusst verletzende Art. Anfangs hatten sowohl Harrison als auch Mogens versucht, dieses Verhalten einfach nicht zu beachten, was ihnen aber immer schwerer fiel, bis es sich am Ende als vollkommen unmöglich herausstellte.

Und so wurde der Plan geboren, es Marc und seiner rothaarigen Harpyie am letzten Abend heimzuzahlen.

Ein Plan war schnell ausgeheckt – schließlich wurden weder Marc noch Ellen müde, ihnen eifrig Munition zu liefern.

Ein Punkt, auf dem Marc – vor allem *coram publico* – herumzureiten nicht müde wurde, war Mogens' allseits bekannte Vorliebe für Okkultismus und Übersinnliches. Ebenso bekannt war, dass Mogens dieser Neigung zwar schon fast besessen frönte, allerdings von einem rein wissenschaftlichen, rationalen Standpunkt aus. Je obskurer ihm eine Geschichte erschien, je verrückter eine Legende sich anhörte, je unerklärlicher ein Vorfall schien, desto begeisterter stürzte er sich darauf und versuchte, den wahren Kern in den Legenden zu finden, das Erklärbare aus dem Unerklärbaren zu extrahieren und zu begreifen, was scheinbar unbegreiflich war. Und wenn er es schon nicht begriff, so wollte er doch wenigstens verstehen, *warum* es unbegreiflich blieb. Mogens war zu einem Jäger des Okkulten geworden, das aber aus dem einzigen Grund, all diesen Geheimnissen ihren Zauber zu rauben. Jedermann wusste das, Marc eingeschlossen – was ihn aber keineswegs daran hinderte, sich in zunehmendem Maß über *diesen Unsinn* lustig zu machen; vornehmlich dann (und mit ihrer tatkräftigen Unterstützung), wenn er sich in Ellens Begleitung befand. Er ließ buchstäblich keine Gelegenheit aus, um zu betonen, dass kein auch nur halbwegs intelligenter Mensch wirklich an *solchen Quatsch* glauben konnte.

Also lag es praktisch auf der Hand, es ihm genau auf diese Weise heimzuzahlen. Obwohl Mogens im Grunde nichts von solcherlei infantilen Scherzen hielt, hatte ihn Marc in den letzten Monaten so stark gereizt, dass er einen kräftigen Denkzettel verdiente.

Dennoch war er für einen Moment nicht mehr ganz sicher, ob das, was ihnen allen bei der Planung als hervorragende Idee erschienen war, sich in Wahrheit nicht als äußerst dummer Einfall erweisen würde. Marc und Ellen hatten während des ganzen zurückliegenden Jahres keine Gelegenheit ungenutzt verstreichen lassen, sich über ihn und seine Passion lustig zu machen und ihn zu reizen, und sie *hatten* sich diesen Dämpfer verdient, ganz ohne Zweifel – aber wenn er jetzt in die Tasche griff und die Kautschukmaske aufsetzte, an der Harrison, Janice und er eine gute Woche gebastelt hatten, dann würde das dem Rest des Abends einen vollkommen anderen Verlauf geben, als es im Moment noch möglich war. Mogens dachte an das lautlose Versprechen, das er in Janice' Augen gelesen hatte, und eine Woge kribbelnder Wärme breitete sich in seinem Körper aus. Gut, sie befanden sich auf einem *Friedhof*, in einer – unabhängig von Gründen der Pietät und Sittlichkeit – durchweg morbiden Umgebung, aber schließlich waren sie keine mittelalterlichen Scholasten, sondern aufgeklärte junge Akademiker des beginnenden zwanzigsten Jahrhunderts, und ihm blieben nur noch zwei Tage, bis er und Janice sich für endlose Monate nicht mehr sehen konnten. Friedhof hin oder her, es gab genug verschwiegene Winkel, und der zurückliegende Abend sowie der ungewohnte Portwein taten ihre Wirkung. Mogens war oft genug auch tagsüber hier gewesen, um sich gut auszukennen. Es gab – nicht einmal weit von seinem Standort entfernt – eine ganze Anzahl kleiner, schon vor einem Menschenalter aufgegebene Mausoleen, die vor allem von jüngeren Studentenpärchen gern als verschwiegener Treffpunkt genutzt wurden; was man allein schon daran sah, dass es das Friedhofspersonal längst aufgegeben hatte, die Vorhängeschlösser an den Türen zu erneuern, die sowieso jede Nacht wieder aufgebrochen wurden. Auch Mogens war schon das eine oder andere Mal dort gewesen, als er Janice noch nicht kannte, allerdings nie wieder, seit aus ihrer platonischen Freundschaft mehr geworden war. Dennoch wusste er, dass es nur wenige Schritte bis zum nächsten dieser kleinen Totenhäuser waren, ebenso, wie ihm klar war, dass es in dieser Nacht vermutlich nur einer flüchtigen Kopfbewegung bedurfte, damit Janice ihn dorthin begleitete.

Falls es Janice war, deren Schritte er noch immer in der Dunkelheit vor sich hörte. Mogens war sich dessen mittlerweile nicht mehr so sicher wie noch vor wenigen Augenblicken. Harrison und er waren den anderen in einigem Abstand gefolgt, aber sie hatten sich aus den Augen verloren, als Janice (was zu ihrem Plan gehörte) plötzlich losgerannt war und ihr mitternächtliches Versteckspiel damit eröffnet hatte. Sie und Beth sollten dafür Sorge tragen, dass sich die beiden anderen nicht allzu weit von Harrison und ihm entfernten, aber die Dunkelheit, die Mogens behinderte, konnte sie schließlich ebenso narren, sodass sie möglicherweise in die falsche Richtung gegangen war. Und es war nicht einmal sicher, dass es sich bei Harrison, ihm selbst nebst ihren weiblichen Begleiterinnen und den beiden Opfern des geplanten Ulks um die einzigen nächtlichen Besucher des Gottesackers handelte. Bei allem Überschwang wäre es ihm doch unangenehm gewesen, Fremde – womöglich noch in einer peinlichen Situation – zu überraschen. Und er *war* nicht mehr sicher, dass die Schritte vor ihm tatsächlich Janice oder einem anderen aus der Gruppe gehörten.

Er war nicht einmal sicher, dass die Schritte einem Menschen gehörten, denn sie hörten sich inzwischen schwer und schlürfend an.

Mogens erschrak ein wenig vor seinem eigenen Gedanken. Was sollte es sonst sein, das sich da in der Nacht vor ihm bewegte? Es gab in diesem Teil des Landes schon seit fünfzig Jahren keine frei lebenden Tiere mehr (zumindest keine Tiere, die groß genug waren, *solche* Laute zu verursachen), und trotz – oder gerade wegen – seiner schon fast an eine Obsession grenzenden Neigung zu allem Okkulten und Unerklärlichen war Mogens nach eigener Einschätzung der vielleicht realistischste Mensch, den er kannte. Er verscheuchte den Gedanken beinahe erschrocken, richtete sich weiter hinter seiner Deckung auf und zog die Hand aus der Tasche. Hätte er es dabei belassen und sich unverzüglich auf die Suche nach Janice gemacht, dann wäre nicht nur dieser Abend, sondern sein *gesamtes* Leben vollkommen anders verlaufen. Doch in diesem Augenblick wiederholte sich das unheimliche Schlurfen, und als Mogens die Augen anstrengte, da erblickte er einen gedrungenen Schatten, gerade an der unsichtbaren Grenze, wo wirklich Gesehenes und die Ausgeburten von Phantasie und Furcht miteinander verschmelzen. Auch mit dieser Gestalt war irgendetwas nicht so, wie es sein sollte, und nun war es gerade Mogens' unstillbare Neugier allem Unbekannten und vermeintlich Unerklärlichen gegenüber, die sein Jagdfieber weckte, und das Schicksal nahm seinen Lauf.

Mogens hatte die Augen mittlerweile so angestrengt, dass sie tränten und leicht schmerzten. Dennoch sah er den sonderbaren Schatten jetzt klarer, und offensichtlich hatte sich der Wind gedreht, denn er hörte die Schritte immer deutlicher. Behutsam schob er sich an seiner Deckung vorbei, huschte hinter einen weiteren, etwas kleineren Grabstein und ging in die Hocke, ließ den struppigen schwarzen Schatten zwanzig Schritte vor sich dabei aber nicht aus den Augen. Das Licht reichte auch aus dieser Entfernung nicht aus, um Einzelheiten zu zeigen, aber immerhin sah Mogens jetzt, dass es sich um eine eindeutig menschenähnliche Gestalt handelte. Menschen*ähnlich*, nicht menschlich. Sie war hoch gewachsen und hatte Arme, Beine und einen Kopf, aber irgendwie erschien ihm nichts davon ... *richtig*. Die Arme waren zu lang und pendelten hin und her wie die eines aufrecht gehenden Primaten, der Schädel wirkte gedrungen und irgendwie deformiert, und mit der Körperhaltung stimmte auch irgendetwas nicht. Obwohl sich der Schatten im Moment nicht bewegte, musste Mogens wieder an die sonderbar schlurfenden Schritte denken, die er gehört hatte. Ein kalter Schauer lief ihm den Rücken hinab, und es gelang ihm nicht ganz, sich einzureden, es sei nur der Wind, der allmählich auffrischte.

Was war das? Ein Mensch wohl kaum. Aber es gab kein Tier von solcher Größe und solchem Wuchs, und ...

Um ein Haar hätte Mogens laut aufgelacht, als ihm klar wurde, dass es selbstverständlich kein Tier dieser Gestalt gab, weder hier noch sonst wo auf der Welt. Vor ihm stand niemand anders als Harrison Johns, dem die Kautschukmasken, die sie angefertigt hatten, um Marc und seiner Freundin Schrecken einzujagen, ganz offensichtlich nicht ausreichten. Mogens hatte keine Vorstellung, wo Johns dieses sonderbare Kostüm aufgetrieben hatte, und was es darstellte, aber zumindest bei den herrschenden Lichtverhältnissen und über die Entfernung von gut zwanzig Schritten war die Wirkung äußerst erschreckend. Selbst er war für einen Moment darauf hereingefallen, und er sollte es nun *wirklich* besser wissen.

»Johns?«, rief er leise. Er hatte die Stimme zu einem hellen Flüstern gesenkt, das höchstens die zwanzig Schritte weit trug, die dieser entfernt stand – schließlich wollte er ihm ja den Spaß nicht verderben und Marc und Ellen im allerletzten Moment noch warnen –, aber Johns hatte ihn offensichtlich trotzdem gehört, denn er fuhr auf der Stelle und mit einem knurrenden Laut herum und nahm eine geduckte, lauernde Haltung ein. Selbst seine Bewegungen wirkten wie die eines Tiers, kaum wie die eines Menschen. Mogens hatte sich bereits halb aus seiner Deckung erhoben, erstarrte aber nun noch einmal mitten in der Bewegung und blinzelte gleichermaßen verwirrt wie beunruhigt zu dem struppigen Schatten hinüber. Er erkannte auch jetzt nichts als eine Silhouette, aber da waren spitze, fuchsartige Ohren, schreckliche Krallen und mattsilbernes Sternenlicht, das sich in tückisch funkelnden Augen brach.

»Johns?«, fragte er noch einmal. Das Herz klopfte ihm. Er schalt sich selbst einen Dummkopf (Marc hätte seine helle Freude gehabt, wenn er ihn in diesem Moment gesehen hätte), führte die begonnene Bewegung energischer zu Ende und trat mit einem schwungvollen Schritt hinter dem Grabstein hervor, und die fuchsohrige Gestalt war von einem Blinzeln auf das nächste verschwunden.

»Johns?«, fragte er zum dritten Mal, und diesmal hörte Mogens selbst, dass das Beben in seiner Stimme nicht nur Überraschung war oder sich auf Kälte und Anstrengung zurückführen ließ. Er bekam so wenig eine Antwort wie die beiden Male zuvor, aber für einen winzigen Moment glaubte er wieder jene sonderbar schlurfenden Schritte zu hören, die sich rasch entfernten. Einen Atemzug später war er allein.

Mogens' Herz klopfte so stark, dass er seinen eigenen Puls bis in die Fingerspitzen fühlte. Es kostete ihn alle Überwindung, zu der er fähig war, weiterzugehen und sich der Stelle zu nähern, an der er die unheimliche Gestalt gesehen hatte. Eines war ihm mittlerweile klar geworden: Ihr kleiner Racheplan war ganz und gar kein guter Einfall gewesen. Vor allem, wenn er bedachte, wie sogar *er selbst* auf die unerwartete Begegnung mit dem verkleideten Johns reagiert hatte. Sie wollten Marc und Ellen einen Denkzettel verpassen, sie aber nicht zu Tode erschrecken. Sie mussten mit diesem Unsinn aufhören, bevor jemand zu Schaden kam!

Er erreichte die Stelle, an der Johns gestanden hatte – ungefähr wenigstens. Obwohl der Wind immer mehr auffrischte, hatte die Bewölkung in den letzten Minuten deutlich zugenommen, sodass es noch dunkler geworden war. Er sah sich aufmerksam um, ohne selbst genau zu wissen, *wonach* er eigentlich suchte. Die Gestalt ... (Johns! Er musste aufpassen, was er dachte. Indem er den Schatten nicht als das bezeichnete, was er gewesen war, verlieh er ihm eine Bedrohlichkeit, die ihm nicht zustand!) *Johns* also war so spurlos verschwunden, als hätte es ihn nie gegeben. Obwohl Mogens mittlerweile fest entschlossen war, es gut sein zu lassen und den kindischen Streich nicht auf die Spitze zu treiben, hatte er immer noch Hemmungen, laut zu rufen. Aber immerhin hatte er eine ziemlich deutliche Vorstellung, in welche Richtung Johns gegangen war. Mogens trat zwei Schritte in dieselbe Richtung, blieb stehen und starrte stirnrunzelnd zu Boden.

Obwohl es nicht geregnet hatte, waren Gras und Erdreich feucht und schwer von der Nässe, die in der Luft hing. Mogens sah deutlich die frische Fußspur, die seinen Weg kreuzte. Eine seltsame Spur. Er ließ sich in die Hocke sinken und streckte die Hand aus, um mit den Fingerspitzen über die niedergetretenen Grashalme zu tasten. Er war kein unmittelbarer Nachfahre von Chingachcook, aber man musste kein außergewöhnlich talentierter

Spurenleser sein, um zu erkennen, dass diese Fährte keine Minute alt war. Johns musste sie hinterlassen haben. Das Licht reichte selbst bei der geringen Entfernung nicht aus, dass Mogens Einzelheiten erkennen konnte, aber es war nicht zu übersehen: Diese Abdrücke waren so groß, dass gewöhnliche menschliche Füße sie nicht hinterlassen haben konnten, und darüber hinaus viel zu tief. Das Wesen, das diese Spuren verursacht hatte, wog mindestens drei Zentner, wenn nicht mehr. Selbst wenn sich Johns (was sich Mogens beim besten Willen nicht vorstellen konnte) die Mühe gemacht hatte, zusätzlich zu seiner Verkleidung übergroße Schuhe anzuziehen – warum sollte er anderthalb Zentner Bleigewichte mit sich herumschleppen?

Inzwischen eher beunruhigt als verwirrt, richtete sich Mogens auf und versuchte erneut, die Dunkelheit mit Blicken zu durchdringen. Falls überhaupt möglich, war es noch dunkler geworden, sodass er Johns (*Johns?*) vermutlich nicht einmal dann gesehen hätte, wenn er in zehn Schritten Entfernung an ihm vorbeigelaufen wäre, aber er kannte immerhin die Richtung, in die er sich entfernt hatte. Der Friedhof lag als fast geometrisches Muster unterschiedlich großer kubischer Schatten vor ihm, aber es gab ein paar Ausreißer aus diesem System: Nicht weit von ihm entfernt erhob sich ein gedrungener würfelförmiger Schatten, der in einem gleichschenkligen Dreieck endete, das trotzig zum Himmel wies: Das Mausoleum, das Janice, Beth, Johns und er als Treffpunkt vereinbart hatten. Mogens war überrascht, dass er das Ziel schon fast erreicht hatte, und ging mit raschen Schritten darauf zu. Lautlos huschende Schatten und eine schleichende Furcht begleiteten ihn, und sein Herz klopfte im gleichen Maße schneller, wie er sich dem Mausoleum näherte. Er musste an die unheimliche Spur denken, die er gefunden hatte, und der Mund wurde ihm trocken. Vielleicht haben Marc und seine exzentrische Freundin ja Recht, dachte er. Vielleicht *gibt* es Dinge, mit denen man sich besser nicht beschäftigt.

Als er näher kam, sah er, dass im Innern des Mausoleums Licht brannte; ein blassgelber, sorgsam abgeschirmter Schein, den er selbst aus zehn Schritten Entfernung vermutlich übersehen hätte,

hätte er nicht genau gewusst, wonach er suchte. Mogens beschleunigte seine Schritte noch mehr, schob mit der linken Hand die Gittertür auf und zog instinktiv den Kopf ein, um nicht gegen den Türsturz zu stoßen, den kleinwüchsigere Menschen eines lange zurückliegenden Jahrhunderts gemauert hatten. Der Raum dahinter war zu seiner Enttäuschung leer. Die Petroleumlampe, deren Schein ihn herbeigelockt hatte, stand auf dem Fußboden, und von irgendwoher drang ein gedämpftes, scharrendes Geräusch an sein Ohr. Mogens blickte auf. Er war und blieb allein, aber im schwachen Licht der Petroleumlampe entdeckte er an der Wand gegenüber des Eingangs etwas Ungewöhnliches, das ihm bei seinen zurückliegenden Besuchen nie aufgefallen war.

Mit klopfendem Herzen ging er darauf zu. Was er sah, war ein uraltes, tief in den Stein gemeißeltes Wandrelief, dessen Linien zum Teil fast gänzlich mit dem Staub der Jahrzehnte gefüllt waren. Mogens begriff, dass dieses Relief die ganze Zeit über – natürlich – da gewesen war. Nur war es so verwittert und von Staub verkrustet, dass man es unter gewöhnlichen Umständen kaum noch sehen konnte. Es war das in einem ganz bestimmten Winkel einfallende Licht der Petroleumlampe, das es aus seinem jahrzehntelangen Schlaf riss.

Was Mogens sah, schickte ihm eisige Schauer über den Rücken. Es war ein Bild, wie er es an einem Ort wie diesem zuallerletzt erwartet hätte. Wenn es überhaupt religiöse Motive zeigte, dann solche, über die in der Sonntagsschule nicht gesprochen wurde. Es waren apokalyptische Szenen, die selbst einem Dante Alighieri Albträume bereitet hätten: Szenen aus dem Fegefeuer und der Hölle, einfach, zum Teil geradezu grobschlächtig ausgeführt, und vielleicht gerade deshalb umso erschreckender. Gequälte Seelen, die von grässlichen Ungeheuern gepeinigt und fortgeschleppt wurden. Am meisten erschreckte ihn die Darstellung einer riesigen Kreatur, die halb Mensch, halb Wolf zu sein schien und sich über eine nackte junge Frau beugte, die abwehrend die Hände erhoben hatte.

Ein leises Scharren drang in seine Gedanken, und Mogens fuhr herum. »Johns?«

Eine endlose Sekunde lang bekam er keine Antwort, dann rief eine gedämpfte helle Stimme: »Mogens?«

Janice! Er atmete hörbar auf, war aber zugleich beunruhigt. Er hörte Janice, doch wo war sie? Der Raum maß nicht einmal fünf Schritte im Quadrat und war vollkommen leer! Außer dem Eingang gab es eine zweite vergitterte Tür auf der anderen Seite, hinter der eine schmale Steintreppe steil in die Tiefe führte. Solange sich Mogens zurückerinnern konnte, war sie verschlossen und mit einem uralten und ebenso rostigen wie schweren Vorhängeschloss gesichert gewesen. Jetzt stand sie eine Handbreit auf, und das Vorhängeschloss lag zerbrochen am Boden.

»Janice!«, rief er. »Bist du dort unten?«

»Mogens?« Janice Stimme drang so hohl und verzerrt zu ihm herauf, als spräche sie vom Grund eines Brunnenschachts. »Mogens, komm her! Du musst dir das ansehen! Es ist phantastisch!«

Mogens trat zögernd auf die offen stehende Tür zu. Jetzt, da er näher kam, sah er, dass auch von unten ein gelblicher, wenn auch weit blasserer Lichtschein flackernd heraufdrang. Der Gedanke, dass Janice dort unten war, beunruhigte ihn mehr, als er sich selbst erklären konnte. (Das stimmte nicht! Er *konnte* es erklären, aber diese Erklärung war so grotesk, dass er dem Gedanken nicht erlaubte, Gestalt anzunehmen.) Als sein Blick im Vorbeigehen das zerbrochene Schloss streifte, wuchs seine Beunruhigung sogar noch. Es war nicht einfach nur zerbrochen, sondern regelrecht zerfetzt. Die schwere eiserne Lasche, mit der es an der Tür befestigt gewesen war, war aufgebogen wie das dünne Blech einer Konservendose. Nein, verbesserte er sich in Gedanken, er war nicht besorgt bei dem Gedanken, dass Janice dort unten war – die Vorstellung versetzte ihn regelrecht in Panik.

Er zog die Tür weiter auf, machte noch einmal kehrt und ging zwei Schritte zurück, um die Lampe zu holen. Die Schatten gerieten in unruhige huschende Bewegung, als er sie hochhob und sich umdrehte. Für einen unendlich kurzen Moment schien da noch etwas anderes zu sein – als versuchten körperlose sinistre Dinge aus jenem schmalen Grenzbereich zwischen der Welt des Lichts und der Dunkelheit in die Schatten zu fliehen. Ein sonderbar fader Geschmack breitete sich auf seiner Zunge aus. Er hätte nicht hierher kommen sollen! Dieser verrückte Einfall ging mittlerweile weit über einen Studentenulk hinaus. Mogens war trotz allem noch nicht bereit, an das Wirken übernatürlicher Kräfte zu glauben – oder gar daran, dass er draußen gerade einer Kreatur begegnet war, die sich hinter der Maske des scheinbar Menschlichen verbarg, in Wahrheit aber etwas gänzlich anderes war. Dennoch wurde ihm mit jeder Sekunde klarer, wie dünn das Eis war, auf dem er sich bewegte. Letzten Endes spielte es keine Rolle, ob er von einem Werwolf aufgefressen wurde oder den Rest seines Lebens als geistiges Wrack verbrachte. Er würde Janice holen und dann machen, dass er von hier wegkam, so schnell wie nur möglich. Nahezu im Laufschritt stürmte er die Treppe hinab und fand sich nach weniger als einem Dutzend Stufen in einem niedrigen Kellerraum mit gewölbter Decke wieder, in dessen Mitte sich ein gewaltiger steinerner Sarkophag erhob. Janice stand auf der anderen Seite des dunkelgrauen Steinsargs und hielt eine halb heruntergebrannte Kerze in der rechten Hand; die andere hatte sie erhoben, um die Augen vor dem unerwartet grellen Licht der Petroleumlampe zu schützen.

»Mogens, sieh dir das an!«, rief sie aufgeregt. »Komm her!«

Mogens rührte sich nicht von der Stelle, hob aber die Lampe höher, um besser sehen zu können. Was er gerade oben erlebt hatte, schien sich zu wiederholen: Für den Bruchteil einer Sekunde war ihm, als flüchteten unheimliche körperlose *Dinge* vor dem Licht, und ein eisiger Hauch schien seine Seele zu streifen. Als hätte er etwas von dort oben mitgebracht, das nun auch in den Schatten hier unten lauerte. Mogens verscheuchte auch diesen Gedanken, nicht aber die Warnung, die sich dahinter verbarg. Das Eis, auf dem er sich bewegte, wurde dünner, und irgendetwas – ausgerechnet in ihm selbst – arbeitete mit aller Macht daran, es endgültig zu zerbrechen.

»Was tust du hier?«, fragte er barsch. Janice schien seinen rüden Ton nicht zur Kenntnis zu nehmen, sondern setzte nur mit der linken Hand die Kerze auf den Rand des Steinsarkophags (Mogens wünschte sich, sie hätte es nicht getan), während sie mit der anderen aufgeregt in seine Richtung wedelte, damit er näher kam.

»Sieh dir das an!«, sagte sie. »Das ist unglaublich! Ich hätte nie gedacht, dass es so etwas hier gibt!«

»Einen Sarg?«, fragte Mogens. »Was ist an einem Sarg in einem Mausoleum so außergewöhnlich?«

»Das doch nicht, Dummkopf!«, schalt ihn Janice. »*Das* hier!«

Widerwillig hob Mogens die Lampe noch ein wenig höher und trat um den Sarkophag herum und gelangte an ihre Seite. Im allerersten Moment fiel ihm nichts Außergewöhnliches auf, dann aber sah er, dass die schmale Nische, vor der Janice stand, gar keine Nische war. Wo hundert Jahre altes Mauerwerk oder massiver Fels sein sollten, da gewahrte Mogens den Anfang eines schmalen, in sanfter Neigung tiefer in die Erde hineinführenden Tunnels, dessen Wände allerdings nicht gemauert waren, sondern aus festgestampftem Erdreich und Lehm zu bestehen schienen.

Für einen Moment gewann die Neugier des Wissenschaftlers noch einmal die Oberhand über die irrationale Furcht, die von ihm Besitz ergriffen hatte. Schweigend trat er neben Janice und streckte den Arm aus, der die Petroleumlampe hielt, um in den Tunnel hineinzuleuchten. Das Ergebnis war allerdings eher mäßig. Das Licht reichte nur wenige Schritte weit in den Stollen hinein, ehe es von der wattigen Dunkelheit an seinem Ende regelrecht aufgesogen zu werden schien. Mogens schob auch diesen Eindruck auf den angespannten Zustand, in dem sich seine Seele befand, konnte sich aber eines neuerlichen eisigen Schauderns trotzdem nicht erwehren.

Auch ohne die bizarren Vorfälle von eben wäre der Anblick nichts anderes als unheimlich gewesen. Der Tunnel war nicht besonders hoch – vielleicht fünf Fuß, und das nicht einmal überall – und nur auf den ersten Blick regelmäßig geformt. Wände und Boden sahen kaum so aus, als seien sie mit Werkzeugen bearbeitet worden, sondern wirkten eher wie mit grober Gewalt aus dem Erdreich herausgebrochen. Hätte er nicht gewusst, dass es vollkommen unmöglich war, so hätte er geschworen, an manchen Stellen die Spuren gewaltiger Klauen zu entdecken, die Erdreich und sogar Fels in Stücke gerissen hatten. »Was ist das, Mogens?«, flüsterte Janice mit fast ehrfürchtiger Stimme.

»Ich weiß es nicht«, antwortete Mogens. Die Wahrheit war, dass er es gar nicht wissen *wollte*. Irgendetwas lauerte in der fast stofflich wirkenden Dunkelheit am Ende des Gangs, etwas unvorstellbar Fremdartiges und Böses, das Janice und ihn aus gierigen Augen anstarrte, und er spürte, dass es näher kam, langsam, aber auch mit schrecklicher Unaufhaltsamkeit.

»Lass uns gehen«, sagte er. »Bitte.«

Janice wandte verwundert den Kopf und sah ihn an, und Mogens wusste nicht, ob der verwirrte Ausdruck in ihren Augen eine Folge seiner Bitte, oder des fast flehenden Tons war, mit dem er das letzte Wort ausgesprochen hatte.

»Aber willst du das denn gar nicht wissen?«, wunderte sie sich. »Niemand kennt diesen Gang! Vielleicht erstreckt er sich unter dem gesamten Friedhof oder ...«

»Ja, vielleicht«, unterbrach Mogens sie. Er gab sich jetzt gar keine Mühe mehr, freundlich zu klingen. Die Hand mit der Laterne zitterte so stark, dass das Licht im Tunnelanfang in wippende Bewegung geriet und die Schatten abermals einen grotesken Tanz aufführten. »Komm!«

Janice war nun vollends verwirrt, aber in den Ausdruck von Verstörtheit auf ihren Zügen mischte sich eine erste Spur des Erschreckens. Sie trat einen halben Schritt zurück, blieb stehen und blickte in den Gang hinein. Die Schatten zitterten heftiger, hüpften von rechts nach links, vor und zurück, als versuche etwas, aus der Dunkelheit hervorzubrechen und die schützende Barriere aus Licht zu überrennen. Mogens hätte sich gern eingeredet, es sei nur das immer heftigere Zittern der Lampe in seiner Hand, aber er *wusste*, dass das nicht stimmte. Da *war* etwas, ein namenloses Ding, das in der Dunkelheit lauerte, und es kam näher.

Und dann tat er etwas, das er sich bis ans Ende seines Lebens nicht verzeihen sollte: Er drehte sich mit einem Ruck, schob sich zwischen Janice und dem steinernen Sarkophag hindurch und war mit wenigen schnellen Schritten wieder bei der Treppe. Janice sog scharf die Luft zwischen den Zähnen ein und hatte sich halb in seine Richtung umgewandt, als er erneut stehen blieb, machte aber noch immer keine Anstalten, ihm nachzukommen. Mogens konnte den Ausdruck auf ihrem Gesicht nicht erkennen, denn als er die Laterne mitgenommen hatte, war sie allein zurückgeblieben, nur beschützt vom flackernden roten Licht der kleinen Kerzenflamme, das der heranstürmenden Finsternis nicht wirklich Einhalt zu gebieten vermochte. Schatten huschten über ihr Gesicht wie rauchige kleine Tiere. Etwas näherte sich ihr aus der Dunkelheit des Stollens.

»Mogens? Janice?« Rostiges Eisen quietschte, und Mogens konnte gerade noch einen erschrockenen Aufschrei unterdrücken, als über ihm Schritte erklangen und ein unregelmäßiger Kreis aus gelbem Lampenlicht die Stufen herabhüpfte. »Seid ihr dort unten? Nicht, dass es mich etwas angeht – aber was tut ihr beiden Turteltäubchen da?« Johns lachte anzüglich, während aus einem verschwommenen Schemen hinter dem Lampenschein allmählich eine menschliche Gestalt wurde. »Ich komme hinunter. Also bringt zu Ende, womit ihr gerade beschäftigt seid, und zieht euch an!«

Mogens atmete erleichtert auf, fuhr aber zugleich hastig zu Janice herum. »Bleib, wo du bist, Johns! *Janice*!«

Das letzte Wort hatte er geschrien, doch Janice reagierte nicht, sondern stand weiter wie gelähmt da und starrte ihn aus großen Augen an. Mogens hörte, wie Johns die Treppe herunterkam. Der Lichtschein seiner Laterne vermengte sich mit dem von Mogens' Lampe, und er sagte irgendetwas in spöttischem Ton, das Mogens nicht verstand.

»Janice«, flehte er. »*Bitte*.«

»Aber Mogens ... was ...?« Janice brach mit einem erschrockenen Keuchen ab und schlug sich die Hand vor den Mund, als ein unheimlicher, scharrender Laut zu hören war. Er kam nicht aus dem Tunnel. Mogens hatte sich getäuscht. Das Scharren drang *aus dem Sarkophag*!

Die Kerze, die Janice auf seinem Rand abgestellt hatte, begann zu zittern. Das Licht flackerte heftiger, und viele schnelle Schattentierchen huschten über Janice' Gesicht. Das Scharren erklang erneut, aber lauter diesmal, *schwerer*, wurde zum dumpfen, röchelnden Schleifen von Stein auf Stein, und die Kerze zitterte noch stärker, neigte sich zur Seite und fiel um. Für den Bruchteil eines Atemzuges verschlang die Finsternis Janice' Gestalt, bevor Mogens die Lampe wieder höher hob und ihre erstickende Umarmung sprengte. Janice war zwei Schritte von dem Sarkophag zurückgewichen. Im tanzenden gelben Licht der Petroleumlampe war ihr Gesicht bleich wie das einer Toten, und vor Furcht wirkten ihre Augen schwarz.

»Was geschieht denn *hier*?« Johns blieb auf der letzten Stufe stehen und hob den Arm, sodass sich der Schein seiner eigenen Laterne dem von Mogens Lampe hinzugesellte. Das Scharren wurde lauter, und der Deckel des Sarkophags *bewegte* sich! Johns stieß ein erschrockenes Keuchen aus, Janice schrie auf und schlug auch die andere Hand vor den Mund. Ein haarfeiner Riss entstand, weitete sich zu einem Spalt, in dem eine schlammverkrustete, dreifingrige Hand erschien, die sich kraftvoll um den steinernen Rand des Sarkophags schloss und den Spalt verbreiterte. Janice kreischte auf. Johns stieß ein entsetztes Keuchen aus, und der Spalt wurde noch größer. Mogens verspürte einen eisigen Schauer puren Entsetzens, als er die Hand deutlicher sah. Es war keine menschliche Hand, sondern eine gewaltige, fellbedeckte Pranke, groß wie ein Schaufelblatt und mit fürchterlichen Krallen. Ein muskulöser, absurd langer Arm folgte, dann wurde der zentnerschwere Sargdeckel mit einem so gewaltigen Ruck zur Seite geschleudert, dass er quer durch den Raum flog und gegen die Wand prallte, wo er in Stücke zerbrach.

Und der Wahnsinn gerann zu einem Körper.

Mogens wusste nicht, ob er schrie, aber jemand schrie, das Licht führte einen irrsinnigen, stroboskopischen Tanz auf, in dem die Bewegungen des ... *Dings* zu einer Abfolge rasend schnell aufeinander folgender Momentaufnahmen des Irrsinns wurden, und Mogens sah eine grässliche, fellbedeckte Gestalt von entfernt menschenähnlichem, verkrüppeltem Wuchs, größer als ein Mann, aber viel massiger, mit unförmiger, tonnenartiger Brust, lang peitschenden Armen und muskulösen Beinen, deren Kniegelenke in einem falschen Winkel angeordnet zu sein schienen, und messerscharfen Krallen an Händen und Füßen. Das Schlimmste aber war der Schädel. Bis zum Hals hinauf hatte die Kreatur immerhin noch eine gewisse Ähnlichkeit mit einem Menschen, doch alles, was darüber lag, war der pure Albtraum. Der groteske Schädel ähnelte entfernt dem eines Hundes, war jedoch breiter und gleichzeitig gedrungener und hatte winzige spitze Fuchsohren, aus denen struppige Haarbüschel herauswuchsen. Die Schnauze war übermäßig in die Länge gezogen, unter der breiten Hundenase aber so gerade wie mit einem Messer abgeschnitten, und hinter den widerlich hellrosa wie nässendes Fleisch glänzenden Lefzen blitzte ein mörderisches Wolfsgebiss aus Dutzenden schräg stehender, dolchspitzer Zähne. Der Kiefer musste kräftig genug sein, um einem Mann ohne spürbare Anstrengung einen Arm abzubeißen. Doch so albtraumhaft dieser Schädel auch war, gab es doch noch eine Steigerung. Es waren die Augen. Die groteske Kreatur hatte nicht die Augen eines Tiers, auch nicht die rot glühenden Augen eines Dämons, sondern Augen, die Mogens für die eines Menschen gehalten hätte, wären sie nicht von einer so abgrundtiefen Bosheit und einer Gier erfüllt gewesen, dass sich etwas in Mogens' Seele bei ihrem bloßen Anblick krümmte wie ein waidwundes Tier.

Das alles sah Mogens in einer einzigen, nicht enden wollenden Sekunde. Dann wanderte das tanzende Licht weiter, das Ungeheuer stieß ein röchelndes Knurren aus und warf sich mit einem unvorstellbar kraftvollen Satz auf Janice.

Mogens schleuderte die Laterne nach ihm. Sie überschlug sich zweimal in der Luft, traf das Ungeheuer genau zwischen den Schulterblättern und zerbrach klirrend. Loderndes Petroleum ergoss sich über Rücken und Schultern der Kreatur und setzte das Fell in Brand, aber einige Spritzer der brennenden Flüssigkeit regneten auch auf Janice' Haar und Kleider hinab, und ihre Schreie wurden noch gellender. Mogens stürzte los, flankte mit der puren Kraft der Verzweiflung über den offen stehenden Sarkophag hinweg und rammte dem grotesken Geschöpf die geballten Fäuste in den Nacken.

Es war, als hätte er auf Fels geschlagen. Die Muskeln unter dem schlammverschmierten Fell waren hart wie Eisen, und Mogens schrie vor Schmerz auf, als das brennende Petroleum ihm die Hände versengte. Das Ungeheuer fuhr dennoch mit einem wütenden Knurren herum, ließ für einen Moment von Janice ab und schlug mit einem lichterloh brennenden Arm nach ihm. Mogens versuchte, sich unter dem Hieb wegzuducken und gleichzeitig zurückzuschlagen, aber er war für das eine zu langsam, und das andere blieb ohne die geringste Wirkung. Er traf die Schnauze der Albtraumkreatur mit einem wuchtigen Fausthieb und spürte selbst, wie die Haut über seinen Fingerknöcheln aufplatzte, als die Hand gegen den eisenharten Kiefer prallte, doch im selben Sekundenbruchteil traf auch ihn der Arm der Bestie.

Der Hieb war so gewaltig, dass Mogens von den Füßen gerissen und nach hinten geschleudert wurde. Aus seinem gellenden Schrei wurde ein halb ersticktes Keuchen, als ihm die Luft aus den Lungen gepresst wurde, und er spürte, wie drei oder vier seiner Rippen gleichzeitig brachen. Mit hilflos rudernden Armen stürzte er nach hinten und fiel in den offen stehenden Sarkophag. Als Letztes sah er das brennende Ungeheuer, das sich brüllend vor Wut und Schmerz zu Janice umwandte, um sie in die Arme zu schließen und mit sich in den Tunnel zu schleifen. Dann schlug sein Hinterkopf auf dem Rand des steinernen Sargs auf, und er verlor das Bewusstsein.

Er konnte nicht lange ohnmächtig gewesen sein, denn das Nächste, was er bewusst wahrnahm, war ein neuerlicher und fast noch schlimmerer Schmerz, als Johns mit ebenso großer Anstrengung wie wenig Geschick versuchte, ihn aus dem Sarkophag zu zerren, wobei seine Rippen und seine Hüftknochen unsanft über den steinernen Rand schrammten. Mogens stöhnte, versuchte sich ungeschickt aus Johns' Griff zu befreien, und fiel mehr rücklings aus dem steinernen Sarg, als dass er hinauskletterte oder Johns ihn zog. Alles drehte sich um ihn. Seine Gedanken wirbelten so schnell im Kreis herum, dass ihm körperlich übel wurde.

»Mogens?« Johns Stimme drang wie durch einen dichten dämpfenden Vorhang an sein Bewusstsein. »Mogens, ist alles in Ordnung?«

Alles in Ordnung? Mogens hätte aufgeschrien, hätte er die

Energie dazu besessen. Aber er besaß sie nicht, denn er brauchte jedes bisschen Kraft, um nicht noch einmal das Bewusstsein zu verlieren oder wimmernd zusammenzubrechen. Stöhnend arbeitete er sich auf die Knie hoch, griff nach dem Rand des Sarkophags und zog sich in die Höhe. Sein Blick saugte sich an der gegenüberliegenden Wand fest, dort, wo er Janice und das Monster gesehen hatte.

Sie waren verschwunden, ebenso spurlos wie der geheimnisvolle Gang, in den das Ungetüm seine Freundin geschleift hatte. Wo der Gang gewesen war, erhob sich nun wieder eine fugenlose glatte Wand aus massivem Stein.

»Janice«, stammelte er.

»Janice?« Johns legte ihm die Hand auf die Schulter und versuchte ihn herumzuziehen, aber Mogens machte sich mit einem Ruck frei und stolperte los, um den Sarkophag herum und auf die Wand zu.

»Mogens, was hast du?«, fragte Johns. Seine Stimme klang jetzt eindeutig besorgt. »Was ist los? Wer ist Janice?«

Mogens hörte gar nicht hin, sondern stolperte weiter, bis er die Wand erreicht hatte. Sie blieb, was sie war: ebenso glatt wie massiv. Mogens starrte sie zwei oder drei rasende, schwere Herzschläge lang ungläubig an, dann hob er die Arme und schlug wie von Sinnen mit den Fäusten auf die Wand ein, wobei er unentwegt Janices' Namen schrie.

»Mogens, verdammt, hör auf damit!« Johns war mit wenigen Schritten hinter ihm, packte ihn bei den Schultern und riss ihn zurück. »Bist du verrückt geworden? Was tust du?«

Mogens machte sich los, schrie auf und versuchte in seiner Panik, auf Johns einzuschlagen, aber sein Zimmergenosse packte ihn ohne Mühe bei den Handgelenken, hielt sie fest und schüttelte Mogens so heftig, dass dessen Zähne aufeinanderschlugen.

»*Hör auf, verdammt!*«, schrie er. »Was ist denn nur in dich gefahren?«

Mogens hörte jedoch nicht auf, sondern schrie und tobte nur noch mehr, bis Johns schließlich keine andere Wahl mehr hatte, als ihm so kräftig mit der flachen Hand ins Gesicht zu schlagen, dass sein Kopf nach hinten flog und gegen den Stein prallte. Der Schmerz ließ bunte Sterne und Farbpunkte vor seinen Augen explodieren, aber er bewirkte auch noch etwas anderes: Als Mogens wieder einigermaßen klar sehen konnte, war er zwar noch immer fast verrückt vor Angst, aber der eiserne Würgegriff der Panik hatte sich gelockert.

»Alles wieder in Ordnung?«, fragte Johns. Er beäugte Mogens misstrauisch, dann sah er auf dessen Hände hinab und sog scharf die Luft zwischen den Zähnen ein. »Um Himmels willen, Mogens, sieh dir das an!«

Als Mogens' Blick dem seines Kommilitonen folgte, fuhr auch er erschrocken zusammen. Seine Knöchel waren aufgeplatzt und bluteten heftig, und er spürte erst jetzt, wie sehr sie schmerzten.

»Was war denn nur los mit dir?«, fragte Johns.

Mogens starrte ihn fassungslos an. »Aber du … du musst es doch gesehen haben«, murmelte er.

»Gesehen?«, wiederholte Johns. »*Was* gesehen?«

»Janice«, antwortete Mogens. »Das … das Ungeheuer!«

»Janice?« Johns schüttelte verständnislos den Kopf. »Welches Ungeheuer? Wovon redest du überhaupt?«

»Von dem Ungeheuer, das Janice verschleppt hat«, antwortete Mogens. »Ich habe die Lampe nach ihm geworfen. Es hat *gebrannt*! Du hast es doch auch gesehen. Du *musst* es gesehen haben!«

»Ich habe überhaupt nichts gesehen«, antwortete Johns ernst. »Ich weiß nicht, von welchem Ungeheuer du sprichst. Ich bin hier heruntergekommen, weil ich Licht gesehen habe, und dann habe ich dich in diesem Sarkophag gefunden.«

»Aber …« Mogens verstummte mit einem verwirrten Kopfschütteln, streifte Johns' Hände ab und sah sich mit heftig klopfendem Herzen um. Erneut kroch klebrige schwarze Panik in ihm hoch, aber die Furcht, die sich nun in ihm ausbreitete, war von gänzlich anderer Natur. Nicht nur von dem Ungeheuer war keine Spur mehr zu sehen. Auch auf dem Boden, der mit einer mehr als fingerdicken Staubschicht bedeckt war, zeigten sich nur seine eigenen Fußabdrücke – und die von Johns.

»Ist auch wirklich alles in Ordnung mit dir?«, fragte Johns besorgt.

»Aber das ist doch nicht ... nicht möglich«, murmelte Mogens. »Ich habe es doch gesehen! Und ... und es hat Janice geraubt!«

Johns sah ihn mit neu erwachender Sorge an. »Janice?«, fragte er. »Wer um alles in der Welt ist Janice?«

Mogens starrte ihn an.

»Du hast den Namen schon ein paar Mal erwähnt«, erklärte Johns. »Aber ich weiß nicht, wer das sein soll.«

»Mach dich nicht lächerlich«, murmelte Mogens lahm. »Wir sind schließlich zusammen hierher gekommen. Und Janice«, beharrte er. »Johns, du weißt es doch: Janice und ich sind seit drei Jahren ein Liebespaar!«

Johns setzte zu einer Antwort an, beließ es aber dann bei einem angedeuteten Achselzucken und schüttelte den Kopf. »Gehen wir nach oben«, sagte er. »Marc und Ellen machen sich bestimmt schon Sorgen.«

Er ging. Mogens starrte ihm fassungslos nach. Er wollte etwas sagen, Johns zurückrufen, ihn anschreien, aber er konnte nichts von alldem. Johns Verhalten war einfach zu grotesk, als dass er auch nur *irgendwie* darauf reagieren konnte. Er *musste* Janice gesehen haben, zumindest aber das Ungeheuer. Mogens konnte sich nur denken, dass Johns sich einfach weigerte, das Gesehene als wahr anzuerkennen, weil sein Verstand an diesem Anerkennen zerbrochen wäre.

Aber wieso behauptete er dann, nichts von Janice zu wissen?

Mogens stieß sich von der Wand ab und eilte trotz höllischer Schmerzen mit so schnellen Schritten hinter Johns her, dass er ihn oben auf der Treppe fast eingeholt hätte. Er hatte bereits die Hand nach ihm ausgestreckt, als er Stimmen hörte und fast im gleichen Moment als die von Marc und Ellen erkannte. Vielleicht war Janice ja bei ihnen! Vielleicht hatte er sich die grässliche Szene nur eingebildet – möglich, dass er gestürzt und sich den Kopf angeschlagen hatte und das Ungetüm nichts als ein Trugbild war, mit dem ihn seine Phantasie narrte. So *musste* es gewesen sein. Ungeheuer wie diese gab es nicht.

Statt Johns zurückzureißen und zur Rede zu stellen, beeilte er sich, auf der schmalen Treppe nach oben an ihm vorbeizukommen und in das Mausoleum zu stürmen. Zweifellos wartete Janice bereits auf ihn.

Er wurde erwartet, aber nicht von Janice, sondern von Marc und der rothaarigen Hexe, mit der er zusammen war.

»Janice?«, fragte Mogens. »Ist Janice nicht hier? Habt ihr sie gesehen?«

Ellen blinzelte ihn verständnislos an. »Wer?«, fragte Marc.

»Janice«, antwortete Mogens. »Und wenn das ein Scherz sein soll, dann geht er entschieden zu weit. Wo ist sie?«

Marc setzte zu einer Antwort an, doch in diesem Moment trat Johns hinter ihm ein. »Lass es gut sein, Marc«, sagte er mit einem Unterton milden Spotts in der Stimme. »Mir scheint, unser Freund hat sich den Kopf angeschlagen. Er redet wirr.«

»Das reicht, Johns!« Mogens fuhr mit einer wütenden Bewegung zu ihm herum. »Also gut, du hast gewonnen! Der Scherz geht auf meine Kosten. Aber jetzt möchte ich auf der Stelle wissen, wo Janice ist. Wartet sie irgendwo draußen auf uns? Macht sie bei diesem albernen Spielchen am Ende auch noch mit?«

Johns tauschte einen unübersehbar besorgten Blick mit Marc, bevor er antwortete. »Mogens, ich weiß wirklich nicht, von wem du sprichst«, sagte er. »Wer soll diese Janice sein? Marc, Ellen und wir zwei sind allein hierher gekommen.«

»Man sollte sich besser doch nicht mit all diesen verrückten Sachen beschäftigen«, sagte Ellen spitz. »Wer weiß, vielleicht fängt man am Ende an, selbst an all diesen Unsinn zu glauben.«

Mogens fuhr mit einer zornigen Bewegung zu ihr herum und setzte dazu an, sie mit den passenden Worten in die Schranken zu weisen.

Stattdessen starrte er an ihr vorbei auf die Wand – genauer gesagt, auf das Relief, das in den uralten Stein gemeißelt war. Das Licht fiel nun in einem anderen Winkel auf die in den Stein getriebenen Linien, wodurch sie nicht nur sonderbar verzerrt aussahen, sondern auch auf fast unheimliche Weise *lebendig* zu werden schienen.

Aber das war es nicht, was Mogens einen eisigen Schauer des Entsetzens über den Rücken laufen ließ.

Langsam, zitternd und mit immer heftiger pochendem Herzen ging er an Marc und seiner rothaarigen Freundin vorbei und näherte sich dem Relief. Seine Blicke saugten sich an der unheimlichen Hundekreatur fest, die ihn schon vorhin so sehr mit Schrecken erfüllt hatte; ein monströses Etwas mit Zähnen, Fell und Krallen und dem Schädel eines Wolfs anstelle eines Menschenkopfs.

Dann betrachtete er noch einmal die Frauengestalt, über die sich die Kreatur beugte, und plötzlich erkannte er, wie sehr er sich vorhin getäuscht hatte.

Das Relief war weder primitiv noch grobschlächtig, sondern ganz im Gegenteil mit so großer Kunstfertigkeit ausgeführt, dass sogar die Gesichtszüge der nackten Gestalt zu erkennen waren, die sich voller Todesangst vor dem Ungeheuer duckte und ihm abwehrend die Hände entgegenstreckte. Es war Janices' Gesicht.

Mogens begann zu schreien.

Wolfgang Hohlbein und Dieter Winkler

Malicia

Eine der meistgestellten Fragen an uns Autoren lautet zweifellos: Woher haben Sie eigentlich Ihre Ideen? Um ganz offen zu sein: Wir hassen diese Frage. Noch mehr hassen wir es, sie auf der dreitausenddreihundertzwölften Veranstaltung zum ebenso vielten Mal – und zwar möglichst eloquent, originell und ehrlich (vor allem ehrlich) – beantworten zu müssen, denn die wirklich ehrliche Antwort müsste wohl in fast allen Fällen lauten: Keine Ahnung. *Zumindest mir ergeht es in den meisten Fällen so. Ideen sind plötzlich da, basta.*

Allerdings gibt es Ausnahmen, und eine dieser Ausnahmen finden Sie im Anschluss an dieses kleine Vorwort. Diese Ausnahme heißt ENWOR, und der Name dürfte etlichen von Ihnen ein Begriff sein. Die Romane um Skar und Del, die beiden Satai-Krieger, gehören nicht nur zu den ersten längeren Texten, die ich veröffentlicht habe, sondern sie sind mir auch ganz besonders ans Herz gewachsen; wie ich hoffe, dem einen oder anderen Leser ebenfalls.

Und wie ich auf die Idee zu ENWOR gekommen bin, weiß ich noch ganz genau.

Nämlich gar nicht.

Oder zumindest nicht allein.

Dieter Winkler, der Autor von Malicia, *ist heute nicht nur ein außergewöhnlich kreativer und erfolgreicher Autor von Jugendbüchern und Fantasy-Romanen, sondern auch mein ältester Freund und Miterfinder der Welt ENWOR. Ich glaube, wir haben schon als Kinder an unserer eigenen Phantasiewelt herumgebastelt, in der tapfere Helden gegen Drachen, Monster, dunkle Mächte und alle anderen fiesen Zeitgenossen kämpfen, und es war wohl irgendwann Anfang der 80er Jahre, als Dieter bei mir reinschneite und von der Kriegerkaste Satai und den zwei Super-Satai Skar und Del zu faseln anfing. (Del verdankt seinen Namen übrigens der gleichnamigen Taste auf unseren damals brandneuen 25-kg-Schlepptops ...) Wir hatten zu der Zeit bereits einige Jahre an unserer ENdWORld-Saga gebastelt, und jeder hatte für sich ein paar Kurzgeschichten veröffentlicht, und nun brüteten wir darüber nach, wie man deutsche Leser für Fantasy deutscher Autoren begeistern konnte.*

Skar und Del gefielen mir recht gut, und sie passten wunderbar zu meinen eigenen Ideen, zu den Reptilienkriegern der Quorrl und den aus Sternenstahl geschmiedeten Schwertern, den Tschekal. *So war es nur logisch, dass wir uns zusammentaten und ernsthaft damit anfingen, einige der zahllosen Geschichten in und um ENWOR niederzuschreiben, die uns in den Köpfen herumspukten.* Malicia, *die erste in sich geschlossene ENWOR-Erzählung, reichten wir neben einigen anderen Storys für die Veröffentlichung im Fantasy-Folianten 1982 bei Goldmann ein. Doch das Schicksal wollte es, dass dort zwei andere ENWOR-Geschichten abgedruckt wurden, während* Malicia *für zwanzig Jahre auf Eis gelegt wurde und erst jetzt, nämlich auf den nächsten Seiten, das Licht der Öffentlichkeit erblicken darf.*

Für mich selbst brachte das Jahr 1982 mit Märchenmond *den schriftstellerischen Durchbruch. Während Dieter mit den Tücken seiner Diplomarbeit kämpfte, schrieb ich mit* Der wandernde Wald *den ersten ENWOR-Roman im Alleingang. Geplant war, dass wir dann wieder gemeinsam an dieser Serie arbeiten würden, doch stattdessen ging Dieter nach München, um dort mit Computern zu spielen und schließlich CHIP-Chefredakteur und Sachbuchautor zu werden.*

Inzwischen hatte ich Skar und Del in zehn erfolgreichen Romanen Leben eingehaucht, und die Fans verlangten nach mehr. 1999 machte mir dann der Verleger Hansjörg Weitbrecht, bei dem Dieter inzwischen als Jugendbuchautor unter Vertrag war, das Angebot, eine neue ENWOR-Trilogie in Verbindung mit einer Neuauflage der ersten zehn Bände zu veröffentlichen. Das Schreiben einer neuen Staffel schien mir ein Fall für zwei zu sein, und sehr schnell wurde dann auch der von uns beiden verfasste Roman Das elfte Buch *veröffentlicht. Doch durch den Verkauf des Weitbrecht Ver-*

lags passierte das, was für Autoren wie Fans der schlimmstmögliche aller Fälle ist: Die in rascher Folge geplanten und teilweise schon geschriebenen Bände 12 und 13 wurden dorthin gelegt, wo auch die erste ENWOR-Story Malicia *lag – nämlich auf Eis.*

Es dauerte einige Jahre, bis der Piper Verlag schließlich beschloss, ENWOR wieder aufleben zu lassen, und das mit einer ganz neuen Staffel. Der erste Roman mit dem Titel Das magische Reich *erscheint im Februar 2004, die anderen bald danach. Grund genug für den Verlag und uns Autoren, Sie auf den nächsten Seiten in die phantastische Welt ENWOR zu entführen – mit der wirklich allerersten und bislang noch nicht veröffentlichten ENWOR-Story:* Malicia.

Viel Vergnügen.

Wolfgang Hohlbein

Erst als die Nachwirkungen von Xuls Betäubungstrunk allmählich abklangen, wurde Skar die Klarheit der Luft bewusst, das helle Gelbgrün der Landschaft und die scheinbar unendliche Weite steppenähnlichen Landes, das sich bis zum Horizont erstreckte und in weiter Ferne mit dem Himmel verschmolz. Skar konnte die Weite und Endlosigkeit beinahe spüren, durch die sie sich nun zu Fuß quälen mussten, und das stimmte ihn unruhiger, als er Del oder Malgame gegenüber jemals zugegeben hätte. Nirgends schroffe Formen, welche die wellig verlaufende Steppe unterbrachen; nur gelegentlich Sträucher, deren kränklich gelbes Aussehen auf Wassermangel schließen ließ und damit ihre Hoffnung verringerten, in den nächsten Tagen auf eine menschliche Ansiedlung zu stoßen. Dünne Wolken zogen am Himmel auf, rötlich schimmernd in der Sonne, aber sie brachten vorerst keinen Regen, sondern nur Feuchtigkeit mit sich, die ihnen den Rücken hochkroch und sie frösteln ließ.

»Es wird sehr schnell kalt«, bemerkte Malgame, der reiche malabesische Händler mit dem scharf geschnittenen, vom Alter zerfurchten Gesicht, der Skar und Del vor zwei Wochen in Ikne als zusätzliche Leibwache in seine Dienste genommen hatte, was seinen Vertrauten Xul und seine bis an die Zähne bewaffnete Truppe vor Wut fast zum Platzen gebracht hatte; Grund genug für manch hässlichen Streit während der ersten Etappe der langen, beschwerlichen Reise in diese namenlose Einöde.

»Aber nicht nur wegen der Kälte sollten wir zusehen, dass wir die Nacht nicht im Freien verbringen«, fuhr Malgame nach einer Weile fort.

Skar und Del antworteten nicht, sondern schritten stur im gleichen kräftesparenden Trott aus wie schon seit dem frühen Morgen, und das, obwohl ihnen der Kopf immer noch dröhnte und ihre Glieder halbtaub waren von dem Gift, das durch ihren Körper kreiste.

»Es lauern hier noch ... andere Gefahren«, murmelte Malgame, nachdem sie eine Weile in fast unangenehmem Schweigen einhergeschritten waren. »Und damit meine ich nicht etwa die räudigen Verräter, die mich um Hab und Gut gebracht haben. Ich meine Dinge, die gefährlicher sind als ein Haufen Halsabschneider.«

»Und was sollte das sein, alter Mann?« Skar blieb unvermittelt stehen, hob die Augenbrauen und drehte sich langsam zu Malgame um, der zwei Schritte hinter ihm gegangen war und nun wie Del den Schritt verlangsamte und schließlich stehen blieb. Das hagere Gesicht des Malabesen war von der Anstrengung des Marsches und der beißend frischen Luft gerötet, aber nicht das war es, was Skar verwunderte, ja fast befremdete und ihn veranlasste, den Händler länger zu betrachten, als es auf einer beschwerlichen Reise üblich war, wenn man seine Weggefährten nach einiger Zeit kaum noch bewusst wahrnahm. Schon in der Taverne in Ikne war ihm der seltsame Kontrast aufgefallen: das zerfurchte, fast verhärmte Gesicht Malgames und die klaren, energisch strahlenden Augen. Und jetzt – ja, jetzt sah es fast so aus, als wären diese Augen und die frisch geröteten Wangen das einzig noch Lebendige an diesem merkwürdigen Mann; alles andere wirkte wächsern und bleich wie bei einem Leichnam, und irgendetwas sagte Skar, dass dies nichts mit der heimtückischen Substanz zu tun hatte, mit der Xul gestern Abend ihren Wein vergiftet hatte.

»Es gibt Gründe, warum diese Gegend namenlos und unbesiedelt ist«, antwortete Malgame knapp. »Wenn wir keinen Unterschlupf finden, sollten wir lieber in Bewegung bleiben – alles andere ist zu riskant.«

»Wir sind schon Stunden zu Fuß unterwegs. Ich weiß nicht« – Skar musterte Malgame mit einem unverhohlen prüfenden Blick –, »ob wir noch die ganze Nacht durchhalten.«

»Du brauchst keine Rücksicht auf mich zu nehmen, junger Mann«, erwiderte Malgame mit dem Lächeln, das stets seinen leisen Spott zu begleiten pflegte. »Ich bin zäher, als ich aussehe. Außerdem halte ich ein bisschen Bewegung allemal für besser, als sich hier den Tod zu holen. Ganz abgesehen von den nicht zu unterschätzenden Gefahren, von denen ich sprach, brauchen wir doch zumindest unsere Decken, um uns vor der Kälte zu schützen – oder die Möglichkeit, ein Feuer zu machen. Aber so ...«

»Wir schaffen das schon, alle drei«, unterbrach ihn Del, der ein Stück entfernt von den beiden anderen stehen geblieben war. »Selbst nachdem uns diese elende Ratte Xul die Pferde, die Waffen und alles andere gestohlen hat – wir haben ja immer noch unsere Füße. Auch wenn wir uns die blutig laufen, weil uns das Diebesgesindel im Schlaf auch noch unsere Stiefel geraubt hat.« Dels Hand legte sich unbewusst auf den Griff der leeren Schwertscheide, in der bis heute Morgen noch sein aus Sternenstahl geschmiedetes *Tschekal* gesteckt hatte. »Und dann bohren wir ein bisschen bei ihnen nach, warum sie ihren Herrn und Meister verraten haben. Genaus das seid Ihr doch für sie gewesen, wenn ich Eure Beziehung richtig gedeutet habe, nicht wahr, Malgame?«

Der Händler antwortete nicht, sondern beließ es bei einem ärgerlichen Stirnrunzeln. Obwohl Skar ihn schon mehrfach ermahnt hatte, nicht bei jeder passenden oder unpassenden Gelegenheit herumzusticheln, entschlüpften Del immer wieder provozierende Äußerungen. Der Händler hatte etwas an sich, das ihn von Anfang an in Wut versetzt hatte. Er lehnte den alten Mann sogar noch heftiger ab als den Gnom Xul in seiner lächerlichen Phantasieuniform aus gegerbtem Leder und mit einer Reitpeitsche, mit der er dauernd herumfuchtelte, um seine Leute, angeblich im Namen Malgames, auf Trab zu bringen.

Vielleicht war es aber auch nur der Grund der Reise an sich, der ihn so störte, dieses schwachsinnige Leibwachespielen für einen der reichsten Männer Iknes: diesen mittlerweile fernab seiner Heimat sesshaft gewordenen Malabesen, der es eigentlich nicht nötig haben sollte, wegen irgendwelcher Gefühlsduseleien Strapazen auf sich zu nehmen, die seinem Alter wahrhaftig nicht mehr angemessen waren. Warum blieb er nicht in seinem sicheren Zuhause, erzählte seinen Enkeln von den gefährlichen Reisen, den Abenteuern, die er vor Jahren bestanden hatte? Welche Gedanken veranlassten einen alten Mann, sich mit jemandem wie Xul und seiner Bande von Halsabschneidern einzulassen – sowie mit einem Satai und einem Satai-Schüler, die er zufälligerweise in einer billigen Kaschemme aufgelesen hatte?

»Du kennst dieses Land nicht so gut wie ich«, erklärte Malgame schließlich, in Skars Richtung gewandt. »Die Nächte sind eiskalt. Die Kälte frisst sich in den Körper und tötet ihn stückweise, bis sich der Verstand umnebelt und …«

»Ist ja gut«, knurrte Del, bevor Skar antworten konnte. Seine Hand glitt erneut über die leere Schwertscheide. »Ich hoffe nur, dass Ihr uns nicht in die Irre führt.«

Malgame zuckte mit den Achseln. »Wir müssen bloß die Richtung halten. Irgendwann werden wir auf den Kuong stoßen. Flussabwärts gibt es mehrere Dörfer, in denen man uns weiterhelfen wird.«

Skar trat neben Del und blinzelte in die verblassende Sonne. »Sobald wir eines dieser Dörfer erreicht haben, können wir uns neue Pferde besorgen und Waffen – und dann werden wir uns diesen heimtückischen Zwerg Xul und seine Bande vorknöpfen und ihnen unsere eigene Ausrüstung – und vor allem unsere Schwerter – wieder abjagen!«

»Und womit wollen wir die Pferde bezahlen?«, fragte Del mürrisch. Seine Zunge fühlte sich noch immer pelzig an, seine Augenlider brannten und schienen geschwollen; ein Gefühl, das ihn seit dem Aufwachen begleitete. »Mir bleibt ja nicht viel mehr als meine leere Schwertscheide zum Tausch. Und die möchte ich nicht hergeben, sondern wieder füllen, und zwar mit meinem eigenen Schwert …«

Malgame unterbrach ihn mit einer schroffen Handbewegung. »Verschwende deine Energie nicht mit Fragen, auf die du sowieso keine Antwort finden wirst. Vergiss nicht: Ich bin ein über alle Maßen erfolgreicher Händler. Und ich bin es gewohnt, die Dinge zu bekommen, die mir wirklich wichtig sind.«

Del warf einen auffordernden Blick zu Skar hinüber, damit dieser die passende Antwort geben konnte, bevor ihm wieder etwas Unbedachtes entfuhr, aber Skar hob nur die Schultern und ging los – etwas rascher sogar, als es nötig und sinnvoll gewesen wäre angesichts der drohenden Nachtwanderung, und ohne sich umzudrehen, so als wolle er die beiden anderen daran hindern, das sinnlose Gespräch fortzusetzen. Del verdrehte die Augen und folgte ihm mit so ausgreifenden Schritten, dass er ihn schon bald eingeholt hatte. Obwohl es ihm nicht gerade zum ersten Mal widerfuhr, dass er barfuß eine längere Strecke zurücklegen musste, und es ihm gewöhnlich nichts ausmachte, schmerzten seine Füße bereits nach dem einen knappen Tagesmarsch, den sie bereits hinter sich hatten, so stark, als wäre er wochenlang über Kies gelaufen. Unter dem Steppengras verbarg sich ein hartes Flechtengewächs, das jeden kräftigen Schritt zur Qual machte, aber das war ihm in diesem Moment völlig gleichgültig; Hauptsache, er blieb davor verschont, unmittelbar neben Malgame hergehen zu müssen.

Es wäre sowieso sinnlos gewesen, sich über die Beschaffenheit des Untergrunds in dieser unwirtlichen Gegend den Kopf zu zerbrechen. Zuerst hatten sie versucht, den Flechten auszuweichen, aber das hatte sich als zu zeitraubend erwiesen. Doch auch wenn es mehr als ärgerlich war, auf diese Weise durch die Steppe zu stolpern: Immerhin hatte Xul darauf verzichtet, seinen Opfern die Kehle durchzuschneiden. Und genau das sollte er noch bedauern, schwor sich Del, denn er hatte sein letztes Fünkchen Respekt vor dem Gnom verloren, der sich nicht getraut hatte, mit seinen feigen Kumpanen den Kampf gegen einen Satai und seinen Schüler aufzunehmen, sondern so hinterlistig und falsch wie eine Königstochter gehandelt hatte, die eine Nebenbuhlerin aus dem Weg räumen will.

Del konnte nicht begreifen, dass Skar so leichtfertig darüber hinweggegangen war. Für ihn selbst war es ein riesengroßer Unterschied, ob er im offenen, ehrlichen Kampf besiegt wurde oder ob man ihn hinterrücks mit irgendwelchen Hexenkräutern ausschaltete, um ihn dann in aller Seelenruhe sämtlicher Habseligkeiten zu berauben.

Einschließlich der Stiefel.

Das war wohl die größte Dreistigkeit, ihnen auch noch die Stiefel von den Füßen zu ziehen! Xul, dieser Hund, dieser Möchtegern-Vertraute des mächtigen Händlers Malgame, dieser Gnom mit dem verschlagenen Blick, Anführer dieses diebischen Gesindels schwerst bewaffneter Dienerschaft. Xul, schwor sich Del, wenn ich dich jemals erwische, wirst du den Tag verfluchen, an dem du mich kennen gelernt hast.

Es stand für Del außer Frage, dass der Gnom die Teufelei bereits ausgeheckt hatte, bevor sie zu dieser Reise aufgebrochen waren. Von Anfang an hatte Del ihm misstraut, hatte seine auffällige Geschäftigkeit mit bissigen Kommentaren bedacht und war deswegen mehr als einmal von Malgame zurechtgewiesen worden. Malgame, der sich aufspielte, als hätte er nicht nur ihren Schutz, sondern auch ihre Seele gekauft. Und der sich nun, da sich Xuls Schuld eindeutig offenbart hatte, jeden Kommentar zu diesem Thema verbat.

Dels Unbehagen hatte schon die letzten Tage wie eine sich entfachende Glut auf den Luftzug gewartet, der das Feuer endgültig zum Aufflammen bringen würde. Er spürte eine fast unerträgliche Unruhe in sich, eine aufkommende Wut, die von jeder überheblichen Bemerkung Malgames aufs Neue angestachelt wurde. Wenn Skar nicht gelegentlich ablenkend eingegriffen hätte, hätte Del möglicherweise seiner Wut bereits Luft gemacht. Doch so konzentrierten sich seine Rachegedanken auf Xul; er malte sich aus, was er mit ihm anstellen würde, wenn ihm der Gnom in die Hände fiele.

Es war allmählich dunkler geworden, und sie legten eine kleine Pause ein, um sich zu orientieren. Skar besprach sich leise mit Malgame, der diese verfluchte Steppe erstaunlich gut zu kennen schien. Del kam sich bei diesem Gespräch vollkommen überflüssig vor. Es wäre ihm lieber gewesen, Xul hätte seinen Schandtaten noch eine weitere hinzugefügt und seinen ehemaligen Herrn entführt, um ihn gegen ein Lösegeld wieder bei seinen treuen Verwandten in Ikne abzuliefern.

»Hoffentlich ist er in der Nähe, euer Fluss«, knurrte er schließlich gereizt.

»Das ist er, verlass dich drauf«, antwortete Skar rasch, bevor Malgame zu einer Entgegnung ansetzen konnte.

Sie gingen schweigend neben- und hintereinander her, bis die Sonne endgültig unterging und der Tag in eine dunkle, sternenlose Nacht hinüberglitt, so wie sie am Abend zuvor in einen totenähnlichen Schlaf hinübergeglitten waren, nachdem ihnen Xul den Schlaftrunk in ihren Wein gemischt hatte. Und wieder beschlich Del ein merkwürdiges Gefühl der Unwirklichkeit, so wie heute Morgen, als Skar ihn wachgerüttelt hatte und er mit brummendem Schädel und pelziger Zunge wie nach einer durchzechten Nacht aufgeschreckt war, ohne indes seine Umgebung klar und bei wirklich wachem Verstand wahrzunehmen.

Dann entdeckte ausgerechnet der mittlerweile schon sehr erschöpft wirkende Malgame einen schwachen Lichtschein am Horizont, und als sie darauf zuhielten – ähnlich wachsam, aber deutlich schneller gehend als zuvor –, wuchs vor ihnen der dunkle Schatten eines einsam stehenden Hauses aus der Nacht. »Das sehen wir uns aus der Nähe an«, sagte Del grimmig, kaum dass sie stehen geblieben waren, um die Lage zu beratschlagen. »Und wehe dir, Xul, wenn das der Schein deines Hauptquartiers ist!«

*

»Alles in Ordnung«, sagte Del vom Innenhof aus. »Ihr könnt kommen.« Während er auf Malgame wartete, den Skar über die Mauer zu hieven versuchte, sah sich Del um. Zwischen der Mauer und dem erstaunlich großen Haus lag ein verwilderter Garten, der offensichtlich schon vor Jahren seinem Schicksal überlassen worden war. Der Weg war mit Unkraut überwuchert, seitlich türmten sich Unrat und Gerümpel, so als hätte jemand in aller Hast das Haus ausgeräumt und wäre dann in einen Hinterhalt geraten, bevor er seinen beweglichen Besitz in Sicherheit bringen konnte. Del erkannte im widerspiegelnden Mondlicht zwar kaum mehr als die dunklen Schemen zerborstener Möbelstücke inmitten glitzernder Glasscheiben und abgerissener Verzierungen, aber ihm entgingen dabei keineswegs die Spuren gewaltsamer Zerstörung, und für einen kurzen Augenblick blitzten vor seinem inneren Auge die Erinnerungen an die zahllosen Schwertkämpfe auf, die er zusammen mit Skar ausgefochten hatte. Sie vermischten sich mit dem Anblick des Chaos um ihn herum, und er glaubte beinahe körperlich zu spüren, dass hier ein fürchterlicher Kampf stattgefunden hatte, der alles in den Schatten stellte, was er selbst bislang erlebt hatte.

Aber wahrscheinlich war das schon eine halbe Ewigkeit her. Das Licht, das aus einem schmalen Fenster über dem Eingang fiel, machte die Baufälligkeit des Gebäudes deutlich. Mehrere Risse zogen sich quer durch das Gemäuer, die Eingangstür hing lose in den Angeln, und alles in allem wirkte das Ganze vollkommen verwahrlost, uralt und alles andere als einladend.

Nachdem sich die beiden anderen zu ihm gesellt hatten, gingen sie gemeinsam auf den Eingang zu. »Wenn das Licht nicht wäre«, flüsterte Malgame, »könnte man das Haus für unbewohnt halten.«

»Vielleicht wäre das besser so«, gab Skar ebenso leise zurück. »So heruntergekommen und verwahrlost, wie das alles aussieht, kann hier nur Gesindel hausen.«

»Also doch Xul mit seiner Bande«, stichelte Del. »Und er hat Malgame bequatscht, uns hierher zu führen, um uns endgültig auszuschalten ...« Er bedauerte die Bemerkung, noch bevor er sie ganz ausgesprochen hatte, aber das änderte nichts daran, dass es ihm ein geradezu höllisches Vergnügen bereitete, Malgame immer wieder herauszufordern.

»Es reicht, Del«, zischte Skar. »Wenn sich hier eine Räuberbande versteckt hätte, hätte man uns gewiss ganz anders empfangen«, fügte er an Malgame gewandt hinzu.

»Es sei denn, die bösen Räuber sind stockbesoffen«, setzte Del nach. Im gleichen Moment glaubte er, ein Geräusch zu hören, ein leises Schnarren, das vom Eingang des Hauses zu ihnen herüberdrang. Mit einer Handbewegung bedeutete er den anderen, still zu sein. Sie hörten das Knarren von Holz, dann leise Schritte, die sich näherten. Der Lichtschein flackerte, und plötzlich sahen sie die schlanke, im diffusen Licht fast durchsichtig wirkende Gestalt eines Mädchens, das erschrocken zu ihnen herüberstarrte.

»Wer – wer seid Ihr?«, fragte das Mädchen stockend.

Skar erholte sich als Erster von der Überraschung. »Wir sind auf Wassersuche für unseren Trupp«, log er. »Skar ist mein Name – und das sind Del und Malgame.«

»Und mein Name ist Malicia«, sagte das Mädchen. »Aber hier gibt es kein Wasser.«

Sie hob die Kerze etwas höher. Langes dunkles Haar umrahmte ihr schmales Gesicht, und ihre Augen waren vor Aufregung weit geöffnet. Mit ihren hervorstehenden Wangenknochen und ihrer unnatürlichen Blässe sah sie so elend aus, dass sich Del fragte, wie sie sich überhaupt noch auf den Beinen hielt.

»Aber du wohnst doch hier«, stellte er fest.

»Hier gibt es kein Wasser für Euch«, beharrte sie. »Bitte geht!«

So schnell wollte Del nicht aufgeben. »Wer ist noch hier – außer dir?«

»Oh, niemand – das heißt, fast niemand.« In Malicias Stimme vibrierte eine Unsicherheit, die Del aufhorchen ließ.

»Fast niemand?«, hakte Skar ein. »Was soll das heißen? Du wirst doch hier nicht allein hausen!«

»Oh, nein.« Malicia zögerte kurz und starrte an Skar vorbei, als ob sie an etwas Fernes erinnert worden war. »Mein Beschützer und ich – sonst wohnt hier niemand.«

»Drück dich etwas klarer aus«, verlangte Del ungeduldig. »Wer ist dein Beschützer? Können wir mit ihm sprechen?«

»Oh – ich weiß nicht. Mit ihm sprechen?« Das Mädchen drehte sich auf dem Absatz um, lief mit schnellen Schritten in die Eingangshalle und rief über die Schulter zurück: »Nie zuvor wollte jemand mit ihm reden!«

Skar zuckte mit den Schultern, aber Del nickte auffordernd. »Folgen wir ihr.«

»Ich weiß nicht, ob das klug ist …«, begann Malgame, aber als Del und Skar an ihm vorbei auf die Tür und die dahinter sich öffnende Eingangshalle zuschritten, brach er mitten im Satz ab und schloss sich ihnen an.

Del und Skar waren inzwischen über die Schwelle getreten und erreichten die überraschend geräumige Halle, in deren Mitte das Mädchen stehen geblieben war. Malicia zitterte vor Aufregung, und mit ihr die Kerze in ihrer Hand. Im flackernden Lichtschein verschwammen die Umrisse der Dinge in der Halle, und alles wirkte seltsam unwirklich, beinahe so, als führten die hin und her huschenden Lichtreflexe ein gespenstisches Eigenleben.

Del sog prüfend die modrige Luft ein – sie roch unangenehm nach Fäulnis, Verwesung und Tod und erweckte in ihm ein ähnliches Schwindelgefühl wie am Morgen, als er benommen durch die Gegend getorkelt war – und sah sich gleichzeitig um. An den Wänden und der Decke hatte sich Feuchtigkeit abgesetzt, die in dünnen, glitzernden Rinnsalen zu Boden lief – was umso erstaunlicher war, als das Mädchen behauptet hatte, dass es hier kein Wasser gab. Aber nicht diese Ungereimtheit beunruhigte Del. Es war vielmehr der fürchterliche Zustand des Raumes an sich, dieses Durcheinander zerschlagener Möbelstücke, die einst sicherlich mit großem Aufwand gefertigt worden waren, denn er entdeckte geschnitzte Schlangenköpfe, die im flackernden Licht zu gespenstischem Leben zu erwachen schienen, eine abgebrochene Stuhllehne, die mit einem erstaunlich lebensecht wirkenden Echsenkopf abschloss, und ein paar matt glitzernde Kerzenleuchter, die wie achtlos weggeworfen in der Ecke lagen, unmittelbar neben einem umgestürzten, in zwei Hälften zerschlagenen Tisch. Ein Anblick, der Del unangenehm an das im Garten herrschende Chaos erinnerte, das genau wie hier auf eine im wahrsten Sinne des Wortes mörderische Auseinandersetzung hinwies. Erstaunlich war bereits, dass sich jemand in dieser Einöde mit so großem Aufwand eingerichtet hatte, aber die brennendste Frage war und blieb: Was, bei allen Göttern, war hier geschehen, dass alles so zertrampelt aussah, als wären die gefürchteten Schuppen-Krieger, die Quorrl, mit grausamer Brutalität eingefallen?

Er wechselte einen raschen Blick mit Skar und erkannte an dessen wachsamem und gleichzeitig fast eingefroren wirkendem Gesichtsausdruck, dass der Satai die Lage ähnlich befremdlich und bedrohlich einschätzte wie er selbst. Sie mussten eine Entscheidung treffen, und das schnell, denn wer auch immer der Beschützer dieses seltsamen Mädchens war: Er war wahrscheinlich nicht ganz unbeteiligt an dem Chaos in der Halle.

Malicia brach als Erste das fast erdrückende Schweigen. »Ihr solltet nicht hier sein«, sagte sie mit leiser, fast zitternder Stimme. »Dieser Raum ist nicht für die Augen von Reisenden ... gestaltet.«

Del fand die Formulierung etwas absonderlich – gelinde gesagt –, andererseits aber auch zu der fast unwirklich wirkenden Situation passend. »Also«, sagte er gedehnt und drehte sich zu Skar und Malgame um, »was tun wir jetzt?«

»Nun, was schon?«, fragte Skar. »Wir werden heute Nacht hier bleiben.«

»Ich halte das für keinen guten Vorschlag ...«, begann Malgame, aber Skar gab ihm keine Gelegenheit, seinen Satz zu beenden. »Sagtet Ihr nicht selbst, dass es draußen zu kalt ist, um die Nacht ohne ein Feuer oder zusätzliche Kleidung zu überstehen?«

»Ja, schon«, sagte Malgame widerwillig. »Aber ...«

»Und dass in dieser Gegend noch andere, weitaus schlimmere Gefahren lauern würden?«, fuhr Skar unbarmherzig fort.

»Ja, genau, das sagte ich.« Es mochte am flackernden Licht der Kerze liegen, dass Malgames Gesicht in diesem Moment etwas Wölfisches bekam: den Ausdruck eines Raubtiers, das beim Anblick seines Opfers erwartungsvoll die Zähne fletscht. Aber natürlich war es nur Dels Misstrauen, das ihm diesen Streich spielte und Dinge vorgaukelte, die es gar nicht gab.

Skar hatte ihn immer wieder darauf hingewiesen, wie wichtig es war, einen kühlen Kopf zu bewahren und sich nicht dazu verleiten zu lassen, voreilige Schlüsse zu ziehen. Del blinzelte kurz, um den dumpfen Druck hinter seinen Schläfen und das Schwindelgefühl zurückzudrängen und zu einer nüchternen Einstellung zurückzufinden. Und im nächsten Moment wirkte Malgames Gesicht auch genauso, wie es der Lage angemessen war: schmal, erschöpft und fast greisenhaft abgemagert mit dunklen Augen, in denen sich Müdigkeit, Angst und Berechnung spiegelten – also genau die Mischung, die man von einem gerissenen und erfahrenen malabesischen Händler unter diesen Umständen erwarten konnte.

»Wir bleiben heute Nacht hier«, sagte Skar noch einmal zu Malicia. »Draußen ist es kalt, verstehst du? Von mir aus übernachten wir hier in der Halle.«

Malicia blinzelte verunsichert, und die Hand, die die Kerze hielt, zitterte so stark, dass die Flamme flackerte und ihr Schein merkwürdig zerfaserte. »Ihr seid Gäste?«

»Natürlich sind wir Gäste«, sagte Malgame in eindeutig herrischem Ton, als Skar nicht sofort antwortete.

Seine Worte schienen das Mädchen endgültig zu verwirren. Es trat einen Schritt zurück, fast, als ob es ihnen Platz machen wollte. Doch dann hielt es inne, straffte sich und sah Malgame voll in die Augen.

»Wenn Ihr Gäste seid, könnt Ihr bleiben.« In Malicias Augen erschien ein fast spöttisches Blitzen. »Aber statt Wasser werde ich Euch etwas anderes, Edleres kredenzen.«

Malgame nickte bedächtig. »Dann zeig uns unsere Unterkunft!«

Malicia führte die zusammengelegten Hände zum Mund, verharrte einen Moment lang in dieser Haltung, drehte sich unvermittelt um und ging auf eine schmale Holztreppe im Hintergrund des Raumes zu, die sie hinaufstieg, ohne sich noch einmal umzusehen. Bevor Del und Skar sich versahen, war sie verschwunden – und mit ihr der unruhig flackernde Lichtschein, sodass sie in fast vollständigem Dunkel zurückblieben, sah man von dem kaum wahrnehmbaren Geflacker im oberen Stockwerk ab, das wohl noch immer von Malicias Kerze stammte, aber jetzt kaum mehr ausreichte, um den oberen Treppenansatz zu beleuchten.

»Und nun?«, fragte Del gedehnt, während gleichzeitig ein unruhiges Kribbeln seinen Rücken heraufkroch, wie um ihn zu warnen, nicht länger tatenlos in dieser unheimlichen Umgebung zu verharren. »Was meinst du, Skar – sollen wir ihr folgen, oder machen wir uns wieder aus dem Staub?« Die versteckte Provokation galt nicht Skar, sondern Malgame, der so selbstverständlich zu seinem alten, befehlsgewohnten Tonfall zurückgefunden hatte. Del fragte sich, woher der alte Mann überhaupt die Energie dazu nahm.

»Natürlich bleiben wir«, antwortete Malgame, dem der spöttische Unterton in Dels Stimme kaum entgangen sein konnte. »Es sei denn, dieses seltsame Mädchen hat euch in Angst und Schrecken versetzt.«

»Merkwürdig.« Skar war in die Hocke gegangen; ein dunkler Schatten, der mit der fast konturlosen Umgebung verschmolz. »Die toten Vögel müssen schon eine ganze Zeit hier liegen.«

»Welche toten Vögel?«, fragte Del beunruhigt.

»Die Tiere, die hier zu meinen Füßen liegen.« Skar drehte sich, immer noch hockend, zu Del um, und sein Gesicht zeichnete sich plötzlich so deutlich ab, als würde es von einem flackernden Lichtausläufer von Malicias Kerze gestreift.

Del sah zur Treppe hoch und erwartete, das Mädchen wieder herunterkommen zu sehen. Aber er wurde enttäuscht. Ein unstet flackerndes Licht vertrieb zwar die Dunkelheit auf den obersten Stufen, aber wenn es tatsächlich von Malicias Kerze stammte, dann musste sich diese mittlerweile ein gehöriges Stück weiter im oberen Stockwerk befinden. Del lauschte auf das verräterische Geräusch knarrender Holzbohlen, das davon hätte künden können, dass sich über ihnen Malicia – oder auch jemand anderes – bewegte, aber alles, was er vernahm, waren das Heulen des Windes ums Haus und das leise Klappern der Haustür, die von der Zugluft bewegt wurde.

»Malgame, würdet Ihr Euch bitte einmal hierhin bemühen«, sagte Skar, bevor Del dazu kam, seinem Unbehagen Worte zu verleihen. »Was haltet Ihr von diesen Vögeln?«

Der Händler folgte wortlos der Aufforderung, stieß unachtsam ein altes Möbelstück zur Seite und ging dann neben Skar in die Hocke. Del hatte den Eindruck, dass er die Schultern hob, aber er konnte sich auch täuschen. Der Lichtschein reichte kaum aus, um Malgame und Skar zu unterscheiden; stattdessen verschmolzen sie zu einer einzigen unförmigen Gestalt.

»Es könnten *Tumani* sein«, sagte Malgame schließlich.

»Tumani?«, wiederholte Del. »Was sollte daran so erstaunlich sein?«

»Du solltest deiner Umgebung etwas mehr Aufmerksamkeit schenken«, bemerkte Skar knapp, dessen Umriss sich noch immer nicht von dem Malgames abhob.

»Ja und?«, begehrte Del auf. »Ich habe keine Ahnung, was es mit *Tumani*-Vögeln Besonderes auf sich hat …«

»Aber auch dann sollten dir die Kadaver zu denken geben«, sagte Skar ruhig. »Kein normaler Mensch lässt in seinem Haus monatelang totes Viehzeug herumliegen.«

»Monatelang?«, rief Del Skar hinterher. »Woher willst du das wissen?«

Skar wandte sich mit einem Achselzucken ab und ging zur schmalen Holztreppe hinüber, die zu den oberen Stockwerken führte. Hinter sich hörte er die lauten, ungeduldigen Bewegungen Dels, der nun seinerseits die toten Vögel untersuchte. Trotz seiner aufkommenden Verärgerung über den Jungen musste Skar lächeln. Die ungestüme und plumpe Art, zu der sich Del noch gelegentlich hinreißen ließ, erinnerte ihn an die Zeiten, als er selbst noch nicht das Gewand eines Satais getragen hatte und ebenfalls ein junger Hitzkopf gewesen war. Erst Schritt für Schritt hatte er begreifen müssen, dass man mit Umsicht und Geduld zuweilen viel mehr erreicht als mit plumper Gewalt.

Skar schob die störenden Gedanken beiseite und konzentrierte sich ganz und gar auf seine Umgebung, ganz so, wie es eines Satais würdig war. Seine Augen, die sich mittlerweile an das Zwielicht gewöhnt hatten, suchten nach einer Gefahr, nach einer Falle. Wenn sie die Treppe hinaufstiegen, mochten sie sich selbst den Rückweg abschneiden. Auf der anderen Seite konnten sie auch nicht einfach in der Eingangshalle übernachten, ohne zu wissen, wer außer ihnen noch anwesend war.

Nachdem er eine Zeit lang von oben kein einziges Geräusch vernommen hatte, hörte er Malicia oberhalb der Treppe hantieren, scheinbar unbekümmert und vollkommen sorglos, als hätte sie selbst keinerlei Angst vor ihren späten Gästen. Die Frage nach der Existenz ihres *Beschützers* war bislang offen geblieben, und das gefiel Skar ganz und gar nicht. Er hatte nach Spuren weiterer Bewohner dieses einst wohl herrschaftlichen Hauses Ausschau gehalten – was ihm allerdings inmitten des Chaos nicht ganz leicht gefallen war –, und vor allem hatte er auf jedes noch so kleine Geräusch geachtet und jeden auch noch so unangenehmen Geruch zu deuten versucht. Bislang war ihm nichts aufgefallen, was auf die Anwesenheit Unbekannter hindeutete, aber schließlich hatte er sich ja auch noch nicht überall umsehen können. Das stimmte ihn besonders deshalb etwas unruhig, weil Del und er Rücksicht auf Malgame nehmen mussten, wenn es zu einem Handgemenge kam. Eine schnelle Flucht oder gar eine Hetzjagd durch die mittlerweile eiskalte Steppe würde den alten Händler mit Sicherheit überfordern.

Er drehte sich zu den anderen um und winkte ihnen auffordernd zu; eine Geste, die ihnen in der fast vollständigen Dunkelheit hier allerdings verborgen bleiben musste. »Kommt«, sagte er deshalb. »Folgen wir der Einladung des Mädchens!«

Er wartete, bis sich die beiden anderen zu ihm gesellt hatten, und ging erst dann weiter. Die Stufen knarrten unter ihren Tritten, und dicht vor ihnen glaubte Skar plötzlich winzige Flämmchen aufleuchten zu sehen, die wie Irrlichter flackerten, aber nachdem er ein paar Mal geblinzelt hatte, verschwand der Spuk so rasch, wie er gekommen war. Dafür flackerte ihnen freundliches Licht entgegen, als Malicia ihnen am oberen Teil der Treppe entgegentrat.

»Willkommen, meine Gäste«, sagte sie sanft. Obwohl nur wenig Zeit vergangen war, seit sie sie zum ersten Mal gesehen hatten, wirkte sie nun wie eine ganz andere Person. Ihr Kleid schien sich ihren geschmeidigen Bewegungen wie von selbst anzupassen; ihr Haar war zurückgekämmt und zu einem Knoten festgesteckt. Mit einer eleganten Geste machte sie ihren Gästen Platz. Auch der Raum, den sie frei gab, stand in krassem Gegensatz zu dem Chaos, das sie in der Eingangshalle vorgefunden hatten. An den Wänden hingen Gemälde, den Boden bedeckte ein weinroter Teppich. In einem mit Schmiedearbeiten verzierten Kamin prasselte ein Feuer, das eben erst entfacht worden war. Beleuchtet wurde der Raum von zwei verschnörkelten Leuchtern, die auf einem massiven Holztisch standen, an dem problemlos ein Quorrl-Herrscher mit seinem ganzen Gefolge Platz gefunden hätte.

Mit ein paar schnellen Schritten war das Mädchen schon wieder im Nebenraum verschwunden und kehrte einen Augenblick später mit einem Tablett zurück, auf dem sich dampfende Speisen befanden. Ohne den drei Männern einen Blick zuzuwerfen, nahm sie die schweren, goldverzierten Schüsseln vom Tablett und verteilte sie auf dem Tisch, der ohnehin schon mit allen möglichen Speisen überladen war. Goldene Krüge standen zwischen kostbaren, mit den verschiedensten Köstlichkeiten gefüllten Gefäßen, als hätte ein ganzes Heer von Köchen, Dienern, Mägden und Küchenjungen den ganzen Tag nichts anderes getan, als ein Festmahl vorzubereiten.

Es war ein Anblick, der Del nicht nur verwunderte, sondern geradezu entsetzte. Die Tafel war so reichhaltig gedeckt, dass selbst die Herrscherin des mächtigen Elays an der Küste des fernen Westmeers nur angenehm überrascht gewesen wäre. Aber hier waren sie nicht in Elay und auch nicht in irgendeiner anderen großen Stadt wie Bel-Ishtar oder Wolan, und selbst dort, das wusste Del nur zu gut, gehörten üppig gedeckte Tafeln nicht zum Alltag der hart arbeitenden und oft vom Hunger bedrohten Bevölkerung.

Aber das war noch nicht einmal alles: Die silbernen und goldenen Platten, das kostbare Porzellan und die großen Schalen quollen über vor Köstlichkeiten, die es hier, an diesem abgelegenen Ort inmitten einer unwirtlichen Steppe, eigentlich gar nicht geben konnte. Frisches saftiges Obst, reichhaltig garnierte Wildplatten, appetitlich dekorierte Fisch-, Reis-, Fleisch- und Gemüsegerichte türmten sich auf dem Tisch, abgerundet von verführerischen Süßspeisen in verschiedenen Variationen. Dazwischen glitzerten Karaffen, Flaschen und Trinkgefäße in so reicher Form und Zahl, dass ein Überblick vollkommen unmöglich schien.

Del erschreckte dieser Anblick mehr, als wenn aus dem Nebenzimmer plötzlich eine Horde Quorrl hervorgestürmt und die Reptilienkrieger mit ihren gefürchteten Zackenschwertern auf sie losgegangen wären. Es war einfach *falsch*, in diesem zerfallen Haus am Rande der bekannten Welt einen so reich gedeckten Tisch anzutreffen, es war mit keiner seiner bisherigen Erfahrungen zu vereinbaren – und bewies eindeutig, dass hier nichts mit rechten Dingen zuging. Trotzdem, dass spürte er ganz deutlich, hatte es keinen Sinn, sich mit all diesen Fragen zu belasten. Nicht jetzt.

Es würde sich herausstellen, was das alles zu bedeuten hatte. Und das wahrscheinlich schneller, als ihm lieb war.

»Setz dich, Gast Skar«, sagte Malicia in vertraulichem Ton, »setz dich, Gast Malgame, setz dich, Gast Del.« Die Unsicherheit war aus ihrer Stimme verschwunden, und ein gelöstes Lächeln umspielte ihre Lippen.

Skar und Del sahen sich kurz an, und in diesem Moment entdeckte Del in den Augen des Satais die gleiche Mischung aus Staunen und Anspannung, die auch ihn gefangen nahm. Wortlos setzten sie sich auf die kostbaren Stühle, die ihnen Malicia zuwies. Selbst Malgame wirkte nachdenklich, und doch glaubte Del aus den Augenwinkeln heraus zu bemerken, dass er erleichtert aufatmete, als er sich auf einem der mit Jagdmotiven verzierten Stühle niederließ. Die körperliche Anstrengung hatte den alten Malabesen wohl mehr mitgenommen, als er sich eingestehen wollte.

»Eine erstaunlich reichhaltig gedeckte Tafel …«, begann Skar.

»Das ist doch das Mindeste, was wir tun können, um euch in Stimmung zu bringen«, unterbrach ihn Malicia und schenkte ihm ein gelöstes Lächeln. »Schließlich seid ihr Gäste. Und für die ist uns kein Aufwand groß genug!«

*

Skar wurde sich bewusst, dass er den Blick nicht von ihr wenden konnte. Irgendetwas an der Art, ihn anzusehen, berührte ihn im Innersten, ohne dass er hätte sagen können, ob dieses Gefühl angenehmer oder unangenehmer Art war. Fast schien es ihm, als könne sie durch ihn hindurchsehen, bis zu den tiefsten Abgründen seiner Seele; als würde sie etwas erwecken, was dort die ganze Zeit im Verborgenen existiert und nur auf den sanften Hauch einer artverwandten Seele gewartet hatte, um zum Leben erweckt zu werden. Doch so intensiv er dieses Gefühl empfand, so rasch entglitt es ihm auch wieder. Mit einer fast ärgerlichen Bewegung lehnte er sich auf seinem Stuhl zurück und deutete mit dem Finger auf eine vor ihm stehende Karaffe.

»Was sollte diese Farce vorhin mit dem Wasser, das du angeblich nicht hast?«, fragte er schärfer, als vielleicht nötig war. »Und warum diese Unterscheidung zwischen Reisenden und Gästen?«

»Weil es ein viel größerer Unterschied ist, als du vielleicht erahnen magst«, sagte Malicia sanft. »Aber nun zögere nicht und greif zu. Es gibt hier alles, was dein Herz begehrt.«

»Alles?«

»Oh, ja.« Malicia lächelte, aber dabei wirkte sie geistesabwesend, als wäre sie in Gedanken ganz woanders. »Süßer Wein des Südens, den herben Wein Apunkiens, den roten Wein aus Ikne. Wähle, Gast Skar.«

»Wir trinken keinen Wein«, mischte sich Del ein. »Zumindest im Moment nicht, da ...«

»... gewisse Dinge im Unklaren liegen?«, half ihm Malgame aus, während er ein wertvolles Kristallglas in der Hand drehte und es musterte, als versuche er abzuschätzen, wie viel es auf dem Markt in Ikne bringen könnte.

»Ob unklar oder nicht ...« Skar ließ erneut den Blick über den reich gedeckten Tisch schweifen. »Ich kann mich nicht daran erinnern, wann ich das letzte Mal zu einem solchen Festmahl eingeladen wurde ...«

»Wahrscheinlich noch nie«, ergänzte Del, »zumindest nicht inmitten einer ansonsten menschenleeren Steppe.«

»Allerdings.« Skar atmete tief aus. »Erklär uns das, Malicia. Erwartest du noch andere Gäste? Und woher beziehst du Speisen und Getränke? Du kannst doch unmöglich alles allein zubereitet haben!«

Malicia lachte glockenhell auf. »Für ein einfaches Mädchen wie mich sind das viel zu viele Fragen, Gast Skar ...«

»Versuch nicht, uns für dumm zu verkaufen«, unterbrach sie Del grob. »Du wirst doch wohl wissen, was das hier alles soll!«

Malicia wirkte plötzlich verwirrt, und in einer fast hilflos anmutenden Geste zwirbelte sie eine Strähne ihres schwarzen Haars, während sie offensichtlich um eine Erklärung rang. »Ich weiß nicht genau, was du wissen willst, Gast Del. Hier ist alles so wie immer. Die Speisen und Getränke ...«

»Ja«, bohrte Del nach, als das Mädchen mit einer hilflosen Geste abbrach.

»Es ist mein Beschützer, der für Speisen und Getränke sorgt«, fuhr Malicia stockend fort. »Und der Unterschied zwischen Gästen und Reisenden ... nun ...« Sie zuckte mit den Achseln. »Er ist so, wie er schon immer war, vor unzähligen Generationen, und so, wie er auch künftig sein wird, wenn alte Königreiche untergehen und sich auf ihrem Schutt neue Reiche bilden werden. Reiche, die so anders, fremd und unverständlich sind, wie ... nun, ja, wie euch diese festlich gedeckte Tafel erscheinen mag.«

Skar hatte ihr aufmerksam zugehört, aber jetzt fühlte er sich von einem merkwürdigen Gefühl ergriffen, so als wären gar nicht ihre Worte wichtig, sonders allein der leichte Singsang, mit dem sie ihre merkwürdige kleine Rede gehalten hatte, und mit einem Mal verloren die eben noch brennenden Fragen ihre Bedeutung für ihn, und wohlige Entspannung breitete sich in ihm aus, so als wäre er hier bei guten alten Freunden eingekehrt, denen er bedingungslos vertrauen konnte.

»Vergessen wir das Ganze erst einmal«, sagte er, das verblüffte Blinzeln Dels bewusst übersehend, »und lasst uns erst einmal etwas trinken. Malicia, kannst du mir vom roten Wein Iknes bringen?«

»Selbstverständlich«, antwortete das Mädchen und eilte davon.

»Ich weiß nicht, ob das klug ist ...«, begann Del.

»Ich weiß schon, was ich tue«, beteuerte Skar, obwohl er sich dessen selbst nicht sicher war. »Du brauchst ja nicht zu trinken.«

Del verschränkte die Arme vor der Brust, aber die Geste wirkte weniger trotzig als hilflos. »Genau. Ich werde weder etwas trinken noch etwas essen, bevor ich nicht weiß, was hier los ist.«

Malgame sah nachdenklich auf die aufgetürmten Speisen. »Ein löblicher Entschluss. Aber mit knurrendem Magen den ganzen Abend vor diesen Köstlichkeiten sitzen zu wollen, scheint mir doch reichlich übertrieben.«

»Meine Rede«, sagte Skar. »Außerdem: Welchen Sinn sollte es haben, diesen Aufwand zu betreiben, um uns aus dem Weg zu räumen, wenn wir einen vergifteten Becher Wasser wahrscheinlich ohne Nachdenken und auch noch dankbar hinuntergekippt hätten?«

Del wollte darauf etwas erwidern, aber er brach ab, als Malicia mit einem Krug aus dem Nebenraum zurückkehrte. Ihre Augen glänzten.

»Betrink dich, nur zu«, sagte Del, während Malicia Skars Becher füllte.

»Nur Bauerntölpel betrinken sich«, sagte Skar betont abfällig, um Del klar zu machen, dass er das Thema damit ein für alle Mal für erledigt hielt.

Auch Malgame ließ sich Wein einschenken, doch er hob ihn prüfend hoch und roch so misstrauisch daran, als ob er tatsächlich befürchtete, man wolle ihn zum zweiten Mal innerhalb kurzer Zeit auf diese ebenso plumpe wie hinterhältige Art ausschalten.

»Scheint in Ordnung zu sein«, murmelte er leise, dennoch schien er noch nicht ganz überzeugt zu sein. Er tippte mit der Fingerspitze in die Flüssigkeit und kostete von dem Wein. Schließlich nickte er befreit und nahm einen tiefen Schluck.

»Mir geht dieser Wandel einfach zu schnell, Skar«, beharrte Del. »Eben noch standen wir in einer Halle, wo du tote Vögel begutachtet hast, die dort nicht hingehören – und jetzt sitzen wir an einer Festtafel, die mit Speisen überladen ist, als wolle Harkan von Kohon den Sieg über einen mächtigen Stadtstaat feiern, zu dessen Höhepunkt man die Köpfe seiner Todfeinde auf einem Silbertablett serviert.«

»Unsinn«, entgegnete Skar gereizt. »Man muss die Feste feiern, wie sie fallen.«

Del kniff die Augen zusammen und funkelte ihn wütend an. »Pass nur auf, dass du nicht mitfällst. Und dass es nicht unsere Köpfe sind, die man zum Abschluss dieses Mahls auf einem Silbertablett darbieten will!«

Skar achtete nicht weiter auf ihn, nahm einen Schluck und sah Malicia zu, die vor dem Kamin kniete und Holzscheite ins prasselnde Feuer warf. Dels Worte drangen wie aus weiter Ferne an sein Ohr, so als wäre er gar nicht hier, sondern riefe ihm etwas aus weiter Ferne zu. Doch im gleichen Moment, als er den Gedanken zu fassen glaubte und mit ihm die Gefahr, die sich damit verband, entglitt er ihm auch schon wieder. Alles, was zurückblieb, waren Leere und Betäubung, vielleicht eine Nachwirkung des Gifts vom gestrigen Abend. Vielleicht hatte es aber auch etwas mit dem Mädchen zu tun, von dem er den Blick nicht wenden konnte. »Der Wein ist gut«, hörte er sich selbst mit rauer, belegter Stimmer sagen, und mit gelindem Erschrecken stellte er fest, dass ihm auch seine eigenen Worte merkwürdig weit entfernt vorkamen, so als spräche er sie gar nicht selbst. »Du solltest ihn probieren, Del.«

»Wer sagt das?«, fragte Del scharf. »Du oder Malicia?«

»Was soll denn das heißen?«, entgegnete Skar nicht weniger heftig, aber auch diesmal von dem beunruhigenden Gefühl begleitet, nicht mehr Herr seiner eigenen Worte zu sein. »Du vergisst, mit wem du sprichst!«

»Und du vergisst, wo du bist«, gab Del in dem gleichen gereizten Tonfall zurück. »Merkst du Narr eigentlich nicht, dass das eine gottverdammte Falle ist?«

Skar lachte humorlos und trank erneut. Er war sich durchaus darüber im Klaren, dass Dels Einwände berechtigt waren, doch aus irgendeinem unerklärlichen Grund war ihm dies vollkommen gleichgültig. Die Rollen schienen diesmal geradezu vertauscht zu sein; es war, als triebe ihn alles dazu, diesmal der Unvernünftigere zu sein, so als sei er es leid, ständig der Überlegte und Besonnene zu sein. Abgesehen davon hatte niemand das Recht, ihm vorzuschreiben, wie er sich zu verhalten habe, schon gar nicht dieser Grünschnabel!

*

»Ich weiß ganz genau, wann wir in Gefahr sind und wann nicht«, erklärte Skar wütend. »Und ich habe es gar nicht gern, wenn man mich wie ein kleines Kind behandelt. Du solltest nicht vergessen, dass ich der Erfahrenere bin, und – verdammt nochmal – ich bin dein Lehrmeister, und du bist nichts weiter als ein vorlauter, dummer Junge!« Die letzten Worte hatte er geschrien, und in seinen Augen glitzerte eine unbeherrschte Wut, die Del in diesem Maße noch nie an ihm bemerkt hatte. Dels eigene Erregung schlug nun ins Gegenteil um, in ein Entsetzen, das seinen Verstand und sein Gefühl lähmte und ihm bis in die Fingerspitzen fuhr.

»Ist dir nicht gut?«, fragte er leise. Ein seltsames Gefühl der Verzweiflung und Abscheu breitete sich in ihm aus, und ein kurzer Seitenblick auf Malgame überzeugte ihn, dass es dem Händler offenbar nicht anders erging.

Skars Gesicht war mittlerweile rot angelaufen, und seine Fäuste schlossen und öffneten sich in einem krampfhaften Rhythmus.

»Treib es nicht zu weit, Del!«, zischte er. »Misch dich nicht ein, wenn ich feiern will.« Dann schloss er die Augen, und seine Hände zuckten, als wären sie eigenständige Wesen, die nur auf die Gelegenheit warteten, sich wie Schraubzwingen um Dels Hals zu legen und zuzudrücken, bis in dem jungen Satai-Schüler kein Leben mehr wäre. Del wollte schon zu einer scharfen Entgegnung ansetzen, aber bei diesem Anblick blieben ihm die Worte im Hals stecken.

»Ja, nun, eine kurze Rast wird uns allen wohl recht gut tun«, sagte Malgame in die Stille hinein. »Feiern wir also, solange wir noch Gelegenheit dazu haben.«

Skars Gesichtszüge entspannten sich langsam, und er nickte fast unmerklich. Seine Augen öffneten sich, und er warf Del einen kalten Blick zu, als habe er in ihm plötzlich einen alten Feind erkannt.

»Du musst noch viel lernen, du Möchtegern-Satai«, sagte er ruhig. »Viel Wasser ist nötig, um einen Felsen auszuhöhlen, und viel Geduld ist nötig, bevor man sich einen Satai nennen darf.«

Del rutschte unruhig auf seinem Stuhl hin und her. Er begriff Skars Verhalten nicht, weder seinen mühsam unterdrückten Wutanfall noch die Worte, die gerade in diesem Augenblick vollkommen unpassend wirkten. Wie selten zuvor fühlte sich Del plötzlich an Zeiten erinnert, an die er lieber nicht mehr dachte. Imponiergehabe und Willkür passten eher zu jemandem wie diesem Gnom Xul, der sie in den letzten Wochen mit seinem unerträglichen Verhalten und seinen ständigen Sticheleien bis zur Weißglut getrieben hatte, als zu dem beherrschten Satai, den Del in Skar bislang gesehen hatte. War Skars Ausbruch gespielt oder war er echt gewesen? Und wenn er gespielt war, für wen war er dann gedacht gewesen?

Malicia war währenddessen an den Tisch getreten und bediente Malgame, der mit scheinbarer Selbstverständlichkeit Speisen aus dem reichhaltigen Angebot auswählte. Del beobachtete mit wachsender Unruhe seine beiden Reisegefährten; Skar, der mit starrem Gesicht dasaß, als ob er schon eine halbe Nacht in einer Spelunke Iknes hocken würde, und Malgame, der sich benahm, als wäre er zu einem Festessen bei einem seiner reichen Geschäftsfreunde geladen.

»Malicia«, begann Del vorsichtig, wobei er Skar im Auge behielt, »beantworte mir jetzt endlich meine Frage: Erwartest du noch andere Gäste?«

»Andere Gäste?« Malicia schüttelte den Kopf. »Aber nein, Gast Del. Wieso fragst du schon wieder das Gleiche?«

»Weil er ein alter Querkopf ist«, antwortete Skar an seiner Stelle. »Er gönnt uns unser kleines Fest nicht, nicht wahr, Del? Das tust du doch nicht.«

In seiner Stimme schwang deutlich Verachtung mit, und Del spürte, wie sein Blut wieder zu pulsieren begann. »Wir müssen morgen sehr früh aufbrechen«, sagte er, ohne auf Skars Sticheleien einzugehen. »Ihr gestattet doch, dass ich mich schon zur Ruhe begebe. Malicia, kannst du mir sagen, wo ich schlafen soll?«

Malicia drehte sich zu ihm um und sah ihn traurig an. »Aber der Abend hat doch gerade erst begonnen«, sagte sie in einem fast flehenden Tonfall. »Es wird bestimmt noch sehr lustig werden.«

»Du solltest wenigstens einen Bissen zu dir nehmen«, sagte Malgame undeutlich. Während er sprach, führte er mit einer goldenen Gabel ein Stück Fleisch zum Mund. Sein unüberhörbares Schmatzen wirkte gar nicht so vornehm, wie man es von ihm erwartet hätte.

»Danke, ich habe keinen Hunger«, antwortete Del, obwohl sein Magen schon seit geraumer Zeit knurrende Geräusche von sich gab.

»Es würde mich sehr wundern, wenn das der Wahrheit entspräche«, entgegnete Malgame ungerührt und spülte den letzten Bissen mit einem Schluck Wein hinunter. »Wir haben schließlich den ganzen Tag lang noch nichts gegessen.«

»Nein. Trotzdem danke.«

»Es gibt Leute, die das nicht täten«, fuhr Malgame fort. »Schließlich ist es nicht nur einfach dumm, sondern auch äußerst unhöflich unserer Gastgeberin gegenüber.«

»Was soll denn das nun heißen?«, fragte Del gereizt. Er war dieses sinnlose Gespräch leid. Skar schien ohnehin kaum zuzuhören, seine Aufmerksamkeit konzentrierte sich in mehr als eindeutiger Weise auf Malicia, die am Fenster stand und in die Dunkelheit hinausstarrte. Und Del hatte nun wirklich keine Lust, sich eines der üblichen Rededuelle mit Malgame zu liefern.

»Entschuldige dich bei ihr«, sagte Malgame unvermittelt. Del drehte sich überrascht zu ihm um. »Entschuldigen? Wofür?«

»Mein lieber Del«, antwortete Malgame mit leichtem Lächeln. Er schien sich erstaunlich schnell von den Strapazen des Marsches erholt zu haben und genoss nun augenscheinlich die Unsicherheit, die von Del Besitz ergriffen hatte. Mit aufreizender Langsamkeit verzehrte er ein Stück Fleisch, bevor er fortfuhr: »Mein lieber Del, es gehört sich einfach nicht, so mit einer Dame umzuspringen.«

»Es gehört sich nicht«, unterbrach ihn Malicia und klatschte in die Hände. »Es gehört sich nicht, Gast Del.«

Del schwirrte allmählich der Kopf. Hilfe suchend blickte er zu Skar, aber der schenkte ihm keine Beachtung.

Das Ganze steuerte auf eine Katastrophe zu, dessen war sich Del sicher, und vielleicht war es an der Zeit, dass er etwas Drastisches tat, um diesen Wahnsinn zu durchbrechen. »Ich glaube, ich gehe jetzt besser«, verkündete er und erhob sich. »Mir ist das Ganze einfach zu dumm.« Er wandte sich an Skar, der ihn aus zusammengekniffenen Augen ansah. »Hörst du, Skar: Ich gehe, und es ist mir gleich, ob du mitkommst oder nicht.«

Malgame kicherte. »Und wohin gehst du, wenn ich fragen darf?«

Del hob die Schultern und trat einen Schritt auf die Tür zu. Er wartete darauf, dass Skar ihn zurückrief, wartete auf ein Wort der Erklärung, und als das nicht kam, wäre er am liebsten wieder stehen geblieben wie ein kleines Kind, das die Augen vor einer unangenehmen Situation verschließt und darauf hofft, dass sich alles von selbst zum Guten wendet. Aber er war kein Kind, und hier ließ sich mit Abwarten nichts erreichen. Er hatte vor, das Haus zu durchsuchen und festzustellen, wer sich außer Malicia hier verbarg – denn dass sie mit nur einem *Beschützer* hier leben sollte, konnte er nicht glauben.

»Du bleibst.« Skar hatte nicht sonderlich laut gesprochen, aber seine Stimme klang genauso gefährlich wie das Zischen einer Schlange. Del blieb nun doch stehen und drehte sich betont langsam um.

»Was gibt es?«, fragte er leise und in der Hoffnung, dass jetzt doch noch die Erklärung käme, auf die er so dringend wartete.

»Du bleibst«, wiederholte Skar. Er sah von seinem Becher hoch und blickte Del in die Augen. »Ich zwänge dich ungern dazu.«

Del war durch diese kaum verhohlene Drohung so verblüfft, dass er nicht einmal wütend wurde. »Ich tue das, was ich für richtig halte«, sagte er schließlich ruhig. »Wenn ich es für richtig halte zu gehen, dann gehe ich. Auch du kannst mich nicht daran hindern.«

»So?«, fragte Skar höhnisch. »Ich kann dich nicht daran hindern? Hast du vergessen, dass du mein Schüler bist? Hast du vergessen, dass du mir Gehorsam schuldest?«

»Nicht so, Skar!«, sagte Del so gelassen wie möglich, aber ohne dass es ihm gelang, Skars Blick einzufangen. »Ich bin kein kleiner Junge, den du nach Belieben herumstoßen kannst.«

»Du *bist* nichts weiter als ein kleiner dummer Junge, die lächerliche Karikatur eines Satais«, höhnte Skar. »Wenn du so weitermachst, kannst du mir gestohlen bleiben.«

»Du vergreifst dich im Ton, Skar«, warnte ihn Del. »Wir sind Partner, nicht Gegner, vergiss das nicht.«

»Und vergiss du nicht, wem du deinen Erfolg verdankst.«

»Wenn es darauf hinausläuft«, sagte Del steif, »dann denk bitte du daran, wer dir in Ikne das Leben gerettet hat. Ich glaube, wir sind quitt.«

Skar erhob sich ebenfalls. Er reichte seinen Becher Malicia, die ihn erneut füllte.

»Setz dich«, sagte er in einem Tonfall, der Del vollkommen fremd vorkam. »Ich scherze nicht.«

Del fuhr sich durchs Haar und schüttelte den Kopf. Das Verhalten, das Skar an den Tag legte, passte so wenig zu ihm, dass Del mehr verwirrt als verärgert war. Er selbst hätte sich bei anderen Gelegenheiten durchaus zu solchen Äußerungen hinreißen lassen können – nicht aber Skar, der besonnene und stets wachsame Satai!

»Du bist nicht bei Sinnen«, sagte er schließlich. »Was soll dieser Streit? Wir befinden uns in einer Umgebung, über die wir nichts wissen. In der Gefahren lauern können, die wir auf den ersten Blick vielleicht nicht wahrzunehmen vermögen. Hältst du es für ratsam, mir gerade hier Vorwürfe zu machen?«

Einen Herzschlag lang schien Skar verwirrt zu sein. Dann nickte er bedächtig. »Du hast Recht«, bekannte er. »Wir werden das Gespräch bei einer anderen Gelegenheit fortsetzen.« Wieder stockte er, schien auf eine Stimme in seinem Innern zu lauschen, und straffte sich dann. Gedankenverloren nahm er den Becher aus Malicias Hand und spielte damit. »Setz dich. Bitte.«

Auch Del zögerte. Er wusste, dass er Skar nicht im Stich lassen konnte, nicht in diesem Moment, denn irgendetwas stimmte hier ganz und gar nicht. Irgendetwas, das mit Malicia, aber auch mit Skar zu tun hatte.

»Nun gut«, lenkte er ein. »Ich bleibe. Vorerst.«

»Oh, Gast Del«, sagte Malicia. Sie eilte auf ihn zu und drückte ihm einen Kuss auf die Stirn, bevor Del sie daran hindern konnte; und das nicht, weil ihm weibliche Berührung unangenehm war, sondern weil ihm die sanfte Berührung von Malicias Lippen wie der Hauch des Todes vorkam – und ihn an die toten Vögel in der Eingangshalle erinnerte, die eigentlich schon verwest sein sollten und es doch nicht waren. »Wie freue ich mich, dass du es einsiehst.«

Del schob sie beiseite und kehrte zum Tisch zurück. Immer noch wusste er nicht, ob er das Richtige tat.

»Setzt euch«, sagte sie. »Bitte, Gast Skar, Gast Del.«

Del wehrte ihre Hand ab, als sie ihm vom roten Wein Iknes einschenken wollte. Malicias aufdringliche Art störte ihn umso mehr, als er bis aufs Äußerste gespannt war, um beim geringsten Anzeichen einer Bedrohung reagieren zu können. Mürrisch nahm er wieder Platz und deutete auf die Schalen, die zwischen ihm und Skar auf dem Tisch standen.

»Was ist das für ein Zeug?«

Malicias Blick glitt unruhig von einem zum anderen. »Es sind die erlesensten Speisen, mein Gast. Es ist alles, was du dir wünschen kannst, alles, was deinen jahrelangen Hunger stillen kann.«

»Gib mir von dem Fleisch da. Und etwas Käse«, sagte Skar so unbekümmert, als wären sie in einer beliebigen Herberge zur Rast eingekehrt. »Und du, Del? Was möchtest du?«

»Nichts«, sagte Del, ohne Malicia aus den Augen zu lassen. »Ich bin nicht hungrig. Vielleicht später.«

»Das ist nicht sehr höflich.«

»Verdammt, Skar«, sagte Del hitzig. »Irgendwann reicht es. Niemand hatte von mir verlangt, höflich zu sein.«

»Weil du ein Wirrkopf bist, um den sich niemand gekümmert hat«, erklärte Skar mit erschreckender Kälte in der Stimme.

Del verspürte das krampfartige Gefühl im Magen, das ihn jedes Mal überkam, wenn er den Überblick zu verlieren drohte. Er war müde und erschöpft – und hungrig und durstig. Aber er war fest entschlossen, hier weder zu essen noch zu trinken. Er erinnerte sich an ihre gemeinsamen Kämpfe, an die Regeln, die ihm Skar eingebläut hatte. An die Worte, mit denen er ihn zu beschwichtigen versuchte, wenn die Wut mit ihm durchzugehen drohte. An den einen Satz, den er bis heute noch nicht akzeptiert hatte: ›Kämpfen ohne anständige Aussicht auf Erfolg ist ein armseliges Spiel, und ich gehöre nicht zu dieser Art von Helden.‹ Es fiel ihm schwer, den Drang zum Handeln zu unterdrücken und Skar beim Essen zuzuschauen. Einerseits fand er es wichtig, ihn nicht aus den Augen zu lassen, um ihm notfalls beizustehen, andererseits wäre er am liebsten aufgesprungen, um das Haus auf den Kopf zu stellen und herauszubekommen, was hier nicht stimmte.

Malicia nahm eine Laute zur Hand, die an der Wand gehangen hatte. Skar beobachtete sie unablässig, sah zu, wie ihre Finger über die Saiten glitten und eine lose Tonfolge formten. Wie von selbst ergab sich eine Melodie, und Malicia begann zu singen.

Dunkle Wolken über Argos Zinnen
Dunkler Seen Pestgestank
Roter Saft aus Hälsen pulsend
Feuersbrunst aus Frauenhand
Und dann kamst du, ach, mein Geliebter
Wärst nur du's nicht, wäre ich's
Schatten werfend tanzt der Donner
Fegt hinweg der Menschen Land

Skar konnte sich eines Schauderns nicht erwehren, und er bemerkte aus den Augenwinkeln, dass auch Del das Gesicht verzog. Malicia hörte unvermittelt auf zu spielen. Ihre Lippen verzogen sich zu einem spöttischen Lächeln und ihre Augen sprühten Funken.

»Das Lied der tapferen Krieger«, sagte sie. »Kennt ihr es? Oh, ja, ich spiele jetzt das Lied der tapferen Krieger.«

»Hoffentlich ist es lustiger.« Skar trommelte unruhig mit den Fingern auf der Tischplatte.

»Oh, es ist lustig! Es sind lustige Krieger.« Sie zupfte an den Saiten. »Hörst du, wie lustig das klingt?«

»Hör auf!«, schrie Skar und schlug mit der Faust auf die Tischplatte. »Ich kann diesen kindischen Blödsinn nicht länger ertragen.« Plötzlich jagte ein brennender Schmerz durch seine Adern. Mit einem Aufschrei ließ er das Glas fallen, das er in der Hand gehalten hatte. Wahnsinnig vor Schmerzen presste er die Handflächen gegen die Augen, erhob sich taumelnd gegen das Hämmern und Dröhnen, das ihm den Verstand raubte. Flüssiger Staub kroch in seine Kehle, brennende Lava schien seine Glieder zu verbrennen. Er riss die Hände von den Augen.

Um ihn war nichts als Schwärze.

Langsam ebbten die Schmerzen ab, langsam kam die Erkenntnis. »Du hast dein Glas fallen gelassen.« Das Lachen des Mädchens riss die Schleier der Verwirrung von ihm, durchbohrte ihn.

»Ist dir nicht gut?«

Das war Dels Stimme – Gott sei Dank, Dels Stimme. Seine Hand fuhr zitternd über die raue Oberfläche des Tischs. Er spürte, wie sich seine Gedanken verwirrten, wie der Schrecken, den er bisher nicht verspürt hatte, nun mit aller Macht nach ihm griff und eisige Kälte in seinem Innern erzeugte.

»Ich bin blind«, ächzte er.

Del starrte in Skars weit geöffnete, zuckende Augen. In ohnmächtiger Wut griff er nach dem Weinkrug und schleuderte ihn zu Boden.

»Skar ist blind, blind, blind. Und du bist frei, frei, frei.« Skar schrie mit überschnappender Stimme auf, kam torkelnd hoch, drehte sich um die eigene Achse und sank mit einem Stöhnen zu Boden. Irgendetwas zerbrach in Del, durchbrach die Schutzbarrieren des Verstandes, riss jeden bewussten Gedanken mit sich fort. Mit einer Satz war er auf den Beinen, sprang quer über den Tisch, riss Teller und Krüge mit sich und stürzte sich auf die Stelle, an der Malicia gerade noch gestanden hatte. Mit einer leichtfüßigen Bewegung wich das Mädchen aus, und Del krachte hart gegen die dunkelbraune Holzverkleidung der Wand.

»Fang mich!«, rief das Mädchen lachend und verschwand im Nebenzimmer.

Del hielt keuchend inne. Der Raum schien sich um ihn zu drehen, die Kaminwärme nahm ihm den Atem. Obwohl er weder etwas gegessen noch getrunken hatte, fühlte er sich wie durch ein unbekanntes teuflisches Gift ausgehöhlt und vertrocknet. Sein Herz raste, und die Zunge lag wie ein welkes Blatt in seinem Mund. Wahrscheinlich ebenfalls eine Nachwirkung von Xuls verfluchtem Schlaftrunk.

Mit einem fast tierischen Kampfschrei sammelte Del seine Kräfte, schüttelte die Betäubung ab und erreichte mit zwei Schritten den Raum, in dem Malicia verschwunden war. Obwohl es dunkel war, erkannte er sofort, dass es sich um ein Vorratslager handelte. Auf schweren Regalen standen dicht gedrängt Töpfe mit Speisen, Weinkrüge und kunstvoll verzierte Schüsseln. Wie groß der Raum war, ließ sich nicht abschätzen; zu unübersichtlich war das System von Regalen und Borden, als dass er in dem Halbdunkeln Genaueres erkennen konnte. Ein idealer Ort, um sich zu verbergen. Del fluchte leise und ging vorsichtig weiter. Er spürte die

Gefahr förmlich. Hinter ihm, im Esszimmer, war es merkwürdig ruhig, und er fragte sich, ob es nicht besser sei, zurückzukehren und nach Skar zu sehen. Zwar war Malgame bei ihm, aber das trug nicht gerade zu seiner Beruhigung bei.

Ein leises Rascheln lenkte ihn ab; ein Rascheln wie das einer Ratte – oder wie das eines Menschen, der unbemerkt bleiben wollte.

Malicia.

Irgendwo war sie, irgendwo hinter den dunklen Regalreihen.

Wie wichtig war sie? Wie sinnvoll war es, hier nach ihr zu suchen?

Es raschelte erneut, diesmal aus einer anderen Richtung, und plötzlich wusste Del, dass sich nicht nur Malicia hier herumtrieb. Es waren mehrere, er hatte es die ganze Zeit über gewusst, noch bevor er diesen Lagerraum entdeckt hatte, mit dessen Vorräten sich eine ganze Kompanie verpflegen ließ, und eigentlich schon beim Betreten des Hauses, zumindest aber seit dem Augenblick, als Malicia sie an die reich gedeckte Tafel gebeten hatte. Del wurde sich bewusst, dass er im Begriff stand, in eine Schlangengrube einzudringen, waffenlos und angeschlagen durch Xuls Trunk.

Wieder ein Rascheln und dann ein Knarren. Del fuhr herum, sah, wie der Lichtschein aus dem Esszimmer zu einem verblassenden Spalt wurde, wie die Tür ins Schloss krachte, nichts mehr übrig blieb als ein schmaler gelblicher Streifen, der unter der Tür hindurchschien …

*

Eisige Finger griffen nach Skar. Langsam kroch die Kälte durch seinen Körper, überzog ihn mit einem Frösteln, drang tiefer, immer tiefer vor, stieß auf Widerstand, auf bebenden, verzweifelten Widerstand …

Mit einem Ruck bäumte sich Skar auf, wurde sanft wieder zurückgedrückt in die eisige Schwärze, die ihn gierig aufnahm, ihn aufsog …

»Siehe, Skar«, dröhnte eine Stimme. Sie war mächtig, aber kalt.

Kalt. Von einer Kälte, die weniger seinen Körper als vielmehr seine Seele streifte und etwas darin erstarren ließ, bis sie schließlich in sein tiefstes Innerstes vordrang, sich einfraß, sich tiefer bohrte, Schicht um Schicht.

»Siehe, Skar.«

Und Skar sah, sah funkelnde Edelsteine, strahlendes, gleißendes Licht, sah unermesslichen Reichtum, der ihn umgab, der ihm gehörte und doch unerreichbar war …

Weil er starb.

Weil er in dem Gefängnis eines alten Körpers verwachsen war, weil er sterben musste, wie jeder Mensch, dessen Spanne abgelaufen war.

Aber er wollte nicht sterben. Er wollte sich nicht dem Siechtum hingeben, dem langsamen Entgleiten des Lebens. Er wollte leben, weiterleben und …

»Siehe, Skar.«

Es gab eine Möglichkeit. Es gab junge Menschen, kraftvolle, starke Männer, die noch weit entfernt waren von der Grenze, die er nun bald erreichen würde, die noch Jahrzehnte vor sich hatten, während ihm höchstens noch Jahre blieben.

Und er entschloss sich zu leben. Er entschloss sich, seinen Reichtum und seine Macht einzusetzen, um in den Besitz eines jungen Körpers zu gelangen. Er entschloss sich, sich gegen sein Schicksal aufzulehnen und den Preis zu zahlen, den man von ihm verlangen würde.

Und er wurde zu Skar. Und Skar wurde zu ihm. Einen unerträglich schrecklichen Augenblick lang verschmolzen sie, sahen bis in die Abgründe ihrer Seelen hinab, und dann war es vorbei.

Und Skar ward Malgame, und Malgame ward Skar.

Ein Geräusch, ein kurzes, heftiges Geräusch wie eilige Schritte. Ein Geruch wie in einem Raubtierkäfig, scharf, stechend, beißend. Es waren mehrere, mehrere, die sich hinter den Regalen verbargen, sich in die Schatten drückten, ihn mit feindseligen, an die Dunkelheit gewöhnten Augen musterten.

Del spürte, wie die Unruhe von ihm wich, wie sich sein Atem

beruhigte. Es war kein Platz mehr für Angst oder wütende Gedanken; alles in ihm spannte sich an, mit der Sicherheit, jeder kämpferischen Herausforderung gewachsen zu sein.

Seine Sinne nahmen die Summe der Eindrücke auf. Sie bewegten sich, glitten langsam auf ihn zu. Warum so umständlich? Warum hatten sie ihn nicht angegriffen, als er erschöpft am Tisch saß? Warum ließen sie ihm Zeit, sich auf einen Kampf vorzubereiten?

Skar war hinter ihm, hinter der verschlossenen Tür, geblendet und vielleicht dem Tod geweiht, und möglicherweise war allein das schon die Antwort. Del presste die Lippen zu einem blutleeren schmalen Strich zusammen. Man hatte sie trennen wollen, und er spürte, dass es noch nicht zu Ende war, dass man noch etwas anderes von Skar wollte, etwas, das noch weit schlimmer war als seine plötzliche Erblindung, ja, etwas, das vielleicht sogar schlimmer war als der Tod. Etwas Unglaubliches ging dort vor, etwas Verbotenes, dessen Ausläufer, so verrückt es ihm auch erschien, seine eigene Seele mit dem Hauch einer Vorahnung zu streifen schienen; etwas, das erklärte, warum sie zu dritt mitten in dieser Einöde auf ein merkwürdige Mädchen in einem abgelegenen Haus gestoßen waren und warum sich Skar so stark veränderte – aber vielleicht war es ja auch der Ausläufer einer fernen Erinnerung, die ihm Dinge einflüsterte, die sein Verstand nicht zu fassen vermochte, obwohl er tief im Innersten schon wusste, was geschehen würde …

Und dann flackerten so plötzlich Fackeln vor ihm auf, dass er doch überrascht wurde, sich seine Gedanken überschlugen und er mit weit aufgerissenen Augen auf den Gnom starrte, der mit unverschämtem Grinsen vor ihm stand.

»Xul!«, stieß er hervor. »Was bei allen Dämonen tust du hier?«

Das Grinsen auf Xuls hässlichem Gesicht verstärkte sich. »Sieh an«, höhnte er. »Du hast mich noch nicht vergessen? Hast du nicht ständig behauptet, dass du mich gar nicht wahrnähmst?« Er trat einen Schritt vor, hob die Fackel, als wolle er sich Dels Züge für alle Zeiten einprägen. Neben und hinter ihm wurde es heller, als seine Kumpanen aus ihren Verstecken hervortraten, von denen zumindest zwei ebenfalls Fackeln trugen.

»Zogst du es nicht vor, mich stets zu übersehen?« Xul lachte meckernd, aber sein Lachen war voller Hass, klang nach tödlich verletztem Stolz, als er auf den Griff des Schwerts in seinem Gürtel klopfte, das viel zu groß für ihn war, aber eine Trophäe, die er Del allzu deutlich präsentieren musste. »Warum glotzt du dann so dümmlich?«, fragte er leise. »Hast mich hier wohl nicht erwartet. Und hast geglaubt, ich sei nicht in der Lage, ein Satai-Schwert zu führen.« Er klopfte abermals auf den Knauf der Waffe. »Dieses *Tschekal*, wie ihr es nennt.«

Del nickte benommen. Langsam kam ihm ein Verdacht. Er wusste noch nicht, warum, aber es erschien ihm jetzt immer unwahrscheinlicher, dass der Zufall sie in dieses Haus geführt hatte. Es wäre ihm ein Leichtes gewesen, die Hände auszustrecken, Xul beim Kragen zu packen, gegen eins der Regale zu schleudern und ihm gleichzeitig das *Tschekal* aus dem Gürtel zu reißen. Auch der Rest von Xuls räuberischem Haufen, der sich mittlerweile in einem Halbkreis um Del aufgebaut hatte, hätte ihn wohl kaum davon abhalten können, und wenn er erst wieder im Besitz seiner eigenen Waffe war, dann könnten ihn die traurigen Gestalten wohl kaum niederringen. Aber das hatte Zeit, erst musste er sich über die Art der Falle Klarheit verschaffen, in die man sie gelockt hatte.

»Weiß Malgame von deiner Anwesenheit?«, fragte er ruhig, ohne auf die Beleidigung einzugehen.

»Ob Malgame von meiner Anwesenheit weiß?« Xul verschluckte sich beinahe an seinem boshaften Kichern. »*Malgame* wohl kaum; Skar schon eher. Aber das hängt«, fuhr er gedehnt fort, »von der Betrachtungsweise ab. Sieht man es von deinem Standpunkt, lautet die Antwort nein.«

Del holte tief Luft, wollte auf Xul zugehen, ihn mit einer Hand zu sich heranziehen und die Befragung in einer Art fortsetzen, die ihm klarere Antworten brächte. Aber Xul winkte hastig ab, als könne er ihn mit dieser Bewegung aufhalten.

»Ich bin nicht dein Gegner«, versicherte er. Seine Stimme hatte allen selbstsicheren Klang verloren und wirkte plötzlich fahrig und verunsichert. »Ich bin sogar bereit, dir zu helfen. Wenn du mir folgst,« – er winkte mit der Fackel –, »bringe ich dich zu Skar.«

Skar. Blinde, stumpfe Augen, rasende Schmerzen, im tiefsten Innersten verwundet. Durch ein Hexengift vernichtet, fortgeschleppt.

Del überlief ein eiskaltes Frösteln, ein Frösteln der Wut und Entschlossenheit, als ihn diese Vision streifte. Doch dann riss er sich zusammen und nickte grimmig.

Xuls plötzlicher Sinneswandel machte ihn nicht liebenswerter. Xul und Del waren von Anfang an Gegner gewesen und würden es bleiben, bis einer von ihnen tot umfiel. Sicherlich hatte Del anfangs den Fehler begangen, den ehemaligen Vertrauten Malgames zu unterschätzen. Das änderte aber nichts an der Tatsache, dass er ihm nicht einmal in einer gemeinsamen Notlage traute.

»Du willst mich also aus alter Freundschaft zu Skar bringen. So wie du uns aus lauter Güte unsere Sachen gestohlen hast, sicherlich nur, um sie hier für uns aufzubewahren!«

Der Gnom schüttelte den Kopf. »Oh, nein«, stieß er hervor. »Bedenke bitte, dass wir euch am Leben gelassen haben ...« Er schluckte und ließ seine Augen unruhig durch den Raum wandern, als fürchte er irgendeine unbekannte Gefahr. Auch seine vier Kumpane schienen plötzlich ihre Schwerter fester zu umklammern.

Sie haben Angst, schoss es Del durch den Kopf. *Nicht vor mir, sondern vor irgendetwas, das im Dunkel lauert.* Und zum ersten Mal, seitdem er auf Xul gestoßen war, erinnerte er sich, warum er überhaupt das Lager betreten hatte.

Malicia.

»Was geht hier eigentlich vor, Xul ...«

Bevor er weiterreden konnte, wedelte der Gnom erneut mit den Armen; seine Fackel beschrieb eine komplizierte Bahn, und ihr Licht zerriss die Dunkelheit des Raumes.

»Folge mir, und du wirst Antwort auf deine Fragen finden!« Als Del immer noch keine Anstalten machte, sich zu bewegen, hüpfte Xul wie ein aufgeregtes Kind von einem Bein aufs andere. Sein ganzer Körper zitterte und bebte, und sein Gesicht nahm eine unnatürlich rote Farbe an. Er blickte an Del vorbei, öffnete und schloss ein paar Mal den Mund und verharrte schließlich mit weit vorgestreckter Fackel.

Obwohl er Xul deswegen den Rücken zuwenden musste, drehte sich Del um und starrte den Ankömmlingen entgegen, die soeben den Lagerraum betraten.

Malicia.

Malicia, die Malgame stützte, als ob er sich nicht mehr von selbst bewegen konnte.

Ein veränderter Malgame. Welkes Gesicht und knochige Hände; ein Greis mit stumpfem Blick und vor Anstrengung verzerrtem Gesicht.

Also auch er, dachte Del, *auch er durch Malicias Wein vergiftet.* Wieso nur? Wozu diese Anstrengung, diese Hexenkunst, wenn Xul sie doch am Abend zuvor schon in der Hand gehabt hatte?

Del trat einen Schritt auf Malgame zu, achtete dabei auf verdächtige Geräusche in seinem Rücken und behielt Malicia im Auge, auf die sich der Greis stützte. Er hatte Malgame immer abgelehnt, hatte ihn gerade noch im Verdacht gehabt, an dem Komplott beteiligt zu sein. Aber er hatte Unrecht gehabt. Er war genauso ein Opfer wie Skar und wie er es selbst geworden wäre, hätte er seinem Hunger oder Durst nachgegeben.

»Ihr Teufel!«, zischte er.

Malicia sah ihn ungerührt an, ein blasses, dunkelhaariges Mädchen, kaum älter als zwanzig. Oder was sonst war sie; war sie Hexe oder Giftmischerin, Dämon oder Mensch?

»Del?«, krächzte Malgames Stimme. »Ich höre doch deine Stimme, Del, wo bist du?«

Irgendetwas berührte Del bei Malgames Worten, eine eigentümliche Art der Betonung, ein Unterschied zu Malgames Tonfall. Der Unterschied war zu schwach, die Stimme zu greisenhaft und brüchig, um mehr als ein unruhiges Gefühl in Del hervorzurufen.

»Ich bin hier, Malgame«, antwortete er ruhig.

»Malgame?« Der Greis schüttelte den Kopf. »Ich bin nicht …«

»Schweig«, unterbrach ihn Xul. »Warum bist du mit ihm hierher gekommen, Malicia? Haben wir nicht schon genug Aufregung? Bring ihn weg!«

Malicia legte den Kopf in den Nacken und lachte ihr goldenes, helles Lachen. Die Gestalten in Dels Rücken bewegten sich unruhig, und auch Del spürte in sich eine Beunruhigung, die nichts mit der rein körperlichen Bedrohung durch Xuls Männer zu tun hatte.

»Ich will ihn nicht mehr sehen!«, kreischte Xul. »Bring ihn weg! Bring ihn endlich weg!«

Sein Ausbruch schien auf Malicia keinen Eindruck zu machen. Ungerührt stieß sie Malgame in den Raum hinein. Der blinde Greis stolperte, und Del konnte ihn gerade noch im letzten Moment auffangen.

In Skars Innerm brodelten die Gefühle, überschlugen sich die Gedanken. Er versuchte, den Arm zu heben, langsam, ganz langsam kämpfte er gegen die Trägheit, die Lähmung an, die von ihm Besitz zu ergreifen drohte. Seine Zunge gehorchte nur widerwillig seinen Befehlen, und er war nicht in der Lage, Del zu erzählen, was geschehen war. Er musste ihn warnen, vor Malgame, der in seinem, in Skars Körper steckte.

Del packte Malicia bei den Schultern, und diesmal wich sie ihm nicht aus, diesmal sah sie ihn trotzig und mit Funken sprühenden Augen an.

»Nimm ihn doch mit, deinen Freund«, zischte sie.

Del schüttelte sie, wollte ihr eine Ohrfeige versetzen, aber sie entglitt seinem Griff und wich ins Esszimmer zurück. Mit einem Satz war Del bei der Tür, riss sie auf …

Und da stand Skar.

Einen Herzschlag lang sahen sich die beiden schweigend an; Skar, der offensichtlich wieder sehen konnte, und Del, dem das Gefühl der Realität in zunehmendem Maß entglitt.

»Del«, sagte Skar schließlich. »Was tust du denn hier?«

Das war wohl die blödeste Frage, die Del je von ihm gehört hatte. Er blickte von Skar zu Malicia und glaubte ein Band zwischen den beiden zu spüren, eine fast körperlich fassbare Spannung.

»Vielleicht kannst *du* mir erzählen, was das alles soll.«

Skar lächelte unsicher. Ein Lächeln, wie es Del noch nie an ihm bemerkt hatte. »Da gibt es nicht viel zu erzählen …«

»Verkauf mich doch nicht für dumm …« Del fuhr herum, als er

ein Geräusch hinter sich hörte. Er bekam einen von Xuls Leuten zu fassen, packte ihn am Handgelenk, riss das Knie hoch, stieß ihn zurück und fing das Schwert auf, das der Mann hatte loslassen müssen, als Del sein Ellbogengelenk zertrümmert hatte. Der Mann stürzte zu Boden, und eine Zeit lang war nichts außer seinem Wimmern zu hören. Del lehnte sich gegen den Türrahmen und hatte damit beide Zimmer im Blickfeld.

»Du kannst also wieder sehen«, wandte er sich an Skar. »Du kannst sehen, und Malgame ist plötzlich blind.«

»Du begreifst nichts, Del«, murmelte Skar bedauernd. »Du kennst weder dieses Land noch seine Bewohner ...«

»Was ich bis jetzt kennen gelernt habe, reicht mir.« Del deutete auf Malgame, der sich mühsam an einem Regal hochzog, ohne dass Xul oder einer seiner Männer Anstalten machte, ihm zu helfen. »Was ist mit ihm?«

Malicia antwortete ihm, nachdem sie sich neben Skar gestellt hatte. Sie blickte Del frei und offen an, ohne Furcht, aber auch ohne eine Spur von Falschheit. »Er ist alt, Gast Del. Er ist alt, und das Alter gräbt sich in seine Eingeweide, bis nichts mehr in ihm ist außer seinem Sai. Und dann wird er sterben.«

In Del breitete sich ein Gefühl von Mattigkeit aus, und er war froh, sich an den Türrahmen lehnen zu können.

»Er wird sterben«, echote er. Mühsam riss er sich von Malicias Augen los, die ihn mit seltsamem Glanz anstarrten.

»Und was ist mit uns?«, fragte er. »Mit Skar und mir?«

»Auch du wirst sterben, Gast Del. Du wirst sterben, aber dein schlagendes Herz wird Malgame zu neuem Leben verhelfen.«

»Wir sollten unsere Zeit nicht mit sinnlosem Geschwätz vergeuden«, unterbrach sie Xul ungeduldig. »Wir sollten den Sai-Tausch endlich abschließen.«

Dein schlagendes Herz. Dein schlagendes Herz. Immer wieder spult sich derselbe Satz in Dels Kopf ab. Eiskalte Finger griffen nach seinem Herz, und während sich sein Blick wieder in Malicias Augen fing, ahnte er allmählich die Wahrheit.

Sai. Die alles umfassende Seele eines Menschen, sein Geist, seine Gefühle, seine Hoffnungen und Ängste; all das war *Sai.* Dunkle

Worte kamen Del in den Sinn, Geschichten von Wiedergängern und Menschen, die sich so plötzlich verändert hatten …

Wie Skar und Malgame.

Tiefer fraß sich das Gift in Dels Verstand, und Schweiß perlte auf seiner Stirn. Seine Hände zitterten und das Schwert fiel polternd zu Boden.

Zwei brodelnde dunkle Seen. Tiefer und tiefer bohrte sich Malicias Blick in Dels Inneres.

Dein Herz, Del. Ich brauche dein Herz, Del, um den Körpertausch zu vollenden.

Dein schlagendes Herz.

Niemand achtete im Moment auf Skar, und er spürte, wie sich die geistige Fessel etwas lockerte. Keuchend lehnte er sich an die Regalwand, zog sich Schritt für Schritt vor.

Irgendwo dort vorn war Del, kämpfte mit Malicia, kämpfte einen gnadenlosen, von vornherein verlorenen Kampf. Und hier, dicht neben sich, spürte er Xul, den Gnom, der vor Angst innerlich bebte. Xul war nichts als ein Werkzeug, ein Gegenstand, den man nach Gebrauch wegwarf.

*

Skar kam grinsend auf Del zu. In der Rechten hielt er ein Messer, aber Del merkte es nicht, war viel zu sehr damit beschäftigt, gegen den grausamen Druck in seinem Kopf anzukämpfen. In einem wirren Wirbel bewegte sich die Welt um ihn; längst vergessene Szenen tauchten auf, entglitten ihm wieder, machten neuen Platz.

Dein schlagendes Herz.

Malicias Gesicht fiel in weißen Tropfen auseinander. Ihr Lächeln wurde zu einer starren Grimasse, sein Herz war ihr Ziel, ein lebendes, pulsierendes Herz, das Malgame neues Leben schenken sollte.

Ein verrückter Ritus, eine magische Macht, die Wiedergänger schuf und dafür das schlagende Herz eines gesunden, jungen Mannes benötigte. Erinnerungsfetzen – oder war es etwa neues Wissen, das ihm da von Malicia auf unerklärliche Weise übermittelt wurde? Del lehnte sich auf, mit seinem Trotz, mit seiner Kraft, mit seinem Lebenswillen. Das Herz, sein Herz, sie wollten es ihm bei lebendigem Leib aus dem Körper schneiden.

Die Zeremonie zerrte an Xuls Seele. Fasziniert und gleichermaßen angeekelt beobachtete er, wie Skar das Messer hob, es suchend über Dels schweißüberströmte nackte Brust gleiten ließ …

Und dann bemerkte er Malgame, der mit vorgestreckten Armen auf Skar zustolperte, gegen ihn stieß, ihn für einen Augenblick ins Taumeln brachte.

Mit einer fahrigen Bewegung riss Xul Dels wuchtiges Schwert aus geschmiedetem Sternenstrahl aus der Scheide, stürmte mit der viel zu großen und unhandlichen Waffe vorwärts, zerrte an Malgames greisenhaftem Körper, drehte ihn herum, hob die Hand, um sich gegen einen Schlag des dürren Arms zu schützen …

Wende nie Gewalt gegen die Körper an, bevor der Tausch der Sai nicht abgeschlossen ist …

… und duckte sich unter dem Blutschwall weg, der augenblicklich aus dem Armstumpf schoss.

Wie betäubt starrte er auf das *Tschekal*, Dels Schwert, das durch den Sternenstahl schärfer war als jede herkömmliche Waffe, dann auf die abgeschlagene Hand und die pulsende Blutfontäne. Erst langsam begriff er, dass er in der Abwehrbewegung das *Tschekal* hochgerissen hatte, dass er mit einem einzigen Schlag Malgames Hand abgetrennt hatte.

Malgame schrie. Es war ein langer, tierischer Schrei, und mit ihm schrie Skar, schlug die Hände vors Gesicht und taumelte zurück. Die beiden Körper zuckten in einem zerrissenen, völlig übereinstimmenden Rhythmus. Skar durchfuhr ein brennender, gleißender Schmerz, der vom Arm bis ins Gehirn jagte. Etwas riss an ihm, zerrte an seinem Innersten, spülte ihn mit sich fort. Einen Herzschlag lang durchglitt er ein tobendes Chaos, dann durchbrach er die Schwelle der Empfindungen, drehte sich wie im Wirbel und verlor das Bewusstsein.

Del starrte auf Malgame, der zuckend am Boden lag. Malgame, der starb, oder vielmehr Skar, der in Malgames Körper gefangen war. In Del tobten die unterschiedlichsten Empfindungen, drängten jeden vernünftigen Gedanken beiseite. Ein Geräusch lenkte ihn ab, und er bemerkte Malicia, die sich zitternd und blass an den Tisch lehnte.

»Das sollst du mir büßen, Hexe«, zischte er.

Malicias Kraft schien verbraucht zu sein. Sie wirkte erschöpft, als ob sie eine große körperliche Leistung vollbracht hätte.

»Es ist nicht so, wie du glaubst, Gast Del …«

»Gast Del.« Del spuckte die Worte förmlich aus. »Ich werde dir geben, was du verdienst. Und mit dir mache ich den Anfang!«

Bei den letzten Worten fuhr er herum und packte Xul beim Kragen. Der Gnom schrie auf, als Del ihn hochzog und mit einer wütenden Bewegung quer durch den Raum schleuderte. Krachend schlug er gegen ein Regal, und der Inhalt mehrerer Krüge ergoss sich über ihn.

Als er sich wieder umdrehte, war das Esszimmer bis auf Skar und Malgame leer. Malicia hatte offensichtlich die Gelegenheit zur Flucht genutzt.

*

Ein leises Kribbeln in den Fingern, dann das Gefühl, auf einem Nadelkissen zu liegen. Die Arme waren bleiern und schwer, aber er konnte sie bewegen. Das Gefühl unzähliger Einstiche verstärkte sich, und er presste die Zähne aufeinander.

Immer deutlicher spürte er seinen Körper, die Beine machten sich bemerkbar, in seiner Magengegend breitete sich wohlige Wärme aus. Das Kribbeln ließ nach, ging in ein Ziehen über, aber immer noch glaubte er, auf einem mit spitzen Nadeln gespickten Untergrund zu liegen. Schmerz und Wohlbehagen lösten einander ab. Er kämpfte gegen die Bewusstlosigkeit an, die sich erneut wie ein großes schwarzes Tuch über seinen Geist legen wollte. Seine Augenlider zuckten, als er sie zu öffnen versuchte. Mit einem Ruck riss er sie auf …

Und gleichzeitig schien hinter seiner Stirn ein Vulkan auszubrechen. Grelle Helligkeit biss ihm in die Augen, und für den Bruchteil einer Sekunde fühlte er eine so unerträgliche Qual, dass ihm der Schrei auf den Lippen erstarb, weil er nicht mehr die Kraft hatte, ihn auszustoßen – aber dann, genauso plötzlich und unerwartet, ebbte der Schmerz ab, und er empfand eine merkwürdige Mischung aus Leere und Erleichterung.

Und er sah …

… sah eine mit dunklem Holz verkleidete Decke, sah die tanzenden Schatten der Tischbeleuchtung und sah Dels angespanntes Gesicht, als er über ihn hinweg zur Tür blickte.

Er sah und er begriff, dass der magische Bann gebrochen war, der sein Sai in Malgames Körper hatte bannen sollen. Dass der Tausch, dieser schreckliche Körpertausch, nicht vollzogen war – und er wieder von seinem eigenen Körper Besitz ergriffen hatte.

Und er sah Del, der auf ihn zustürmte und ihn hochriss … Mit einer viel zu langsamen Bewegung hob sich sein Arm, wurde zur Seite gedrückt; er rutschte ab, schlug auf die Tischkante, wäre wieder zu Boden gestürzt, wenn Del ihn nicht gehalten hätte.

Hör auf, Del!, wollte er schreien, aber sein Mund gehorchte ihm nicht, sein Körper war zu taub und kraftlos, um sich wehren zu können. Er sah Dels hasserfülltes Gesicht vor sich, wusste plötzlich, dass der Albtraum noch nicht zu Ende war, dass Del sich an ihm rächen wollte, weil er ihn für Malgame hielt …

»Der *Körper* eines Satai macht noch keinen Satai«, zischte Del. »Wehr dich, wenn du kannst, du Teufel!«

Skar schüttelte in einer langsamen, anstrengenden Geste den Kopf, versuchte dem Faustschlag Dels auszuweichen, und dann explodierte irgendetwas in seinem Magen. Er wurde zurückgeschleudert, sauste quer über den halben Tisch und fegte dabei Schalen und Krüge zu Boden, aber immer noch krallten sich Dels Hände in seine Schultern.

»Skar hätte sich zu wehren gewusst!«, schrie Del. Er schien endgültig die Beherrschung zu verlieren, ein Spielball seiner eigenen Wut. Seine Hände lösten plötzlich den Druck, bewegten sich auf Skars Hals zu, drückten zu, verkrampften sich in einem todbringenden Griff …

Skars Fuß schnellte vor, kraftloser als sonst, aber mit der Genauigkeit und Schnelligkeit einer Schlange, die ihren Biss mit tödlicher Sicherheit anzubringen weiß. Vor den Augen tanzten ihm feurige Kreise, und sein Körper schrie nach Luft. Irgendwo sammelten sich letzte Kräfte, irgendwo erwachte in ihm der Satai, der bis zum letzten Atemzug kämpfte ...

Er spürte kaum, dass er traf, aber Del knickte plötzlich weg, riss die Hände hoch, um sein Gleichgewicht wieder zu finden, und im gleichen Moment setzte Skar nach, hieb mit der Faust gegen Dels Brustbein. Del torkelte zurück, das Gesicht vor Überraschung und Wut verzerrt. Erneut schnellte er vor, aber Skar war schon zur Seite ausgewichen, und Dels Schlag traf ins Leere.

»Ninschuburra!«, schrie Skar die nur ihnen bekannten Worte. Del fuhr herum, wollte wieder angreifen, starrte fassungslos auf Skar, hob die Hand und ließ sie sinken.

»Skar?«, fragte er überrascht. Sein Gesicht verzog sich vor Wut und Misstrauen. »Oder ist das einer von deinen Tricks, Malgame?«

»Ninschuburra«, wiederholte Skar und versuchte, wieder zu Atem zu kommen. Sein Hals schmerzte, als ob Bleigewichte darauf gelastet hätten. »Versteh doch, Del. Der Körpertausch ist misslungen.«

»Misslungen?«, wiederholte Del ungläubig. »Du bist wirklich Skar?«

»Ja, verdammt, der bin ich.« Skar lehnte sich schwer atmend an die Tischplatte. Die Schwäche war wiedergekehrt, und er spürte, wie Übelkeit in ihm aufstieg. »Wir sollten hier endlich verschwinden.«

Del nickte zögernd, und Skar merkte, wie Freude und Misstrauen in dem jungen Satai-Schüler kämpften.

»Skar«, sagte er schließlich stockend. »Den Göttern sei Dank.«

*

Del hatte immer noch den grauenvollen Anblick des sterbenden Malgame vor Augen, als er mit Skar zusammen die Stufen zur Eingangshalle hinunterstieg. Nichts in der Welt vermochte ihn mehr zu retten, und jede Art von Rache oder Bestrafung hatte ihren Sinn verloren. Malgame war ein Opfer seines Versuchs geworden, die natürliche Lebensspanne mit Gewalt zu verlängern.

Es gab hier nichts mehr für sie zu tun. Dieses Haus würde sein düsteres Geheimnis behalten und vielleicht irgendwann einmal verwirrten Wanderern zur Falle werden. Doch das ging sie nichts an; genauso gut hätten sie sich für einen Wasserfall verantwortlich fühlen müssen, der Unschuldige mit sich in die Tiefe riss. ENWOR barg viele Gefahren, und nur der überlebte, der sich geschickt von ihnen fern hielt.

Malgame hatte sie hierher gelockt und seine Strafe gefunden, genau wie Xul, der sich beim Aufprall gegen das Regal das Genick gebrochen hatte. Malicia und ihre Helfer dagegen waren ein anderer Fall; sie gehörten hier her wie Raubvögel zu ihrem Horst, und nachdem der magische Bann durchbrochen war, hatten sie nichts mehr mit ihnen zu schaffen.

Aus der Eingangshalle schimmerte Licht zu ihnen herauf und Del zögerte, bevor er die Treppe verließ. Möglicherweise wollte man sie doch nicht so ungeschoren von dannen ziehen lassen.

Er stieß die Tür auf und hielt überrascht inne.

»Warum bleibst du stehen?«, fragte Skar hinter ihm.

Del antwortete nicht. Stattdessen trat er einen Schritt in die vom flackernden Kerzenlicht erhellte Halle.

Malicia stand an der Eingangstür, mit offenem Haar, schwarz leuchtenden Augen und einer irrlichternden Kerze in der linken Hand, und neben ihr waren zwei Waffen mit der Spitze voran in den Holzboden gerammt, zwei Schwerter, die Del nur zu bekannt vorkamen: Es waren sein und Skars *Tschekal.*

»Was willst du von uns?«, fragte Del und hielt nach Xuls Leuten Ausschau, die er instinktiv irgendwo hier vermutete.

»Von dir will ich nichts, Gast Del«, sagte Malicia leichthin, während sich ihre rechte Hand wie von selbst um den Griff von Skars Schwert schloss. »Du kannst gehen, wenn du willst. Doch Gast Skar muss ich bitten, noch eine Weile zu bleiben.«

Skar war neben Del getreten und lächelte ein erschöpftes Lächeln. »Malgame ist tot …«, begann er, aber Malicia unterbrach ihn mit einer ungeduldigen Handbewegung.

»Du sprichst nicht die Wahrheit, Gast Skar. Malgame *stirbt*, aber er ist noch nicht tot.«

»Wo liegt denn da der Unterschied? Es ist doch vollkommen gleichgültig ...«

»Es ist nicht gleichgültig«, erklärte Malicia hitzig, während sie mit der Kerze einen Halbkreis beschrieb, der flackernde Lichtreflexe nach sich zog und in dem Chaos ringsum bedrohliche dunkle Schatten zum Leben erweckte. All das Durcheinander hatte sich auf unerklärliche Weise verändert, seit sie das erste Mal die Halle betreten hatten. Vielleicht, weil sich Xuls Männer hier versteckt hielten, vielleicht aber auch, weil etwas ganz anderes, Uraltes und Zerstörerisches hier wogte, das sie auf keinen Fall ungeschoren davonkommen lassen wollte.

»Du bleibst, Skar«, sagte Malicia und ließ die Kerze wieder sinken.

»Ich denke gar nicht daran.«

Einen Herzschlag lang fing sich Skars Blick in ihren Augen. Einen Herzschlag lang gab es nichts außer ihren Augen, die ihn in ihren Bann zu ziehen suchten.

In diesem Moment sprang Del vor. Aus dem Gefühl einer unerträglichen Spannung heraus stürmte er auf Malicia zu. Das Mädchen riss Skars *Tschekal* aus dem Boden, drehte sich mit einer tänzerischen Bewegung und schwang das Schwert durch die Luft. Del tauchte weg, sprang über einen Vogelkadaver und ergriff den Stuhl, den er sich als Waffe ausgesucht hatte. Malicia war hinter ihm, Skars *Tschekal* kampfbereit in der rechten Hand. Sie griff an und schlug ihm mit einem schnellen Hieb den Stuhl aus der Hand, der, von der scharfen Klinge durchtrennt, in zwei Teilen durch den Raum flog und gegen die Wand krachte. Die Kerze, die sie in der Linken gehalten hatte, schleuderte sie Skar entgegen.

Del sprang nach vorn, streifte ihre Schulter und rollte sich ab. Malicias Schwerthieb verfehlte ihn knapp.

»Hier, Skar!«, schrie Del. Er ergriff einen Kadaver und schleuderte ihn Malicia ins Gesicht. Für einen Moment verlor sie die Orientierung, und er trat nach ihrer Schwerthand. Sie sprang zur Seite.

Del kniff die Augen zusammen. Er hatte nicht erwartet, dass Malicia so gut kämpfen konnte; er hatte eigentlich geglaubt, mit wenigen raschen Schritten sein *Tschekal* erreichen zu können, um es aus dem Boden zu reißen und damit das Mädchen zu entwaffnen. Mit einem Aufschrei setzte er nach, wich zwei, drei schnellen Schwerthieben aus und trat nach ihrem Standbein. Malicia stolperte, fing sich wieder und ließ das Schwert im Halbkreis auf Del zurasen.

Mittlerweile war Skar heran, sprang nach vorn, in die Bewegung hinein, in der das Schwert durch die Luft schnitt. Einen fürchterlichen Augenblick lang glaubte er, Malicias Arm verfehlt zu haben, doch dann traf er, riss Malicia von den Beinen und stürzte neben ihr zu Boden. Malicia schrie auf; das *Tschekal* entglitt ihren Händen, und ihr Gesicht verzerrte sich vor Grauen. Sie schlug die Hände vors Gesicht, schrie und schrie, krümmte sich vor Schmerzen, achtete nicht auf Del und Skar, die über ihr standen und nicht wussten, was geschah, die dem Schreien Malicias fassungslos gegenüber standen und doch spürten, dass es kein normaler, menschlicher Schrei mehr war, sondern etwas anderes, etwas nicht Fassbares …

Wie auf ein geheimes Kommando hin durchquerten sie die Eingangshalle, hoben die beiden Tschekal vom Boden auf, schlugen die schief sitzende Tür so gut es ging zu, durcheilten den Garten, verständigten sich mit einem kurzen Blick und kletterten über die Mauer, Malicias Schrei noch immer in den Ohren …

Und irgendwo hinter ihnen krümmte sich Malgame im Todeskampf, den Mund zu einem stummen Schrei geöffnet …

Esmee Weisleder

Engel laufen nicht!

… und hier noch ein kleines »Gimmick«, über das ich mich persönlich sehr freue:

Vor einiger Zeit hat auch mich die moderne Technik eingeholt: Es gibt einen »Internet«-Fanclub, der sich mit meinen Büchern, meinen CDs und auch meiner Person ganz privat beschäftigt. Um ganz ehrlich zu sein: Am Anfang war ich ein wenig skeptisch. Ein Fanclub? Okay, das kenne ich und finde es (natürlich) auch gut, aber ein INTERNET-Fanclub? Wie soll das funktionieren? Leute, die zu Hause an ihren Bildschirmen sitzen und über Bücher reden (bzw. schreiben), die sie gefälligst LESEN sollen?

Aber gut, sogar ich bin lernfähig, und ich musste mich davon überzeugen lassen, dass es ganz ausgezeichnet funktioniert. Mittlerweile ist der »Internet«-Club (P.S.: Ein wenig Schleichwerbung: www.hohlbein.de oder www.maerchenmond.de) das mit Abstand aktivste und produktivste Forum, das ich mir nur wünschen kann, und die Mädels und Jungs begnügen sich längst nicht mehr damit, mich zu lobpreisen und zu ehren (was ich erwarte), sondern reden auch über (grrrrr …) andere phantastische Romane, Filme, Spiele usw. und entwickeln sogar eigene Aktivitäten. Dazu gehört unter anderem ein »Schreibwettbewerb«. Auch da war ich etwas skeptisch, um ehrlich zu sein. Das Ergebnis hat mich eines Besseren belehrt. Die Anzahl der Storys, die geschrieben und eingesandt wurden, war überwältigend, und die Qualität übertraf meine kühnsten Erwartungen (in jeder Hinsicht). Es war sehr schwer, eine wirkliche »Siegerstory« herauszufiltern, aber die Jury (vielen Dank, Aline – ich hoffe, ich habe deinen Namen endlich richtig geschrieben –) hat gute Arbeit geleistet, und die endgültige Siegergeschichte kann sich sehen lassen.

Wolfgang Hohlbein

In sich gekehrt, introvertiert, vor allem aber äußerst übellaunig, das wären die drei wichtigsten und besten Charakteristika gewesen, um Maria zu beschreiben. Wir kannten sie nicht näher, und offen gestanden tat man auch gut daran, nicht versuchen zu wollen, sich ihr weiter als auf zwei geknurrte Worte zu nähern.

Sie war ständig in einer ausgeprägten Form des Selbstmitleides versunken, und störte man sie bei ihren Gedankengängen oder ihren Zeichnungen, so konnte man nicht mehr als die kalte Schulter von ihr erwarten.

Wir verstanden sie nicht, und wenn auch unsere Klasse nicht unbedingt friedliche Einheit an den Tag legte, so waren wir uns doch einig, sie als, nun ja, eigenartig zu bezeichnen.

Eigenartig und anders war sie. Aber vielleicht kam sie uns auch nur so vor, weil wir nicht so waren wie sie, weil wir nicht im Rollstuhl saßen. Soweit wir wussten, musste sie mit ihrem Handicap erst seit eineinhalb Jahren klarkommen. Sie war die Neue in unserer Klasse, ich erinnere mich noch genau, und ihre Erscheinung wirkte irgendwie einzigartig auf mich und natürlich auch auf die anderen.

Ich war einem Menschen, der im Rollstuhl saß, noch nie näher gekommen, was wohl auch daran lag, dass unsere Schule das Behindertenprojekt erst seit einem halben Jahr förderte und vorher eigentlich kein Anlass bestanden hatte, sich mit jemandem zu unterhalten, der nicht so gesund war wie wir.

Sie war die Erste gewesen, die sich dem Projekt angeschlossen hatte, obwohl wir schon nach gut zwei Wochen zu der Ansicht kamen, dass sie es keineswegs freiwillig getan hatte.

Wir gingen ihr fortan aus dem Weg, aber für mich ließ es sich nicht vermeiden, in ihre Nähe zu kommen, da ihr Platz auf meinem Weg hinaus aus der Klasse lag. Kurz gesagt saß sie fast direkt neben mir, was ich zwar einerseits als unangenehm empfand, andererseits aber willkommen hieß: Ihre Bilder, auf die ich ab und zu einen Blick werfen konnte, waren atemberaubend.

Es hatte gerade geläutet, und ich machte mich auf dem Weg zur Tür, um dem Rauchen nachzugehen, wohl des Menschen übelstes Laster, als ich wie angewurzelt hinter ihr stehen blieb. Sie hatte schon die ganze Stunde über mit ihrem Bleistift hantiert, und jetzt, als ich das Ergebnis in seiner vollen Pracht sehen durfte, blieb mir im wahrsten Sinne des Wortes die Spucke weg.

Ein Engel nahm den Großteil des Blattes ein; seine Flügel waren mit viel Liebe zum Detail gezeichnet, sein Gesicht war offen und klar; und das silbrige Grau des Bleistifts war in seinen unzähligen Nuancen so perfekt angewendet worden, dass er geradezu lebendig zu sein schien.

Staunend musste ich wohl mehrere Minuten lang hinter Maria gestanden haben, als sie schließlich einen Block über das Kunstwerk legte und mich aus abschätzenden Augen ansah.

»Verschwinde!«, zischte sie kaum hörbar, und mir war klar, dass es nur für mich bestimmt war.

Ich nickte stumm und lief hinaus auf den Schulhof, hinüber zu unserer Raucherecke, wo eine große Gruppe qualmender Schüler unterschiedlichen Alters stand und miteinander redeten.

Ich förderte aus meiner Hosentasche eine Zigarette zu Tage, klopfte etwas Dreck ab und schnorrte mir ein Feuerzeug.

Ich nahm einge tiefe Züge, doch irgendwie konnte ich meine erste Zigarette an diesem Morgen nicht richtig genießen, zu sehr noch war das Bild in mein Gedächtnis eingebrannt.

Ich nahm den letzten Zug, als es klingelte, warf den glühenden Stummel in eine frische Pfütze und wandte mich wieder dem hoch aufragenden Schulgebäude zu.

Während der kommenden Stunden sah ich ständig zu Maria hinüber, beobachtete, wie sie zeichnete.

Wenn sie nun gelegentlich doch zur Tafel sah, bemerkte ich, dass ihr Gesicht ebenfalls klar, aber verschlossen wirkte und von Gleichgültigkeit geprägt war.

Sie zeichnete immer in den Stunden, und dank ihres seltsamen

Verhaltens – aufgrund ihrer Behinderung – hatte keiner unserer Lehrer etwas dagegen einzuwenden. Sie alle hatten wohl Mitleid mit ihr.

Unser Sechs-Stunden-Tag neigte sich rasch dem Ende zu, doch ich blieb noch, um den Biolehrern bei der Ausstellung ihrer neu erworbenen ausgestopften Tiere zu helfen.

Es war gar nicht so einfach, sämtliche Regale und Schaukästen mit den Füchsen, Mardern, Ratten, Schlangen und anderem Getier zu füllen und vor allem den Vorzeigemodellen einen entsprechenden Platz zu geben und sie richtig ins Licht zu drehen.

Es waren wirklich besonders schöne Exemplare darunter, vor allem der Rotmilan, den ich tragen musste. Er war so präpariert, dass seine großen Flügel in voller Spannweite geöffnet waren, der weiß-schwarz gefleckte Kopf war zur Seite gedreht, sodass seine Glasaugen majestätisch auf die ihn betrachtenden Menschen schauten.

Ich fand ihn unbeschreiblich schön.

Da mein Vater auf einer Greifvogelstation ganz in der Nähe arbeitete, hatte ich schon früh Kontakt zu den Herren des Himmels gehabt, doch obwohl der ausgestopfte Vogel fast lebendig aussah, zog ich die fliegende Variante vor.

Als ich mit meinem Biologielehrer zurückkehrte, saß Maria vor dem Regal, sah fast schon verlangend nach oben. Sie drückte sich zuerst mit beiden Händen aus dem Stuhl hoch, ließ dann mit einer Hand los und streckte sie nach dem Milan aus, wollte ihn berühren, und bei diesem Anblick tat sie mir wieder Leid.

Sehr sogar.

Sie hatte uns wohl gehört, denn sie sah mit einem missbilligenden Blick zu uns herüber. Sie ließ sich zurück in ihren Stuhl fallen, rückte sich zurecht, und mit einem Ruck an den großen Rädern war sie herumgerollt. Sie entfernte sich von uns und fuhr hinüber zum Ausgang in den Hof.

Ich konnte ihr nur ratlos und verwirrt hinterhersehen.

Hatte sie etwa die gleiche Leidenschaft für Raubvögel wie ich?

Am nächsten Morgen fand ich sie wieder dort, beobachtete, wie sie mit verlangendem Blick hinaufschaute. Für einen kurzen Moment glaubte ich, ein Licht zu sehen, das sie sanft einhüllte, doch im nächsten Augenblick war es verschwunden, und ich schüttelte den Kopf.

Absurd, das war das Einzige, was mir dazu einfiel. Ich ging zu ihr, legte ihr eine Hand auf ihre Schulter. Sie schrak zusammen.

»Was willst du?«, fragte sie unwirsch, riss mit einer ruckartigen Bewegung ihre Schulter unter meiner Hand weg.

Ich seufzte.

»Nichts, ist schon gut. Ich wollte eigentlich nur fragen, ob du dich für Raubvögel interessierst!«

Ich wandte mich zum Gehen.

»Ja, tue ich!«, antwortete sie knapp und leise.

Ich blieb stehen.

»Dein Vater arbeitet doch auf einer Greifvogelstation, oder?«, fragte sie zögernd und sah mich an.

»Ja«, meinte ich kurz angebunden und wollte gehen.

Ich wusste, es hatte keinen Sinn, sich auf eine längere Diskussion mit ihr einzulassen.

»Bist du oft dort?«

Sie rollte mir vor die Füße, zwang mich gewissermaßen zum Stehenbleiben. Irgendwie gefiel es mir nicht, immerhin ließ ich mich hier von jemandem herumkommandieren, der sonst nichts weiter als ablehnende Kommentare zu meiner Nähe übrig hatte.

»Entschuldige, aber ich muss zum Essen!«, murmelte ich und lief an ihr vorbei.

»Warte!«, rief sie mir nach, stieß zweimal kurz die Räder ihres Rollstuhls an und rollte neben mich.

»Kann ich mitkommen?«, fragte sie hoffnungsvoll.

Ich war verwirrt.

Sie mied eigentlich unsere Nähe, als ob sie keine gewöhnlichen Menschen ertragen könnte. Und nun schien sie fast wie von Grund auf gewandelt.

»Wenn du willst …«, antwortete ich und zuckte mit den Schultern.

Sie fragte mir geradezu Löcher in den Bauch, als es um die Raubvogelstation ging, und letztendlich überredete sie mich sogar dazu, meinen Vater um die Erlaubnis eines Besuchs außerhalb der Öffnungszeiten zu bitten.

Es ist doch immer wieder erstaunlich, wie sehr sich ein Mensch verändern kann, wenn er nur dazu bereit ist. Ganz im Gegensatz zu ihrem üblichen Verhalten war sie nun unbeschwert, redete munter drauf los, und als ich mich dazu bereit erklärte, sie mit zu den Raubvögeln zu nehmen, erhellte sich ihr Gesicht für wenige Augenblicke. Wenigstens legte sie danach für gut eine Stunde die Kälte ab, die sie ständig wie eine schützende Barriere umgab. Und sie stellte sich als äußerst nett heraus.

Wir gingen im Guten auseinander. Als ich am nächsten Tag in die Klasse kam, sah sie mich erwartungsvoll an.

»Es geht!«, meinte ich. »Mein Vater kann uns am Sonntag mitnehmen!«

Für einen kurzen Moment sah ich sie lächeln, doch dann wurde sie rasch wieder ernst.

»Dein Vater kann mich nicht mitnehmen. Ich muss mit einem Fahrdienst fahren!«, erklärte sie sichtlich geknickt. Ich verstand sie. Wenn ich mir vorstellte, selbst von fremder Hilfe abhängig zu sein, verlöre ich wohl auch meine ›unheilbare‹ Fröhlichkeit, wie meine Mutter es immer nannte.

»Kann ich vielleicht bei euch mitfahren, weil mein Vater schon recht früh dort ist und …!« Ich sprach nicht zu Ende, denn meine Schwierigkeit, ein Morgenmuffel zu sein, erschien mir angesichts ihres Problems belanglos, geradezu lächerlich.

»Ich denke, das geht in Ordnung!«, antwortete sie nachdenklich und wandte sich ihrem neuen Bild zu. Einzelne, grobe Konturen waren schon zu sehen, und noch war nur entfernt ein graziler Engel mit weit geöffneten, schneeweißen Schwingen zu erkennen, aber ich konnte mir schon denken, was sie wieder zeichnete. Eine Mappe lag am Rand des Tischs, darauf ein ausgeschnittenes Engelfoto.

Die Tage vergingen wie im Flug, denn ich selbst freute mich auf einen Besuch bei meinen Freunden. Wie lange war ich schon nicht mehr dort gewesen? Ein Jahr? Eigentlich schon viel zu lange.

Sonntags schließlich hielt ein großer Bus vor unserer Tür, und ich zog mir schnell meine Gummistiefel und eine regenfeste Jacke an, ehe ich zustieg.

Ich nahm auf dem Beifahrersitz Platz, zog den Gurt zu. Die Fahrt war ruhig, und auf meine Begrüßung bekam ich von Maria nur ein knappes Wort zurück. Ich ließ die Schultern hängen, sah kurz in den Rückspiegel. Hinter mir saß sie, eingehüllt in eine dicke Jacke und einen Schal und sah gedankenverloren nach draußen.

Etwa eine Viertelstunde fuhren wir auf leeren Landstraßen dahin, bevor wir den breiten Weg hinauffuhren. Kies knirschte unter den Rädern, und oben angekommen, trug der Fahrer Maria bis zum Eingang, wo die Wege gepflastert waren.

Er setzte sie behutsam in ihren Rollstuhl und verabschiedete sich freundlich. Ich schob sie durch das große Tor hinauf zum Haupthaus, wo einige Tierpfleger wohnten und das Futter, es waren tote Küken, und die Gerätschaften wie Harken, Rasenmäher und alles andere untergebracht waren.

Vater erwartete uns und lief uns winkend entgegen.

»Guten Morgen, Papa!«, grüßte ich.

»Guten Morgen ihr zwei!«, grüßte er zurück, schüttelte Maria die Hand.

»Morgen!«, murmelte sie.

»Nun kommt mal mit, ihr wollt doch die Greifvögel sehen!«

Er lief voraus bis hinter das Haus. Fünf Pfleger hatten dort je einen Vogel auf dem Arm, trainierten mit ihnen für die Shows, die täglich auf dem Programm standen.

Auf Kommando flogen sie Schleifen in weitem Bogen, stürzten sich auf die Pfleger herab, um nur wenige Zentimeter vor deren ausgestrecktem Arm mit ausgebreiteten Flügeln innezuhalten und elegant zu landen.

Ihre Beute aus der geballten Faust rupfend, hockten sie auf dem Arm, und wenn sie sich anschließend umsahen, musterten sie mit ihren großen Augen die Neuankömmlinge, neugierig und argwöhnisch.

Bei ihrem Anblick stockte mir der Atem. Sie waren wirklich wunderschön, und ich harrte immer des Augenblicks, wenn sie die Flügel öffneten, um sich in den Himmel zu erheben.

Es schien Maria genauso zu ergehen. Fasziniert und mit funkelnden Augen betrachtete sie die majestätischen Tiere und schien sich jede Einzelheit einprägen zu wollen.

Ich blieb vor den Pflegern stehen und wir schwiegen.

Von weiter hinten drangen plötzlich erregtes Gekreisch und eine zornige Stimme zu uns, und entsetzt richteten wir die Blicke auf den Tumult.

Einer der Steinadler schlug panisch mit den Flügeln und hackte mit dem Schnabel nach dem Pfleger.

Erschreckt zerrte Maria an den Rädern, bewegte den Rollstuhl weiter vor, entriss ihn meinen Händen.

»Maria, tu das nicht!«, rief ich ihr nach, aber sie schien es nicht hören zu wollen. Mein Vater bekam die Griffe zu fassen und wollte Maria von einer großen Dummheit abhalten.

Der Pfleger lag auf dem Rücken, erwehrte sich der schnellen Angriffe des Steinadlers mit Händen und Füßen. Was hätte Maria da schon ausrichten können? Nichts. Gar nichts.

»Aber jemand muss ihm doch helfen!«, rief sie entsetzt und betrachtete das makabre Schauspiel.

Die Schreie des Vogels wurden lauter und schriller, seine Attacken immer wilder und grausamer.

»Jemand muss etwas tun!«, brüllte mein Vater über die Schulter, und keine halbe Minute später kam ein junger Mann mit einem Gewehr in der Hand angelaufen.

»Soll ich?«, fragte er.

Mein Vater sah ihn an, nickte.

»Nein!«, schrie Maria, und wie durch ein Wunder schrak der wütende Vogel zurück, schwang sich mit drei beherzten Flügelschlägen in den Himmel. Er schwebte dort kurz, glitt langsam tiefer, beäugte uns, das Gewehr, meinen Vater und zu guter Letzt Maria. Leiser als zuvor schrie er noch einmal und landete vorsichtig auf einer Lehne des Rollstuhls.

Verblüfft betrachteten wir das Schauspiel. Es war verrückt. Ein einziger Schrei einer völlig Fremden hatte genügt, dem tobenden Tier Einhalt zu gebieten, ja, es sogar lammfromm zu machen.

Doch was dann folgte, war so bizarr, so irre, dass mir das niemand glauben würde. Der Adler saß ruhig auf der Lehne des Rollstuhls, scheute vor Marias zögernden Berührungen nicht zurück, gurrte leise. Ich hätte nie geglaubt, dass Adler gurren können, doch nun wurde ich eines Besseren belehrt. Maria strich ihm über das Brustgefieder, sah ihn mindestens genauso beeindruckt an wie wir. Die Faszination stand ihr in das helle Gesicht geschrieben, und eine Träne rann ihr aus dem Augenwinkel und suchte sich einen Weg die Wange hinab. Ihre Hand berührte einen Flügel, und als verstünde der Adler, öffnete er die Schwingen, zeigte sie ihr in seiner ganzen Pracht.

»Ein Wunder?«, fragte mein Vater leise, und ein Murmeln erhob sich unter den Anwesenden.

Ich schwieg, beobachtete nur die faszinierende Szene.

Ein Pfleger zog den dicken ledernen Handschuh aus und hielt ihn Maria hin.

»Willst du ihn füttern?«, fragte er.

Sie nickte lächelnd und wandte sich wieder dem Adler zu, der misstrauisch den Handschuh beäugte und unruhig wurde.

»Sch, es passiert dir nichts!«, beruhigte sie ihn, und für einen kurzen Moment sahen sie sich in die Augen.

»Ich verspreche es!«, gelobte sie aufrichtig.

Sie zog sich den Handschuh über und ließ sich das Küken, das als Futter dienen sollte, in den Handschuh legen.

Auf den ersten Blick schien es grausam, aber dann war es nur noch rührend. Der Adler beugte sich zu dem Handschuh hinüber, rupfte an der Beute, den Blick starr auf Maria gerichtet. Gierig verschlang er das kalte Fleisch.

»Es ist völlig untypisch für Adler, sich so sehr mit einem Fremden zu beschäftigen. Die ganze Situation ist untypisch und …!«

Ich beendete den Satz für meinen Vater: »… einfach nur verrückt!«

»Verrückt, ja, das trifft es wohl am besten!«

Ich wusste nicht, ob mein Vater sah, was mich so sehr in Bann schlug. Maria schien in ein helles Licht getaucht. Es war so hell, dass es eigentlich in den Augen schmerzen sollte, doch stattdessen war es geradezu wohl tuend.

Es fehlen nur die Flügel! schoss es mir durch den Kopf. Dann wäre sie ein Engel.

Ein Engel ...

Es schien mir im nächsten Augenblick gar nicht so abwegig, aber dennoch unglaublich, und so schob ich diese Gedanken auf meine wirbelnde Phantasie, die, angeregt durch das unglaubliche Verhalten des Adlers, zu neuer Höchstform aufzulaufen schien.

Wir beobachteten noch immer diese Szene, die eigentlich aus einem neuartigen Fantasyfilm hätte stammen können, aus einem abgedrehten Drama oder Horrormovie, aber keinesfalls aus dem wirklichen Leben, oder?

So ging es noch eine Weile, und während Maria dort saß und sich mit dem Adler beschäftigte, half ich meinem Vater. Sichtlich betrübt nahm sie später Abschied von ihrem neuen Freund.

»Meine Mutter lädt dich übrigens ein, heute bei uns zu essen!«, sagte sie tonlos.

»Wenn du willst, komme ich gern«, antwortete ich und stieg in den Bus.

Die Fahrt verlief genauso wortlos wie am Morgen, doch plötzlich brach Maria das Schweigen.

»Adler sind wirklich schöne Tiere. Sie haben so ...so schöne Flügel«, meinte sie.

»Ja«, stimmte ich ihr zu.

»Sie brauchen nicht zu laufen«, bemerkte sie weiter.

»Sie laufen nur sehr selten, weil ihre Füße dafür nicht sonderlich geeignet sind. Einige können nicht einmal vom Boden aus starten, sondern brauchen Anhöhen«, erklärte ich, stolz darauf, meinem Vater ab und zu Gehör geschenkt zu haben.

Ich sah über die Schulter zu ihr zurück.

Sie nickte.

»Engel laufen auch nicht!«, hauchte sie kaum hörbar, und irgendwie hatte ich das Gefühl, dass ich es eigentlich gar nicht hören sollte.

Wieder glaubte ich einen hellen Schimmer um sie zu sehen, ein reines Licht, das mich faszinierte, mich abermals in Bann schlug. Im Gegensatz dazu kam ich mir geradezu schmutzig vor.

Ihre Haare bewegten sich sanft in einem unspürbar leichten Wind, obwohl die Fenster geschlossen waren und die Lüftung nur ganz schwach lief.

»Was meinst du?«, fragte ich nach.

Sie schrak auf, und das Licht verblasste schlagartig, bis nur noch ihre Haut ein wenig zu leuchten schien. Jetzt erst merkte ich, dass ihr Gesicht jener Vorstellung von Engeln glich, wie man sie in Erzählungen findet.

»Wie? Ach, nichts, ich hab nur laut gedacht«, antwortete sie schnell.

Ich zuckte mit den Schultern, und bald hatten wir ihr Haus in der Stadt erreicht. Ihre Mutter erwartete uns schon.

»Ach, wie schön!«, freute sie sich und schüttelte mir die Hand. »Willkommen bei uns!«

Marias Mutter mochte um Mitte vierzig sein, sie hatte ein sympathisches Gesicht, war eher klein, aber kräftig, wie sich beim Händedruck herausstellte.

»Komm doch herein!«

Sie schloss die Tür hinter uns, und Maria führte mich direkt in ihr Zimmer.

»Meine Mutter ist manchmal etwas zu nett. Und sie redet gern«, meinte sie und klang nicht sonderlich stolz dabei.

Das Zimmer war geräumig, an der einen Wand stand ein Computer, gegenüber ein Bett, ein großer Schrank und eine Kommode. An den Wänden hingen unzählige Bleistiftzeichnungen von Engeln, allesamt im Zustand des Fliegens, meist mit geöffneten Flügeln, allein oder zu zweit. Auf vielen Bildern leuchtete hell der Mond, aber niemals standen oder liefen diese wunderschönen Geschöpfe.

Ich sah mir alles an, und mit jedem Bild schien die Gegenwart eines solch reinen Wesens greifbarer und glaubhafter zu werden.

Engel laufen nicht! So schoss es mir durch den Kopf, und ich sah sie an. Sie konnte nicht mehr laufen, aber auch nicht fliegen. Ich stellte sie mir mit großen weißen Flügeln vor, und erschrocken erkannte ich, dass die Vorstellung keineswegs unrealistisch schien.

Dieses Bild, Maria als Engel, war in meinen Gedanken so klar, als hätte sie vor mir gestanden.

Oder wäre geflogen.

»Deine Bilder sind echt einsame Spitze«, murmelte ich und betrachtete ein Bild, das über dem Kopfende ihres Bettes hing. In einer Ecke des Blattes prangte blutrot eine Fünf, darunter unverkennbar das Kürzel einer Lehrerin.

»Eine Fünf?«, fragte ich verblüfft und betrachtete es noch einmal genauer.

Auf einem DIN-A4-Blatt waren drei Engel abgebildet, die alle ein Instrument spielten. Die Grautöne waren harmonisch aufeinander abgestimmt, und die Zeichnung hätte nie und nimmer eine Fünf verdient. Es war, als versuche die negative Note das Bild brutal Lügen zu strafen.

Es war ... atemberaubend, so realistisch!

»Die Lehrerin hatte gesagt, wir sollten Sportmotive zeichnen. Menschen, die laufen, und so!« Sie spie das Wort ›laufen‹ verächtlich aus.

»Ich malte Engel in Aktion. Doch da sie nicht laufen oder springen, hab ich eine Fünf bekommen. ›Du hast das Thema verfehlt‹, sagte sie.«

Sie stieß die Luft zischend durch die Zähne. »Aber Engel laufen nicht! Sie fliegen!«

Sie berührte sanft eins der Bilder, und als ich mich umwandte, erkannte ich, dass es eindeutig das schönste war.

Hier hatte sie sich mit Buntstiften versucht, und obwohl sie nicht mehr als ein halbes Dutzend verschiedener Farben verwendet hatte, wies das Bild ein außergewöhnliches Spektrum der verschiedensten Töne auf.

»Wo hast du gelernt, so zu zeichnen?«, fragte ich voller Erstaunen.

»Ich hab' es mir selbst beigebracht. Man muss nur genug üben«, erwiderte sie leise.

Ich hatte beachtlichen Respekt vor ihr. Jetzt, da ich wusste, wie sie lebte und dass sie dieses Können ganz allein erworben hatte, kam ich mir auf verwirrende Art dumm vor.

Niemals hätte ich die Ausdauer gehabt, mir das selbst beizubringen, und das Leben im Rollstuhl nach Jahren, die man mit zwei gesunden Beinen verbracht hatte, hätte mich wohl verrückt gemacht.

Wir verstanden uns immer besser. Und als wir uns verabschiedeten, gingen wir als Freunde auseinander. Es war fast wie ein Wunder. Nie hätte ich gedacht, dass Maria so wäre. Und ich konnte ihre Gefühle nachvollziehen. Jedenfalls teilweise. Gänzlich verstünde ich sie trotzdem nie, denn ich saß ja nicht im Rollstuhl.

Aber ich konnte mich bemühen.

Der Winter näherte sich rasch, und ehe ich mich versah, hingen an den Fenstern und Bäumen Lichterketten und Weihnachtsschmuck.

Es war der zweite Weihnachtstag, als ich spätabends durch einen düsteren Park schlenderte, allein und schweigend.

Es war kalt, und dicke Schneeflocken fielen vom Himmel.

Mein Vater hatte beim Mittagstisch von dem Adler erzählt, den Maria gerade zwei Monate zuvor beruhigt hatte. Er hätte sich schon seit Tagen seltsam verhalten, und schließlich war er entflogen. Vater gab ihm keine großen Überlebenschancen.

Ich ging gedankenverloren weiter, und in einer Hand trug ich einen dicken Schneeball mit mir herum. Im Gebüsch neben mir raschelte es, doch ich schenkte dem wenig Beachtung; es war sicher eine Katze. Ich hätte besser aufpassen sollen. Auf einmal brach ein groß gewachsener Mann aus den trockenen Zweigen, riss mich zu Boden und presste mir eine kalte, nackte Hand auf den Mund.

Vergebens versuchte ich zu schreien, mich von der Last des Körpers zu befreien, doch die Kälte zerrte an meinen Muskeln, der Schnee in meinem Nacken schmerzte.

Ich wand mich, schnaufte entsetzt, kämpfte gegen die große Hand an, die mir an die Kehle griff.

Wäre gleich alles zu Ende?

Meine Augen wanderten unruhig umher, suchten etwas – oder

besser jemanden, der mich befreien könnte. Ich hatte die Hoffnung fast schon aufgegeben, fühlte, wie sich die Hand auf meinen Hals drückte und mir den Atem nahm. Mein Herz raste.

Ein Schuss ertönte, die Kugel schien direkt durch die kahlen Äste der Bäume zu sausen.

Der Mann sprang auf und schien nun von derselben Panik ergriffen zu sein wie ich. Dann sah er sich um und rannte weg. Ich stand auf.

Meine Knie waren wie Pudding, und ich stützte mich an den nächsten Baum, hustete und holte einige Male tief Luft.

Aus dem Dunkel flitzte ein Rollstuhl heran, und filmreif pustete Maria den Rauch vom Lauf der Pistole, die sie in der Hand hielt.

»Platzpatronen!«, meinte sie, zuckte die Schultern und drehte sich rum.

»Jetzt sind wir quitt!«, sagte sie beiläufig und rollte davon.

Verdattert starrte ich ihr hinterher, musste die wild kreisenden Gedanken in Ordnung bringen und verarbeiten, ehe ich ihr nachlief.

Sie stand am Straßenrand, schaute sich um und rollte vorsichtig den Bordstein hinunter.

Er hatte sie nicht gesehen, nicht früh genug bremsen können.

Reifen quietschten, als das sich rasend schnell nähernde Auto auf der spiegelglatten Fahrbahn zu bremsen versuchte. Es schlenkerte, erfasste Maria, die mit schreckgeweiteten Augen in die Scheinwerfer starrte und die Arme vor das Gesicht riss.

Der Rollstuhl wurde meterweit über den Asphalt geschleudert und blieb als stark deformiertes Stück Metall in einem Graben liegen.

Alles lief in widerwärtiger Zeitlupe ab. Als Letztes hörte ich Maria gellend schreien, ehe sie mit einem dumpfen Knall auf der eisigen Straße aufschlug und regungslos liegen blieb.

Ich stand da wie angewurzelt, konnte mich nicht bewegen, der Schock hatte meine Beine gelähmt. Menschen kamen von allen Seiten angelaufen, starrten von den Terrassen und Balkonen herunter; ein Krankenwagen raste mit Blaulicht und Sirene heran.

Doch das alles lief wie ein sinnloser Film vor mir ab.

Stattdessen sah ich noch einmal Maria, wie sie lächelte, Maria und den Adler, Maria beim Zeichnen, ihre Engel.

Und wieder schien mein vergangenes Problem das kleinere zu sein.

Sie regte sich nicht. Es wurde hektisch um mich herum, Panik ergriff die Anwesenden.

Die Sanitäter beugten sich über sie, reanimierten sie, Geräte standen auf der Straße. Doch ich wusste, es war zu spät.

Während alle vergeblich um ihr Leben kämpften, schwebte sie zugleich hoch über dem eingebeulten Autodach und sah herunter auf die Menschen. Sie schimmerte in einem blendend hellen Weiß. Und hinter ihren schmalen Schultern ragten zwei große weiße Schwingen auf.

Ich lächelte. Vielleicht war das unpassend, da gerade jemand gestorben war, aber ich freute mich für sie. Ihr Traum hatte sich erfüllt. Sie ... sie war nun ein Engel, und irgendwie kam es mir vor, als sei ich die Einzige gewesen, die diese wunderschöne Gestalt, dieses reine Wesen, gesehen hatte.

Sie breitete die Flügel in ihrer ganzen Pracht aus, und von Spitze zu Spitze mochten sie stolze viereinhalb Meter messen.

Mit drei kräftigen Schlägen war sie vom Unfallort entschwunden, zog unter den Wolken ihre Kreise.

Ein Adler schrie laut, und im Geäst eines nahen Baumes sah ich die mächtige Gestalt des Vogels, beobachtete, wie er sich nahezu spielerisch erhob und Maria folgte.

Ich beneidete sie und wünschte ihr im Stillen viel Glück.

Mein Vater trat zu mir, zog mich weg, weg von den Sanitätern, die ihre Gerätschaften zusammenräumten und eine Decke über den blutüberströmten Körper zogen, um den Menschen weitere Blicke auf die Tote zu verwehren oder zu ersparen.

Es ist nun alles so lange her.

Jetzt, denke ich, kann ich sie verstehen.

Ihr Schicksal hatte sich seit damals in mein Gedächtnis gebrannt, und jedem, den ich kannte, erzählte ich von Maria, aber niemandem von ihrem Engel, sonst wäre ich statt ins Altersheim in die Anstalt gekommen.

Jetzt, denke ich, kann ich sie verstehen.

Das schwere Laster des Rauchens fesselt mich seit gut einem Jahr an den Rollstuhl. Und wieder kommt mir dieses Problem als das kleinere vor, verglichen mit dem Marias. Immerhin konnte ich noch meine Kinder aufwachsen sehen und meine Kindeskinder im Arm halten.

Sie aber hatte ein anderes Glück, und als ich letztens in den Himmel blickte, sah ich etwas, dessen Licht auf mich herableuchtete, hellweiß, aber es schmerzte nicht in den Augen.

Ob es vielleicht Maria war?

Quellennachweis

Das Vermächtnis der Feuervögel
aus: Wolfgang Hohlbeins Fantasy Selection 1999. Erstveröffentlichung unter dem Titel »Feuervögel«: Weitbrecht Verlag in K. Thienemanns Verlag, Stuttgart 1998, S. 9–73.

Im Namen der Menschlichkeit
aus: Wolfgang Hohlbeins Fantasy Selection 2000. Erstveröffentlichung: Weitbrecht Verlag in K. Thienemanns Verlag, Stuttgart 1999, S. 9–61.

Das zweite Gesicht
aus: Wolfgang Hohlbeins Fantasy Selection 2001. Erstveröffentlichung: Weitbrecht Verlag in K. Thienemanns Verlag, Stuttgart 2000, S. 9–46.

Im Schatten der Sonne
aus: Wolfgang Hohlbeins Fantasy Selection 2001. Erstveröffentlichung: Weitbrecht Verlag in K. Thienemanns Verlag, Stuttgart 2000, S. 297–313.

Das Relief
Erstveröffentlichung

Malicia
von Dieter Winkler zusammen mit Wolfgang Hohlbein.
Erstveröffentlichung

Engel laufen nicht!
von Esmee Weisleder zusammen mit Wolfgang Hohlbein.
Erstveröffentlichung

Anne Eliot Crompton

Merlins Tochter

Roman. Aus dem Amerikanischen von Joachim Pente. 313 Seiten. Serie Piper

Als Gehilfin des berühmten Zauberers Merlin gelangt die junge Elfe Niviene an den Hof von Camelot und zieht den großen König Artus in ihren Bann. Anfangs schützt sie ihn mit Hilfe ihrer magischen Zauberkräfte vor dem Ansturm feindlicher Sachsen und den nicht minder gefährlichen Intrigen aus den eigenen Reihen. Doch als sie sich ihm in einer Sommernacht hingibt, büßt sie ihre Kraft ein. In seinem schwersten Kampf ist Artus ganz auf sich gestellt …

»Diese Autorin spinnt ein überaus glänzendes Garn.«
Chicago Tribune

5/1390/01/L

Bernhard Hennen

Das Nachtvolk

Roman. 273 Seiten. Serie Piper

In den Sümpfen Aquitaniens, verborgen hinter einer Nebelwand, lebt das Nachtvolk, ein verirrter Keltenstamm mit eigenen Göttern und einer Feenkönigin. Als am Hof von Worms die Kunde eintrifft, König Gunthers Nichte befinde sich in der Gewalt des Nachtvolks, schickt man den Barden Volker von Alzey zu ihrer Rettung aus – und hofft, sich des unliebsamen Schürzenjägers auf diese Weise für immer zu entledigen. Erzählt man sich doch, daß noch nie ein Mensch lebend den schauerlichen Gefilden des Nachtvolks entkam. Doch das Schicksal nimmt einen anderen Verlauf …

05/1391/01/R

Kathryn Wesley

Das zehnte Königreich

Roman. Aus dem Amerikanischen von Frauke Meier. 526 Seiten. Serie Piper

Als Kellnerin fristet Virginia in New York ein eher freudloses Dasein. Bis ihr eines Tages ein Hund vors Fahrrad läuft. Unversehens findet sie sich in einem magischen Paralleluniversum wieder, denn der Hund entpuppt sich als verzauberter Prinz und dekadenter Nachkomme Schneewittchens und Aschenputtels. Sein Königreich befindet sich – fernab aller Märchenträume – allerdings am Rande einer Katastrophe. Gemeinsam mit Virginia und einem blutrünstigen Wolf zieht er in den Kampf gegen kriegerische Trolle und eine böse Königin.

05/1392/01/L

Sean Stewart

Hexensturm

Roman. Aus dem Amerikanischen von Hannes Riffel. 316 Seiten. Serie Piper

Schon immer waren Toni die Hexenkünste ihrer Mutter unheimlich. Nach deren Tod hofft sie, daß die Dämonen endlich mit ihr gestorben sind. Doch ein Schränkchen, das die Tochter erbt und in dem sechs Geister hausen, birgt seltsamste Kräfte … In diesem Roman verbinden sich Wehmut und Humor zu einer fesselnden Mischung aus Magischem Realismus und texanischer Lebenskunst. Stewart führt den Leser gekonnt über den schmalen Grat zwischen Zauberwelt und ganz heutigem Alltag.

»Erinnert an die besten Romane von Le Guin und an Tolkien.«
Booklist

05/1393/01/R